Burkhardt Gorissen

Teufels BRÜDER

Burkhardt Gorissen

Teufels BRÜDER

Historischer Roman

SUV

Bibliographische Information der Deutschen Bibliothek

Die Deutsche Bibliothek verzeichnet diese Publikation in der Deutschen Nationalbibliographie; detaillierte bibliographische Daten sind im Internet über http://dnb.ddb.de abrufbar.

Titelbild: akg-images
Umschlaggestaltung: uv media werbeagentur
Mediengruppe Sankt Ulrich Verlag, Augsburg
Druck und Bindung: Bercker Graphischer Betrieb GmbH & Co. KG, Kevelaer
Printed in Germany
ISBN 978-3-86744-199-5
www.sankt-ulrich-verlag.de

Handlung und Ortschaften dieses Romans sind frei erfunden. Sollten sich bei der Schilderung gewisser geschichtlicher Ereignisse oder historischer Persönlichkeiten Ähnlichkeiten ergeben, so sind diese weder unbeabsichtigt noch zufällig, sondern unumgänglich.

Die Geschichte von Berthelot und Pater Marcus hat es nie gegeben, aber es hätte sie so oder ähnlich geben können. Das Geschriebene ist eine Fabel.

Den Tatsachen entspricht, dass das antik-heidnische Mysterienbuch *Corpus Hermeticum* in der Renaissance wiederentdeckt wurde. 1462 kam Cosimo de Medici in den Besitz einer griechischen Handschrift, die er von Marsilio Ficino ins Lateinische übersetzen ließ. Das Buch beeinflusste die Intellektuellen dieser Zeit auf vielfache Weise. Wie andere Kleriker befasste sich auch Martin Luther intensiv damit, wie der Interessierte in der Schrift *Der fröhliche Wechsel und Streit* von Theobald Beer nachlesen kann.

„Das Feuer wird prüfen, was das Werk eines jeden taugt.
Hält das stand, was er aufgebaut hat,
so empfängt er den Lohn. Brennt es nieder,
dann muss er den Verlust tragen.
Er selbst aber wird gerettet werden,
doch so wie durch Feuer hindurch."
1 Kor 3,14–15

Prolog

Der Mann auf der Streckbank schrie auf. Sein Schmerz war kaum auszuhalten. Voller Angst starrte er auf seinen Peiniger, der die Kapuze seiner schwarzen Kutte tief ins Gesicht gezogen hatte und eine Widdermaske trug. Mehr ließ sich in dem kalten Kellerloch nicht erkennen.

„Das Buch …“, forderte die dunkle Stimme. „Wo liegt es?“

Die Zahnräder fuhren krachend ineinander. Sein Körper wurde noch mehr in die Länge gezogen. Ein unerträglicher Schmerz war die Folge. Es würde noch schlimmer kommen. Das wusste er. Trotzdem gab er nicht nach.

„Das Buch existiert nur in eurer Fantasie …“, brachte er mit schwacher Stimme hervor. Sein Atem wurde flacher. Für kurze Zeit verlor er sein Bewusstsein. Erst ein eiskalter Guss aus einem rostigen Blecheimer weckte ihn wieder.

„Dein Mitbruder hat uns verraten, wie das Buch heißt“, sagte der Widdergesichtige.

Das ist eine Finte, dachte der Mann. So leicht ließ er sich trotz der Schmerzen nicht beeindrucken.

„Er hat nicht mit euch gesprochen. Er ist ins Herzogtum Brabant entkommen“, hielt er dagegen.

„Du irrst. Das Buch, wonach wir suchen, heißt *Liber Secretus*. Es gehört unserer alten Bruderschaft.“ Der Widdermann machte seine Hand zur Kralle und drückte seine Fingernägel tief in die Wangen seines Opfers. „An welchem Ort der Abtei habt ihr es versteckt?“

Der Mann versuchte sich abzulenken, in dem er an irgendetwas anderes dachte. Vier Pfennige hatte er dem Boten bezahlt, damit er den Brief schneller befördert. Vier Pfennige waren auch nicht die Welt. Aber man konnte damit eine ganze Weile leben.

Ein Kilo Getreide und vier oder fünf Hühner kosteten so viel. Man konnte den Dorfschulzen damit bestechen, um an etwas Land zu kommen. Oder auf eine lange Reise gehen. Eine lange Reise, dachte der Mann. Sie stand ihm bevor. Eine schöne lange Reise, der Himmel wird mir helfen.

„Rede!", schrie die dunkle Stimme, sie schien direkt aus der Hölle zu kommen.

„Niemals."

Die Haut zischte. Ein neuer, viel brutalerer Schmerz übertraf alles bisher Dagewesene. Ein feuriges Eisen bohrte sich tief in die Hüfte. Tiefer. Beißender Geruch von verbranntem Fleisch zog mit einer Rauchfahne auf. Sein Fleisch.

Heilige Maria Mutter Gottes … alle Engel und Heiligen, bittet für mich …

Der Schmerz war so betäubend, dass sein Schrei mit einem verzweifelten Schluchzen in seiner Kehle erstarb. Doch er gab seinen Widerstand nicht auf.

„Quäl mich zu Tode, von mir erfährst du kein Wort."

Er fing an, laut zu beten. So laut, dass es aus dem Kerker hinausdrang. „Vater unser im Himmel, geheiligt werde dein Name …!"

Kaum hatte er die ersten Zeilen gebetet, hielt die Gestalt mit der Widdermaske eine rotglühende Zange vor sein Gesicht. So nah, dass seine Augen zu tränen begannen. Die Zange kam näher ans Auge. Näher und ging auf …

„Vergib uns unsere Schuld, wie auch wir vergeben unseren Schuldigern …!"

Plötzlich sagte die dunkle Stimme: „Noch nicht. Das Beste kommt erst später."

ERSTER TAG

22. Juni 1520

I. Abtei Niersbachthal, Laudes, um die sechste Stunde

„... sondern erlöse uns von dem Bösen“, drang es aus vielen Kehlen. Die Mönche saßen im Chorgestühl, sechzig betende Männer, fast gleich aussehend in ihren beigefarbenen Kutten. Der frühmorgendliche Rosenkranz war zu Ende. Eine halbe Stunde hindurch hatte die gelassene Stimme des Abtes den Versammelten die schmerzensreichen Mysterien ins Gedächtnis gerufen, eine halbe Stunde hatten die Benediktinermönche die entsprechenden Antworten angehängt. Im Lauf des Gebetes schien sich die Klosterkapelle zu verwandeln, selbst die blassen Fenster schienen in der aufsteigenden Morgenröte regenbogenfarbenen Glanz anzunehmen, als ob sich Gottes Liebe plötzlich aus dem Himmel ergieße.

„In nomine patris et filii et spiritus sancti ...“

Der Abt bekreuzigte sich, dann schwieg seine sonore Stimme.

„Amen“, intonierte der Chor der Mönche, bevor sie sich in meditatives Schweigen versenkten. Einkehr. Gottesschau. Das war noch nicht der Himmel. Aber auch nicht mehr die Erde. In der Kapelle war es still und kühl. Eigentlich immer. Selbst jetzt noch, da der Sommer sich auf seinen Höhepunkt zu bewegte. Hier begannen sich die Dinge aufzulösen, die mit den aufsteigenden Weihrauchschwaden spielenden Sonnenstrahlen trugen das Schweigen nach oben. Und in den Fresken der Decke erwachten die Heiligen und Engel. Aus dem Meer azur- und rosenfarbener Wolken stürzten sie in ihrem heiligem Jubel hervor, um den Ruhm Gottes zu verkünden.

„Ehre sei Dir, o Herr".

Nach der Übung in Schweigen begann die Lesung aus der Heiligen Schrift. Würdevoll legte der Abt das ungeheuer große, rote Messbuch auf den Ambo. Während er sich bekreuzigte, senkte er seinen Kopf und bemerkte mit einem missgestimmten Blick den Taubendreck, der das Schwarz seiner Kutte beschmutzte. Sogleich ermahnte er sich, nicht auf solche Äußerlichkeiten zu achten. Der Teufel steckte überall. In einer Zeit des Wandels hatte er leichtes Spiel. Stolz und Eitelkeit zählten zu den größten Lastern. Führe mich nicht in Versuchung, sagte sich der Abt im Geiste, bevor er mit der Lesung aus dem Buch Jesus Sirach begann.

„Der Herr gewährt den Reumütigen Umkehr und tröstet die Hoffnungslosen, er bestimmte sie für ein Leben in der Wahrheit …"

Die Mönche lauschten andächtig dem ebenmäßig schwingenden Wohlklang der Worte. Ihre Köpfe hielten sie gesenkt, den Blick zur Erde gerichtet, die Hände auf die Knie gelegt. Das Evangelium führte sie in ihre eigene Mitte, die Einheit von Seele, Corpus und Geist. Dort bewahrten sie die Vision der Worte.

„Lob sei dir, Christus."

Nach der Lesung erteilte Abt Theodardus den Segen. Bei der Vigil zwischen Mitternacht und frühem Morgen hatte er überlegt, in einer Predigt etwas zu der zunehmenden Bedrohung durch den Fürsten und seine Soldaten zu sagen. Doch er hatte davon Abstand genommen, weil er es nicht für gut hielt, seine Mitbrüder noch mehr zu beunruhigen.

Langsam erhoben sich die Benediktinermönche und verließen mit langsamen Schritten das Bethaus, wobei ihre Kutten schwingend über den Boden glitten. Mit ihrem Auszug wurde nach und nach das aus unzähligen Mosaiksteinchen zusammengesetzte Fresko auf dem Boden frei, das zwischen den weißlichen Fliesen aufstrahlte. Es zeigte den lehrenden Christus, seine Schwurfinger erhoben, in der anderen Hand die Heilige Schrift. Bedeckt blieb nur der heilige Michael, der Kämpfer für das Recht des Herrn, von der Kutte Pater Ulbertins. Der Prior war-

wartete auf den Abt. Langsam kam die massige Gestalt auf ihn zu. Das Blut färbte den Patriziernacken unter dem schlohweißen Haar puterrot. Er bewegte sich, ohne den Prior zu beachten, auf einer Bahn, die geradewegs zum Portal führte.

„Ich habe Fra Angelo ausgeschickt, um unsere beiden verschollenen Patres zu suchen. Ich hoffe, ich durfte das ohne Eure ausdrückliche Erlaubnis, Vater Abt. Wir alle machen uns sehr große Sorgen."

Das eigenmächtige Handeln des Priors zeugte von einem Ungehorsam, der nicht ungestraft bleiben durfte. Zumal der Prior in den letzten Wochen einige Male auf eigene Faust gehandelt hatte, ohne den Abt zu informieren. Offenbar legte er es auf eine schrittweise Entmachtung des alten Mannes an, dessen Kampfkraft in Folge seines Alters nachgelassen hatte, aber längst nicht gänzlich erloschen war. Mit einem unmissverständlichen Handzeichen gab der Abt zu verstehen, dass er es für ungebührlich hielt, in einem Gotteshaus profane Gespräche zu führen. Selbst draußen vor der Tür, beim Hinuntergehen der drei Stufen, schwieg er. Erst als sie sich auf dem taufeuchten Kiesweg befanden, sagte er mit einer wegwerfenden Geste: „Wir alle sind in Gottes Hand, Bruder Ulbertin."

Die Uhr schlug viertel vor sechs.

„Im übrigen erwarte ich, dass Ihr mich ab sofort über jede Eurer Handlungen informiert", sagte der Abt, wobei er den Prior mit zusammengekniffenen Augen scharf anblickte, als hätte er Grund, an dessen Verlässlichkeit zu zweifeln. „Haltet Euch an die Aufgaben, die Euch zugewiesen sind, und beweist erst einmal, dass Ihr in der Lage seid, sie vernünftig zu erledigen."

Der Prior lächelte unsicher, wie ein ertappter Pennäler. „Ich habe nur aus Sorge gehandelt und weil die Brüder mich baten."

„Dann hättet Ihr die Bitten zu mir tragen sollen. Ihr wisst schließlich um die Abläufe im Kloster. Immerhin seid Ihr nicht erst seit gestern Mönch, und Prior auch nicht." Um seinen Worten Nachdruck zu verleihen, hob er seine Stimme an. „Ich kann verstehen, dass Ihr mit großem Ehrgeiz das Amt des Abtes anstrebt. Aber, mein lieber Bruder, zwischen Ehrgeiz und Fähigkeiten klafft oftmals eine große Lücke. Prior ist bei Gott ein ehrenwertes Amt. Und es erfordert mehr Demut als momentan offenbar modern ist zu zeigen. In allem sind wir doch zuvorderst Diener des Herrn, nicht wahr?"

Der Prior zog es vor, keine Miene zu verziehen, um seine Gefühle nicht zu verraten.

„In Zukunft werde ich Eure Überschreitungen nicht länger dulden", versetzte der Abt.

„Ich bitte um Verzeihung, Vater Abt", sagte er mit einer etwas zu unterwürfig wirkenden Verbeugung.

„Lest für mich gleich die heilige Messe, Bruder Ulbertin. Ich wurde unerwartet zu einer Unterredung gebeten."

Der Abt wandte sich um zum Gehen.

„Gewiss, Vater Abt."

Armer alter Mann, dachte Ulbertin, weiß noch nicht, dass seine Tage gezählt sind.

II. Leuven, Hooge Straat, in der Früh um die siebte Stunde

Gelobt sei Jesus Christus!
Gott sei mit Dir, lieber Freund Berthelot,

ich schreibe Dir in höchster Not. Im Fürstentum ist der Teufel los. Bitte nimm es wörtlich! Du kennst Ludwig von Gelderland so gut wie ich von unserer gemeinsamen Studienzeit in Padua: Ein tiefgläubiger Mann, dessen Glauben an unseren Herrn Jesus Christus unerschütterlich schien. Vielleicht erinnerst Du Dich auch, dass wir während unseres Studiums einem gewissen Pelagius Prelati begegneten. Ein umtriebiger Scharlatan, der über allerlei Geheimnisse sprach und, wie ich später erfuhr, Mitglied der geheimen Bruderschaft S.O.L. ist. Er hält sich seit einiger Zeit auf Burg Reitzenstein auf.

Weshalb ich Dir das alles schreibe, lieber Freund? Ich beobachte die Ereignisse in Gelderland mit wachsender Besorgnis. Die Menschen fürchten Ludwigs Truppen, die mit Schwefel und Schwert regieren. Die Menschen haben nichts zu essen und leiden bittere Not, weil der Fürst alles aus ihnen herauspresst. Vielleicht ist schon bis zu Dir nach Leuven gedrungen, dass kurz nach Ostern in Kaldenkerken und den umliegenden Dörfern dreiunddreißig Kinder verschwunden sind. Dreiunddreißig! Das war die Rache des Fürsten für den Februaraufstand, bei dem sich in Kaldenkerken und den umliegenden Dörfern einige Bauern und Handwerker gegen seine Blutherrschaft erhoben hatten. Fürwahr, er hat sie seine Tyrannei spüren lassen. Vierundzwanzig von ihnen hat er vor den Stadttoren Kaldenkerkens pfählen lassen. Dort sind sie noch. Doch es kommt noch schlimmer: Auf Burg Reitzenstein sollen sich in schwarzen Messen widerwärtige Absonderlichkeiten zutragen. Ich selbst sah, dass in der Burgkapelle die Kruzifixe umgedreht an den Wänden hängen. Es gehört nicht viel Fantasie dazu, um sich auszumalen, dass Prelati dahintersteckt. Aber der Vater Abt verschließt sich bislang meinen Warnungen. Gott verzeihe mir meine Kritik, aber ich weiß nicht, ob es an seinem Alter liegt, dass er die Dinge nicht mehr richtig einzuschätzen vermag. Gewiss, unsere Abtei Niersbachthal ist bis dato nicht bedroht, obwohl mit dem Prior Ulbertin ein Mann am Werke ist, der Ablässe an den Fürsten zu seinem Vorteil verkauft…

Lieber Cornelius, wenn es noch eine Möglichkeit gibt, besteht sie darin, dass Du, als einer der bedeutendsten Universitätslehrer unserer Zeit, Deine ganze Autorität in die Waagschale wirfst. Ich wüsste niemanden, der Prelati so gut wie Du Paroli bieten könnte. Du kannst ebenso gut mit der Klinge des Geistes umgehen wie Du das Schwert zu führen verstehst. Es gibt keinen Zweiten, der sich mit Symbolen derart gut auskennt wie Du. Ich will ganz offen schreiben, obwohl die Gefahr besteht, dass meine Nachricht abgefangen wird, aber mir bleibt keine andere Alternative. Es geht um ein geheimes Buch, in dessen Besitz Prelati kommen muss, um erfolgreich zu sein. Es handelt sich dabei um den berüchtigten Liber Secretus. *Vielleicht hast du schon einmal davon gehört. Die meisten halten diese Satansbibel für verschollen, aber Bruder Jeremias ist in ihrem Besitz. Es würde zu weit führen, Dir alles zu erklären. Nur so viel sei kurz gesagt, zu diesem Buch gibt es einen ebenso geheimen Papyrus, darauf stehen verschlüsselte Anweisungen, mit denen sich das Böse entfesseln lässt. Um sicher zu gehen, hat Bruder Jeremias in Tag- und Nachtarbeit eine Fälschung der Satansbibel angefertigt.*

Ich weiß, lieber Freund Berthelot, das alles hört sich ziemlich abenteuerlich an, aber ich muss dringend um Deine Hilfe nachsuchen. Zumal ich an verschiedenen Fronten kämpfe. Seit Tagen ziehe ich mit einem Bruder durch die Gegend, um in Kaldenkerken und den umliegenden Dörfern Verbündete für einen Aufstand gegen die Macht des Bösen zu finden. Doch was wir erreichen, ist nicht genug, und die Zeit drängt. Bitte, mach Dich gleich auf den Weg. Von Leuven bis zur Abtei Niersbachthal ist es ein knapper Tagesritt. Wenn Du am Abend des 22. hier sein wirst, kann ich Dir alles genauer erklären.

Berthelot nahm seine Augen von dem Brief und fuhr mit seinem abgespreizten Daumen über seine Lippen.

„Unmöglich", sagte er.

Sein leeres Gesicht starrte bedauernd auf das Pergament, das sich an den Rändern kräuselte. Während er weiterlas, hob er die Brauen, wobei sich seine Stirn in zwei tiefe Falten legte.

Das, was ich am meisten fürchte, will ich Dir zum Schluss schreiben: P. Jeremias ist sich aufgrund des Studiums der Satansbibel sicher, dass die Teufelsbrüder an Johanni planen, die ganze Welt ins Chaos stürzen, um hinterher den novus ordo saecularum, *eine neue Weltordnung zu schaffen. Vorgestern sah ich Prelati in unserer Abtei. Zugegeben, ich bin ihm und dem Prior unauffällig gefolgt. Prelati sagte das, was er seinerzeit in Padua schon sagte: „Wir werden die Ewigkeit vernichten."*

Kurz und gut, man muss sich des Teufels erwehren, solange man noch Kräfte hat. Mit jeder Minute, die wir länger warten, wächst die Gefahr. Freue mich auf unser Wiedersehen.

Gott segne Dich, mein Freund Berthelot,
Dein Marcus OSB
Abtei Niersbachthal, 21. VI 1520

PS: Vergiss das Tontäfelchen nicht.

Cornelius Berthelot lachte kurz auf. Das Tontäfelchen durfte nicht fehlen. Als junge Studenten in Padua hatten sie gelernt, dass sich die Bedeutung des Wortes „Symbol“ anhand eines Tontäfelchens erklären ließ, das in zwei Hälften zerbrochen wurde. Jeder von beiden hatte seither eine Hälfte ihres Tontäfelchens ...

Berthelot schüttelte vehement den Kopf, während er den Brief seines alten Freundes noch einmal überflog. Er musste in großer Hast geschrieben worden sein, die Schrift ungewohnt krakelig und schief.

„Völlig unmöglich.“

Er konnte Leuven nicht Hals über Kopf verlassen. Die Kirchenuhr schlug viertel nach sieben. Berthelot sandte ein Stoßgebet zum Himmel. Innerlich spürte er, dass es sich um eine ungeheuerliche Sache handeln musste. Marcus war keiner, der übertrieb, im Gegenteil, er war von einer geradezu beispiellosen Nüchternheit. Indem er die Stirn runzelte, blickte Berthelot kurz zu dem Boten hinüber, der noch immer ehrfürchtig an der Tür stand. Ein vierschrötiger Junge mit niederer Stirn und strohblonden Haaren. Unruhig von einem Fuß auf den anderen wippend, als befände er sich noch auf dem Pferd, machte er eine kleine Verbeugung, denn er wartete auf ein Trinkgeld, obwohl er vom Absender des Briefes längst entlohnt worden war. Um seiner unausgesprochenen Bitte Nachdruck zu verleihen, schob er kurz eine geöffnete Hand vor. Berthelot hatte zuvor schon verstanden, doch er wollte wissen, wie weit der Bote ginge. Er sah in das erwartungsvolle und zugleich scheue Milchgesicht, einen weiteren Vorstoß würde er wohl nicht wagen.

„Dafür, dass du mich mitten aus meinem Angelusgebet gerissen hast, bin ich dir wohl keinen Dank schuldig. Aber, wenn ich auf das Datum schaue, bist du die Nacht durchgeritten“, sagte er hochaufatmend mit einem Lächeln und überreichte dem Jungen acht Pfennige.

„Oh danke, danke, edler Herr“, sagte der Bote, wobei er einen höflichen Diener machte, den Berthelot geflissentlich übersah.

Berthelot zeigte sich gerne spendabel. Geldsorgen waren ihm fremd. Er entstammte einer begüterten Leuvener Kaufmannsfamilie, in der man nur dann über Geld sprach, wenn es darum ging, es zu vermehren, was ihm, dem Hochtalentierten, ein unbeschwertes Leben schenkte. Bereits in seiner Jugend hatte er philosophische Abhandlungen und geistliche Lieder verfasst. Die

Geschäfte überließ er guten Gewissens seinem jüngeren Bruder Quirin, der emsig das Vermögen der Familie mehrte. Auf den Handelswegen kamen die Gaben des Morgenlandes: Seide aus China, Zimt aus Indien, Gewürze aus Arabien, Waffen aus Damaskus, Webereien aus Kleinasien. Im Gegenzug führten Berthelots ihrerseits die Handelsartikel ihres Landes aus: Tuche und Leinen, Roggen, Weizen und Flachs. Cornelius Berthelot war froh, sich nicht damit beschäftigen zu müssen, wahrscheinlich hätte er alles verschenkt. So wie er sein Wissen an seine Studenten verschenkte. Ihm wurde eine glänzende Karriere als Theologe und Philosoph vorausgesagt. Mit knapp dreißig war er schon seit sieben Jahren Universitätslehrer in Leuven und das sollte nicht seine letzte Station sein, ihn sollte es höher hinaustragen, obwohl sich hier neben Köln und Paris einer der Knotenpunkte des geistigen Lebens befand. Seine Studenten hingen an seinen Lippen, hingerissen vom Scharfsinn seines Geistes und der Macht seiner Sprache.

… die Ewigkeit vernichten …

Berthelot versuchte seine Gedanken zu ordnen, der Brief von Bruder Marcus hatte ihn in der Tat durcheinandergebracht. Zu bedrohlich wirkten seine Vermutungen.

Zwei Tage sind keine Ewigkeit. Heute ist der 22., dachte er.

„Wenn Ihr erlaubt, darf ich mich verabschieden", bemerkte der Bote, ehe er sich zum Gehen umdrehte.

„Warte!", Berthelot eilte mit wenigen Schritten auf ihn zu und hielt ihn an der Schulter zurück. „Einen Moment noch. Ich nehme an, du stammst aus Gelderland."

„Ja, mein Herr."

Der Bote sah verängstigt zu der ehrfurchtgebietenden Gestalt auf. Die äußerliche Erscheinung Berthelots war überaus eindrucksvoll. Sein hageres, längliches Gesicht mit dem vorspringenden Kinn drückte unbändigen Willen aus, was die dünne Adlernase und der energische Zug um den Mund zusätzlich betonten. Seine Augen waren tiefgrün wie das Wasser der Dyle, die durch Leuven floss, er hatte dichtes, kastanienbraunes Haar und mit fast Einmeterachtzig überragte er das Normalmaß eines Mannes um gut anderthalb Köpfe. Ein Schlacks, so dünn wie eine Spargelstange, weshalb er schon früh den Spitznamen Asparagus bekam, worüber er sich selbst am meisten amüsierte.

„Dann weißt du also, was in Gelderland vor sich geht."

„Gewiss, mein Herr."

„Ist es tatsächlich so, dass in Gelderland der Teufel regiert?"

Der Bote sah unsicher zu Berthelot hinüber. „Wie meint Ihr das?"

„Lass es mich anders sagen", begann Berthelot, „Mein alter Freund schreibt, dass Fürst Ludwigs Soldaten die Gegend in Angst und Schrecken versetzen."

Der Bote stutzte. „Ist nicht überall bekannt, dass er eigens Landknechte angeworben hat, um seine Tyrannei auszuüben?"

„Gerüchte hört man schon seit einiger Zeit. Droht tatsächlich ein Bürgerkrieg in Gelderland?"

„Dem Volk geht es sehr schlecht, mein Herr."

Berthelot fuhr mit dem Daumen über seine Lippen. „Weißt du, was es mit diesem Prelati auf sich hat?"

Der Bote zögerte eine ganze Weile.

„Warum sagst du nichts, ist er so gefährlich, dass es einem direkt die Sprache verschlägt?"

„Man sagt, er übt unheilvollen Einfluss auf den Fürsten aus."

„Tatsächlich, sagt man das?" Berthelot wirkte noch größer, als er den Kopf in den Nacken legte. „Was redet man sonst noch über ihn?"

„Man sagt, er sei der Teufel."

„Denkst du das auch?"

Berthelots Blick durchbohrte ihn. Der Bote sah verschämt zu Boden. „Ich weiß nicht, Herr, ich kenne ihn nicht."

„Aber ich kenne ihn."

... die Ewigkeit vernichten ...

Wie in einem Bilderreigen zogen an Berthelot die Ereignisse seiner Studienzeit vorbei. Der ewig finstere Prelati. Als Pferdehändler hätte er eine Schnecke als Araberhengst verkauft. Fraglos, ein Blender mit unglaublicher Überzeugungskraft. Er machte sich an diejenigen heran, von denen er sich einen Vorteil erhoffte. Besuchte kaum die Universität, aber war einer der erfolgreichsten Studenten. Schon früh scharte er einen Kreis um sich, von dem man nichts Gutes hörte. Von Geisterbeschwörungen war die Rede, von lasterhaften Orgien bis hin zum Menschenopfer. Etliche verehrten ihn. Auch Marcus wäre ihm fast auf den Leim gegangen. Doch in Berthelot hatte er seinen Meister gefunden.

... Wir werden die Ewigkeit vernichten ...

„Wer ist wir?“, hatte Berthelot gefragt.

„Der wahre Lichtbringer und seine Legionen“, hatte Prelati geantwortet. „Der Gott, der keine Rache kennt und die Menschen nicht straft, sondern sie nach freiem Willen leben lässt, wird seine eigene Ewigkeit errichten.“

Sprüche.

Damit blähte er sich schon damals auf.

„Sklavenreligion“ nannte er das Christentum.

Berthelot hatte Prelati dafür der Lächerlichkeit preisgegeben. Deshalb hatte ihn Prelati bis aufs Messer bekämpft. Berthelot war nicht gerade versessen darauf, dass sich ihre Wege ein zweites Mal kreuzten.

„Ich will ...“, sagte Berthelot und fuhr mit dem Daumen über seinen Mund, während er den Boten ansah, „... eine Antwort schreiben. Setz dich solange auf den Stuhl neben meinem Schreibpult. Wenn du willst, lasse ich dir ein Glas Wasser bringen.“

„Sehr gern, mein Herr“, antwortete der Bote mit echter Unterwürfigkeit. „Es muss nicht sein. Aber wenn's geht, danke ich sehr. Der Ritt war sehr lange und ich habe zuletzt heute früh im Rasthof etwas getrunken.“

„Na, dann wird's Zeit“, Berthelots scharfblickende Augen verrieten eine gewisse Erheiterung über die Redseligkeit des Boten. Er nahm eine kleine Tischglocke, die er so hastig läutete, dass ihr heller Ton metallisch schrill klang. Nur wenig später erschien eine ältliche Frau mit weißer Spitzenhaube. Ruckartig blieb sie an der Türschwelle stehen und fragte in gebrochenem Deutsch: „Professore, was zu tun?“

Marcella arbeitete seit Jahrzehnten als Hausmagd bei den Berthelots, sie stammte aus Sizilien, wo Berthelots Vater, wie man munkelte, sie vor dem Scheiterhaufen gerettet haben soll. Die gute Marcella eine Hexe? Berthelot konnte nur Schmunzeln über den Gedanken und erinnerte sich daran, wie sie immer gesungen hatte, wenn sie sich als Kinder nachts gefürchtet hatten.

„Einen Bottich Wasser, Marcella, für unseren durstigen Boten“

„Was, Bottich?“, Marcella schüttelte den Kopf. „Professore übertreiben wieder.“

Berthelot öffnete den Mund zum Lachen, wobei seine ebenmäßigen Zähne zum Vorschein kamen. „Schon gut, Marcella, ein Glas wird wohl fürs Erste genügen.“

„Lasst Eure Späße“, sagte sie streng, als hätte sie einen herumalbernden Knaben vor sich und ging. Berthelot hatte sich mit einigen behänden Schritten zum Schreibpult gewandt, eilig entnahm er dem Schubfach einen Bogen Pergament und tauchte seine Feder in das Tintenfass.

Gelobt sei Jesus Christus!
Mein lieber Marcus,

Dein Brief bedrückt mich sehr. Ich weiß nicht recht, wie ich Dir helfen kann. Dennoch verspreche ich Dir, sobald das Semester beendet ist, an den Niederrhein zu kommen. Vielleicht haben sich die Probleme bis dahin gelöst. Ich werde sie mit in mein Gebet hineinnehmen.

Gottes Segen sei mit Dir.
Cornelius

Er faltete den Brief und siegelte ihn mit Wachs. Spätestens in zwei Tagen würde Marcus den Brief lesen. In diesem Moment spürte Berthelot eine tiefe Beklemmung. Eine dunkle Ahnung befiel ihn, ohne dass er sagen konnte, worum es ging, noch, woher sie kam. Doch sie verschwand gleich wieder, als er dem Boten den Brief aushändigte.

„Also los, beeil dich.“

Berthelot zahlte ihm noch einmal acht Pfennige.

Dafür könnte ich mir ein gutes Schaf kaufen, dachte der Bote. Er machte eine tiefe Verbeugung, um seinen Dank auszudrücken, doch ein Wort kam ihm nicht über seine Lippen, denn Marcella hatte geräuschlos das Zimmer betreten.

„Das Wasser.“

„Das Wasser, bei Gott!“, Berthelot klatschte in die Hände, insgeheim war er froh darüber, dass der Bote nicht dazu kam, sich zu bedanken, weil er sich ein bisschen schämte, einen Dank für Selbstverständlichkeiten entgegenzunehmen. Dabei hatte er nicht einmal das Geld verdient, er lebte von der Geschäftstüchtigkeit seiner Vorväter. Aber war nicht ohnehin alles von Gott? „Meine Studenten!“, fuhr er auf. „Wenn ich mich nicht spute, komme ich zu spät.“

Der Bote verstand, leerte das Glas in wenigen Zügen, ehe er es in Marcellas wartende Hände zurückgab.

„Also los!“ Berthelot klemmte seine Mappe unter den Arm und eilte davon, so schnell, dass der Bote ins Laufen kam, um wenigstens einigermaßen Berthelots weit ausholenden Schritten folgen zu können. Berthelot war flink und zäh. Er genoss unter seinen Studenten hohes Ansehen, denn obwohl er als strenger Zuchtmeister galt, versuchte er nicht, sich von ihnen abzuheben. In seiner Jugendlichkeit wirkte er ohnehin, als wäre er noch einer von ihnen. Dieser Eindruck verstärkte sich, weil er einen Teil seiner Freizeit damit verbrachte, an Wettrennen teilzunehmen, und fast immer rannte er seinen jüngeren Mitbewerbern davon, worüber er sich diebisch freute wie ein Kind. Er genoss die Körpertüchtigung an der frischen Luft jenseits der Studierstuben. In der Kunst des Bogenschießens kam ihm neben seiner inneren Ruhe sein hohes Konzentrationsvermögen zugute. Er behauptete sogar, man müsse einen Pfeil nicht mit den Händen abschießen, sondern mit den Gedanken. Gedankenschnelle war es auch, die ihn im Schwertkampf dominieren ließ, allerdings kam ihm hier insbesondere seine ungewöhnliche Körpergröße zugute. Seine Aktivitäten brachten ihm nicht selten den Spott seiner Kollegen ein. Nicht wenige betrachteten seine jugendliche Lockerheit mit Argwohn und wäre er nicht der Spross des reichen Berthelot gewesen, hätte sein unangepasstes Wesen vielleicht ernsthaft geschadet.

Sie planen die Ewigkeit zu vernichten – an Sankt Johanni …, dachte er, während er in die Groote Straat einbog. Was soll das heißen? Niemand kann die Ewigkeit vernichten. Gott ist das Alpha und das Omega. Der Anfang und das Ende.

„Adieu, Meister Berthelot.“

Der Bote ritt an ihm vorbei und winkte ihm zu.

„Adieu“, rief Berthelot ihm hinterher. „Gott sei mit dir!“

III. Kaldenkerkener Heide, in der Früh um die achte Stunde

Zwei Tage sind eine Ewigkeit. Der Mönch erwachte an diesem Morgen nicht wie gewöhnlich vor dem ersten Hahnenschrei, sondern erst später, viel später. Vielleicht lag es daran, dass kein Sonnenstrahl in die Hütte eindrang. Er brauchte eine Weile, um zu erfassen, dass er sich nicht im Kloster befand. Seit gestern hielten sie ihn hier gefangen. Zuerst war er ihrem Zugriff entkommen, hatte seinem Pferd die Sporen gegeben, im Galopp Richtung Kaldenkerken. Von da war es nicht mehr weit. Doch er hatte es nicht ganz bis ins Herzogtum Brabant geschafft. „Nicht ganz" hieß überhaupt nicht. Ludwigs Schergen stellten ihn kurz hinter Limburg. Es waren zu viele.

Das niederrheinische Flachland war durchzogen von vielen kleinen Flüsschen und Rinnsalen. Versteck bot es nicht. Hinter Mooren und Sümpfen erstreckten sich saftige Weiden, die erst nach vielen Morgen Land zu Feldern wurden. An deren Rändern zogen sich in krummen oder geraden Linien Kopfweiden dahin. Hinter der Kaldenkerkener Heide erhob sich die Landschaft zu einem kaum nennenswerten Höhenzug, Kaldenkerkener Höhen genannt. Auf einer Kette sanfter Hügel standen dicht an dicht Buchen, Eichen und auf dem sandigen Boden unzählige Birken, deren helle Stämme in der Sonne glitzerten.

Hoffentlich haben sie Bruder Marcus nicht erwischt, dachte er. Er war jünger und ein guter Reiter. Als sie die Soldaten des Fürsten sahen, hatten sie sich getrennt und jeder war in eine andere Richtung geritten. Wenn sie ihn gefasst hatten, würde alles noch schlimmer werden. Vielleicht würde er nicht schweigen. Das Geheimnis verraten. Nicht alles. Denn er wusste nicht alles. Aber was er wusste, war schon zuviel.

Und du, wirst du schweigen?, fragte ihn eine innere Stimme.

Er war sicher, er würde schweigen. Eisern. Er musste es. Sonst wäre alles verloren.

Wer kann die Folter ertragen?

Seine Angst stieg, breitete ihre großen, schwarzen Flügel über ihn. Wer ahnte schon, wie viel Gottvertrauen nötig ist, um in höchster Not zu bestehen? Wenn Folter und Angst sich verbrüdern, hast du verloren.

Nicht jeder. Nicht jeder, redete er sich standhaft ein. Heilige und Helden bleiben standhaft.

Wer ist Held, wer ein Heiliger?

Schlimmer noch als Angst waren die unerträglichen Schmerzen. Die Hölle. Er spürte beim Aufstehen ein unangenehmes Pochen in seinem Schädel. Vielleicht hatte er auch eine Gehirnerschütterung. Die grauenhaften Ereignisse hatte er sich jedenfalls nicht nur eingebildet. Feuchter Duft der Erde dunstete auf. Schwer atmend sank er wieder zurück in das Stroh, das sie in der hintersten Ecke verstreut hatten. Als wäre es von der vordersten Ecke eher möglich zu fliehen. Die Stallung, eher eine Hütte, lag abseits. Schon seit etlichen Jahren trieben die Schäfer ihr Vieh nicht mehr in diese Ecke der Kaldenkerkener Heide. Das Weideland war anderswo fruchtbarer. Eigentlich unnötig, das Tor zu verrammeln. Natürlich, sie wollten ihm jede Fluchtmöglichkeit verbauen. Dabei wäre der Weg zu Fuß zu den nächsten Dörfern viel zu weit. Die Heide bot kaum ein Versteck und dahinter lag Brachland, noch weiter die Moore. Diese Hütte war ein Sarg. Sein Sarg. Er hätte noch einmal beichten wollen. Müssen. Todesergeben dachte er an den Sonnengesang des Heiligen Franz.

Laudato si, mi signore, per quelli ke perdonano per lo tuo amore …

Gelobt seiest du, mein Herr, durch jene, die verzeihen um deiner Liebe willen …

Franz hate ihn dreihundert Jahre zuvor geschrieben, schwer krank in San Damiano bei Assisi.

Von draußen drang der Gesang der Vögel so fröhlich, als stünde ein Goldenes Zeitalter bevor. Das Gegenteil war der Fall. Not und Armut machten für die niederen Stände die Erde zur Hölle. Überall nackter Überlebenskampf. Was die gierigen Fürsten übrig ließen, plünderten Räuberbanden. Das Unrecht schrie zum Himmel. Männer des Glaubens verschacherten Ablässe. Wo die Erde noch nicht brannte, glomm die Lunte. Es roch nach Aufstand und Krieg. Finstere Zeiten waren im Anmarsch.

… wehe jenen, die in schwerer Sünde sterben …

… guai acquelli, ke morrano ne le peccata mortali …

Vielleicht hätten wir nicht versuchen sollen, ein Bündnis mit den Dorfschulzen und Großbauern zu schmieden, dachte der Mönch.

Aber sie konnten nicht allein gegen den Fürsten vorgehen. Deshalb mussten sie das Risiko des Verrats in Kauf nehmen. Die Spitzel des Fürsten lauerten überall. Der Verräter konnte auch aus dem Kloster kommen. Am Ende wussten zu viele davon.

Wir hätten vorsichtiger sein müssen ...

Jetzt war es verloren. Sehr wahrscheinlich jedenfalls. Er lachte bitter.

Welche Hoffnung soll denn bitte noch bestehen?

Gott.

Der Mönch spürte, dass sich die Muskeln im Schlaf gelockert hatten, aber sie verkrampften gleich wieder, als er aufstand. Ein scharfer, stechender Schmerz lief von den Beinen hoch. Sein Körper sah entsetzlich entstellt aus, rote Streifen über den Rippen, die sich grell von den violetten Blutergüssen an seinen Seiten abhoben. Er konnte froh sein, mit dem Leben davongekommen zu sein. Für ihn gab es nur ein Ziel, er musste das Schlimmste verhindern. Es war ein teuflischer Widerstreit. Krampfhaft versuchte er seine Gedanken zu ordnen. Die Schergen des Fürsten suchten nach dem Buch, von dem nur drei Menschen wussten, wo es sich befand: Er, sein Mitbruder und der Abt. Doch es war nicht schwer darauf zu kommen, dass es sich in der Klosterbibliothek befinden könnte.

Ich muss sie auf eine falsche Fährte locken. Sobald Sankt Johanni vorbei ist, besteht zumindest weniger Gefahr ...

Auch wenn er wusste, dass Satan nie aufgibt, legte er sich einen Plan zurecht. Da hörte er wieder die Schritte, vor denen er sich so sehr fürchtete. Die Tür sprang auf. Kälte durchschauerte ihn. Feixend stand vor ihm – ein kleiner, beweglicher Zwerg. Ein Dolch blitzte in seiner Hand. Sein Kopf war unter einem Verband verborgen, indem sich nur Atem- und schmale Sehschlitze befanden. Trotzdem ließen sich die wasserblauen Pupillen erkennen, sie waren so blass, dass sie fast mit dem Weiß des Augapfels verschwammen. Doch etwas anderes ließ den Mönch erschauern. Mitten auf der Stirn befand sich ein weiterer Sehschlitz, ein hervorspringendes drittes Auge sah hindurch.

Das Zeichen des Teufels.

„Heut' wirst reden, Mönchlein." Die Stimme klang schrill wie die eines Kastraten.

Der Mönch drehte langsam den Kopf. „Ich habe euch alles gesagt, was ich weiß."

„Lügst." In den durchsichtigen Augen des Zwergs blitzte blanker Hass. „Du und dein Kloster besitzt was, was euch nich' gehört. Bild dir nich' ein, würde noch lange so bleiben. Unsere Bruderschaft reicht weit... bis in die Katakomben der Kirche Christ." Die letzten Worte des Gnoms mündeten in ein höhnisches Gelächter.

„Ich weiß nicht, was du von mir willst", beharrte der Mönch.

„Will's dir sagen. Hör gut zu!", schrie der Winzling mit seiner grellen Stimme. „Will haben *Liber Secretus.*"

Liber Secretus?

Das geheimste aller Bücher. Sie wussten also davon. Hatte Bruder Marcus es verraten? Von der Bibel des Antichristen berichtete die Legende, Satan habe sie Nero in einer Nacht diktiert. Der römische Kaiser war der erste Großmeister jener mächtigen Teufelsbruderschaft gewesen, die sich S.O.L. nannte, aber in der Bedeutungslosigkeit zu verschwinden schien, nachdem das Christentum unter Kaiser Konstantin zur Staatsreligion geworden war. Es gab nur noch einen römischen Kaiser, der die heidnischen Kulte wieder einsetzen wollte: Julianus, der 361 damit kläglich scheiterte. Die Satansbibel war von solcher Brisanz, dass sie nur von der Hand eines Großmeisters kurz vor seinem Tod in die seines Nachfolgers ging. Diese absolute Verschwiegenheit war notwendig, um das Geheimnis des Buches zu schützen. Selbst hohen Eingeweihten war es unmöglich, den Text zu dechiffrieren. Erst durch Julianus' unerwartet plötzlichen Tod geriet der *Liber Secretus* durch Geheimnisverrat in die Hände des Bischofs von Antiochia, der den wahren Inhalt zwar nicht verstehen konnte, aber deutlich erkannte, welche Sprengkraft die teuflischen Symbole und Anrufungen besaßen. Deshalb erließ er den Befehl, das Buch zu verbrennen. Doch die Funken konnten ihm nichts anhaben. Mehrfach scheiterten die Versuche. Alles ringsum fiel den lodernden Flammen zum Opfer und zwischen der Asche lag das Buch unversehrt da. Auch der Versuch, es an schweren Steinen befestigt im Wasser zu versenken, misslang. Es blieb an der Oberfläche, als wäre es so leicht wie Stroh. Das Böse ließ sich offenbar erst mit dem Jüngsten Gericht aus der Welt tilgen. Betrübt von dieser Erkenntnis beschloss der Bischof von Antiochia, das Buch einmauern zu lassen und das wahre Versteck nur einem vertrauenswürdigen Bruder anzuvertrauen, es ansonsten aber geheim zu halten. Offiziell wurde das Buch für vernichtet erklärt. Nur noch wenige erwähnten es als Legende. Die Erinnerung daran verlor sich. Einige Mystiker beschäftigten sich mit dem Phänomen. In der Theologie spielte es ohnehin keine Rolle.

IV. Leuven, Universität, ebenfalls um die achte Stunde

Der Himmel spannte sich hell und klar über den Grote Markt. Nur ein paar Federwölkchen verloren sich über den sechs Giebeltürmchen des Rathauses. Berthelot mochte den Bau, der erst seit einigen Jahrzehnten hier stand, nicht so sehr. Ein in Stein gehauenes Monument menschlicher Kunstfertigkeit, Vorbote für die neue Zeit, die am Horizont aufzog, die kein Zentrum mehr kannte, sondern den Menschen in den Mittelpunkt rückte. Irdische Macht kam darin zur Geltung und somit Abgrenzung von Gott. In der Tat wies das Leuvener Rathaus, anders als die alten Rathäuser, keinen hohen Mittelturm auf. Zu überladen mit Statuen erschien es ihm, wobei sich mehr Herrschaften und Herzöge darunter fanden als Heilige. Selbst Berthelots Großvater stand in Stein gemeißtelt dort mit einer Waage in der Hand. Ein Dank dafür, dass er neben einigen anderen Honoratioren einen Großteil der Kosten getragen hatte. Sulpitius van Vorst hatte den Bau errichtet, genau wie gegenüber die Sankt Pieterskerk, das kolossalste Gebäude der brabantischen Gotik. Ursprünglich hatte sich an dieser Stelle eine romanische Kirche befunden, die Berthelot jedoch nur aus den Erzählungen seiner Großeltern kannte, denn sie war im 15. Jahrhundert ersetzt worden. Ohne seinen Schritt zu verlangsamen drehte sich Berthelot um und warf einen Blick auf Sankt Pieter, als könne er hinter sich seine Vergangenheit entdecken. Lüfte umrollten ihn, strenge und schneidende Lüfte, der Dung von den Feldern. Kam der Wind aus Nordost, roch man's besonders.

Prelati war wieder da. Die letzte Begegnung in Padua lag fast zehn Jahre zurück. Prelati war in der ersten Zeit nach dem Studium völlig untergetaucht. Berthelot dachte an die Legende, nach der Geheimbündler und Magier für einige Zeit in unterirdischen Labyrinthen verschwanden. Wie die Schüler der alten Mysterienbünde wurden sie angeblich mit Hilfe von Rauschmitteln in einen Tempelschlaf versetzt. Nach einiger Zeit erhob ihr Meister sie aus diesem Schlaf, der so tief war wie der Tod. Hatten sie die Prüfung überlebt, galten sie als in Satan Neugeborene.

Auch Prelati tauchte nach einigen Jahren aus der Versenkung wieder auf. In Begleitung des Magiers Agrippa von Nettesheim zog er durch die Lande, beeindruckte das einfache Volk durch billige Zaubertricks und schien an manchem Fürstenhof willkommen. Dann war plötzlich von Umsturzplänen, die er verbreitete, die Rede und davon, dass er im Auftrag der S.O.L. arbeitete. Immerhin entsprach den Tatsachen, dass diese dunkle Bruderschaft seit dem Fall Konstantinopels 1453 viel Zulauf bekam. Die Fürsten, die der S.O.L. angehörten, waren es, die im letzten Jahr mit gewaltigem Eifer dafür warben, nicht Karl zum neuen deutschen Kaiser zu wählen, sondern den Fürsten von Gelderland, Ludwig. Je länger Berthelot darüber nachdachte, desto klarer wurde ihm, dass ein Komplott geplant war.

„Herrje, passt doch auf!“, raunzte eine dunkle Stimme. Ein alter Mann mit einem Doggengesicht funkelte ihn böse an, weil Berthelot ihn fast umgerannt hätte. Ein fliegender Händler in schäbiger Kleidung, der von Ort zu Ort zog. Seine Kiepe war zu Boden gefallen.

„Pardon“, sagte Berthelot.

„Damit ist mir auch nicht geholfen.“

Der Alte bückte sich, als wollte er Dinge aufheben, die durch den Zusammenprall aus seiner Kiepe auf den Boden gefallen waren. Aber nichts war zu sehen und so blickte Berthelot in das zerfurchte Doggengesicht, auf dessen Stirn sich ein Muttermal befand, das aussah wie eine Katze im Sprung.

„Guckt mich nicht an, als wäre ich ein Gespenst. Wollt Ihr mir nicht die Waren ersetzen?“

Berthelot lachte auf. „Aber was, Eure Kiepe ist leer.“

„Natürlich, weil die Sachen herausgefallen sind.“ Er lugte unter seinen zottigen Brauen hervor und bückte sich, um Dinge aufzuheben, doch Berthelot konnte nichts erkennen, jedenfalls entdeckte er weder etwas auf dem Boden noch in den Händen des Alten.

„Wie es scheint, wollt Ihr Geld aus mir herauspressen.“ Während Berthelot seine Augen zusammenkniff, schien es, als würden sie giftgrün. Ungerechtigkeiten konnte er nicht leiden. Schon gar nicht, wenn ihn jemand übervorteilen wollte.

„Kann ich dafür, wenn Ihr blind sein?“

Berthelot winkte ab. „Ich habe keine Zeit, mit Euch zu streiten.“ Ein kleiner Windstoß brachte ein Runzeln auf seine Stirn, während er ein paar Pfennige aus seiner Tasche nahm und sie dem Alten in die Hand drückte.

„Zeit, Zeit“, Vor lauter Lachen sprang ein Hustenanfall aus der Kehle des seltsamen Mannes, der eine rasselnde Kette Schleim hinter sich herzerrte. Er schüttelte den Kopf, spuckte aus, sein Lachen setzte wieder ein. „Zeit und Ewigkeit, mein Herr, Ihr wagt mit großen Worten umzugehen.“ Seine erhobenen Arme fuchtelten durch die Luft. „Große Worte“, schrie er noch einmal durch sein Gelächter. Während er mit seinen schweren Holzpantinen über den Kies der Straße davonstapfte, warf er kopfschüttelnd das Geld hinter sich. Begierig griffen die hungrigen Kinder, die von überall herbeiliefen, danach, balgten sich darum, mit ihren schlaffen, verkümmerten Händen, wobei ihre hohen Stimmen in der Luft klirrten wie Schwerthiebe.

„Zeit, Zeit.“ Durch die Schatten der Blätter tanzten Sonnenstrahlen und bildeten auf seinen gekrümmten Schultern helle Punkte, die aussahen wie goldene Münzen.

Berthelot schloss die Augen und hörte, wie der doggengesichtige Alte seine Pantinen krachend über den Kies zog. Dieses Gesicht erinnerte ihn an ein Ereignis in seiner Kindheit. Ihm kam es vor, als würde er durch einen Zeittunnel hindurchgehen.

Zuerst Prelati, jetzt das …

Er drehte sich um, doch der Alte war wie vom Erdboden verschluckt. In diesem Moment sah Berthelot, wie aus dem Nichts über den Baumwipfeln am Horizont eine herzförmige Wolke erschien. Von einer goldenen Aura umgeben, schien sie eine Gnade und Kraft zu verströmen, die Berthelot in sich aufwallen fühlte. Leichtigkeit ergriff ihn. Genau diese Leichtigkeit, wie damals an jenem Pfingstsonntag 1501 auf dem Maartensplein. Er war noch ein Kind, gerade mal elf. Seine Eltern hatten ihn zum erstenmal alleine zur Messe geschickt. Warum eigentlich? War einfach so. „Geh mit Gott", hatte sein Vater gesagt und ihm den jüngeren Bruder anvertraut. Pfingsten, das war Ende Mai, ein sehr heißer Vorsommertag, so wie heute. Wolkenloser Himmel, das Gold der Sonne. Plötzlich erblickte er über der Dyle, über dem kleinen Flüsschen, eine rötlich glänzende, herzförmige Wolke mit einer goldenen Aura. Sofort erkannte er das Herz Jesu und fiel auf die Knie. Kurz darauf vernahm er eine weibliche Stimme, die voll Sanftmut sagte: „Du wirst dem Herrn vorangehen und ihm den Weg bereiten."

Vor Schreck wollte er wegrennen, doch statt Angst verspürte er eine tiefe innere Ruhe. Lächelnd ergriff er seinen Rosenkranz, küsste das Kruzifix und betete ein Ave Maria.

„Du wirst dem Herrn vorangehen und ihm den Weg bereiten."

„Hast du das gehört?", hatte er seinen Bruder furchtsam gefragt, weil er sich nicht sicher war, und er hatte ihn gefragt, obwohl er ihn ansonsten nicht sonderlich ernst nahm, wie man kleinere Geschwister eben nicht ernst nimmt.

„Natürlich, die Gottesmutter hat befohlen..." Quirin stockte und blickte ihn so versonnen an, als wäre er ein Engel. „... Du wirst dem Herrn vorangehen und ihm den Weg bereiten."

Er hatte niemals danach mit Quirin darüber gesprochen. Er wusste auch nicht, ob sich sein Bruder an diesen Vorfall erinnerte. Für Berthelot war seither klar, dass er ein Leben für Gott führen würde. Sein Glaube hatte sich während des Studiums in Padua noch vertieft und nun gehörte er selbst zu denjenigen, die jungen Studenten die wissenschaftlichen Werkzeuge der Theologie näherbringen durften.

Ich müsste längst im Auditorium sein.

Berthelot riss die Tür zum Foyer auf, hetzte die Treppe hinauf, wobei er zwei Stufen auf einmal nahm.

Auf dem Gang kam ihm Custodis entgegen.

„Asparagus, siehst abgehetzt aus", rief er ihm schalkhaft zu.

Bernard Custodis, Leiter des Seminars für Kirchenrecht, war sein engster Vertrauter. Sie hatten sich erst vor wenigen Jahren kennengelernt und sofort angefreundet.

„Ich muss gleich mit dir reden", versetzte Berthelot und unterbrach kurz seinen Laufschritt. „Dringend."

„Nanu, wo brennt's denn?"

„Hast du jemals etwas von diesem Magier Prelati gehört?"

Custodis wiegte seinen Kopf hin und her.

„Dieser Scharlatan, der durch die Königs- und Fürstenhäuser Europas streunt?"

Berthelot überreichte ihm Marcus' Brief. „Genau der."

Dann nahm er seinen Laufschritt wieder auf.

„Gegen zehn nach der ersten Vorlesung in der Bibliothek."

Seine hohe Gestalt eilte davon, ohne sich umzusehen, umgeben von einem Strahlenkranz der tiefstehenden Morgensonne.

V. Burg Reitzenstein, in der Früh um die neunte Stunde

Die Fürstin hätte den Diamanten stundenlang betrachten können. Das Licht brach sich in ihm. Er funkelte und strahlte. Prelati hatte ihr gesagt, er sei härter als Marmor und alles Metall, härter als jeder andere Stein auf dieser Welt. Er funkelte faszinierend, weil er auf eine geschickte Art geschliffen worden war. Sie drehte den Diamanten ein wenig, hielt ihn vors Fenster und plötzlich sah sie alle Regenbogenfarben darin. Prelati hatte ihn in Indien einem alten Mann abgehandelt. Einem Fakir, der auch zu der weltumspannenden Bruderschaft gehörte.

„Der Stein leuchtet heller als alle Sterne des Himmels, einschließlich unserer Sonne. Ich habe lange nach ihm gesucht, er ist mehr wert als der Stein der Weisen. Diesen Stein nennt man das Auge Luzifers. Doch er ist nur ein Mosaiksteinchen von vielen, die wir brauchen, um letztendlich unser großes Ziel zu erreichen."

In einer jähen Unbeherrschtheit trat Prelati die Zinkkanne neben dem Tisch um, die scheppernd über den Boden flog, während er mit seiner basstiefen Stimme laut herumdonnerte: „Ich habe deinem Mann, diesem Kindskopf von einem Fürsten, gesagt, er soll seine Leute eine Jungfrau herbeischaffen lassen. Wir brauchen für die Schwarze Messe morgen ein Jungfrauenopfer. Agrippa will sie, um das Andenken Johannes' des Täufers zu schänden, bei unserem schwarzmagischen Johannesfest opfern. Aber glaub nicht, auch nur einer der Narren an diesem Hof voller Schwächlinge wäre in der Lage, eine zu besorgen! So muss mein kleiner kluger Blutzwerg Ausschau halten. Als hätte ich nichts Besseres zu tun. Diese Bande von Idioten. Wenn der neue Äon angebrochen ist, werden sie allesamt in ihrem eigenen Blut schwimmen – wenn sich vom Rhein bis zum Tiber alle Flüsse rot färben und die Meere ebenfalls. Selbst der Himmel wird mit dem Blut dieser unnützen Kreaturen getränkt. Und dann werde ich", Prelati hämmerte gegen seine Brust, „eine Schreckensherrschaft errichten, wie sie die Welt noch niemals zuvor gesehen hat, um die Erde von diesen Schädlingen zu befreien. Ausgetilgt gehört ihr sinnloses Dasein bis ans Ende aller Tage." Zunächst senkte er seinen Kopf, dann warf er ihn in den Nacken und hauchte: „Amen."

Ohne Zweifel war er der Mittelpunkt des Hofes. Immer umwehte ihn der Hauch der Sensation, irgendetwas Unbegreifliches, Nichtfassbares, das einer höheren Sphäre zu entstammen schien, das allerdings nicht die Reinheit des Himmels atmete, sondern die Geworfenheit des Dämonischen verriet. Niemand wusste etwas über seine Vergangenheit, allerlei Gerüchte umrankten ihn. Mal behauptete man, er sei der Spross eines Medicifürsten, der ihn verstoßen habe. Andere sprachen davon, er sei das Malheur des französischen Königs Ludwig XII., der ihn mit einer seiner zahlreichen Mätressen gezeugt habe. Die irrwitzigste Fama besagte, er sei Sohn einer Nonne, die als Hexe verurteilt wurde, aufgrund eines Verhältnisses mit Satanachias, dem Kammerherrn Luzifers, deshalb sei er, Prelati, auch eher ein überirdisches Wesen als ein Mensch. Hatte er wirklich Erscheinungen oder täuschte er sie bloß vor? Konnte er wirklich zaubern oder waren es billige Taschenspielertricks? Musste man in ihm tatsächlich den mächtigen Magier sehen, einen Meister seines Fachs? Jedenfalls war er in die Geheimnisse der königlichen Kunst von bedeutenden Magiern eingeführt worden, hatte bei arabischen Astrologen gelernt, in den Sternen zu lesen und von fernöstlichen Schamanen, wie man den Körper verlässt und die Zukunft schaut. Er hatte die Kraft des dritten Auges, mit dessen Hilfe er sich von Raum und Zeit löste, als wäre die Wirklichkeit ein Schleier, durch den er hindurchgehen konnte. Und er war, wie die Barbelo-Gnostiker, kaltblütig genug, Ritualmorde zu begehen. Verliehen ihm Ruchlosigkeiten dieser Art die Kraft, mit bezwingendem Blick zu behaupten, er könne fliegen, an mehreren Orten gleichzeitig sein? Seine ausgeprägte Rednergabe kam ihm zugute, feingeistig und hochgebildet parlierte er über die Flugmaschinen seines Vorgängers im Großmeisteramt der S.O.L., Leonardo da Vinci, und im nächsten Moment erläuterte er den Satz des Pythagoras. Schon früh, als Prelati noch ein junger Theologiestudent war, entdeckte ihn der größte lebende Magier seiner Zeit, Agrippa von Nettesheim. Agrippa förderte ihn, aber oft musste er seinen gelehrigen Schüler zur Demut ermahnen. Prelati jedoch sah in seinem Förderer einen Konkurrenten, den er irgendwann besiegen musste... um irgendwann vielleicht sogar so mächtig zu werden wie Simon Magus, der als mächtigster Magier aller Zeiten galt.

„Wer ist eigentlich Simon Magus, mein Meister?", fragte die Fürstin mit ihrer hohen, dünnen Stimme und legte ihren Kopf auf die Schulter Prelatis.

„Simon Magus lebte in Samaria und ließ sich von Philippus taufen. Er wollte die Gabe der Geistmitteilung von den Aposteln Petrus und Paulus kaufen. Da sie es ihm verweigerten, gründete er die Kirche Satans. Ich liebe ihn mehr als alle anderen."

Prelatis Wissen schien schier unerschöpflich. So durchscheinend und überspannt dieser schillernde, hochneurotische Mensch auf der einen Seite wirkte, auf der anderen wirkte er animalisch und gewissenlos wie ein brünstiges Tier. In der Tat beherrschte er magische Kunststückchen am laufenden Band, wobei er plötzlich aus Gläsern Flammen sprühen ließ, Bälle in der Luft zum Stehen brachte, Tische rückte oder Stimmen aus der Luft herbeizauberte, fast so, als wäre er der Bauchredner des Teufels. Legendär war ein Prozess, den der Erzbischof von Mailand gegen ihn anstrengt hatte. Die Argumente, ein Hexenmeister zu sein, entkräftete Prelati, in dem er auf jede Frage einen passenden Bibelvers bereithielt und damit seine Ankläger entwaffnete. Und trotzdem fürchtete Prelati das Gebet eines frommen Menschen mehr als irgendetwas anderes.

Die Fürstin stand unmittelbar vor ihm. „Und ich liebe dich mehr als alles andere." Sie war fast so groß wie er und schaute ihn unverwandt an. Ihr Blick wurde ernst, ein schwermütiger, fast trübsinniger Ernst, der von eisiger Kälte durchsetzt war.

„Ich will, dass sie alle sterben. Versprich es mir!", wisperte sie. „Ausnahmslos alle."

Während sie mit der Hand wedelte, verströmte sich ihr Veilchenduft. Das Duftwasser kam aus Paris, von einem der vornehmsten Parfümmacher. Ein betörender Geruch, süßlich und sommermild. Sie spürte, dass ihre einladende Bewegung ihm gefiel, weil er sie mit seinen Blicken streichelte.

„Meine Liebe."

Prelati griff ihre Hand, senkte sich zu ihr hinab, deutete einen Kuss an, in dem er sie seinen Atemhauch spüren ließ. Ehe er sich aufrichtete, tat er es nicht, ohne kurz, für den Bruchteil einer Sekunde nur, in ihren Handrücken zu beißen, was ihr das Gefühl gab, in ihm seien alle Lebensformen gegenwärtig, von der Schlange bis zum reißenden Wolf.

„Meine Liebe", wiederholte er, wobei kaum hörbar in seiner Stimme eine ungewisse Ironie mitschwang.

Aus der Nähe sah sie aus wie ein Gespenst, ihre weiße Haut erschien im Sonnenlicht kalkweiß, fast durchsichtig, als leide sie an Blutarmut. Gerade dieses Morbide liebte Prelati an ihr. Er griff mit seiner Hand nach ihr. Es gehörte zum Spiel, dass sie sich kokett wegdrehte.

„Na?", sagte sie.

Sie war mittelgroß und Anfang zwanzig. Eine Frau mit ebenmäßigen Gesichtszügen, deren schwach ausgeprägte Augenbrauen einen leicht rötlichen Schimmer aufwiesen, was ihre grünen, katzenhaft funkelnden Augen noch mehr betonte. Unter ihrer kleinen, etwas zu hohen Nase, zog sich ihre dünne, nur leicht gewölbte Oberlippe, was ihr einen Hauch von Trauer verlieh, wie überhaupt ihren Mund eine gewisse Melancholie umspielte und gleichzeitig grimmige Erbarmungslosigkeit.

„Du weißt, dass ich mich vor dem Ritual rein halten muss," sagte Prelati. Sein Geheimbund stand mit dem Reinheitsgebot in einer Reihe mit den antiken Mysterienkulten.

Die Fürstin hatte ihre langen roten Haare streng zu einem Dutt zusammengebunden, was ihre herbe Erotik betonte. Vor allem aber verbreitete sie in ihrer bizarren Eigenwilligkeit eine dämonische Aura. Auf den ersten Blick schien sie eine klassische Schönheit zu sein. Auf den zweiten kalt, reglos, wie eine lebende Tote, was den Zofen und Kammerdienern unheimlich vorkam, ohne dass jemand wagte, ein Wort darüber zu verlieren. Mit fünfzehn hatte ihr Vater, der Herzog von Nassau, sie mit dem Fürsten verheiratet. Aus dem wissbegierigen, lammfrommen Kind, dass sie einmal gewesen war, wurde schnell eine machtbesessene, hartherzige Frau, die es ausgezeichnet verstand, Palastintrigen mitzuspinnen und Angst zu verbreiten.

Fürstin Sibyl entstammte der alten, sagenumwobenen merowingischen Adelslinie, zu deren Talenten Hellsichtigkeit und das Zweite Gesicht gehörten. Jedenfalls wollten das die Gerüchtemacher wissen. Hinter vorgehaltener Hand tuschelte man, sie sei mit dem Fürsten der Unterwelt vermählt worden, bevor sie zur Tarnung Ludwig von Gelderland geehelicht habe. Andere im Hofstaat behaupteten, aus erster Hand zu wissen, Pelagius Prelati, der vor knapp einem Jahre aus dem Nichts aufgetaucht war und Burg Reitzenstein erobert hatte, sei ihr unehelicher Halbbruder. Gerüchte dieser Art amüsierten sie und sie tat nichts, um sie aus der Welt zu schaffen Im Gegenteil, sie liebte es, ihre magischen Spielchen auf die Spitze zu treiben, um noch dämonischer zu wirken.

„Bin ich etwa unrein?", fragte sie provokant.

Sie umfasste seine Schultern und drückte ihn an sich. Prelati tat so, als würde ihn ihr Überraschungsangriff entsetzen. Ihre Hände fassten sein Gesicht und indem sie ihren Kopf in den Nacken warf, zog sie Prelati näher an sich heran, um ihn leidenschaftlich zu küssen, wobei sie zunächst seine Zurückhaltung genoss, weil es ihr einen ungeheueren Nervenkitzel verschaffte. Aber Prelati blieb steif und kühl.

„Du liebst mich nicht wirklich."

Der Magier lachte.

„Du kannst gar nicht richtig lieben, hm?", sagte sie spitz.

Mit einer enttäuschten Miene schubste sie ihn fort. Aber auch das gehörte zu ihrem Spiel, denn kurz darauf umfasste sie mit ihren Krallen seine Schultern, um ihn wieder an sich zu ziehen. Auf ihren Lippen erschien der Hauch eines berückenden Lächelns. „Wann wirst du mich wieder nehmen? Ich kann es kaum erwarten. In einem Ritual?“ In ihren Augen funkelte es abgründig. „Schwarze Magie? Ein vollkommener Augenblick der Verzückung …?“

Auch in Prelati stieg ein Verlangen hoch. „Das spielt jetzt keine Rolle“, sagte er scharf, um auch seiner eigenen Begierde Herr zu werden.

„Schluss mit der Vorstellung!“, zischte er und ging auf und ab, einerseits von Unruhe getrieben, andererseits von Erwartung.

Seine Dämonen bewirkten, dass er völlig unkalkulierbar war. Trotzdem verstand er die Menschen für sich einzunehmen, um sie sich zu Willen zu machen.

Doch ebenso wie er mit falscher Freundlichkeit seine Umgebung umgarnte, konnte seine Stimmung schlagartig wechseln von belustigter Duldung in rasende Wut. Ein ganzes Feuerwerk von Dämonen schien dann aus seinen Augen zu sprühen.

Er blieb vor dem Gemälde über der Eichenholztruhe stehen und betrachtete es, als blicke er in einen Spiegel. Es zeigte einen stolzen Mann mit einem dreieckigen Gesicht, durch dessen goldhäutige Gesichtsfarbe etwas Unheimliches schimmerte, etwas für die menschlichen Sinne nicht Erkennbares, für den Verstand bestenfalls Erahnbares: das Zweite Gesicht. Eine pechschwarze Locke fiel mitten in die Stirn, was seinen fast bis zur Nasenwurzel vorspringenden spitzen Haaransatz betonte. Sie verdeckte kaum das fingernagelgroße schwarze Muttermal, das wie ein Kainsmal über einer seiner gewölbten, dicken Brauen hervortrat. Der stechende Blick seiner Augen, deren Pupillen pechschwarz und deren Iris immer gerötet war, schien den Boden vor seinen Füßen zu versengen und ließ etwas von einer animalischen Brutalität erahnen, die vor nichts und niemandem Halt machte. Die breite Nase mit den aufgeblähten Nüstern und der kleine, schmallippige Mund erinnerten an die ziegenköpfige Darstellung Baphomets. Tatsächlich lief auch dieses Gesicht wie ein Dreieck nach unten zu und endete in einem Spitzbart. Auf den ersten Blick hatte das Gemälde etwas Überirdisches, als zeige es keinen lebendigen Menschen, sondern nichts anderes als die delikate und zugleich mysteriöse Erscheinung des Teufels. Mit sichtbarer Zufriedenheit betrachtete Prelati sein Ebenbild und strich die Locken fort, die in seine Stirn fielen.

„Oder kannst du etwa doch lieben?“ Sibyl fuhr mit einer Hand über die karmesinroten Gobelins, als würde sie die Haut ihres Geliebten streicheln, und blickte mit leeren Augen nach draußen, als gäbe es dort etwas zu sehen, das ihr wieder Kraft geben könnte. „Sag, dass du mich liebst! Ich muss es hören. Sag es! Nur einmal.“

Seit sie auf der Burg lebte, faszinierte sie das Leben weit weniger als die Finsternis. Meistens wirkte sie ernst, mit verschleiertem Blick. Nur an den Karnevalstagen blühte sie auf. Obwohl ihr die Streiche des Pöbels dumm und geschmacklos erschienen, mischte sie sich, maskiert mit einer Pestmaske aus Venedig, unters Volk. Die Gerüchte wollten nicht verstummen, dass sie an jedem Karnevalsfest wenigstens einen jungen Bauernburschen verhexte. Die andere Seite zeigte sie als hochgebildete Frau, die sich mit den Schriften Hildegard von Bingens auseinander setzte, Dante und Aristoteles ebenso wie die Schriften des Nikolaus von Kues gelesen hatte und vorzüglich Cembalo spielte, sogar selbst Motetten im Stil von Dufay schrieb. Die Qualität ihrer Kompositionen schätzten sogar musikalische Großmeister wie Josquin-Desprez und Adrian Willaert, die in den Königshäusern und großen Kathedralen Europas gefeiert wurden. Mit ihnen stand die Fürstin in einem außergewöhnlich engen Kontakt – die S.O.L. vereinigte ihre Mitglieder über die Grenzen hinweg.

„In zwei Tagen steigt das Johannisfest.“ In ihrer Stimme klirrte nackte Boshaftigkeit. Sie wollte wenigstens ihren Blutdurst nähren, wenn er schon nicht auf ihre lüsternen Wünsche einging. „Ludwig würde dir nicht verzeihen, wenn es nicht gelingt, die Bischöfe und Fürsten, die geladen sind, zu einer Partei gegen König Karl zu schmieden. Ludwig will König werden – und du hast es ihm versprochen.“

Prelati fasste hart in ihr Gesicht. „Denkst du, das wüsste ich nicht? Ich bin kein Idiot wie dein Mann.“

Für einen Moment war sie versucht, ihm eine Ohrfeige zu verpassen – doch einerseits liebte sie seine Wildheit, andererseits hielt sie es für unklug, gegen ihn aufzubegehren. „Du hast gesagt, dass du mir morgen Nacht ein Geschenk machen willst ...."

„So ist es."

„Verrätst du's mir?"

„Erinnerst du dich an Beltane vor ein paar Wochen?"

„Beltane, die Walpurgisnacht... Als wir den Maibaum errichteten, sagtest du: Dies ist die Zeit, wo sich süßes Verlangen mit Entzücken paart." Die Fürstin blickte ihren Meister lüstern an. „Alle Schwestern und Brüder ließen ihrer Lust freien Lauf."

„Und du warst die Wildeste von allen."

Die Fürstin schmunzelte. „Ich sehe noch heute Ludwigs grimmigen Blick vor mir."

Prelatis Hand streichelte ihre Schultern. „Als wir die dreiunddreißig entführten Kinder aus Gelderland verbrannten, hast du mit unseren Schwestern einen Veitstanz ums Feuer aufgeführt."

Die Fürstin rieb sich die Augen, als wäre sie gerade wach geworden. „Werde ich wirklich Königin? Und wirst du bei mir bleiben?"

Prelatis Augen sandten Blitze aus. „Wieso zweifelst du daran?"

„Ich habe ein schlechtes Gefühl."

Prelati lachte. „Auf die Gefühle einer Frau sollte man sich nicht verlassen ..."

Die Fürstin packte mit beiden Händen Prelatis Gesicht. „Auf die des Teufels erst recht nicht."

Sie küssten sich lange und leidenschaftlich. Ihre Blicke verschwammen ineinander und als sie ihre Augen wieder öffneten, war es, als sei von Prelati zur Fürstin und von ihr zurück zu ihm ein Lichtstrahl entstanden, der sie auf immer verband. Prelati biss, im Rausch plötzlicher Gefühle, in ihren Hals.

„Du tust mir weh!", schrie sie auf.

Er biss noch fester zu. „Schmerz befreit." Er legte seine Kralle in ihren Nacken. „Wie könnte dein Auftrag lauten?"

Die Fürstin lachte auf. „Töten." Sie umarmten sich und küssten sich gierig, dabei gerieten sie in einen zuckenden Gespenstertanz.

„Der Herr dieser Welt will Blut." Hohn und Spott klang aus seinen Worten. „Satan ist begierig. Was dem dummen Volk immer mal wieder gezeigt werden muss. Je höher die Zahl, desto besser für das Land. Blut ist ein guter Dünger für die Erde."

„Versprichst du mir, dass ich Königin werde?"

„Solange dein ruhmsüchtiger Mann tut, was ich ihm sage. Zuerst Königin und dann Kaiserin."

„Herrschen werde sowieso ich. Ludwig ist zu schwach."

Er biss in ihr Ohr. „Du wirst die verrufenste Herrscherin seit Messalina werden."

Seine Prophezeiung raubte ihr für einen Moment den Atem. Sie stöhnte kokett: „Mein Teufel ..."

Prelati strich über den Bogen ihrer Oberlippe. „Wäre ich nicht gekommen, wärst du wie eine kleine Meerjungfrau auf dem Trockenen verdorrt."

Die Fürstin schürzte ihre Lippen. „Bildest du dir ein, außer dir gäbe es keine Männer?"

Seine Antwort bestand in einem Kuss, nicht sanft, sondern fordernd. Ungemein zwingend. Der Atem des Todes. Seine Finger glitten über ihre Augenbrauen, wie bei einer magischen Beschwörung. Sie sah rote Kreise vor ihren Augen.

Sibyl genoss ihre Verworfenheit.

VI. Burg Reitzenstein, ebenfalls um die neunte Stunde

Geräuschvoll wälzte der Fürst seinen massigen Körper herein. Eifersucht stand in seinem Gesicht. Ein Gesicht mit fliehender Stirn und fliehendem Kinn, einer hochgezogenen Nase und aufgeworfenen, wollüstigen Lippen. Ein Fischgesicht, wie die Fürstin mit kalter Verachtung sagte, in dessen Glubschaugen graue Pupillen schwammen. Ohne sie eines Blickes zu würdigen, polterte er mit seiner heiseren Stimme. „Da bist du, Prelati. Ich suche dich überall. Wenn ich nicht irre, wird der Abt von Niersbachthal in wenigen Augenblicken hier sein."

„Er hat um die Unterredung gebeten, weil er seine Felle davonschwimmen sieht." Prelati sah ihn herablassend an. „Also ist Hochwürden der Bittsteller. Er kann warten. Und wenn nicht, wird er es in seinem Alter wohl oder übel noch lernen müssen."

Dem Fürsten war anzusehen, dass er sich nicht wohl in seiner Haut fühlte. Am Verhältnis zwischen Prelati und der Fürstin lag es nicht. Er nahm es gequält hin, weil er einerseits seine Frau nicht zu befriedigen vermochte, anderseits gelegentlich von ihrer zügellosen Lust ergriffen wurde. Sie fand dann ein kurzweiliges Vergnügen daran, sich an ihrem Gemahl zu vergreifen, was Ludwig keineswegs kalt ließ. Doch jetzt interessierte ihn nur eins: Herrscher über das Deutsche Reich zu werden.

Bei der Wahl zum König im vorigen Jahr war er gescheitert. Die deutschen Fürsten wollten einen schwachen Herrscher. Wie sonst ließ sich erklären, dass sie mit dem neunzehnjährigen Karl einen völlig unerfahrenen Regenten wählten? Ihn, Ludwig, der sich berufen fühlte, eine neue Politik gegen die römische Willkür durchzusetzen, hatten sie abblitzen lassen, und das, obwohl es andere Absprachen gab. Ausgerechnet Kurfürst Friedrich, der knorrige Herrscher von Sachsen, ließ kurz vor der Wahl im Kreis der Herzöge und Fürsten verlauten, dass man ihm die Kaiserkrone angetragen habe. Mit einer generösen Geste verzichtete er aber auf das Amt und befürwortete die Wahl Karls. Damit hatte er mit einem Federstrich Ludwigs Machtpläne zerstört. Damals hatte Ludwig erwogen, gegen den Sachsen zu Felde zu ziehen. Doch innere Unruhen in Gelderland machten seine Pläne zunichte. Wie häufig in der Stunde der Not nahte Rettung. Sie kam in Gestalt eines Mensch gewordenen Teufels: Pelagius Prelati. Dank seiner Großmeisterschaft im mächtigsten Geheimbund der Welt verfügte er über ein weitreichendes Netz wichtiger Beziehungen. Er war der Stratege, der die Dinge im voraus plante – und er hatte mächtige Brüder, die durch ihn ihre Interessen durchsetzen wollten. Den Interessen der S.O.L. war alles andere untergeordnet. Was sie anstrebte, war nicht weniger als eine neue Weltordnung.

Fürst Ludwig von Gelderland erhob seine Stimme. „Prelati, du weißt, welche Strafe dir blüht, wenn dein Plan scheitert."

Prelati glitt schmeichlerisch um den Fürsten herum. „Ludwig, glaubst du, ich könnte mich irren? Haben sich nicht alle meine Voraussagen bewahrheitet?"

In der Tat hatten sie das, überall in Europa gärte es. Die alten Strukturen hatten sich überlebt. Das deutsche Reich war in zwei Lager gespalten. Das Lager des Kurfürsten Friedrich von Sachsen strebte eine Zerschlagung des Deutschen Reiches in viele Fürstentümer an, um Rom zu schwächen. Das war der eigentliche Grund, weshalb Friedrich auf die Kaiserkrone verzichtet hatte. Er wusste, dass die Macht Roms auseinanderbrechen würde. Deshalb wollte er nicht nur auf politischem Feld einen Wechsel, sondern ebenfalls auf dem Religiösen. Die Zeit spielte für ihn, denn in Martin Luther, den Kurfürst Friedrich meistens „Meinen Luther" nannte, drückte sich das Machtstreben des deutschen Klerus aus.

Im Wesentlichen unterschieden sich die Pläne des Fürsten von Sachsen nicht von denen der S.O.L., allerdings wollte die Geheime Bruderschaft nicht die Zerschlagung in viele autonome Fürstentümer, sondern eine Machtkonzentration in einem starken Deutschen Reich, das Europa politisch dominieren sollte. Dass sich dabei die Notwendigkeit ergab, den Papst in Rom zu schwächen, lag auf der Hand. Doch die Rolle des großen Reformators sollte nicht Martin Luther spielen. Die S.O.L. wählte einen ihrer Brüder aus, Ulbertin von Württemberg. Der Prior der Abtei Niersbachthal war ein Mann ohne Eigenschaften, der sich beliebig lenken ließ.

„Nur diejenigen Bischöfe und Fürsten, die den Sturz König Karls mittragen, verlassen Burg Reitzenstein lebend."

Der Fürst blickte zur Seite. Entschlossenheit und Schmerz spiegelten sich in seinem Gesicht. „Schön und gut, Pelagius. Aber sollte ich nicht endlich den Abt empfangen?"

„Den Abt? Eigentlich brauchen wir ihn nur noch tot, um Ulbertin zum neuen Abt zu machen. Schon vergessen?" Prelati kniff seine Augen zusammen, ein sicheres Zeichen dafür, dass er gleich explodierte, doch er nahm sich unerwartet zusammen. „Wir werden einen kleinen Ausritt machen, Ludwig. Ich habe eine kleine, aber nicht unwesentliche Überraschung für dich. Der Vater Abt soll sich hier solange die Beine vertreten." Er warf einen verschwörerischen Blick auf die Fürstin. „Oder deine Gattin wird sich mit ihm beschäftigen. Zum Trost für sein Warten laden wir ihn zum Mittagessen ein. Er wird sich freuen, etwas

Besseres als aus der Klosterküche zu bekommen. Komm schon, mein Fürstchen, ich möchte dir zeigen, was du von Gelderland noch nicht kennst."

Der Fürst winkte ab. „Ich kenne jeden Winkel."

„Nicht das Reich der Unterwelt", beharrte Prelati und schüttelte seinen Kopf, bis die Locken in seine Stirn fielen.

VII. Kaldenkerkener Heide, ebenfalls um die neunte Stunde

„Woll'n nich' and'res als Satansbibel. Gehört uns, Mann Gottes", ächzte der Zwerg.

Der *Liber Secretus.*

Nicht das älteste, aber sagenumwobenste Geheimbuch aller Zeiten. Geheimer als der *Schlüssel Salomos* oder *Das sechste und siebte Buch Mosis.* Sie waren Anfängerlektüre gegenüber dem *Liber Secretus.*

Es war der akribischen Forschungsarbeit des Mönchs zu verdanken, dass er das Geheimbuch nach jahrelanger Nachforschung in der Abtei Niersbachthal entdeckte. Im Auftrag von Papst Alexander VI. hatte er sich auf die Suche gemacht. Doch in der Zwischenzeit war der Papst gestorben. Seine Nachfolger fragten nicht mehr danach. Also blieb er allein mit seinem Wissen – und dem *Liber Secretus;* auf dessen ledernem Deckel das Zeichen jener dämonischen Gottheit stand, die ihre eigenen Kinder gefressen hatte. Jetzt, in der Gefangenschaft, vom Tod bedroht, sah er bildhaft vor sich, was sich damals ereignet hatte. Es kam ihm vor, als säße er wieder in der Abteibibliothek, würde mit seiner Hand über den Buchdeckel streichen, über das Zeichen darauf…

♄

Das Zeichen Saturns.
In nomine Sancti Saturni.

Je mehr er sich mit der Satansbibel beschäftigte, desto heftiger wurde der Kampf in seinem Inneren. Mit voller Wucht prallten Gut und Böse aufeinander. Nach und nach war es ihm gelungen, selbst die dunkelsten Geheimnisse dieses Machwerks zu entziffern. Alles war ihm geläufig, die ganzen Dämonensiegel, Teufelspakte, die Beschwörungsformeln, die einem Magier jene absolute Macht verliehen, Dämonen erscheinen zu lassen. Seine Angst wuchs. Seit er sich mit dem *Liber Secretus* beschäftigte, hatte sich eine dunkle Kraft seines Inneren bemächtigt. Wie ein Blutegel saugte sie ihn aus.

Sein Leben lang hatte er an das Gute geglaubt und sich dann der Macht des Bösen gebeugt. Bis zu dieser Nacht. Schon länger war ihm klar, dass er die kindliche Fähigkeit eines Glaubens, der aus sich heraus lebte, verloren hatte. Im Glauben an sein eigenes Genie war er immer weiter von Gott abgerückt. Aber er suchte nicht den Absturz in sinnliche, niedere Leidenschaften, nicht einmal Macht reizte ihn. Er glaubte an das Gute im Menschen und die Macht selbst Gott zu werden, um die Menschen aus ihrer geistigen Sklaverei zu befreien.

Nicht viele Mönche konnten von sich sagen, dass sie sich an einen Tag erinnern, an dem sie dem Teufel begegnet sind. Vor knapp fünf Jahren war es gewesen, in der Nacht des 31. Oktobers, war er in der Klosterbibliothek gewesen. Allein in schwarzer Dunkelheit, erhellt nur durch drei rote Kerzen, deren flackerndes Licht alles aussehen ließ wie in Höllenfeuer getaucht.

Heute werde ich vom Baum der Erkenntnis essen. Ich werde die absolute Macht erfahren. Ich werde sein wie Gott …

In einem Anfall von Besessenheit schrieb er die geheimen Zeichen und Sigillen auf Pergament. Ganz bewusst hatte er diese Nacht ausgewählt, das Neujahrsfest der Kelten. In einigen Landstrichen Deutschlands wurde es im Geheimen nach wie vor von Hexen und Hexenmeistern begangen, vor allem aber in Skandinavien und auf der britischen Insel. Samhain nannten sie dieses Fest, an dem sie Satan Menschenopfer brachten.

„Nun herrscht die große Kälte der Nacht. Komm herab über die Wellen des sonnenlosen Meeres, im Kreis der Wiedergeburt."

Der Mönch las die Beschwörungsformeln aus dem *Liber Secretus* vor. Ein ums andere mal wiederholte er sie, ohne dass irgendetwas geschah. Draußen bog der raue Herbststurm Baumzweige mit wütenden Stößen nach unten. Stärkere Böen trieben Äste gegen die Scheiben, waren von einer solchen Gewalt, dass sie das Fenster aufdrückten. Die Kerzen flackerten, die Papiere, auf die er die Sigillen gekritzelt hatte, trudelten zu Boden. Voller Angst sprang er auf und fiel auf die Knie, um die Blätter einzusammeln. Plötzlich fiel sein Blick auf einen kleinen Papyrus, kaum größer als eine Handinnenfläche. Er lag auf dem Boden. Wahrscheinlich hatte das Blatt die ganze Zeit, von ihm unbemerkt, in der Satansbibel gelegen und war durch den heftigen Windstoß mit seinen Papieren zu Boden getrudelt.

Hat Satan mir diesen Papyrus zu Füßen gelegt?

Als der Mönch die geheimen Zeichen darauf betrachtete, fiel es ihm wie Schuppen von den Augen. Ein Symbol entfaltet erst dann seine Wirkung, wenn es vollständig ist.

Wie konnte er das vergessen? Das Wort Symbol stammt vom Altgriechischen *symballein* ab. Übersetzt bedeutet es nichts anderes als zusammenwerfen, zusammenfügen. Seinen Ursprung hatte diese Idee in der antiken Mythologie, wenn zwei Freunde sich trennten, brachen sie ein Tontäfelchen auseinander und wenn sie sich nach vielen Jahren wieder trafen, setzten sie die beiden Stücke zusammen. So erkannten sie sich, selbst wenn das Leben sie getrennt und völlig verändert hatte. Genauso war ein Symbol zu verstehen. Im übertragenen Sinne diente es zum Erkenntnisgewinn. Deshalb gingen die Magier aller Zeiten so vor, dass sie ihre geheime Weisheit niemals ganz preisgaben, sondern sich in Zeichen und Bildern ausdrückten. Lösten sie damit Verständnis oder sogar Erleuchtung aus, wussten die Lehrer, dass ihre Schüler auf ihrem Einweihungsweg weitergehen konnten. Es geschah also genau das, was der Sinn des Wortes meinte, es wurde etwas zusammen gefügt: *symballein*.

Als der Mönch die geheimen Zeichen, die auf dem Papyrus standen, mit den geheimen Zeichen aus dem *Liber Secretus* verband, merkte er, wie er plötzlich begann, die Zusammenhänge zu begreifen. Die Anrufung Luzifers blieb vergeblich, wenn damit nicht das geheime Zeichen verbunden wurde. Der Name des Fürsten der Hölle war nur ein Teil des Ganzen. Hinzu gehörte das Zeichen Luzifers, das zugleich das Zeichen des Menschen war.

Der Mönch malte das Pentagramm auf eine Seite des *Liber Secretus,* genau dorthin, wo die geheimen Siegel und Abdrücke standen.

Plötzlich geschah in ihm eine Veränderung. Sein Blut wallte auf. Noch mehr erschrak ihn, als blitzartig der Schleier zwischen den Welten durchsichtig wurde. Der Klang der Beschwörungsformeln hallte in seinen Ohren nach. Eine halbe Ewigkeit lang. Er verlor jede Orientierung. Die Wirklichkeit existierte nicht mehr. Plötzlich gab es tausend Wirklichkeiten. Er schrie die Beschwörungsformel heraus. Jedenfalls glaubte er zu schreien, dabei bewegte er nur seine Lippen wie eine Marionette.

Veni L..

Während er die Anrufung mehrmals hintereinander aussprach, zeichnete er das Pentagramm in die Luft, mit der Spitze nach unten, mit der Spitze nach oben, von links nach rechts und rechts nach links. Einmal, zweimal, ganz oft … Er begann seine Seele zu spüren, sie fühlte sich an wie rohes Fleisch. Plötzlich fühlte er eine tiefe innere Erschütterung, die ihn heraushob aus Zeit und Raum. Vor ihm schälten sich aus der schwarzen Dunkelheit die Umrisse einer phosphorisch leuchtenden Figur. Ihre Augen, hart wie geschliffene Diamanten, durchbohrten seine Seele.

„Was willst du von mir?“

Jähe Furcht ergriff seine Seele.

Was ist das? Ist diese mysteriöse Erscheinung der Feind, vor dem Jesus gewarnt hatte? Ist jetzt der Augenblick gekommen, da seine ganzen Nachforschungen ihren letzten Grund, den tiefsten aller Abgründe erreichen?

Ins Entsetzen des Mönchs hinein sagte diese federartige Gestalt voller Anmut und Melancholie mit einer metallischen, seelenlosen Stimme: „Du hast mich gerufen.“

Luzifer!

Eine alles zerstörende innere Leere umfing den Mönch.

„Willst du mein Sohn sein?“

Der Mönch hielt den Atem an, schloss die Augen. Trotzdem konnte er sehen, wie die Gestalt sich ihm näherte. Näherte und ihn mit ihrem scharfen, eiskalten Atem anhauchte.

„Nimm hin meinen Geist."

„Nein", schrie er und merkte, wie der Atemhauch an ihm vorbeizog, ohne ihn zu treffen, weil er in plötzlichem Gewahrsein das Vaterunser betete. Entgeistert blätterte er die Seiten des *Liber Secretus* durch, bis er endlich den richtigen Absatz fand. Entlassung des Geistes: *„Ite in pace a loco vostro et pax sit iner vos redituri ad me cum vos invocavero …"* Seine Stimme zitterte vor Angst, als er die Bannformel zitierte.

Gehe in Frieden von diesem Ort und lass mich in Frieden, bis ich dich erneut wieder anrufe …

Doch der Gegenzauber wirkte nicht. Luzifer blieb als phosphoreszierende Gestalt vor ihm. Irgendetwas schien an der Formel faul zu sein. Der Mönch war zu fahrig, um den Fluch zu bannen. Er versuchte es ein zweites Mal ohne Erfolg.

Weiche von mir!

Eine Seite weiter fand er Zeichen, die vielleicht Hilfe brachten. Möglicherweise gehörten sie zum Bann, der gegen die Dämonen ausgesprochen werden musste. In seiner bedrängten Lage vermochte er sie nicht richtig zu deuten.

Diese Zeichen verwende zur Bannung von Dämonen:

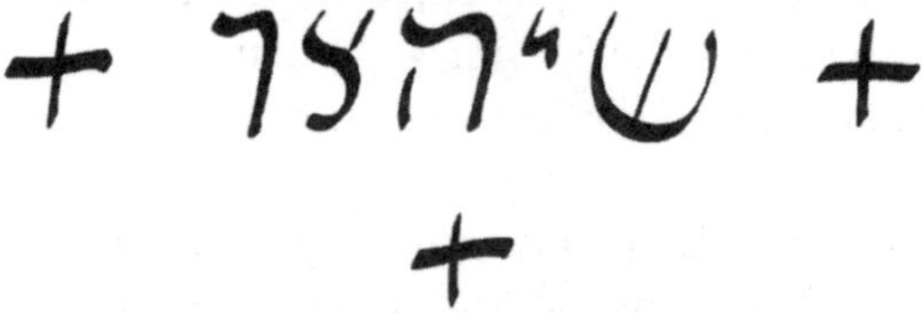

Er malte sie auf, aber nichts geschah. Wenn ich nur die Bedeutung der Zeichen wüsste, fluchte der Mönch.

„Folge mir, du Besitzer des großen Buches, dein Wille geschehe", sagte die seelenlose Stimme in großer Freudlosigkeit.

Mein Gott, was habe ich getan?

Wie von Sinnen sprang der Mönch auf, rannte zum Weihwasserbecken, das neben der Tür unter der Immerwährenden Hilfe hing. Hektisch besprengte er sich mit dem Weihwasser.

Im Namen des Vaters und des Sohnes und des Heiligen Geistes …

Die Angst brachte ihn fast um seinen Verstand. Es gab alte Gebete zum Schutz vor bösen Geistern. Uralte Gebete. Er hatte sie alle vergessen. Ausgelöscht, wie die Erinnerung an seinen Namen. Erst langsam fand er die Kraft, wiederum das Vaterunser zu beten. In unablässiger Wiederholung murmelte er die heiligen Zeilen vor sich hin.

„Und führe uns nicht in Versuchung, sondern erlöse uns von dem Bösen …"

Sein Mund war eine leiernde Mühle.

Er starrte hinauf zu dem Marienbild. Sein Atem war kurz und flach. Er fühlte sich, als wäre seine Seele in unzählige Stücke zerrissen. Von Panikschüben attackiert, rannte er zur Klosterzelle des Abtes.

„Vater Abt." Er bekam kaum Luft, alles, was er gesehen hatte, schnürte ihm die Kehle zu. „Ihr müsst mich anhören, Vater Abt. Der Rauch Satans hat Einzug in die Abtei gehalten, durch meine Schuld."

Kaum hatte der Abt die Tür einen Spalt weit geöffnet, stürzte der Mönch herein und fiel zitternd auf die Knie, wobei er sich unablässig bekreuzigte.

„Mea culpa, mea culpa, mea maxima culpa."

„Bei Gott, was ist in Euch gefahren?"

„… meine Schuld, meine große Schuld …", stotterte der Mönch, bestürzt über seine Fehlbarkeit, um dann in einer befreienden Entfesselung seine Sünden zu beichten.

Der Abt hatte nachdenklich zugehört.

„Ist das alles?"

Darauf hatte der Mönch nur stumm genickt. Danach herrschte völlige Stille. Das Kainsmal konnte verheilen, doch bei jedem, der es einmal auf der Stirn trug, bestand immer die Gefahr, dass es wieder aufbrach und eine offene Wunde wurde. Erst nach einer langen Weile hörte er das Schnaufen des Abtes. Der Abt hatte begonnen, den 27. Psalm zu beten: „Verstoß mich nicht, verlass mich nicht, du Gott meines Heiles." Danach hatten sie jeden Tag gemeinsam gebetet. Die Psalmen, den Exorzismus. Den großen und den kleinen. Gebete, die auf den Mönch wirkten wie ein reinigender Wind.

Der Rauch verzog im Laufe der Zeit. Nach und nach gelang es ihm mit Hilfe des Abtes, sich von Satan und seinen Legionen loszusagen. Später hatte er dem Abt den *Liber Secretus* gezeigt und ihm die Zusammenhänge der Beschwörungsformeln erklärt. Dabei war es ihm allerdings niemals gelungen, den Bann wirksam auszusprechen. Das lag fünf Jahre zurück. Den geheimnisvollen Papyrus hielt er in einem Medaillon versteckt... Plötzlich schnürte Angst seine Kehle zu: Der Papyrus... Es war unklug, dass er das Medaillon bei sich trug. Er versuchte sich zu beruhigen. Marcus und er hatten sich einige Finessen ausgedacht, denn sie wussten, dass man auch des Teufels Brüder täuschen kann... Doch dem Papyrus hatten sie zu wenig Beachtung geschenkt. Der Mönch wusste, dass man ihn töten würde. Bevor sie das Medaillon finden, muss Marcus es finden... Und wenn nicht er? Berthelot... Der Geist des Mönchs arbeitete fieberhaft. Ich muss irgendwie auf das Medaillon aufmerksam machen, ohne dass sie es bemerken... Gleichzeitig spürte er, wie sich der Geist Satans in ihm aufbäumte: „Du gehörst mir..."

„Teufels Brüder beherrschen die Welt, Pater. *Liber Secretus* gehört ihnen." Die metallische Stimme des Gnoms zog den Mönch aus seinen Erinnerungen fort. „Leugne nich'! Dein Bruder hat gestanden."

Der Mönch sah zu der Bestie auf, dieser Ausgeburt der Hölle, von Satan gesandt, um Rache zu nehmen und seinen Glauben zu zerstören. Sollte er hier nicht lebend herauskommen, was würde aus dem Medaillon werden?

Die Augen des Gnoms loderten wie ein infernalisches Feuer. „Arbeite mit uns!"

Der Mönch sah wieder die dunkle Macht, die ihn zu sich hinüberziehen wollte, fast so stark wie damals in der finsteren Nacht des Höllenzwangs. Selbst wenn sie in den Besitz des echten *Liber Secretus* kämen, würden sie nicht alle Zeichen und Sigillen deuten können. Jedenfalls nicht sofort. Wahrscheinlich könnten erst spätere Satanisten diese Arbeit leisten. Doch auch sie würden nicht alles zweifelsfrei ohne den Papyrus entschlüsseln können, versuchte er sich zu beruhigen.

„Kannst auf der Burg herrlich leben. So alt bist nich', zwanzig, dreißig schöne Jahr'. Alles Glück der Erde kriegst." Die Worte drangen wie süße Schalmeienklänge auf den Mönch ein. „Satan schenkt dir, was willst. Komm zu Satan."

Jetzt brach die alte Wunde vollends wieder auf. Gib ihnen deine Geheimnisse preis, sprach eine Stimme im Inneren des Mönchs.

„Weißt du etwa davon, dass Satan auch nur von einem Menschen erwarten würde, er müsste sein Kreuz tragen? Satan hat es selbst nicht getragen, deshalb gönnt er jedem die größten Genüsse." Der Mönch merkte, wie die Macht des Bösen immer stärker in ihm aufkeimte und ihn versuchte umzustimmen.

„Wirst alles haben. Macht, Reichtum, Weiber", sagte Satan durch den Mund des Gnoms.

Aber es gab noch die Stimme des Herzens, die in ihm gegen die Einflüsterungen des Bösen anschrie – und die Stimme der Vernunft.

Was sind schon dreißig gute Jahre gegen die Ewigkeit?

Es kostete den Mönch unsäglich große Mühe, standhaft zu bleiben.

Ich darf Gott kein zweites Mal verraten.

Der Mönch dachte an die vielen Generationen frommer Christen, die für ihren christlichen Glauben gestorben waren. Betend und singend waren sie auf die Löwen zugeschritten, ohne Angst vor dem Tod. Tausende und Abertausende waren von den Christenverfolgern bestialisch ermordet worden. Er durfte nicht zulassen, dass das Geheimnis in die falschen Hände geriet. Der Mönch fühlte, wenn Jesus Christus ihm noch einen Auftrag gegeben hatte, so war es der, sich diesem Fluch entgegenzustellen. Mit seiner ganzen Willensstärke kämpfte der Mönch dagegen an, doch von allen Seiten näherte sich die Dunkelheit.

„Töte mich!", sagte er, um nicht schwach zu werden.

VIII. Leuven, Universität, in der Früh um die zehnte Stunde

Als Berthelot die Bibliothek betrat, saß Custodis vor einem Stapel von Büchern und Papieren. Stattlich und unantastbar wie ein Großinquisitor betrachtete er die vielen Buchstaben, die für oder gegen die Mutter Kirche sprachen, wobei der kleine, dickliche Mann seufzend sein in der Länge pferdehaftes Gesicht schüttelte. „Was schreiben die Menschen nur für einen Unfug, wenn der Heilige Geist sie nicht leitet ..."

Warmes Frühsommerlicht fiel durch die getönten Butzenscheiben auf das helle Haar, das fleckig getönt wie matte Eiche unregelmäßig um die Tonsur herauswuchs. Berthelot zog den Stuhl geräuschvoll zurück, um den versunkenen Leser aufzuschrecken, doch diesen Gefallen tat Custodis ihm nicht. Er spähte schräg in die Höhe zu der hageren, großgewachsenen Gestalt und stieß einen heiseren Pfiff aus. „Asparagus ... hast du jemals etwas von der *Philosophie des Okkulten* gehört?"

Berthelot zog seinen Daumen über die Lippen. „Eine Sammlung magischer Zaubersprüche, verfasst vom berüchtigten Agrippa von Nettesheim."

„Wusstest du, dass Prelati sein Schüler ist?"

Berthelot nickte. „Prelati hat mir *Die Philosophie des Okkulten* persönlich geschenkt."

„Nicht zu fassen, der feine Herr kennt Prelati, den gefährlichsten Magier gleich nach Agrippa?"

„Nur zu gut. Wir studierten gemeinsam in Padua. Im Kampf mit mir hat er seinen linken Daumen verloren."

„Mach keine dummen Witze."

„Danach ist mir nicht zu Mute. Es gab einen heftigen Streit, weil ich Prelati in aller Öffentlichkeit lächerlich gemacht hatte. Daraufhin bedrohte er mich mit seinem Ehrendolch." Berthelot beugte seinen langen Leib nach vorn und sprang in den Spreizstand wie ein Schwertkämpfer. „Attention!" Dabei fuchtelte er mit seinen Armen in der Luft, als würde er ein Schwert führen und Ritter, Tod und Teufel erschlagen. „Angriff von vorn – pariert – von der Seite – pariert ..."

Custodis war sichtlich irritiert. „Lass den Unfug, Asparagus!"

„Im Ernst, es war der heiße Sommer 1511. Niemand ist stärker als ich, rief Prelati, hob den Dolch über den Kopf und holte zu einem lebensgefährlichen Stich aus. Aber er hatte nicht mit meiner Wendigkeit gerechnet. Ich sprang hoch, zog mein rechtes Bein an und beförderte mit einem gezielten Tritt Prelatis Dolch zu Boden. Sofort stürzte er hinterher, aber ich kam ihm zuvor. Er fluchte wie eine ganze Legion Dämonen, ich lachte ihn aus, verhöhnte ihn. Übermütig warf ich ihm seinen Dolch zu: Fang, du armer Teufel! Satan ist am Ende immer der Verlierer. Jetzt sah Prelati seine zweite Chance. Bebend vor Zorn hechtete er nach seinem Dolch, den er aber so ungeschickt fing, dass er ihn an der scharfen Klinge anpackte. Blut spritzte aus seiner linken Hand. Er heulte wie ein waidwundes Tier. Sein Daumen hing nur noch an Fäden. Ich werde dich töten, hatte Prelati mir damals voller Wut, Hass und Schmerz hinterhergerufen."

Custodis stützte seine Ellenbogen auf die schartige Tischplatte. „Du bist ein echter Held, mein Freund. Was das aktuelle Problem von Pater Marcus allerdings in keiner Weise löst."

„Deshalb will ich ja deinen Rat."

„Was weißt du über den obskuren Geheimbund, den Pater Marcus erwähnt?"

„Sie feiern Schwarze Messen und verhöhnen den Sohn Gottes Sohn, in dem sie das Kreuz auf den Kopf stellen und heidnische Götter anrufen."

Custodis wandte den Kopf zu Berthelot und richtete prüfend seine flinken Augen auf ihn. „Und anscheinend sind sie ganz schön geschickt darin, ihre satanische Ideologie unters Volk zu bringen ..."

„Jedenfalls sind sie an etlichen Fürstenhöfen vertreten, sogar mancher Bischof nimmt an ihren finsteren Ritualen teil."

„Wo Gott nicht herrscht, herrscht der Satan. Weißt du noch mehr?"

„Es geht ihnen darum, eine neue Weltordnung herbeizuführen. Dabei wissen sie sich geschickt zu tarnen."

Custodis spähte über seine Finger hinweg. „Hast du eigentlich gelesen, was Martinus Luther zu Papier gebracht hat?"

„Wie kommst du darauf?" Berthelot war nicht gewohnt, dass sein Kollege von einem Thema zum nächsten wechselte. „Nun, das Schlimme ist, er hat recht mit seiner Forderung nach einer Reform. Sie ist längst überfällig. Vor etlichen Jahrzehnten äußerte Nikolaus von Kues bereits diesen Gedanken. Savonarola forderte ebenfalls nichts anderes und legte sich mit den unmoralischen Autoritäten an…"

„… was ihn den Kopf kostete…" Custodis verdrehte die Augen und machte eine pfiffige Miene: „Einige Männer der Kirche sind weniger Diener Gottes als Sklaven der weltlichen Genüsse. Ihre Machtgelüste hängen nicht mit der inneren Zerrissenheit des Reiches zusammen, sondern mit der inneren Zerrissenheit der Bischöfe und Kardinäle selbst, die die Kirche Christi für eine Markthalle halten, in der sie mit Ablässen handeln können." Custodis machte eine Pause. Seine Stimme wurde brüchig, er hatte den Faden verloren und formulierte irritiert einen Schlußsatz: „Leider hat der Ablasshandel die Menschen nicht gebessert, sondern immer tiefer in den Sündenpfuhl getrieben, weil man sich so allzu leicht von seinen Sünden loskaufen kann."

Berthelot schüttelte seinen Kopf, sein kastanienbraunes Haar fiel in die Stirn. „Insofern sind der radikale Ablassprediger Tetzel und der Kämpfer gegen die Ablässe, Luther, zwei Seiten einer Medaille…"

„Ich sehe, Asparagus, du beginnst zu verstehen." Custodis hob traurig seine Brauen. „Wenn es diesen Luther nicht gäbe, müssten sie ihn erfinden, um die politischen Verhältnisse in Europa neu zu ordnen." Custodis stand umständlich auf und schleppte seinen schwerfälligen Leib an den übervollen Bücherregalen vorbei zum Fenster. „In unserer Konzentration auf politische Macht und philosophische Gedankengebäude scheinen wir unsere Hauptaufgabe zu vergessen: Jesus Christus nachzufolgen und die Seelen zu retten."

„Moment, Custodis, willst du darauf hinaus, dass der Wittenberger Mönch von den Fürsten für ihre Zwecken instrumentalisiert wird?"

Custodis schüttelte sich so heftig, dass seine Wangen schlotterten. „Ich will auf gar nichts hinaus. Das Problem mit Luther ist kein theologisches, sondern ein politisches. Der Papst wäre besser beraten, ihn zu empfangen, statt eine Bulle nach ihm zu schleudern. Lassen wir den Mönch aus Wittenberg beiseite…

Die deutschen Fürsten wollen nichts als ihren politischen Vorteil und vielleicht führen irgendwelche Hintermänner noch etwas völlig anderes im Schilde, dessen Schlechtigkeit wir nur ahnen können."

Berthelot dachte nach. Es stimmte, eine nicht geringe Anzahl deutscher Landesfürsten hatte sich gegen die Kirche Christi zusammengerottet, um ihre eigenen Pfründe zu mehren. Die Welt war in Unordnung geraten. Bischöfe schreckten auch vor einer Kirchenspaltung nicht zurück. Manche verrieten sogar offen die Heilige Schrift, indem sie missliebige Bibelstellen zu ihren Gunsten verdrehten.

„Wie sagt der alte Lateiner: *Spiritus ubi vult spirat.*" Während Custodis sich in ein kariertes Leinentuch schnäuzte, runzelte er gleichzeitig die Stirn: „Der Geist weht, wo er will. Ist es nicht so? Johannes 3,8, wenn ich nicht irre. Herr Luther hat es ein wenig unfein übersetzt: Der Wind bläst, wo er will. Nur wir alten Griechen wissen, dass im Hebräischen und Griechischen das Wort für Geist und Wind dasselbe ist."

Berthelot betrachtete ungerührt das glucksende pferdehafte Gesicht, „Custodis, man spürt doch gleich deine Gelehrtheit..."

Die Kirchturmuhr schlug viertel vor zehn. Mit Schwung öffnete Custodis die beiden Fensterflügel und atmete die angenehm laue Luft ein. Eine Taube flatterte mit hastigen Flügelschlägen auf die Fensterbank. Auf der Suche nach etwas Essbarem tippelte sie unentschlossen von einer Seite zur anderen, wobei sie gurrend ihren Kopf vor und zurück schob.

„Lass mich auf den Brief von Marcus zurückkommen." Berthelot schabte sich behutsam das vorspringende Kinn. „Du denkst auch, dass es sich um ein Komplott der Teufelsbrüder handelt?"

Custodis lehnte die Stirn gegen die Handfläche und starrte auf den sich abnutzenden Rand seiner schwarzen Benediktinerkutte. Sein sonst so heiteres Gemüt verschattete sich. „Ich fürchte mich, Asparagus." Der Schmerz fraß ihm am Herzen. „Satan ist der Herr der Welt."

„Die Taube!", rief Berthelot hitzig.

Mit kurzen, heftigen Flügelschlägen flog die Taube auf sie zu. Selbst verwirrt von ihrem neuen Aufenthaltsort, gurrte sie aufgeregt, tippelte über die Regale, ohne einen Ausweg zu finden.

Custodis sprang wie von der Tarantel gestochen auf und schlug in rascher Rhythmusfolge die Hände zusammen. „Komm, mein Tierchen, das Mönchlein zeigt dir, wo's zum Fenster geht, gurrgurrgurr ..."

Durch das Klatschen beunruhigt, flatterte sie von einer Ecke zur anderen. Custodis rannte ihr mit tapsigen Schritten hinterher, wodurch das Tier noch aufgeregter wurde. „Sie wird uns noch die ganzen Bücher beschmutzen. Asparagus, hilf mir gefälligst!"

An dem verwirrten Ausdruck in Custodis Augen konnte Berthelot unschwer ablesen, dass er irgendetwas tun musste, um das Tier zu befreien. Berthelot konnte mit seiner Größe weiter in die Luft fassen als der gedungene Custodis und griff mit seinen langen Armen nach der vorbeifliegenden Taube. Für einen kleinen Augenblick hatte er sie zwischen seinen auseinandergespreizten Fingern. „Hab ich dich ..."

Vergeblich. Das Tier, nun vollends verwirrt, stieß ein mickriges Gurren aus. Je intensiver sie versuchten, es zu ködern, um so hektischer flatterte es auf, bis es in der Ecke hinter dem vorletzten Regal Schutz fand, wo es sich in seinem aufgeplusterten Federkleid zu verstecken versuchte, ohne sein kränkliches Gurren aufzugeben.

„Geh du von der anderen Seite, Custodis!", befahl Berthelot.

Kaum bildeten sie die Zange, lugte zwischen den Regalen ein Studiosus hervor, ein hochaufgeschossener Junge, angehender Kirchenrechtler.

„Nanu, wir haben einen heimlichen Gast?" Custodis stutzte. „Hier geht es zu wie in einem Taubenschlag."

„Van Eyck, Ihr?", sagte Berthelot, unangenehm berührt.

„Ich wollte mir einige Physikbücher anschauen", sagte der Student. Ein schwacher Hauch Scham errötete seine matte Haut.

„Metaphysik ...", gluckste Custodis.

„Gleich wirst du den Kelch empfangen." In Prelatis dunkler Stimme schwang eine leise Euphorie mit. „Den Kelch, der dir die Macht der Cäsaren verleiht."

„... der Kelch Neros, hast du gesagt ...", rief der Fürst hoffnungsvoll.

Häme trat aus den Augen Prelatis. „... aus dem er das Blut der Christen, die er ermorden ließ, trank ..."

„Dann werde auch ich als Herrscher die Christen verfolgen lassen und deren Blut aus dem Kelch trinken ...", sagte der Fürst.

„So wird es sein", bestätigte die dunkle, dumpfe Stimme Prelatis. „Der Kult der alten Bruderschaft Luzifers ist in Wahrheit nie untergegangen. Der Kelch ist im Untergrund von einem heimlichen Cäsaren zum anderen gegangen. Hin und wieder hat Satan es sogar geschafft, einen Fuß in die Tür unseres Hauptfeindes zu setzen."

„Du sprichst von der römischen Kirche, Prelati?"

Prelati schob seinen Körper an den Fürsten heran. Jeder, der Prelatis Bewegungen beobachtete, konnte viel über ihn lernen. Prelati hatte einen katzenhaften Gang und eine stolze Haltung, die seine Arroganz und sein ungeheuerliches Selbstvertrauen betonte. Immer bewegte er sich so, als wehte ein unsichtbarer Umhang hinter ihm. Betrat er einen Raum, vermittelte er den Eindruck, schon immer dort gewesen zu sein. Ging er neben jemanden, dachte der, er würde ihn führen. Seine Präsenz übertraf noch sein Charisma und im Zusammenspiel psychologischer Tricks und weltgewandten Verhaltens entfaltete er seine dunkle Macht.

„Die Geheime Bruderschaft gewinnt durch jeden Glaubensabfall an Macht. In dem wir Gegenpäpste ernannten, die das Volk aufwiegelten, gelang es uns, eine Bresche für den Antichristen zu schlagen. Das sind nur kleinere Etappen auf dem Weg zu unserem Endziel. Wir werden die Christenheit spalten und wieder spalten, bis jeder allein für sich kämpft und glaubt, Gott wäre gegen alle anderen." Prelati stieß ein Lachen aus, das voller Hohn und Spott war. „Unsere alte Bruderschaft wird andere Bruderschaften für unsere Zwecke erobern. Ihr werdet euch wundern, weshalb plötzlich der ein oder andere christliche Orden mit der bösen Zunge Luzifers redet. Denn es steht geschrieben: Am Ende der Tage wird unser großer Bruder *diabolos,* was Verwirrer heißt, die Menschen mehr und mehr verwirren."

„... und den Grundstein dafür legen wir am Johannistag dieses Jahres?"

„Du sagst es, dann rufen wir den neuen Äon aus."

„Äon?", fragte der Fürst heiser.

Prelati lachte über die Ungebildetheit des Adelssprosses. „Ja, unser Zeitalter, das Zeitalter, aus dem der Antichrist aufsteigen wird. Die tausend Jahre, in denen wir die Ewigkeit vernichten."

„Und von mir ausgehend wird dieses neue Zeitalter beginnen."

Prelati erfreute diese Eitelkeit, lächelnd setzte er hinzu: „Am Ende der Zeiten wird unsere Bruderschaft die Rebellen und Gottesleugner loslassen, die einen gewaltigen gesellschaftlichen Zusammenbruch heraufbeschwören, der in seinem ganzen Schrecken den Menschen die Auswirkungen von absolutem Unglauben, dem Ursprung der Grausamkeit in blutigen Kriegen vor Augen führen wird. Und die Mehrheit der Menschen wird, gottgläubig wie sie ist, nach der Enttäuschung durch das Christentum nach einem neuen Ideal Ausschau halten – dann werden wir ihnen zeigen, wen wir wirklich anbeten."

Sie banden ihre Pferde an der Wolfseiche fest und gingen den Trampelpfad zur Gertrudiskapelle. Von der Wolfseiche erzählten die Alten Schauergeschichten von Unholden und Werwölfen, die um den blutbesudelten Baumstumpf tanzten und verirrte Kinder und Wanderer grausam zerfleischten.

Vögel flatterten auf, es klang, als entwiche ein Luftstrom aus unterirdischen Labyrinthen, mit denen die Tiere in Verbindung zu stehen schienen. An der Nordwand der Kapelle führte eine steile Wendeltreppe nach unten. Der Eingang war gut geschützt vor unliebsamen Gästen, von dichten Holundersträuchern und Efeu überwachsen. Während Prelati elegant die Stufen hinunterglitt, zwängte der Fürst seinen beleibten Körper an den Wänden entlang. Schwefeldunst stieg auf und umnebelte die Sinne. Sie hörten ein Zischen wie von tausend Schlangen, aber es klang nicht schrecklich, sondern verführerisch. An den Wänden hingen rußig glimmende Öllampen. Aus Weihrauchfässchen stieg ein betäubender Nebel, der sich unter der Decke des niedrigen Gewölbes fing. Über dem flackernden Feuer inmitten der Höhle hing ein großer Kupferkessel, in dem Kröten und gehäutete Katzen schwammen.

„Heil dir, Nuit", sagte Prelati und ging zu einem ungeheuer massigen Findling, der als Altar diente. Davor stand ein großer Messingkessel, dem beißender Qualm entstieg.

„Heil dir, Nuit", wiederholte Prelati.

Kaum hatte er seine Arme ausgebreitet, erschien eine Frau in einem violett funkelnden Lichtkranz. Der Fürst erkannte ihr Antlitz mit den scharfen Zügen, gelbfleckig und von leichten Runzeln zerfurcht. Ihr Körper war voll glänzender Schuppen, die aussahen wie kleine Spiegel. Auf ihrem Silberhaar trug sie wie ein Diadem eine in sich zusammengerollte Schlange mit zwei Köpfen, die beide in unterschiedliche Richtungen blickten.

„Der Kreis ist ungebrochen. Möge sich die Göttin in eurem Herzen entfalten. Ein fröhliches Treffen. Seid gesegnet", sagte sie mit einer rauchigen, fast männlich klingenden Stimme.

Zorn funkelte in ihren harten Blicken unter wimperlosen Lidern, Zorn sprach aus den zuckenden Bewegungen, die sie ausführte, während sie sich über den Kessel beugte.

„Heil dir, Fürst von Gelderland, du bist gekommen, wie Meister Prelati dir befahl."

„Ich bin gekommen, um den mächtigen Kelch Neros zu empfangen."

„Richte deinen Blick dorthin", sagte die finstere Göttin, wobei sie in den Kessel zeigte.

Zwischen Kröten und gehäuteten Katzen sah der Fürst sein Gesicht. Sie schöpfte mit einer Kelle aus dem qualmenden, stinkenden Sud und hielt sie dem Fürsten hin.

„Trink!", befahl sie in rauem Ton.

Angewidert schürzte der Fürst seine Lippen.

„Trink!", wiederholte sie unnachgiebig.

Zögernd ergriff er die Kelle, leerte sie in einem Schluck wie bittere Medizin und schüttelte sich vor Ekel.

„Sei gegrüßt, Fürst von Gelderland, Niederländisch Burgund und Spanien", riefen Stimmen, die von überall her zu kommen schienen und sich wie ein drohender Chor über dem Kopf des Fürsten zusammenballten.

„Heil dir, Herrscher des Heiligen Römischen Reiches Deutscher Nation. Nicht König, Kaiser sollst du sein!“

Freude stieg im Fürsten auf, überschwänglich schlug er seine Hände vors Gesicht. Doch im gleichen Moment erschrak er. Sie sahen aus wie beschuppte Krötenkrallen.

„Heil dir, erster Kaiser der Neuen Weltordnung“, tönte es, als sprächen Tiere nach Menschenart.

„Heil dir, Sieger über Rom ...“

Ein freudiges Lächeln umspielte den dicklippigen, weichen Mund des Fürsten.

Beschwörend hob die Magierin ihre Hand. „Doch sei auf der Hut! Gefahren lauern auf jedem Weg, so auch auf deinem. Fürchte den großen Mann, den du aus früheren Zeiten kennst.“ Der Fürst dachte an Karl V. „Ist er ein König?“

„Fürchte den großen Mann, den du aus früheren Zeiten kennst. Er wird Unheil über dich bringen, großes Unheil. Laß ihn töten, bevor er dich bedroht.“

„Wie ist sein Name?“

„Namen sind hier Schall und Rauch. Weder Raum noch Zeit spielen hier eine Rolle. Höre auf das Orakel. Es sagt dir, je mehr Blut du opferst, desto mehr werden sie dich fürchten. Sei stolz und stark und du wirst niemals besiegt“, krächzte die raue Hexenstimme. „Doch dies sei dir zur Warnung gesagt: Wenn Feuer vom Himmel fällt, schließt sich ein tödlicher Kreis um dich. Dann wirst du fallen.“

Kaum waren die Worte verklungen, verfiel der Fürst in ein schallendes Gelächter.

Feuer vom Himmel?

„Das wird niemals geschehen, solange ich lebe.“

X. Kaldenkerkener Heide, ebenfalls um die zehnte Stunde

Der Gnom trat mit seinen spitzen Schuhen in die Rippen seines Opfers, Hass sprühte aus seinen durchsichtigen Augen. „Töte gern. Bin Meister drin."

Angst und Schmerz trieben Schweißperlen auf die Stirn des Mönchs. Der Gnom wird mich töten. Jetzt, wo es ausgesprochen war, verspürte er Panik. Jetzt könnte sich die List, die er und Pater Marcus sich hatten einfallen lassen, als goldwert erweisen. Wäre da nur nicht der Papyrus im Medaillon. Unwillkürlich griff seine Hand an den Hals. Das dritte Auge des Gnoms bohrte sich in ihn, doch auf das Medaillon schien er nicht zu achten.

„Wo is'n dein Gott? Hilf' er nich? Kann er oder will er nich'? – Wo is dein Jesses? Hilf' er nich, der Sklavengott?", das dritte Auge des Gnoms durchdrang ihn. „Er will nicht. Hat sogar sein' Sohn krepier'n lassen."

„Um die Menschen zu erlösen, musste Jesus den Kreuzestod auf sich nehmen. Er hat dieses Sühneopfer für unsere Sünden gebracht. Für meine, aber auch für deine."

„Von Satan hast mehr Hilfe zu erwarten. Ist Herr der Welt." Die Stimme, die auf ihn einredete, klang abgehackt und brutal. „Wo is' *Liber Secretus,* Schwein."

Das dritte Auge des Gnoms fixierte ihn. „Rede Schwein, sonst tret' ich dir Gedärm aus 'm Leib.

„Das Buch ist nur ein nichtsnutziger Tand", ächzte der Mönch.

„Versuch nich', mich hinters Licht zu führen. Wir wissen, mein Meister Prelati und ich, wir wissen, Pater Marcus un' du habt 's Buch. Prior Ulbertin un' Fra Angelo habn's zugegeben."

Der Mönch lachte auf. „Die Brüder, die du nennst, haben beim besten Willen keine Ahnung von Magie ..."

Der Gnom starrte ihn an, als habe er auf diesen Einwand gewartet. „Lüg nich', Schwein. Der Abt war auch dabei."

Der Abt, unser verehrter Abt, der mächtigste im ganzen Benediktinerorden? Bitterer Kummer zog bis in sein Herz. „Er nimmt genau wie ich eher den Tod in Kauf, als sich dem Bösen zu unterwerfen", sagte er.

Der Gnom lachte mit seinem schiefen Gesicht. „Hat dich verraten. Sonst wärst du nich' hier."

Der Schlag traf den Mönch mitten in die Magengrube. Bekümmert begriff er, wie abscheulich die ganze Sache sich entwickelt hatte. Wenn der Abt sich tatsächlich in den Dienst des Magiers gestellt hätte, stünde die Sache schlecht. Marcus würde schweigen wie ein Grab, da war er sicher. Aber wenn der Abt nicht schweigt? Ich hätte ihm das Geheimnis niemals entschlüsseln dürfen, dachte er.

„Wo isses Buch?", schrie der Gnom.

„Ich habe es verbrannt", schrie der Mönch zurück.

„Wo, Schwein?" Augenblicklich zückte der Gnom einen Dolch. „Wo?" Die Klinge blitzte drohend vor den Augen seines Opfers. Mit letzter Kraft kroch der Mönch zur Tür und versuchte sich aufzurichten. Doch schon stand der Gnom über ihm, sein Mundschlitz zeigte ein diabolisches Grinsen.

„Willst'u Feigling krepier'n, wie 'ne feige Ratte, 'ne rotzfeige Ratte?"

Der Mönch lachte so laut, als wäre er plötzlich verrückt geworden. Jetzt war also der Zeitpunkt gekommen, wo er den Gnom in die Irre führen musste. Er würde ihn auf die falsche Spur bringen. Plötzlich veränderten sich seine Gesichtszüge und er versuchte, mit verstellter Stimme zu heucheln: „Was bietet mir die Bruderschaft, wenn ich rede?"

„Hab's gesagt: Satan gibt dir Himmel auf Erd'."

„Soll ich auf das Wort eines Menschen vertrauen, der den Meister der Täuschung verehrt? Wer garantiert mir, dass du keine falschen Versprechungen machst?"

Der Gnom fuhr mit seiner Zunge über die Lippen. „Ich."

„Ich misstraue dir, Hundesohn."

„Wo?"

„Du würdest es nicht einmal erkennen."

„Zeichen Saturns auf dem Buchdeckel." Er traktierte den alten Mann, der unter ihm weinte, mit Tritten. „Wo?"

„Du würdest nicht mal wissen, ob es echt ist."

„Doch, Zeichen des Saturn steht auf dem Buchdeckel." Er traktierte den alten Mann neuerlich. Der Mönch wusste, seine Kräfte schwanden, es war an der Zeit, den letzten Trumpf auszuspielen. Er betete zu Gott, dass ihre List aufging und sagte heiser und gespielt zögerlich: „An der Wolfseiche am Heidweiher, zwei

Fuß neben dem Stamm, unter einem weißen Stein. Du musst einen Meter tief graben. Dann findest du die Holzkiste mit dem Wappen der Abtei Niersbachthal."

Weißes Kreuz auf rotem Grund.

Der Gnom kannte es.

In der Vorfreude auf den Sieg stieß er den Mönch zurück. Diesmal fesselte er ihm Arme und Beine, wobei er die rauen Hanfseile so fest anzog, dass sie tief ins Fleisch schnitten.

„Hundesohn. Ich hätte es dir nicht verraten sollen. Mir war klar, dass du dein Wort nichts hältst."

„Abwarten, Mann Gottes", sagte der Gnom mit schneidender Stimme.

Sorgsam verbarrikadierte er das Tor mit Holzkeilen und schob mit schier überirdischer Kraft einen schweren Baumstumpf davor. Mit harten Sporen trieb er sein Pferd vorwärts.

Die Entfernung von der alten Schäferhütte auf der Kaldenkerkener Heide bis zum Heidweiher betrug zwei Kirchturmglokkenschläge. Die Wolfseiche stand auf den Höhen in der Nähe der Gertrudiskapelle, wo sich auch der Steinkreis aus grauer Vorzeit befand. Die Kapelle wurde seit vielen Jahrzehnten nicht mehr benutzt. Warum, darüber wusste niemand Genaues. Die ältere Landbevölkerung berichtete hinter vorgehaltener Hand, dort sei der Teufel in Person einer verführerischen Frau erschienen, um die armen Seelen in den Abgrund zu locken. Tatsächlich spaltete hinter der efeuüberwucherten Kapelle ein klaftertiefes Loch die Erde, wohl der eigentliche Grund, weshalb sie entweiht wurde; weil die Gefahr bestand, dass eines Tages auch die Kapelle die Böschung hinabgerissen würde. Den Erdrutsch hatte das schreckliche Erdbeben von 1503 ausgelöst, das verheerendste seit Menschengedenken, dessen Zentrum bei Aachen lag. Die Erde wurde so stark erschüttert, dass die Auswirkungen bis nach Maastricht und Leuven reichten. Es gab Leute, die brachten dieses Naturereignis mit dem Tod des Papstes Alexander VI. in Verbindung, in dem sie es auf seinen Eintritt in die Unterwelt zurückführten.

Der weiße Stein, von dem der Mönch gesprochen hatte, maß sechs mal sechs Fuß und war drei Fuß hoch. Der alte Mann konnte ihn unmöglich allein bewegt haben.

„Du Lump! Du Lump!" Schaum stieg aus dem schiefen Mund des Gnoms und verbreitete sich um den Mundschlitz. „Lump!"

Er fiel auf die Knie und trommelte mit seinen Fäusten auf den Stein, bis sie anfingen zu bluten. Er liebte den Schmerz. Er machte ihn glücklich. Und er brachte ihn auf eine Idee. Es gab noch eine andere Möglichkeit. Von der Gertrudis-Kapelle führten unterirdische Gänge in verschiedene Richtungen. Einer zum Schwefelpfuhl. Ein weiterer zu der Teufelsgrotte, und ein dritter in die Kaldenkerkener Höhle, in deren Nähe die Wolfseiche stand.

Der Gnom hatte viele Jahre seines Lebens in der Teufelsgrotte verbracht und kannte sich besser in der Unterwelt aus als über der Erde. Er wusste nicht, wann man ihn dort einst ausgesetzt hatte, verfügte über keine Erinnerung an seine Kindertage, an Eltern oder Verwandte.

Mit sicheren Schritten durcheilte er das unterirdische Labyrinth. Hier ungefähr müsste der weiße Stein sein. Er stocherte im Wurzelwerk. Hast gelogen, Hund?, dachte er. Schlug wütend mit den Fäusten. Lief noch paar Schritte vorwärts. Nein, hier war die lehmige Unterseite des weißen Steins zu sehen. Seine Augen gewöhnten sich schnell an die Dunkelheit, weil er jahrelang unter Tage gelebt hatte, und sein drittes Auge auf der Stirn wirkte dabei fast wie eine Lampe. Er drehte sich in alle Richtungen, die Höhle war an dieser Stelle besonders niedrig und schmal, was die Suche erleichterte. Rechts, links, vor, zurück. Hast gelogen, Hund? „Da!", schrie er plötzlich. Er sah das Wappen der Abtei, sprang darauf zu, wischte mit seinen Händchen Dreck von dem Deckel, öffnete ihn und hob den gewichtigen Fund. „Buchbuch!", lachte er, „Buch! Meister Prelati, Freude!" Tränen traten ihm in die Augen während er den *Liber Secretus* mit sanften Lippen küsste. Jubelnd stemmte er das Buch in die Höhe. Ein tiefes Gefühl der Befriedigung durchlief ihn, als hielte er die Macht der ganzen Welt in seinen Händen.

„Man glaubt's nicht, die Wände haben Ohren", schnaufte Custodis.
„Ich hoffe, wir haben dich gut unterhalten", versetzte Berthelot.
Das Gurren der Taube klang nach einer gewissen Zufriedenheit, doch der Student wurde blass.
„Ehrenwort, ich weiß nicht einmal, worüber ihr geredet habt, so vertieft war ich in meine Lektüre."
„Geh, hol den Pedell!", befahl Berthelot barsch.
Sein Student van Eyck, aus dessen Gesicht noch immer nicht die Verlegenheit gewichen war, gehorchte aufs Wort und verließ im Laufschritt die Bibliothek.
„Man könnte meinen, er wäre ein Spion. Aber bei Gott, dieser van Eyck ist ein Schlemihl."
„Na ja, er war vor uns in der Bibliothek, außerdem kenne ich ihn ganz gut. Sein Vater ist Kaufmann in Maastricht. Unsere Familie treibt Handel mit ihm. Allerdings hast du Recht ...", Berthelot bog seinen langen Körper vor Lachen, „er ist ein Schlemihl ... allerdings, was das Theoretische anbelangt, ein As. Ich habe vorhin meinen Studenten erklärt, was es mit dem *Corpus Hermeticum* auf sich hat, und dieses Milchgesicht war der Einzige, der es verstand." Berthelot biss auf seine langen Lippen, um das Lachen zu unterdrücken. „Nu ja, Custodis, zurück zu unserer Sache. Weißt du, was sich im Fürstentum Gelderland abspielt?"
„Du wirst es mir sagen."
„Du kennst Pater Marcus?"
Custodis sagte strahlend: „Wir Benediktiner kennen uns."
Berthelot überreichte seinem Freund den Brief.
„Lies selbst."
Berthelot wagte kaum daran zu denken, wie es in Gelderland zugehen würde, wenn es stimmte, dass Pelagius Prelati dort sein Unwesen trieb. Die Erinnerung an seine eigenen Begegnungen mit ihm in Padua quälten Berthelot. Sobald Prelati auftauchte, hatte Berthelot stets krampfhaft seinen Rosenkranz umklammert und unzählige Stoßgebet zum Himmel geschickt, was ihn vor dem Schlimmsten bewahrt hatte. Fürst Ludwig ließ offenbar nicht diese Vorsicht walten, sondern ließ ihn gewähren und fiel dem Hexenmeister zum Opfer.

Custodis faltete Marcus' Brief zusammen. Ausgerechnet Prelati, den jeder, der ihn kannte, für einen zweifelhaften Katholiken und einen unzweifelhaften Betrüger hielt. Über den fadenscheinigen Fensterrand sah Custodis den Fluss. Die Dyle führte eine trübbraune Masse, die träg dahinfloss.

„Mönchlein, Mönchlein", raunte er. „Hat sich in lausige Gesellschaft begeben, der Herr Fürst."

Berthelot riss seine Augen weit auf, so dass die tiefgrüne Iris darin aufstrahlte wie zwei Sterne. „Je öfter ich mir Marcus' verzweifelte Worte vor Augen führe, desto mehr wird mir klar, dass in Gelderland Dinge geschehen, die weit über das leider normal gewordene Maß an Mord und Totschlag hinausgehen. Wir haben es mit einem mächtigen Feind zu tun."

„Prelati, Prelati, wer kennt ihn nicht, diesen durchtriebenen Schurken. Sein Name stinkt durch halb Europa." Die Taube hockte inzwischen friedlich in ihrem Versteck und ließ nur hin und wieder ein halblautes Gurren vernehmen.

Custodis war blass geworden. „Aber wer sollte in der Lage sein, einen solchen Schlag gegen die Kirche zu führen?" Er verstummte. Ein jäher Ausdruck des Erschreckens verzerrte sein Gesicht. „Für ein Täuschungsmanöver dieser Größenordnung, kommt nur eine einzige Macht in Frage. Der älteste Feind..." Custodis schnappte nach Luft. „Satan selbst ist angetreten, um Rache an der heiligen Mutter Kirche nehmen."

„Wer sonst? Die Teufelsbrüder verehren ihn in bestimmten Geheimgesellschaften. Wir reden hier von Zauberern und Hexen, die sich darin zusammengeschlossen haben ..."

Der Blick in Berthelots Augen ließ Düsteres ahnen. „... und von der S.O.L.", seufzte Custodis.

„Es wäre nicht das erste Mal in der Geschichte, dass eine finstere Bruderschaft mordet, um die Macht Jesu Christi zu unterwandern. Nachdem, was Marcus schreibt, geht es am Johannisfest um mehr als magischen Hokuspokus."

„Wir sind in großen Schwierigkeiten, nicht wahr, Asparagus?" Custodis schloss seine Augen. Seine Gedanken rasten.

„Die S.O.L. hat im letzten Jahrhundert gewaltigen Einfluss gewonnen", begann Berthelot. „Wie du weißt, handelt es sich dabei um eine mächtige, geheime Sekte mit okkulten Ritualen. Ihre

Wurzeln reichen weit in die Menschheitsgeschichte zurück. In ihr bewegen sich Alchimisten, Okkultisten, Mystiker und sie versuchen mit aller Macht die Kirche zu unterwandern. Ich weiß aus sicherer Quelle, dass sich Gelehrte und sogar Bischöfe in einem geheimen Unterschlupf in Rom treffen. Sie nennen den Ort *Ecclesia Lucis* – die Kirche des Lichts."

Custodis war verstummt und Berthelot hoffte, dass er sein Gelehrtenhirn und seinen gesunden Menschenverstand dazu benutzte, über einen Ausweg nachzusinnen. An seinem Gesichtsausdruck erkannte er jedoch, dass er eher schockiert als nachdenklich war, und bemitleidete ihn insgeheim, weil er ihn in eine Geschichte mit einbezog, die alles andere als Annehmlichkeiten mit sich brachte.

Berthelot fuhr mit der Hand über seine Stirn. „Um es deutlich zu sagen, Custodis, Europa gleicht einem brodelnden Vulkan und wird bald einem Hexenkessel gleichen."

Custodis atmete tief ein und zog seine Lippen zu einem Strich. „Zumal der frisch gekürte König Karl V. nicht unbedingt der Stärkste ist. Mit seinen knapp zwanzig Jahren ganz sicher überfordert, das auseinanderdriftende Reich zu führen."

Ebenso wie Berthelot kannte er den jungen König, der aus Gent stammte, das nur wenige Meilen entfernt von Leuven lag. Man wusste, dass Karl V. ein sinnenfreudiger Mensch war, der vor allem der Völlerei zuneigte. Obschon ihm der ein oder andere vernünftige Berater zur Seite stand, schienen Schwierigkeiten vorprogrammiert, die sich leicht zu einer Katastrophe auswachsen konnten.

„Vor allem belastet mich …", führte Custodis mit ernster Miene weiter aus, „was die verschollenen Kinder anbelangt. Wir wissen von den Satansmessen der Katharer und Waldenser, dass sie Menschenopfer – vornehmlich Kinder – darbringen, um von Satan Macht zu erhalten. Du weißt, Asparagus, ich gehöre weiß Gott nicht zu den Schwarzsehern, aber die Lage ist äußerst beklemmend."

„Ja, wenn wir nicht wüssten, dass sich die Geschichte auf ein einziges großes Tor zu bewegt: die Offenbarung Gottes."

Mit schweren Schritten tappte der Pedell in Begleitung des Studenten heran und sagte mit schwerer Stimme. „Ich höre, es gibt Schwierigkeiten, die Herren?"

„Eine Taube“, sagte Berthelot.

Kaum hatte der Pedell das Tier entdeckt, bekam sein grobes Gesicht einen ungemein sanften Ausdruck und seine Stimme klang halb so schrill wie sonst. „Krrr, krrr..“ Mit federnden Schritten tastete er sich an ihr Versteck heran und hielt die Hände nach oben hin geöffnet wie einen Kelch. „Krrr, krrr..“

Die Taube ließ sich sanft in seine Hände fallen. Sofort streichelte er sachte ihren Flaum und trug sie behutsam zum Fenster, wo er sie mit mildem Schwung nach draußen beförderte.

„Adieu.“

„Wie habt Ihr das geschafft? Ihr seid ein Meister Eures Fachs“, bemerkte Berthelot.

Der Pedell, nun wieder in seiner ganzen bäuerischen Derbheit, sagte: „Man muss nur die richtige Sprache finden. Ihr seid doch Meister der Sprache oder nicht?“

„Vielen Dank“, sagte Berthelot. „Eine Lehre in Demut kann nie schaden.“

Sie warteten, bis der Hausmeister und der Student die Bibliothek verlassen hatten.

Berthelot spürte, dass er keine Zeit mehr verlieren sollte. „Custodis, ich habe den Eindruck, ich muss mich unverzüglich auf den Weg nach Gelderland machen.“

„Je nun, wie es aussieht, wirst du deine Dominikanerkutte wohl gegen das feine Kleid des Edelmannes tauschen müssen ...“, murmelte Custodis über seine gefalteten Hände hinweg. „Im Habit lässt sich schlecht reiten, geschweige denn das Schwert führen ...“

„Sapperlot, was sagst du alter Benediktiner mir jungem Dominikaner da.“ Berthelot wusste, dass er sich die Freiheit nehmen durfte, statt seiner Ordenstracht weltliche Kleidung anzulegen wenn besondere Aufgaben es erforderten. Dieses Privileg, das nur für wenige galt, war sogar mit Rom abgesprochen.

„Sofern es dem feinen Herren nicht zuviel Mühe ist.“, versetzte Custodis mit weit aufgerissenen Augen, als könnte er die Zukunft erschauen. Die Glocke schlug. „Bei Gott, viertel zehn, die Zeit läuft uns von hinnen. Worauf wartest du eigentlich, Asparagus?“

Berthelot sah Custodis an. „Wer wird meine Vorlesungen übernehmen?“

„Ich.“

Berthelot schüttelte voller Freude die Hand seines Freundes. „Ich wusste, dass ich auf dich zählen kann."

Doch seine Freude übertrug sich nicht auf Custodis. Trauer, vielleicht sogar Bitternis hatte ihn ergriffen. „Cornelius", sagte er, und wenn er ihn nicht bei seinem Spitznamen nannte, musste es sehr ernst sein, „wirst du der Macht Prelatis gewachsen sein?"

„Als Christen sind wir allem gewachsen, weil wir der Lüge die ewige Wahrheit entgegensetzen: das Licht Jesu Christi."

„Ich hoffe, du kannst nicht nur reden wie ein Held, Asparagus. Vergiss nicht, selbst bis in Leuven ist bekannt, dass Fürst Ludwig von Gelderland seit er die Königswahl gegen Karl verloren hat, wie ein angeschossenes Tier ist."

Berthelot wandte sich zum Gehen. „Ach, noch etwas, hast du irgendwann von einem merkwürdigen Buch namens *Liber Secretus* gehört?"

Custodis wurde blass: „Die legendäre Satansbibel? Sie existiert doch nur in der Vorstellung irgendwelcher Fantasten."

„Vielleicht ja nicht."

„Red keinen Nonsens."

Berthelot fuhr mit dem Daumen über die Lippen. „Nein, es ist mir bitterernst."

„Ist Prelati in ihrem Besitz?"

„Offenbar wäre er es gerne."

„Dann gnade uns Gott."

XII. Schloss Reitzenstein, mittags um die zwölfte Stunde

Der Abt hatte auf der Kutschfahrt von der Abtei zur Burg kaum ein Wort mit Pater Randolph gewechselt, zu sehr beschäftigten ihn seine trüben Gedanken an die Vorkommnisse in Gelderland. „Halt!", schrie der Kutscher. Mühselig gestützt von Pater Randolph stieg der Abt aus der Kutsche, dabei bauschte sich sein weites geistliches Gewand, um dessen Halskrause eine Pelzstola gewickelt war. Trotz der sommerlich lauen Temperaturen schien er zu frieren, was nicht nur seinem Alter geschuldet war. Ein gedrungener Mann, mit einem klugen, schmalen Gesicht, dessen scharfgeschnittene Züge ebenso viel Wachheit verrieten wie seine schwarzen, lebhaften Augen. Sein Mund bestand aus zwei dünnen farblosen Strichen, die unweigerlich auf eine unnachgiebige Härte zu deuten schienen, was die tief gebogene Adlernase zusätzlich hervorhob.

„Die Fürstin erwartet Euch, Vater Abt", sagte ein livrierter Diener mit einer weinerlichen Stimme und machte eine kleine, geckenhafte Verbeugung.

„Fürstin?", knurrte der Abt. „Ich bin mit Fürst Ludwig verabredet."

„Gewiss, folgt mir bitte."

Es kostete ihn äußerste Mühe, sich in Bewegung zu setzen, was ihn daran erinnerte, wie alt er war, denn er hatte niemals zugelassen, dass sein fortschreitendes Alter den wesentlichen Interessen der Abtei im Weg stand. Kaum jemand ahnte, wie viel Kraft es ihn mittlerweile kostete, das Werk Gottes gegen die Anfechtungen der Welt zu verteidigen. Die Zeiten waren unruhiger geworden. Die Herrschaft der Fürsten und Bischöfe orientierte sich oft genug nicht an den Bedürfnissen der Menschen, geschweige denn an Gottes Wort. Zwietracht und Neid bestimmten das Leben. Insbesondere da, wo Gott nahe sein sollte, hielt ihn der Schleier menschlicher Begehrlichkeiten verdeckt. Die Welt war in eine neue Eiszeit eingetreten. Man hatte das Wort Gottes herumgedreht. Der Abt blickte entgeistert vor sich hin, denn er ahnte, dass sein Prior Ulbertin eine Rolle dabei spielen sollte. Doch die Abtei war romtreu. Darüber wollte der Abt mit dem Fürsten reden. Anders als Luther oder den anderen aufbegehrenden Theologen wäre es dem Abt niemals in den Sinn gekommen, ein Jota vom Pfad des alten Glaubens abzuweichen, trotz aller Kritik an Rom.

Mitten im Schritt musste Theodardus stehen bleiben, spürte, wie sich seine Brust zusammenkrampfte, aber vermied es, dorthin zu greifen, weil er es für schädlich hielt, seine Schwäche preiszugeben. Stattdessen umgriff er den helfend dargebotenen Arm Pater Randolphs, um sofort wieder weiterzugehen.

Pater Randolph rief dem Diener zu. „Siehst du nicht, dass wir keine Wettläufer sind?"

Der Diener wartete auf sie, wobei er geziert abwinkte.

„Keine Sorge, wir kommen schon nicht zu spät. Wenn ich Euch behilflich sein kann, braucht Ihr es nur zu sagen“, sagte er dünkelhaft und ließ sie merken, dass er etwas ganz anderes dachte.

„Dazu bin ich schließlich da.“ Der Diener lächelte, wobei ein leiser, kaum verhohlener Spott seinen roten Mund umspielte.

Der Abt schnaufte. Immer wieder musste er an Prelati denken. Er galt als Meisterschüler des bedeutendsten Magiers Agrippa von Nettesheim. Zudem war Agrippa Großprior des Geheimen Templerordens, der seit dem päpstlichen Verbot vor zweihundert Jahren im Untergrund arbeitete. Zu den mächtigsten Geheimbünden zählte seit Jahrhunderten die S.O.L., die *Societas Orientis Lucis*. Zahlreiche Fürsten gehörten ihr an, auch hochrangige Geistliche. Doch hinter all den Geheimbünden stand ein viel mächtigerer Bund. Ein Orden, dessen Name jedoch kaum jemand außer den Eingeweihten, die sich auf Leben und Tod zum Schweigen verpflichteten, kannte. Tatsächlich wüsste von der Existenz der Bruderschaft der Zehn nicht einmal der Abt, hätte er nicht über ein schon lange bestehendes Netzwerk aus Palastspionen und Informanten verfügt. Noch eins wusste der Abt: Fürst Ludwig hatte gemeinsam mit Pater Marcus in Padua studiert. Und mit Prelati.

Der Abt stieß kurz aufeinanderfolgende Atemstöße aus, um nicht ohnmächtig zu werden. Mühselig erreichte er das Portal, zu dem drei breite Stufen hinaufführten. Pater Randolph musste ihn stützen, wobei er befürchtete, der Abt habe unterwegs einen Schwächeanfall erlitten, denn derart gebrechlich kannte er ihn aus dem Kloster nicht und am Morgen noch hatte er sich geradezu kraftstrotzend präsentiert.

„Wenn Ihr mir in den Spiegelsaal folgen wollt. Bitte“, sagte der Diener, wobei sein Organ noch weicher klang, wenn er es in die Höhe gleiten ließ.

Der Abt blieb an der Tür stehen und umgriff mit einer Hand die Klinke, ohne sie herunterzudrücken. Das Herz klopfte ihm bis zum Hals, sein Atem ging schwer. Ein kurzatmiges Husten rasselte an seiner Kehle hoch, wobei seine Brust schmerzte. Ihm würde nicht mehr viel Zeit bleiben, das spürte er deutlich. Was hatte Pater Marcus gesagt, bevor er zum Fürsten aufbrach?

„Vater Abt, wir müssen jetzt alle Kräfte bündeln."

Bei Gott. Alle Kräfte bündeln.

Das hatte fast optimistisch geklungen. Jedenfalls weitaus optimistischer als die Worte von Pater Jeremias, der ihm mit todtraurigem Blick entgegnete: „Es wird Schreckliches geschehen. Wir wollen versuchen, es zu verhindern." Konnte der Versuch, das Schlimmste abzuwenden, überhaupt noch von Erfolg gekrönt sein?

„Wenn Ihr bitte Platz nehmen wollt", piepste der Diener. „Ich werde die Fürstin sogleich holen."

„Ich bin mit dem Fürsten verabredet, um mit ihm über die Zukunft Gelderlands zu sprechen", polterte der Abt sich wiederholend, wobei er aus seiner Abneigung gegen den koketten Diener keinen Hehl machte.

„Gewiss." Katzbuckelnd verzog er sich, seine dienernden Gesten wurden von allen vier Wänden wiedergespiegelt. In ihrer Vervielfältigung wirkten sie geckenhafter als ohnedies schon. Es sah aus, als würde alles bis ins Unendliche hinein gespiegelt. Wieder ein Irrtum der neuen Zeit, dass sich die Gesetze der Ewigkeit imitieren ließen. Wie überhaupt dieser Spiegelsaal auf den Abt unangenehm gekünstelt wirkte. Der mit roten Samtteppichen ausgelegte Boden, eine beinhohe, also etwa bis zum unteren Drittel der Wand reichende Seidentapete, in demselben Scharlachton wie der Teppich, darüber die aus Kristall geschliffenen Spiegel, einer nahtlos neben dem anderen. Es musste ein Vermögen gekostet haben, sie aus Venedig zu importieren. Wie viele Bauern hatte er dafür ausgepresst, die sich auf dem Feld für jede Elle Spiegelglas zu Tode schufteten. Ein Spiegel, hieß es im Volksglauben, hielt die Seele fest. In der Tat bereitete es dem Abt großes Unbehagen, sein Antlitz hundertfach gebrochen zu sehen. Die Burg hatte sich sehr verändert, seit Prelati hier im Hintergrund regierte.

Kaum hatte sich die Tür hinter dem Diener geschlossen, fragte Pater Randolph, ob alles in Ordnung sei.

Verärgert winkte der alte Herr ab. „Schau dir diesen Prunk an. Sie machen sich selbst verrückt, in dem sie sich in ihrer Eitelkeit tausendfach gespiegelt sehen. Mit einem Wort, sie sind wie Narziss, der sich, von seiner eigenen Schönheit betört, selbst verzehrte. Dabei fehlt diesen teutonischen Fürstengeschlechtern alles, was dem griechischen Schönheitsideal entsprach: Anmut, Stärke, Weisheit. Die Eitelkeit ist Satans dümmste Art der Verführung, wahrscheinlich ist sie deshalb so erfolgreich."

Jeder, der dem Abt begegnete, war angetan von seiner Gedankenschärfe, doch verband sich damit eine gewisse Furcht, durch die polierte Oberfläche seines Geistes hindurchstoßen zu können. Obwohl er zunächst eine weltliche Laufbahn einschlug, stieg er, nachdem er in den Benediktinerorden eingetreten war, schnell auf. Mit seinem Doktorgrad in Rechtswissenschaften erwies er sich bei den endlosen Manövern und Adelsintrigen als hervorragender Berater. Selbst seine Gegner stimmten darin überein, niemals eine urteilsfähigere Persönlichkeit kennengelernt zu haben. Er verstand es hervorragend, sich auf dem glatten Parkett der verwickelten Adelspolitik zu bewegen, wo sich mal diese, mal jene Partei miteinander verband oder bekriegte. Er beherrschte den höfischen Jargon und durchschaute Palastintrigen ebenso schnell wie religiöse Lügengebäude. Mit kurzen Unterbrechungen leitete er seit vierundzwanzig Jahren die Abtei Niersbachthal. Er verfügte über ausgezeichnete Beziehungen nach Rom. Den Wert eines tadellos funktionierenden Informationssystems hatte er schon bald nach Antritt seines Postens als Abt der umkämpften Region Flandern erkannt. Seine kluge Handhabung von Geheimnissen oder halboffiziellen Informationen brachte ihm Anerkennung weit über die Grenzen des burgundischen Reiches hinaus. Der Abt registrierte die Bedürfnisse der gesamten Fürstenhöfe und Klöster im Wirkungskreis des deutschen Reiches römischer Nation und bediente sie im Austausch für Gunstbezeugungen. Ein uralter Mechanismus. Obwohl geographisch gesehen weitab von den Schmelztiegeln Rom, Paris, Venedig und Padua, wo die Politik bestimmt wurde, galt er als graue Eminenz jenes Ordens, der zwar nicht traditionell den päpstlichen Hoftheologen stellte, aber großen Einfluss auf die Kirche Roms besaß.

Der geckenhafte Diener klopfte dreimal mit seinem Stab auf. „Ihre Hoheit, Fürstin Sybil von und zu Reitzenstein und Lohheide."

Während Pater Randolph ehrfürchtig aufstand, blieb der Abt sitzen und schaute mit hochgezogenen Augenbrauen und herabhängenden Lidern auf die Fürstin, die mit kleinen, kurzen Schritten hereintrippelte. Ihr Teint war noch blasser als sonst, ihr grob gelocktes Haar in der zigfachen Spiegelung wie Schlangen, die aus ihrem Kopf wuchsen. Sie trug ein scharlachrotes Kleid, so rot wie Teppich und Tapete, mit einer kurzen Schleppe. Kokett hielt sie dem Abt ihre Hand hin. In herablassendem Tonfall sagte sie: „Hochwürden hat sich Zeit gelassen seit dem letzten Besuch."

Er wäre nie auf die Idee gekommen, einen Handkuss anzudeuten, sondern schüttelte sie, wie er die Hand jeder Bauernmagd geschüttelt hätte, und sagte mit nicht weniger großer Herablassung: „Meine Amtsgeschäfte beschränken sich nicht auf das Feiern höfischer Feste. Ich hatte Euren Gatten erwartet, Hoheit. Ihr werdet mir sicherlich sagen, weshalb er mich nicht empfängt wie besprochen."

„Ihr wisst, die Tumulte in Gelderland häufen sich und es stehen zukunftsweisende Tage bevor."

Der Abt schürzte seine Lippen. „Das Johannisfest, von dem ich hörte, einige der deutschen Fürsten seien dazu geladen: Mich wundert, dass Ihr mir keine Einladung zukommen ließet. Oder hängt es damit zusammen, dass Ihr statt einer Anbetung Gottes den Teufel anzurufen gedenkt?"

„Vater Abt", begann die Fürstin höhnisch, wobei sich ihr blasses Gesicht zu einer Fratze verzerrte. „Wir sollten da nichts vermischen. Zu jeder Zeit ist es eine hohe Ehre, wenn Ihr uns einen Besuch abstattet. Doch Ihr wisst selbst, dass es eine rein politische Veranstaltung ist, die mein Gatte, Fürst Ludwig, gezwungen ist, auch so zu behandeln."

„Nicht zu vergessen, dass das Amt eines Abtes immer auch ein politisches ist."

„Lasst uns nicht rechten. Der Fürst wird Euch gleich beehren. Habt noch ein bisschen Geduld."

Die Fürstin erhob sich, raffte die Schöße ihres Kleides zusammen und verließ mit ihren kurzen Trippelschritten den Spiegelsaal, ihren Kopf in den Nacken gelegt, was sie ein wenig größer machte, als sie in Wirklichkeit war.

„Wenn Ihr gestattet, sehe ich mich ein bisschen um."

Ohne sich zu ihm zu drehen, sagte die Fürstin. „Selbstverständlich, mein Diener wird Euch begleiten."

Nachdem die Fürstin gegangen war, erhob er sich schwerfällig von seinem Sessel und trat langsam zum Fenster. Der Abt war es gewohnt, dass seine Pläne genau so funktionierten, wie er es sich vorgestellt hatte. Ein Mann, der unbedingten Gehorsam und unanfechtbare Gläubigkeit erwartete, wie er es zeitlebens vorgelebt hatte.

„Die Galerie ist etwas ganz Besonderes, ich habe sie mir länger schon nicht mehr angeschaut."

Der Diener nickte. „Es sind ein paar neue Exponate hinzugekommen."

„Worauf warten wir also?"

Gestützt von Pater Randolph folgte der Abt dem Diener.

XIII. Kaldenkerker Heide, ebenfalls um die zwölfte Stunde

Im Dauerlauf war der Gnom von der Wolfseiche zum Schafstall, in dem der Pater gefangengehalten wurde, zurückgekehrt. „Hast tatsächlich nicht gelogen", sagte er. Triumphierend hielt er den *Liber Secretus* über seinen Kopf.

„Bind mich los!", forderte der Mönch.

Der Gnom feixte. „Los? Los? Sollst krieg'n, was verdienst." Er zückte den Dolch und durchtrennte die Fesseln. Dann entdeckte er das Medaillon und hob es mit der Dolchspitze hoch. „Was das? Was das? Mönch trägt Kette wie'n Weib. Wie'n dreckiges Straßenweib. Trägt Mönch nich 'n Kruzifix?"

„Ein Andenken", entgegnete der Mönch, Schweiß troff von seiner Stirn. „Ein Andenken. Völlig wertlos."

„Wertlos wie du, Schwein."

„Ich wusste, dass du mich betrügst."

„Ja, Teufels Brüder töten gern." Barbarisch stach er den Dolch in sein Opfer und drehte ihn herum.

Der Mönch verspürte einen brennenden Schmerz in der Magengegend, der ihn auseinanderzureißen drohte. Wimmernd brach er zusammen und rollte seinem Mörder vor die Füße. Trotz der Qualen, die ihm die Sinne zu rauben drohten, versuchte er seine Gedanken auf ein Ziel zu konzentrieren. In seinem Hirn tobte ein Orkan aus Schmerz und unbändigem Willen. Der Gnom leckte mit heiterem Blick das Blut von der Klinge, als wäre es eine Kostbarkeit. Lustvoll holte er zu einem neuen Stoß aus, als er unerwartet den Dolch in den Schaft zurücksteckte. „Der Rest erledigt sich von selbst", sagte er mit der ganzen Kunst der Herablassung einer geschundenen Kreatur. „Mög dein Gott dich segnen, wenn er kann. Wird dich wohl verrecken lassen wie sein' eingeborenen Sohn."

„Nein, du versteht nicht. Ich werde bald bei Gott sein, wie sein Sohn Jesus Christus, unser Herr."

Der Gnom lachte laut auf. „Narr!"

Bevor er ging, spuckte er vor seinem Opfer aus und stieß ein gellendes Lachen in die Luft, das in seiner Grellheit noch in den Ohren stach, als er schon einige Schritte von der Hütte entfernt war.

Der Mönch lag schmerzgekrümmt auf der Seite. Er entspannte für einen Moment seine Augen und richtete seinen Blick nach oben.

„Herr Jesus Christus, erbarme dich meiner", wiederholte er unablässig. Aus dem Loch in seinem Bauch rann Blut. Darauf durfte er nicht achten. Irgendwie musste er versuchen, seine verbleibende Lebenszeit zu nutzen, damit die mächtigsten Geheimnisse nicht in die Hand des Bösen kamen. Flach atmend, um zuviel Anstrengung zu meiden, gelangte er zur Pritsche. Mit letzter Kraft riss er sich das Kettchen vom Hals, an dem das Medaillon hing. Er musste darauf hoffen, dass Berthelot den *Liber Secretus* suchen würde. Doch die Satansbibel war nicht vollständig ohne den geheimnisvollen Papyrus. Also blieb ihm nur die Möglichkeit, letzte Hinweise zu geben. Berthelot musste das Medaillon finden und damit den Schlüssel.

Herr Jesus Christus, Sohn Gottes, erbarme dich meiner.

Er erschauderte. Kalter Schweiß stand ihm auf der Stirn, als er sich zwang, seinen Finger in die Wunde zu stecken. In einem immer bedrohlicheren Gemisch aus Angst und Schmerz mobilisierte er seine letzten Kräfte. Er durfte sich nicht dem Sterben hingeben, zuviel stand auf dem Spiel. Kein weiteres Nachdenken darüber, ob der Abt tatsächlich Verrat begangen hatte. Kein

Nachdenken über den eigenen Tod, den er nun, innerlich ruhig, wie einen geliebten Bruder vor sich sah. Jeden Bruchteil einer Sekunde musste er nutzen, wenn es noch eine Rettung geben sollte. Die Mächte der Unterwelt sind mächtig, aber sie werden die Kirche Christi nicht überwinden, dachte er.

Danke, Vater, dass ich dem Bösen nicht nachgegeben habe ...

Die fast unlösbare Aufgabe, die vor ihm lag, konnte er nur mit Gottes Hilfe bestehen. Während er betete, rüstete er sich innerlich auf den letzten Kampf, den er auf der Erde zu führen hatte.

XIV. Abtei Niersbachthal, nachmittags um die erste Stunde

Aufgeregt lief Fra Angelo hinter dem Prior her.

„Pater Ulbertin. Pater Ulbertin."

Der Prior wandte sich missmutig um.

„Ich habe einen zerrissenen Brief in Pater Marcus' Zelle gefunden."

„Zeig."

„Er liegt in seiner Zelle."

„Hornochse." Der Prior drehte sich wütend um. „Los, ich muss ihn sehen."

Ulbertin gefiel sich in der Haltung eines ungeschlachten Soldaten: Breites Kreuz, zurückgezogene Schultern. Er war groß und hatte ein schiefes Gesicht mit aufgeworfenen Lippen, einer breiten Nase und stechenden wasserblauen Augen. Sein Kopf war völlig haarlos, was seine harten, groben Züge noch unterstrich. Mit festen Schritte, als wollte er die Erde unter sich einstampfen, preschte er im Eiltempo durch die langen, hohen Gänge, Fra Angelo folgte ihm im Laufschritt. Der Novize war ein Kopf kleiner als Ulbertin und schmächtig, so dass es aussah, als gingen dort Vater und Sohn.

„Typisch für ihn, dass er die letzte Zelle auf dem Gang hat."

„Ja. Hier links", beeilte sich Fra Angelo zu sagen.

Ulbertin drückte die Tür auf. Sein Blick sauste durch die karge Klosterzelle. Auf dem schmalen Ecktisch lagen tatsächlich die

Fetzen, die für ihn so wichtig sein konnten. Ulbertin setzte sich auf den Schemel und fügte die Einzelteile zusammen. Offenbar handelte es sich um einen Entwurf. Doch was er las, gefiel ihm nicht. Instinktiv verschränkte er die Arme, als müsste er sich vor dem, was da stand, schützen. Was zum Teufel, dachte sich Pater Marcus dabei, jenen Leuvener Professor Cornelius Berthelot um Hilfe zu bitten. Berthelot, der im Orden bekannt war als große Leuchte neben Erasmus von Rotterdam, als Hüter von Glauben und Moral, bei Gott, das würde gerade noch fehlen! Er musste sofort Prelati benachrichtigen. Obwohl Ulbertin die genauen Zusammenhänge nicht kannte, wusste er so viel, dass Pater Marcus diesen seltsamen Heiligen aus Leuven nicht angeschrieben hätte, wenn er sich keine Hilfe von ihm erhoffte. Für Ulbertin ließ sich nicht genau ausmachen, wie groß die Gefährdung von außen war. Er verfügte nicht über einen besonders hohen Intellekt, dafür über ein unbedingtes Durchsetzungsvermögen. Ein Mann fürs Grobe, unbeliebt bei seinen Untergebenen, geschätzt vom Abt, weil er die unangenehmen Dinge erledigte. Doch damit sollte es vorbei sein. Viele Jahre schon spielte er die Rolle des zweiten Mannes. Prelati hatte ihm versprochen, sobald das Johannisfest vorbei wäre, würde er, Ulbertin, Abt von Niersbachthal – und mehr als das, Gegenspieler Martin Luthers. Ulbertin war stolz darauf, dessen Rolle als Erneuerer der Kirche zu übernehmen. Seit Prelati ihn als Lehrling in die S.O.L. aufgenommen hatte, schienen seine Machtträume Realität zu werden. Prelati weckte immer neue Begierden, ließ ihn an den Genüssen der Welt teilhaben und ihm die schönsten Frauen zuführen. Warum sollte er nicht einem lockeren Lebenswandel folgen, wie es der Bischof von Rom vorlebte? Und forderte das Wittenberger Mönchlein nicht auch eine Abkehr vom Zölibat? Ulbertin fiel der Verzicht auf den Glauben nicht besonders schwer. Was war der Tod eines Märtyrers schon im Vergleich mit dem komfortablen Hinscheiden in einem weichen Bett. Gleichwohl neigte Ulbertin dazu, seine Meinung schnell wieder zu ändern. Doch konnte er das jetzt noch? Hatte die S.O.L. nicht auch sein Leben in der Hand?

„Pater Ulbertin“, sagte Fra Angelo, „wenn Ihr wollt, reite ich zur Burg, um Prelati zu informieren.“

Ulbertin schreckte aus seinen Gedanken auf. „Unbedingt. Mach dich gleich auf. Ich schreibe nur noch einige Zeilen an Meister Prelati."

XV. Schloss Reitzenstein, ebenfalls um die erste Stunde

Theodardus war eine Weile nicht mehr auf der Burg gewesen. Eine ganze Weile. Lange Zeit waren Ludwig und er enge Verbündete gewesen. Bis vor anderthalb Jahren. Da kam es zum Bruch. In einem einzigen Augenblick. Kurz vor der Wahl des jungen Karl von Spanien zum neuen deutschen Kaiser war der Abt als Parteigänger Ludwigs unangemeldet zur Burg gekommen. Warum? Er wusste es selbst nicht mehr. Ein Wink? Fügung? Schicksal? An diesem Dienstag vor Ostern wollte er Ludwig davon unterrichten, dass auch Franz von Frankreich nach der Kaiserwürde strebte. Damit gab es drei Bewerbungen und Ludwigs Chancen stiegen. Dem alten Fahrensmann Theodardus war klar, dass sich die Wahlmänner weder auf Karl noch auf Franz einigen würden. Dann schlüge Ludwigs Stunde. Er könnte als lachender Dritter die Wahlmänner auf seine Seite ziehen. Die nötigen Stimmen hätte der Abt ihm besorgt. An diesem Dienstag geschah etwas, das den Abt entsetzte. Nirgends auf der Burg war der Fürst zu finden. Um nicht unverrichteter Dinge zu gehen, wollte Theodardus in der Burgkapelle einen Rosenkranz beten, doch die Tür war verschlossen, obwohl von innen ein Gemurmel nach draußen drang. Der Abt, der Ludwig in dieser Kapelle getauft hatte, kannte sich gut genug aus, um durch den Geheimgang in die Kapelle zu gelangen. Seine Neugierde war geweckt. Mit leisen Schritten durchmaß er die Katakomben unter der Burg, zehenspitzte die Wendeltreppe zur Sakristei hinauf und öffnete lautlos die Tür. Noch heute kam es ihm wie ein Trugbild vor: Der Fürst kniete in einem Kreidekreis vor dem Altar, die Arme beschwörend erhoben. Das Blut, dass aus seiner linken Hand troff, schien eine schemenhafte Figur aufzusaugen, die wie ein Schatten vor ihm stand. Kein Mensch, nur der

Schleier eines Geistes. Der Abt hatte sofort gewusst, um wen es sich handelte. Ludwig paktierte mit dem Teufel, um die Kaiserwürde zu erlangen. Schockiert und peinlich berührt hatte sich der Abt damals aus dem Staub gemacht. Später, bei der Wahl des neuen deutschen Kaisers, hatte der Abt seinen ganzen Einfluss geltend gemacht, um Karl V. zu krönen.

Hieß die Rache des Fürsten Prelati?

Der Abt stand vor den Porträts der Fürstenfamilie. Er spürte einen tiefen Stich in seiner Herzgegend. Die Ahnengalerie Ludwigs reichte weit zurück bis vor die Jahrtausendwende. Sein berühmtester Vorfahr war Kampfgenosse Ottos des Großen bei der Schlacht auf dem Lechfelde, wo 955 die Ungarn niedergefochten wurden. Das Porträt Ludwigs hatte kein Geringerer als Leonardo gemalt. Doch verwunderlicher war das Bild daneben, ebenfalls von da Vinci signiert. Es zeigte jemanden, der gewiss nicht zur Ahnenreihe der von Gelderland zählte: Pelagius Prelati. Am unteren Bildrand stand ein in Spiegelschrift geschriebenes Wort, das der Abt, geübt in Hebräisch und deshalb in der Lage schnell von rechts nach links zu lesen, in aller Eile entzifferte: „Thot".

Darüber, weshalb Prelati diesen Namen verwendete, konnte der Abt nur Mutmaßungen anstellen. Was der Name bedeutete, war ihm hingegen sofort klar: Thot, der ägyptische Mondgott, oft als Mensch mit Ibiskopf dargestellt. Er galt in der ägyptischen Mythologie als Erfinder des Maßes und der messbaren Zeit, damit auch der Rechen- und Schreibkunst, vor allem aber als Gott aller Zauberei und der „Königliche Kunst" genannten Schwarzen Magie. Von ihm aus führte der Weg zu den ägyptischen Mysterien – und auf diese Weise zu verschiedenen Geheimgesellschaften. Unentwegt zogen geheime Bruderschaften im Untergrund ihre Fäden. Weit hinter den Kulissen des täglichen Lebens versteckt, weit hinter den Alchimisten oder selbst der geheimen S.O.L agierte die „Bruderschaft der Zehn". Kaum ein Normalsterblicher wusste um ihre Existenz. Doch sie hatte ihr Netz über die ganze Welt gespannt. Der Geheime Templerorden und andere waren ihre willigen Erfüllungsgehilfen. Stets arbeiteten ihre Helfer im Verborgenen, um ihr letztes Ziel zu erreichen: Die Schaffung einer neuen Weltordnung. Ein tyrannischer Weltstaat und eine antichristliche Weltreligion, ein spirituelles Sammelsurium, von dem die Bruderschaft sagte, es sei: „eine Religion in der alle Menschen übereinstimmen können". In Wahrheit beteten sie Luzifer an. Allerdings behaupteten sie, Luzifer sei nicht der gefallene Engel, vielmehr sei in ihm der Lichtbringer zu sehen, der den Menschen die Erleuchtung bringe. Eine geschickte Irreführung, denn Luzifer war und blieb Satan, der Widersacher Gottes. Das konnte auch keine Wortklauberei beschönigen.

Der Abt raffte die Schöße seiner Soutane um sich und setzte sich wieder hin. Die Bruderschaft der Zehn verleugnet Jesus Christus, das wahre Licht, dachte er. Und ihr mächtigstes Werkzeug ist die S.O.L.

Von Unruhe getrieben stand er wieder auf.

Leonardo da Vinci war der Großmeister der S.O.L. Er hatte das Amt inne von 1503, dem Todesjahr des sittenlosen Papstes Alexander VI., bis zu seinem eigenen Tod im vorigen Jahr, der nicht zufällig nach der kräftezehrenden Walpurgisnacht am 2. Mai eintrat. Leonardo war ein notorischer Sünder gegen die Gebote Gottes, der mehr oder weniger heimlich ein ausschweifendes Leben führte. Die berühmte Vitruv-Studie war ein beredtes Beispiel nicht nur für seine Einstellung, den Menschen anstelle Gottes in das Zentrum der Welt zu rücken. Damit stand er in einer alten materialistischen Tradition, schon der antike Philosoph Protagoras hatte den Leitsatz formuliert: Der Mensch ist das Maß allen Seins. Den okkulten Hintergrund da Vincis zeigte die Struktur des Proportionsschemas der menschlichen Gestalt nach Vitruv: das Pentagramm im Kreis als Symbol der Alchimisten. In dem er frischbeerdigte Leichen ausgraben ließ und sie sezierte, gewann er medizinische Erkenntnisse. Doch Gerüchte wollten wissen, dass er die Toten später für schwarzmagische Riten missbrauchte. Vielleicht wurde er auch durch die diabolische Magie zum Konstrukteur von Kriegsmaschinen und Foltergeräten, die ein bis dahin nicht gekanntes Maß an Grausamkeit zeigten. Was der Abt ebenfalls wusste: Pelagius Prelati hatte im Jahr zuvor, in der Walpurgisnacht 1519, von Leonardo das Amt des Großmeisters der S.O.L. übernommen. Abt Theodardus' Verbindungen gingen sogar so weit, dass er wusste, welche hochrangigen Kleriker zur S.O.L. gehörten, welche Fürsten und Könige.

Schon von weitem waren auf dem langen Gang klackende Stiefelschritte zu hören. Doch nicht der Fürst kam herein. Es war der König der Schwarzmagier, der den Spiegelsaal betrat. Höflich, mit aalglattem Charme, verbeugte er sich vor dem Abt. Er schlug die Augen nieder und ein untertäniges Lächeln huschte über sein Gesicht. Alles an ihm war Lüge.

„Mein lieber Vater Abt ...", begann Prelati, wobei er seine tiefe Stimme noch mehr absenkte, um bedrohlicher zu wirken. „Ich sehe, Ihr habt Euch Geleitschutz mitgebracht ..."

Pater Randolph zog die Mundwinkel herunter, wobei sein derbes Bauerngesicht wie eine böse Fratze wirkte. „Sicher ist sicher."

Prelati beachtete ihn har nicht. „Ihr wisst, Vater Abt, dass wir nach dem *Liber Secretus* gesucht haben. Nun bin ich in der glücklichen Lage, Euch mitzuteilen, dass wir im Besitz dieses für uns überaus kostbaren Buches sind."

Der Abt öffnete den Mund.

Prelati hob abwehrend seine Hände. „Halt, noch nichts sagen. Ich habe Euch einen Vorschlag zu unterbreiten, den Ihr wohlbedenken solltet."

Der Abt öffnete neuerlich seinen Mund.

Wieder hob Prelati die Hände: „Nicht so eilig. Von einem Geistlichen erwarte ich, dass er ein geduldiger Zuhörer ist. Doch ich will es kurz machen. Lasst uns miteinander ein Friedensabkommen schließen."

„Ihr habt Pater Marcus und Pater Jeremias gefangen genommen?", fragte der Abt.

Prelati runzelte seine Stirn. „Ja, das entspricht den Tatsachen. Lasst uns nicht über unschöne Kleinigkeiten am Rande debattieren ... Was ich Euch sagen will, Vater Abt, Ihr habt keine andere Wahl, entweder Ihr verlasst sofort Eure Abtei und übergebt Eurem Prior die Macht oder die Leute, die der Fürst wegen ihrer Brutalität angeworben hat, werden Eure Abtei schleifen und alle abschlachten, die sie in die Finger kriegen. Wie ihr wisst, sind die Landsknechte nicht gerade zimperlich."

Der Abt war blass geworden. „Könnt Ihr mir einen vernünftigen Grund nennen, weshalb ich Eurem Wunsch folgen sollte?"

Prelati stieß ein kieksendes Lachen aus. „Oh ja, ich glaubte, mein Wunsch sei Euch Befehl. Nun, wenn Ihr nicht begreift, will ich es Euch en detail ausführen: Wir erwarten am Johannistag eine Menge Fürsten, Kurfürsten, Bischöfe und Kardinäle. Wir werden in ihrer Gegenwart den neuen Äon, eine neue Weltordnung ausrufen: das Zeitalter des wahren Lichtbringers, Luzifer."

Der Abt machte eine wegwerfende Handbewegung. „Ich hätte nie gedacht, dass das, was man über Euch erzählt, der Wahrheit entspricht: Ihr seid ein völlig verrückter Gaukler, Prelati. Ihr manipuliert die Menschen mit billigen Taschenspielertricks. Ein Wunder, dass immer noch so viele Narren auf Euch hereinfallen. Nun, wie sagt der Volksmund: Dummheit stirbt niemals aus."

Prelati fuhr dem Abt in die Parade, in dem er seine Hand in das Gesicht des verdutzten Abtes krallte. „Rede nicht so mit mir, Mann Gottes. Ich besitze mehr Macht, als du denkst."

Beherzt sprang Pater Randolph dazwischen und verpasste Prelati eine saftigen Ohrfeige, wodurch er verhinderte, dass der Magier den Abt zu Boden warf.

„Halt deinen Lakai zurück, Abt!", schrie Prelati.

„Halt dich selbst zurück, du Lump!", knurrte Pater Randolph, in Habachtstellung jederzeit bereit, den körperlich unterlegenen Prelati zu Boden zu strecken.

„Ihr werdet nichts verhindern." Prelatis Stimme überschlug sich. „Im neuen Äon werden Leute wie ihr keine Zukunft mehr haben. Wir, mein liebes Äbtchen, werden von Burg Reitzenstein aus eine Blutprozession durch das ganze Deutsche Reich anführen, die Duch das Fürchten vor dem Satan lehren wird. Der Ehrgeizling Ludwig wird die Rolle des politischen Revolutionärs übernehmen. Und dein rückgratloser Prior Ulbertin wird Karriere als Gegenpapst machen. Gern hätte ich Euch für diesen Part gewonnen, doch Ihr seid nichts anderes als ein verstockter alter Mann."

Pater Randolph holte zu einer neuen Maulschelle aus. „Erspare uns deine Beleidigungen."

Prelati bekam sich wieder in den Griff. Seine Hände fuhren über den Kragen seiner Jacke und er sprach mit sonorer, beruhigender Stimme. „Was versteht Ihr schon von Beleidigungen, die Ihr die okkulte Weisheit der Mysterienbünde, die alten Göttinnen und Götter stets beleidigt habt? Keine Sorge, eure Zeit ist vorbei. Die S.O.L. hat längst ihre Fühler ausgestreckt. Euer ehrpusseliger Prior Ulbertin wird dankbar sein, uns zu dienen."

„Ihr könnt die Macht der Kirche Christi nicht sprengen", versetzte der Abt.

„Ach nein? Mein Gutester, Ihr seid naiv." Prelati erhob seine Stimme und schrie: „Wache!"

Der Fürst hatte nach Prelatis Wunsch etliche Landsknechte angeworben, die auch dem heimlichen Herrscher der Burg, Pelagius Prelati, zu unbedingtem Gehorsam verpflichtet worden waren. Mit rasselnden Säbeln stapften zwei der groben Burschen heran, ein Bärtiger und ein dumpfgesichtiger Koloss.

„Nimm du den Alten", sagte der Bärtige, während er sich den Pater schnappte.

„Nicht so eilig!", schimpfte Pater Randolph.

Der Bärtige richtete sich kerzengerade auf und drehte ihm einen Arm auf den Rücken. Randolph stieß einen Schmerzensschrei aus. Der Kriegsmann fasste ruppig mit seiner freien Hand das bleiche Mönchsgesicht und hielt ihm den Mund zu, sodass aus der gepeinigten Kehle nur noch ein dumpfes Röcheln drang, das im nächsten Moment, als der Landsknecht mit seiner Pranke die Gurgel des Mönchs umfasste, gänzlich erstarb.

„In den Kerker mit ihnen!", sagte Prelati, der dem wüsten Treiben der Landsknechte amüsiert zuschaute.

Der Koloss zerrte den Abt ruckartig am Arm, was den alten Mann fast zu Boden geschleudert hätte.

„Zur Hölle mit euch", brummte er.

Verärgert über den Protest zerrte der Koloss so heftig, dass es dem Abt fast das Schultergelenk ausgerenkt hätte.

Mit eiligen Schritten stürmte Fra Angelo in den Spiegelsaal. „Großmeister Thot! Großmeister Thot! Der Flurwächter sagte mir, dass ich Euch hier finde."

Die Wangen des Abtes glühten. „Frater Angelo! Ich habe dir von Anfang an misstraut."

Angelo stieß ein unbekümmertes Lachen aus. „Geh fort, alter Mann, du begreifst die Welt schon lange nicht mehr."

„Schafft mir die beiden Narren aus den Augen!", befahl Prelati.

Der Koloss holte aus und rammte seinen Ellenbogen in die

Seite des Abtes. Der Abt ächzte, doch er schwankte nicht. Er wusste, sie würden Burg Reitzenstein nicht lebend verlassen. Im Stillen betete er zu Gott, dass die Folterungen nicht zu drastisch ausfallen würden.

„Sagt dem Kerkermeister, er soll recht freundlich zu den beiden sein", sagte Prelati herablassend.

Mit rasselndem Gejohle schleiften die beiden Landsknechte den Abt und seinen Begleiter davon.

Prelati drehte sein Ziegengesicht Frater Angelo zu: „Es ist unvorsichtig, einfach hier hereinzuplatzen." Er presste mit seiner Kralle Angelos Wangen. „Wenn ich dich nicht so gerne hätte, würde ich dich beim nächsten Ritual eigenhändig klein hacken."

Fra Angelo, vor Angst bibbernd, befühlte sein schmerzendes Gesicht. „Großmeister Thot, ich habe eine wichtige Nachricht für Euch." Er hielt ihm Papierfetzen mit Marcus' Schrift hin.

Prelati setzte die Stücke zusammen und überflog den Text. Seine goldbraune Haut verfärbte sich rötlich. „Berthelot", fluchte er, wobei er seinen Herzschlag bis in die Schläfen spürte. „Solange du lebst, werde ich nicht aufhören, dich zu hassen."

Seine Gedanken arbeiteten blitzschnell. Nur ein Weg führte aus Leuven nach Gelderland. Über Eupen, Malmedy, das Hohe Venn, Aachen. Er musste zwei Landsknechte ausschicken, die Berthelot daran hinderten, die Grenze zu Gelderland zu überschreiten. Man musste ihn frühzeitig zu fassen bekommen. Zwei Landsknechte sollten reichen. Wenn sie jetzt losritten, könnten sie seinen Feind noch rechtzeitig abfangen.

„Alles in Ordnung, Großmeister Thot?", fragte Fra Angelo bedrückt.

Prelati funkelte ihn böse an. „Was nicht in Ordnung ist, werde ich schon in Ordnung bringen. Kümmere dich um die Dinge, die ich dir befehle. Hör gut zu, du überbringst dem Prior die Nachricht, dass ich heute Abend um zehn zu ihm komme. Verstanden?"

Fra Angelo nickte ehrerbietig. „Heute Abend um zehn, zu Befehl, Großmeister Thot."

XVI. Leuven, Pietersstraat an der Dyle, ebenfalls um die erste Stunde

Berthelot wählte den Umweg an der Dyle vorbei. Mit langen Schritten durchmaß er den Kiesweg entlang des Ufers. Der Sommer begann sich zu entfalten, überall wuchs Grün heraus, kräftig und fett. Gut, frische Luft zu schnappen, um klare Gedanken zu fassen. Berthelot schloss die Augen und hörte seine Schuhe über den Kies krachen. Er konnte den Weg blind gehen. Das Flüsschen schlängelte sich an ihm vorbei, er folgte einfach dem Strom. Dann öffnete er die Augen.

Genau da wollte ich hin.

Hinter dem Beginenhof lag die schönste Stelle. Er ging die Böschung hinunter. Feuchter Sand schlappte um seine Schuhe. Er setzte sich auf einen Baumstumpf. Äste von Trauerweiden entlang des Flußlaufs hingen wie Arme herunter, die versuchen Wellen zu fangen. An der Dyle zu sitzen, empfand er schon früher als Befreiung. Nach der Lateinstunde, mittags, mit dem Glockenschlag das Angelus zu beten und danach die Gedanken mit dem Wasser fließen zu lassen. Auch die Geschichte floss mit den Wellen leicht dahin. Und ihre Tränen.

Es ist alles im Fluss.

Die Leuvener Universität zählte zu den wichtigsten in ganz Europa. 1425 war die Universität durch eine Bulle von Papst Martin V. gegründet worden. Europas führende Köpfe unterrichteten hier. Seit 1517 zählte Erasmus von Rotterdam dazu. Adriaan van Utrecht war hier Professor und Rektor. Er, der später Papst Hadrian VI. werden sollte, erzog hier in Leuven Karl V., der mit seiner Wahl im Jahre 1519 zunächst römisch-deutscher König wurde und der sich nach seiner Krönung in diesem Jahr Erwählter Kaiser des Heiligen Römischen Reiches nannte. Berthelot kannte ihn gut, auch wenn es zuviel wäre zu sagen, sie wären Freunde. Und doch trafen sie sich hin und wieder, sprachen miteinander. Berthelot sah ihn vor sich, an Körpergröße standen sie sich in nichts nach, Karl war von hoch gewachsener, kräftiger Gestalt, mit blassem Teint und feinen rotblonden Haaren. Er hatte hervorquellende Augen und einen schweren, nach vorn gestreckten Unterkiefer. Man hätte ihn fast für Berthelots jüngeren Bruder halten können.

Eine kurze Windböe brachte ein nachdenkliches Runzeln auf seine Stirn. Berthelot sah den Wellen nach, die sich von den Trauerweiden nicht fangen ließen.

Gott bestimmt den Fluss der Zeit.

An manchen deutschen Universitäten kursierten unter den Professoren die aus den antiken Mysterienbünden stammende *Tabula Smaragdina* und das *Corpus Hermeticum,* eine Sammlung von magischen Weisheitssätzen des Hermes Trismegistos, des „dreimal mächtigen Hermes". Berthelot war deshalb in seinen Vorlesungen dazu übergangen, davor zu warnen. Aber ein noch weitaus satanischer angehauchtes Buch war jetzt gefährlicher geworden, der *Liber Secretus …*

Während seine Gedanken mit dem gleichmäßig ruhigen Strom der Dyle dahinflossen, rief er sich seine letzte Vorlesung in Erinnerung. Die Studenten erwarteten aufmunternde Worte, der Geist der Freiheit durchwehte das Seminar. „Die geistliche Leitung, meine Herrn Studiosi, ist besonders wichtig. Viele suchen das Licht, doch versinken in geistige Umnachtung, weil sie vom rechten Weg abkommen. Worüber haben wir das letzte Mal gesprochen?" Der alte Trick, um die Wachheit der Studenten zu testen.

Der langbeinige van Eyck meldete sich, den er für einen seiner besten Studenten hielt. „Über Hermes, den Götterboten und gleichzeitig Gott der Huren und Diebe, der Magie und okkulten Weisheit."

„Richtig, van Eyck. Ich wollte die wissbegierigen Herren vor falscher Neugierde bewahren und habe deshalb ganz offen über die Dinge gesprochen, die unsere heilige Mutter Kirche bedrohen."

„Er war der Schutzpatron der Alchimisten", van Eyck wollte weiter punkten.

„Ihr seid gut informiert, junger Freund. Mehr noch, alte griechische Kulte sahen in ihm den Schlangengemahl der Großen Mutter. Sie schmückten ihn mit Frauenkleidern, weil sie ihn als Hermaphroditen, also als Zwitterwesen sahen. Angeblich konnte Hermes mit seinem Heroldstab alles, was er berührte, in Gold verwandeln, so, wie es die Alchimisten unserer Zeit auch vorgeben zu können. Zusammen mit der Erdmutter Demeter wurde er in orgiastischen Riten verehrt. Übrigens, bei der Anrufung dieser heidnischen Gottheit schlagen die Satansanbeter ein auf dem Kopf stehendes und seitenverkehrtes Kreuzzeichen."

„Stimmt es, dass der Kelch des Hermes von Nero benutzt wurde?"

Berthelot nickte. „Richtig, van Eyck, als Zeichen für die Wiedergeburt, wie in den heidnischen Kulten üblich, sahen auch die Römer den Kelch als Symbol der Gebärmutter. Daran lässt sich ersehen, wie leicht antichristliches Denken die Dinge ins Perverse verkehrt."

„Stimmt es, dass die Araber behaupten, die Zahlen stammten von Hermes ab?"

„Wird eine Aussage deshalb wahrer, weil man sie wiederholt?", fragte Berthelot zurück.

Das Auditorium lachte. Doch van Eyck gab nicht nach. „Immerhin, die Verehrung der, wie Ihr sagt, heidnischen Gottheit, ist noch heute aktuell."

„Gut, dass Ihr es ansprecht. Vor einigen Jahrzehnten, um das Jahr 1460, legte der Mönch Leonardo da Pistoia ein griechisches Manuskript des östlichen *Corpus Hermeticum* vor. Diese Texte der geheimen Kunst, die man auch Königliche Kunst nennt, zieht bis zum heutigen Tag etliche Gelehrte in den Bann."

Van Eyck versuchte noch einmal, Berthelot aus der Reserve zu locken. „Einige Gelehrte sagen, in Wahrheit stammten Weisheit und Lehre des Mose von Hermes."

„Mir scheint, van Eyck, Ihr habt heimlich im *Corpus Hermeticum* herumgeblättert."

Van Eyck schüttelte den Kopf. „Nein, ich habe ein paar Vorlesungen in Wittenberg besucht."

Berthelot lachte auf. „Soweit ich weiß, hält Doktor Luther Verlesungen über den Römerbrief ab."

„Wer redet von Doktor Luther? Er hat seinen verschworenen Verehrerkreis, ja. Da mag vieles besprochen werden, zumal es naheliegend ist, dass Luther zeitweise mit dem *Corpus Hermeticum* gearbeitet hat."

Van Eyck war wirklich ein helles Bürschchen. „Nebbich", sagte Berthelot und schüttelte die Gedanken an seine Vorlesung ab.

Der alte Mann mit dem Doggengesicht ging am gegenüberliegenden Ufer entlang. Seine Kiepe war nicht mehr leer, das sah man an den Beulen, die sie schlug, fast so, als wäre sie mit Steinen beladen. Der Alte schaute zu ihm herüber, aber blickte gleichzeitig an ihm vorbei, als könnte er sich nicht mehr an den Zwischenfall von heute Morgen erinnern.

„Zeit und Ewigkeit", hatte er gesagt, „Ihr wagt mit großen Worten umzugehen."

Hinter dem Kiepenkerl zog ein Bauer mit Pferd und Karren zu den Feldern. Der Ackergaul, müde von vielen Wegen, trottete langsam vorwärts. Es schmerzte Berthelot körperlich, wie der Bauer fluchte und die alte Mähre schlug. Warum gab es so viele Ungerechtigkeiten in der Welt? Das von Menschen verhängte Recht, wie oft war es Unrecht? Irdische Gerechtigkeit, o Herr, hat dich gekreuzigt. Es läutete zwölf und er betete, wie es die Kirche forderte, auf dem Nachhauseweg zum zweiten Mal sein Angelus. Seine langen Beine holten zu großen Schritten aus. Er musste Wentzel Bescheid geben. Gegen halb eins wären ihre Pferde gesattelt. Wenn es keine Komplikationen gäbe, wären sie am Abend im Kloster Niersbachthal.

XVII. Burg Reitzenstein, nachmittags um die zweite Stunde

Etwa einhundert Meilen entfernt huschte ein zwergenhafter Mann durch die enge Hintertür der Burg. Seine Seele jubelte vor freudiger Genugtuung, weil er den Auftrag des Meisters erfüllt hatte. Er verehrte seinen Meister über alles, denn er hatte ihn aus der Gefangenschaft der Gaukler befreit, die ihn als Monster auf Jahrmärkten ausstellten und ihre Kunststücke an ihm vollführten, indem sie ihn zum Narren machten, zwischen zwei Seilen auseinanderzogen oder ihn durch die Luft wirbelten wie einen Ball. Endlich konnte er sich an der Welt rächen, an den Menschen, die ihn begafft und bespuckt hatten. Der Meister hatte die in ihm schlafende Bestie geweckt und schenkte ihm die Freiheit zu töten.

Im Schatten des hoheitsvollen Gewölbekellers hielt er inne und holte tief Luft. Der heutige Mord war eine im Dienst Satans begangene, notwendige Taten gewesen. Er stellte ein Blutopfer für Luzifer dar. Erst in diesem Moment begriff der Gnom die ganze Tragweite seines Auftrags.

Erst die Abkehr von Gott wird uns zur neuen Weltordnung führen, dachte er.

Er hob die gespenstisch weiße Faust, klopfte dreimal an die gewaltige Holztür und stellte sich auf die Zehenspitzen, wobei er rief: *„Cassia"*.

Das Passwort.

Die Tür öffnete sich wie von Geisterhand.

„Tritt ein", forderte die dunkle Stimme.

Der Kellerraum, den der Gnom betrat, war düster. Durch die halbgeöffnete Tür fiel das Licht genau auf eine fratzengesichtige Dämonengestalt, deren Augen wie glühende Kohlen leuchteten, als wären sie lebendig. Baphomet blickte durch jeden hindurch, der diesen Raum betrat, und jeden, der unberechtigt hereinkam, tötete sein höllischer Blick. Baphomet, der Hüter aller dunklen Geheimnisse, Beschützer der Königlichen Kunst der Alchimisten und Magier. Der dreiköpfige Baphomet war erstmals in den Templerprozessen aufgetaucht und lebte fort in Geheimgesellschaften, die gegen Jesus Christus arbeiteten. Über ihm stand nur Luzifer, ihn verehrten die okkulten Bruderschaften als Großen Baumeister aller Welten.

Eine metallische Stimme drang an sein Ohr. „Tritt näher, Bruder Alanus."

Nur eine Kerze auf einem Totenschädel brannte auf dem Meisteraltar. Dahinter saß im Halbschatten ein Mann in einer schwarzen Kutte, deren Kapuze sein Gesicht völlig verdeckte.

„Warst du erfolgreich, Bruder Alanus?", fragte Prelati. Seine Aussprache war so hart, dass sie an den nasskalten Steinwänden abprallte wie ein stählerner Pfeil.

Der Gnom stieß mit halb geöffnetem Mund ein bitteres Gelächter aus, das dem Bellen eines Hundes glich. Um seine Stirn war ein Stück Stoff gewickelt, mittlerweile eine bräunlich verklebte Masse, die nur Sehschlitze frei ließ. Seine Arme, viel zu kurz, aber mit ungeheueren Muskeln bepackt, liefen in klobigen, borstigen Pranken aus. Unbeschuht, die Füsse nur mit Lederbändern verbunden, die wohl auch ohne Knoten, allein durch das

Blut, das an ihnen klebte, gehalten hätten, sprangen ungelenk von einem Punkt auf den anderen.

„Herr und Meister, Befehl ausgeführt", antwortete Alanus, der häufig abgehackt sprach. Oft wirkte der kleine Mann so nervös, dass er Buchstaben verschluckte und kaum mehr zu verstehen war.

„Du hast ihn beseitigt?"

Die Augen des Zwergs schimmerten milchig wie Mondstein. „Ausgemerzt. Tot."

„Ausgezeichnet", sagte die dunkle Stimme. „Du hast also, was ich brauche."

„Hab's." Faulige Zwiebeln seines Atems kamen über den Altar aus seinem verrotteten Mund. „Hab's, Meister."

Er nahm den Holzkasten und legte den *Liber Secretus* in die geöffneten Hände Prelatis. Alanus hörte, wie sein Herr und Meister tief einatmete und mit beiden Händen die Satansbibel streichelte, als wäre es seine Geliebte. Man spürte förmlich seine Erregung. Der Magier schien am Ziel seine Träume.

„Du hast deine Sache außerordentlich gut gemacht", sagte Prelati.

Jetzt würde ihm auch Berthelot nichts mehr anhaben können. Der Gnom stieß mit dem Kopf im Nacken kurze, abgehackte Schreie aus, wie ein herabstoßender Raubvogel und beruhigte sich erst, als Prelati ihm ein rohes Stück Fleisch hinwarf, auf das er sich stürzte, als sei er ohne jegliches Schmerzempfinden. Er schnappte nach der Beute, zerriss sie hastig mit den Zähnen, gleichzeitig beißend und kauend, wobei ihm Blut aus den Mundwinkeln lief.

„Ich lieb' Euch, Meister Prelati", sagte er.

Der Magier stand auf und strich ihm über das Haar. Er spürte, dass er seinem Ziel immer näher kam und die Menschen nach seinem Willen funktionierten wie blinde Marionetten.

„Ich mag es, wenn du Rache an ihnen nimmst, dafür, dass sie dich ausgesetzt haben, weil sie dich für einen Unhold hielten. Ein Kind des Satans, das sie irgendwo in einem Wald aussetzten. Mein armes Ungeheuer. In Panik sträubtest du dich, als ich dich in deiner Grotte fand, ein Tier in Todesangst. Es war eine gewaltige unterirdische Grotte mit blaurot schimmernder

Decke mit weich einfließenden Grüntönen. Sie streckte sich in weitem Bogen über dem gelblich brodelnden See, der fast den ganzen Boden der Grotte bedeckte. Du sprachst mit dem See, mit dem Brodem, der ihm entstieg. Schritt für Schritt bist du vor dem Eindringling zurückgewichen, bis ich eine Formel sprach, die dich lähmte. Du wolltest heraus aus deiner Lähmung, aber meine Worte hatten sich wie ein silbriges Netz über dich gelegt. Ich muss zugeben, ich erschrak, als ich mich näherte."

Behutsam löste Prelati den durchtränkten Verband. Immer wenn der Alanus sich angestrengt hatte, sonderte er viel Körperflüssigkeit ab, Schweiß und Blut, besonders sein Kopf. Die untere Hälfte seines Kopfes war ein vollkommen normaler Männerkopf mit einem schmallippigen Mund und einer kleinen Nase. Doch von den Wangenknochen an war er völlig behaart und auf der Stirnmitte wuchs ein anderer Kopf heraus, groß wie eine Faust, der völlig mit Schuppen bedeckt war. Die Gesichtszüge darauf waren deutlich erkennbar, ein kleiner Fischmund, zwei kiemenähnliche Nasenlöcher. Mehr als ein Drittel des zweiten Gesichtes nahm das Auge ein, dessen pechschwarze Pupille ständig unruhig hin und her schwamm, wie ein fliehender Fisch. Unter dem Auge befand sich ein Geschwür, das eiterte, weil das Auge fast immer tränte.

„Wo könnte ich einen treueren Diener finden als dich?"

Der Gnom stieß ein tiefes, zufriedenes Grunzen aus.

„Wir beide zusammen werden die Ewigkeit vernichten", sagte Prelati. In seinen Augen loderte das gleiche unheimliche Feuer wie in den Augen Baphomets. „Jetzt, wo wir im Besitz des *Liber Secretus* sind, können wir endlich den letzten Schritt tun, um unsere Weltherrschaft anzutreten. Ein Traum geht in Erfüllung, den Generationen träumten. All die Ketzer, seien es Katharer, Waldenser, Albigenser, oder die Gnostiker aller Schattierungen, alle, die von der Kirche Christi vernichtet wurden, sie alle, die eine Herren- und keine Sklavenreligion wollten, haben davon geträumt." Gravitätisch und feist stand er auf, wobei seine Kapuze tiefer in die Stirn rutschte. Er streckte seine linke Hand aus, deren Mittelfinger ein Totenkopfring zierte. Ehrfurchtsvoll ergriff der Gnom die Hand und küsste den Ring. „Dank Euch. Meister. Ich lieb Euch."

Prelati machte eine wegwerfende Geste. „Geh, ruh dich aus. Die heiße Phase beginnt in Kürze."

Rückwärts kriechend verließ der Gnom den Raum. An der Tür erhob er sich und verharrte eine Weile auf der Schwelle. Der Meister spuckte nach ihm, doch dem Gnom kam es vor, als würde er dadurch auf einem Lichtstrahl nach draußen geschleudert. Auch als die Tür hinter ihm ins Schloss fiel, hörte er noch den Triumph in der Stimme seines Meisters.

Prelati wusste, was er zu tun hatte. Eilig schrieb er auf ein Papier: „Das Buch gehört uns!"

Er eilte nach oben, schnappte sich den Boten. „In der vorigen Woche bist du zweimal für mich in die Eifel geritten."

„Eine Botschaft in die Abtei Maria Laach bringen", nickte der Bote.

„Hier, siehst du das Papier, bring es zu Agrippa."

Agrippa bereiste zur Zeit verschiedene Klöster und Fürstenhöfe, um Verbündete für den luziferischen Plan der S.O.L. zu finden. Der Erfolg zeigte sich daran, dass tatsächlich etliche der geheimen Bruderschaft beitraten, wusste Prelati.

„Wie beim letzten Mal", sagte der Bote.

„Beeil dich, damit er noch heute Abend die Nachricht erhält."

„Ist ja nur ein halber Tagesritt."

Prelati drückt ihm ein paar Pfennige in die Hand. „Worauf wartest du noch?"

Er wartete, bis er den Schatten des berittenen Boten hinter dem Burgtor verschwinden sah.

XVIII. Hohes Venn, nachmittags um die dritte Stunde

Die Mittagssonne erhob sich in einem flirrenden Kranz Federwolken über den Bäumen, deren dicht belaubte Zweige in einem linden Wind raschelten, der immerhin ein wenig die Luft auffrischte. Aufmerksam beobachtete Berthelot, wie vor ihnen ein Falke mit kräftigen Schlägen aufstieg und im milchigen Dunst verschwand.

Tauben und Falken, dachte Berthelot.

Der mit Moos übersäte Boden dämpfte den Hufschlag ihrer Pferde. Gerüche von frischem Dung und Moder entströmten der feuchten Erde. Fast den ganzen Mai hatte es kräftig geregnet und im Wald hielt sich die Feuchte trotz der sommerlichen Temperaturen der letzten Tage. Die Wege befanden sich nach diesem nasskalten Frühjahr in miserablem Zustand. Dennoch hatten sie Äcker und Weiden ebenso schnell durchmessen wie die kleinen Dörfer, wo noch die alten Langhäuser aus Lehm und Stroh standen, in denen Mensch und Vieh zusammen hausten. Wentzel kannte die beengten Behausungen, weil seine Familie durch einen verheerenden Brand ihren Gutshof verloren hatte. Mit fünfzehn stellte er sich in den Dienst der reichen Kaufmannsfamilie Berthelot. In seinem flandrischen Bauerngesicht mit dem buschigen roten Haar funkelten die hellen Augen eines aufgeweckten Burschen. Inzwischen assistierte er im Kontor, doch die Umstände erforderten, dass er übergangsweise Cornelius Berthelot als Bursche diente. Auch darauf verstand er sich tadellos.

„Werden wir es schaffen, die Welt zu retten?", fragte Berthelot.

Sein Bursche war offenbar nicht gefasst auf eine Frage. Die ersten Meilen waren sie im Eiltempo stumm nebeneinander geritten. Doch jetzt hielt Berthelot es für angebracht, ihn aufzumuntern. „Bald ist es geschafft, Wentzel. Noch knapp drei Meilen."

Seine innere Uhr sagte ihm, dass sie sogar bis zur Abendmesse in der Abtei Niersbachthal könnten. Gegen halb eins hatten sie Leuven verlassen. Berthelot hatte sein Pferd, einen prächtigen Rappen, gestriegelt und gesattelt vorgefunden, worauf er dem Stallburschen einen halben Pfennig als Draufgabe zahlte, was seinen Burschen zu einer abwertenden Geste veranlasste, denn die Summe entsprach dem Tagessatz eines Leibeigenen.

Der Falke flog mit sirrendem Flügelschlag knapp über ihre Köpfe hinweg.

„Da weiß jemand, dass wir uns lange nicht rasiert haben, was Wentzel?"

„Was, habt Ihr etwas gesagt?", rief Wentzel ihm zu.

„Was habe ich gesagt?"

„Ich hatte den Eindruck, Ihr hättet über Euch gesprochen."

„Gibt es das?"

„Doch, wirklich."

„Dann habe ich wohl laut gedacht", sagte Berthelot schalkhaft. „Und weißt du, was ich gedacht habe?"

„Woher soll ich das wissen, Herr?"

„Ich habe gedacht: Wir können die Welt nicht retten, das kann nur unser Herr Jesus Christus."

„Davon sprecht Ihr, seit ich Euch kenne."

„Daran siehst du, wie wichtig es ist."

Hinter der Benediktinerabtei Malmedy flachte der Höhenzug ab, verlor sich in Wäldern und Tälern, in denen meilenweit Raps stand, der, angestrahlt durch die hochstehende Sonne, wie ein gelbes Meer aufleuchtete. Berthelot blickte zurück auf die hinter ihnen liegende Landschaft: einige Bauernhäuser, der Burgturm und hügelige Felder, auf denen die verschiedenen Getreidesorten der Ernte entgegenreiften. Eine friedliche Welt, die sie verließen, nur der Gedanke daran, was sie in Gelderland erwartete, ließ ihn erschaudern. Nach einer halben Stunde hörten sie in der Ferne ein gluckerndes Geräusch, das wie herabstürzendes Wasser klang. Doch außer Feldern und einzelnen Baumgruppen war weit und breit kein Gewässer zu sehen. Je näher sie auf einen schroffen Hügel zu ritten, desto deutlicher wurde das Geräusch, bis sie vor einem der zahlreichen Naturwunder der Ardennen standen: In einer klaftertiefen Bodensenke, die das Ausmaß eines Burghofes besaß, floss Wasser ins Innere der Erde. Die Wände dieses Kraters waren überwuchert von üppigen Sträuchern und Farnen und vereinzelt wuchsen krummstämmige Birken aus dem steilen Abhang.

„Wir machen an der Quelle eine kurze Rast. Lass uns hinuntersteigen", schlug Berthelot vor.

„Meister, ich will nicht unverschämt sein, aber darf ich Euch erinnern, dass Ihr mir mehrmals auf unserem Weg gesagt habt, wir pausieren nicht, die Zeit drängt?"

„Hast Recht, Wentzel, wir verweilen nicht lange. Ein Schluck klaren Wassers wird uns gut tun."

„Entschuldigt meinen Einwand: Ist es nicht viel zu risikoreich, die Pferde unbeaufsichtigt hier oben zu lassen?"

Berthelot brachte sein Pferd zum Halten und stieg ab. „Erneut muss ich dir recht geben. Einer von uns steigt nach unten und füllt unsere Wasserbeutel. Lass uns das Los ziehen."

Nachdem Wentzel ebenfalls abgesessen war, hob Berthelot zwei unterschiedlich große Stöckchen auf, nahm jeweils eins in seine Hände. „Wer das längere zieht, bleibt hier. Welche Hand?"

„Die Rechte, Meister."

Berthelot öffnete zögerlich die Rechte: „Du wartest. Bis später."

Statt zu antworten, band Wentzel die Pferde an einem Baumstumpf fest und setzte sich schweigend ins Gras.

Der Abstieg war steil und schwierig. Unter Berthelots Füssen brach Geröll weg, er musste sich an dornigem Gestrüpp und schartigen Steinen festhalten, um nicht abzustürzen. Außer Atem kam er unten an und besah die Quelle, die aus dem Stein brach. Auf dem glatten, moosigen Grund stakste er mit langsam ausholenden Schritten voran, wie ein Tänzer auf dem Eis. Das kühle, klare Wasser erfrischte seine trockene Kehle. Kaum hatte er die Wasserbeutel gefüllt, hörte er von oben einen Schrei. Seine hohe Gestalt schoss auf und er suchte den Saum des Kraters ab, ohne etwas zu sehen.

„Wentzel?"

Was er auch nicht sah, war der Regenbogen, der sich in den Wassertropfen über ihnen bildete.

„Meister Berthelot!"

Dann Schwerterklirren, Rufe. Die Wasserbeutel über die Schulter gehängt, hievte er seinen langen Körper den klippenreichen Abhang hinauf.

Einer der Räuber saß auf Berthelots Pferd, sein Gesicht bis zu den Augen mit einem Tuch verdeckt. Wentzel lag am Boden, verteidigte sich mit Fußtritten gegen die Schwerthiebe eines kräftigen gedungenen Mannes, der einen Wolfspelz und eine Mütze mit Wolfsschwanz trug.

„Da nimm."

Getroffen von einem wuchtigen Tritt seines Widersachers stieß Wentzel einen tiefen Seufzer aus. Er sah die Gestalt über sich wie durch Milchglas, dann fiel sein Kopf zur Seite. Tiefe Ohnmacht umfing ihn, die Welt um ihn verschwand wie im Nebel des Todes.

„Hüa!", schrie Berthelot. Sein Pferd verstand den Befehl und stellte sich wiehernd auf die Hinterbeine, worauf der Maskierte mit dem schwarzen Umhang fluchend aus dem Sattel fiel. Sofort wandte sich der andere um und beäugte Berthelot mit wölfischem Grinsen.

„Bleib, wo du bist!“, sagte er drohend.

„Was geht hier vor?“ Berthelot zog sein Schwert.

Der Maskierte war wieder aufgesprungen. Drohend, mit lauten Flüchen hielten sie ihm ihre Waffen entgegen. Der Wolf sein Schwert, der Maskierte einen massiven Knüppel, einer Lanze gleich.

„Aaah ...!“, brüllte der Wolf.

Ein arglistiger Angriff folgte.

Während sich der Wolf nämlich als außerordentlich guter Schwertkämpfer erwies, der jeden von Berthelots gekonnt angesetzten Schlägen parierte, begnügte sich der Maskierte damit, mit spitzen Hieben auf Berhtelot zu zielen.

„Hier ist das Ende eurer Reise“, grinste der Wolf.

Die Klinge seines Schwertes blitzte vor Berthelots Augen. Doch der parierte den Angriff. In rascher Schlagabfolge knallten die Schwerter gegeneinander und Funken sprühten von ihren scharfen Klingen. Berthelot drängte den Wolf zurück, bis ihn urplötzlich der Knüppel des Maskierten in der Seite traf. Berthelot sprang zurück. Wut und Schmerz flammten in ihm auf. Mit einer waghalsigen Drehung drückte er das Schwert des Maskierten zu Boden und duckte sich gleichzeitig vor dem sirrenden Hieb des anderen weg, den er nur als Windhauch verspürte.

„Wir werden unsere Reise fortsetzen, du Hund“, zischte Berthelot.

Der Wolf spuckte ein Lachen vor Berthelots Füße. „Du hast keine Ahnung.“

Berthelot holte seinen Atem tief bis ins Zwerchfell, um den Schmerz zu besiegen und die Ruhe zu bewahren. Doch die Schläge der Angreifer drängten ihn weiter zurück. Plötzlich war hinter ihm kein Boden mehr. Er spürte einen eiskalten Lufthauch. Der Krater gähnte wie eine hungrige Bestie. Jetzt erkannte er, was seine Widersacher vorhatten. Der Wolf schlug mit dem Schwert in beiden Händen auf Berthelot ein, der noch immer keinen Zentimeter zurückwich und die wuchtigen Schläge parierte.

„Komm! Los, Feigling!“, brüllte Berthelot, in dem er sein Schwert fallen ließ und die beiden mit bohrenden Blicken fixierte. Der Maskierte verschwendete nun keine Zeit mehr. Mit einem gewaltigen Satz sprang er Berthelot an. Der Stock zielte auf Berthelots Brust. Doch der rollte sich zur Seite ab. Der Schlag verfehlte sein Ziel, wenn auch nur um Haaresbreite. Der Maskierten stürzte in den Krater, an dessen Wänden sein ersterbender Schrei widerhallte. Kaum später hörte man den scheußliche Aufprall seines Körpers.

Und muss ich auch wandern im finsteren Tal, ich fürchte kein Unheil, denn Du bist bei mir, betete Berthelot in Gedanken.

Der Wolf nahm das Geschehen ungerührt hin. Er holte mit seinem Schwert zum finalen Stoß aus. Berthelot senkte seinen Atem weiterhin ganz tief in seinen Leib, bis er seine Beine durchströmte. Er hatte nur noch eine Chance. Er musste versuchen sich seitwärts gegen den Angreifer zu werfen, um den Knauf des Schwertes zu umfassen.

„Da!“, brüllte der Wolf.

Berthelot wirbelte zur Seite, packte den Knauf. Bange Momente zerrten die beiden von Angesicht zu Angesicht. Berthelot roch den stinkenden Atem des Wolfes. Er war groß und stark. Aber er kämpfte nur mit seinen Muskeln, nicht mit seinem Kopf. Der Atem des Mannes ging hektisch und flach, während Berthelot weiter wie im Gebet seinen Atem zu kontrollieren versuchte. Doch der Wolf war zu stark. Der Kampf würde nicht lange dauern, er war ein mächtiger Gegner. Langsam aber sicher wand er das Schwert aus Berthelots Griff. Mit einem lauten Schrei spuckte der Wolf ihn an. In seinen Gesichtszügen stand nichts als Feindschaft. Blanker Hass. Sein flammender Blick verriet keine Spur von Erbarmen, als er wuchtvoll das Schwert wieder hochriss und einen Schritt nach hinten machte.

„Aaah ...!“, brüllte der Wolf wieder. Rasende Wut schrie aus seinem Gesicht, machtvoll hob er die blitzende Klinge.

In diesem Moment hatte Berthelot eine Erscheinung. Vielleicht lag es daran, dass er dem Tod ins Auge sah. Es war wieder wie in seinen Kindertagen, an jenem Pfingstsonntag 1501 in Leuven, auf dem Maartensplein, als er in einer Wolke das Herz Jesu am Himmel gesehen, und die sanfte Stimme der Allerheiligsten Jungfrau

Maria gehört hatte: „Du wirst dem Herrn vorangehen und ihm den Weg bereiten." Vielleicht war es die Ausweglosigkeit seiner Lage, vielleicht der Mut der Verzweiflung. Er blickte in das Gold der Sonne, die sich über den Baumwipfeln erhob. Er sah, wie aus dem Nichts über den Baumwipfeln eine herzförmige Wolke erschien, die von einer goldenen Aura umflort aus sich heraus leuchtete. Mit dieser Gnade versehen, verströmte sie eine überirdisch mächtige Kraft, die Berthelot in sich aufsog und die ihn buchstäblich über sich hinauswachsen ließ. Noch einmal vernahm er die weibliche Stimme, die voll Güte und Edelmut sagte: Du wirst dem Herrn vorangehen und ihm den Weg bereiten. Er sah, wie sich das Herz über ihm ausgoss. Da wusste er, mir kann nichts passieren, der Heilige Geist wird mich schützen.

Der Wolf holte zum tödlichen Schlag aus.

„Aaah ...!"

Das war nicht die Stimme des Wolfes. Wentzel hatte sich aufgerappelt und zögerte keine Sekunde. Mit aller verbliebenen Kraft sprang er in den Rücken des Gegners. Der Wolf krümmte sich nach vorn. Im Taumeln verlor er die Kontrolle über sein Schwert. Voller Schmerz schrie er auf, ein waidwundes Tier. So laut, dass der Schrei vom Hohen Venn über die ganzen Ardennen hinwegzufegen schien ... Die Klinge hatte nicht nur das Bein, sondern seine ganze Seite aufgerissen, aus der in pumpenden Schüben Blut quoll.

Berthelot beugte sich über ihn. Jetzt sah man, dass er unter dem Wolfspelz eine Landsknechtsmontur trug.

„Hast du dein Leben für den Fürsten geopfert?", fragte Berthelot.

„Befehl ..."

„Willst du beichten?"

„Der Fürst lässt einige seiner Landsknechte auf Satan schwören."

Berthelot legte seine Hand auf die Stirn des Mannes, von der kalter Schweiß troff.

„Dann sage dich los von ihm!"

„Ich habe geschworen ..."

„Auf Satan kann man nicht schwören, nur auf Gott. Gott ist die alles verzeihende Liebe."

„Gott, vergib mir ..."

Berthelot spendete dem Sterbenden den Segen und schloss dessen Augen.

„Vergib ..."

Ein letzter Hauch. Mehr nicht.

Herr, gib ihm die ewige Ruhe und das ewige Licht leuchte ihm. Amen.

Auch Wentzel bekreuzigte sich.

„Du hast mir das Leben gerettet", sagte Berthelot.

„Ihr mir ebenso."

„Merkwürdig, woher kamen sie plötzlich? Wir haben unterwegs niemanden gesehen ..."

Wentzel zuckte die Schultern. „Kaum wart Ihr den Abhang hinunter, tauchten sie aus dem Nichts auf, wie Geister, die der Teufel herbeigerufen hat."

„Lass ihn uns hier bestatten."

Wentzel stutzte, als er den Toten in eine Kuhle legte. „Warum lauern uns hier die Landknechte Ludwigs von Gelderland auf?"

„Ich glaube, wir haben uns auf ein mehr als schwieriges Abenteuer eingelassen", antwortete Berthelot. „Lass uns nicht grübeln. Wir müssen den anderen auch begraben."

Diesmal stiegen sie zusammen in den Krater hinein.

Gekrümmt wie ein Insekt lag der Maskierte auf dem steinigen Boden. Während des Sturzes hatte er seinen Umhang verloren. Sein Kopf lag im Nacken. Um ihn zu segnen, nahm Berthelot das Tuch von seinem Gesicht. Berthelot erstarrte. Die Augen waren weit geöffnet, nach oben gerichtet, als flehte er zum Himmel.

Dieser Tag lag schwer in der Waagschale.

Es dauerte eine Weile, bis er zwischen den Steinen einen Platz fand, wo er von Kieselsteinen durchsetzten Sand über den Leichnam streute, damit die Krähen ihn nicht zerhackten. Er betete ein Vaterunser und ein Ave Maria. Dann bekreuzigte er den Toten.

„Mit manchen Ereignissen will er nicht unseren Mut auf die Probe stellen, sondern unsere Weisheit", sagte er zu Wentzel. „Es gibt Augenblicke, da muss man versuchen tapfer zu sein – und andere, wo es darum geht, klug zu sein. Doch wie wir uns auch verhalten, über allem ist Gottes Wille."

„Auch bei diesem Angriff?“

„Wentzel, wir müssen nicht alles verstehen.“ Berthelot sah auf die Corona um die Sonne. „Herr, vergib uns unsere Schuld, wie auch wir vergeben unseren Schuldigern.“

Berthelot strich durch die lange, schwarze Mähne seines Rappens. Die Zeit drängte. Er gab seinem Pferd die Sporen. Erst als er Aachen hinter sich wusste und an einigen verlassenen Höfen vorbeigeritten war, lockerte er die Zügel. Während des langsameren Galopps nestelte er seinen Rosenkranz aus der Jackentasche und betete die Schmerzensreichen Geheimnisse. Ruhe durchströmte ihn. Er empfand es als Geschenk, dass sich aller Hader in der Friedlichkeit des Gebetes auflöste. Wohltuende Stille breitete sich über seine Seele.

Voller Erwartung dachte er an Marcus. Auch dessen Vater war Kaufmann gewesen, wenn auch längst nicht so erfolgreich wie der alte Berthelot, auf dessen Haus ein schier unaufhörlicher Geldregen niederzuprasseln schien. Wie hatte Pater Marcus bei ihrem letzten Treffen gesagt: Groß erscheint die Macht des Kaufmanns, der darauf zu achten hat, den Wert der Waren nach Recht und Geschick zu bestimmen. Aber die Macht Gottes steht unendlich weit darüber.

Die Macht des Kaufmanns bestimmte den Handel – doch die Macht Gottes bestimmte das Handeln und Wandeln von der Erde bis zum geringsten Stern und noch weit darüber hinaus.

Marcus, wie ich mich freue, dich wiederzusehen, dachte Berthelot. Fast zwei Jahre lag die letzte Begegnung zurück. So schnell verging die Weltzeit, von der Augustinus sagte, sie sei eine aufgepeitschte Salzflut, strukturlos und ungenießbar. Die Zeiten waren unruhig. Große Umbrüche standen an. Darüber war Berthelot sich in den Gesprächen mit Erasmus von Rotterdam klar geworden. Nicht die Torheit galt es zu loben, sondern den wahren Glauben. Die Aussagen der Heiligen Schrift waren nicht verhandelbar.

XIX. Schloss Reitzenstein, nachmittags um die vierte Stunde

Die Fürstin strich mit ihren Fingerspitzen über Prelatis Gesicht. Er wirkte freudig erregt, so unbeschwert hatte sie ihn nur selten erlebt. Seine sanfte Hand glitt über ihre Schultern. Warum verstanden Magier so viel von den Menschen und ihren heimlichen Träumen? Prelati war das, was sie für einen richtigen Mann hielt. Anders als der Fürst las er ihr nicht jeden Wunsch von den Augen ab, im Gegenteil, er setzte rücksichtslos seinen Willen durch. Immer und überall. Sie kannte keinen, der ihm widersprach. Und trotzdem war in seiner Gegenwart fast alles schwerelos, schwebte durch seinen Blick, sein Lächeln, durch jede seiner Bewegungen, die, selbst wenn sie sanft waren, noch eine unergründliche Gewalt besaßen. Er sah, was sich in den Köpfen der anderen abspielte – was ihm erleichterte, sie zu manipulieren. Doch seiner Macht haftete etwas Nervöses, Animalisches an: ein Ruch von derber Sinnlichkeit, Verfall und Untergang. Aus ihm sprach der Geist Neros, der Untergang Roms. Lagen ihm darum alle zu Füßen?

Die Fürstin lehnte sich auf ihrem Platz am Fenster zurück. Das warme Sonnenlicht erhellte ihr Antlitz. Gedankenverloren drehte sie mit einem Finger eine Haarsträhne. An der Art, wie Prelati sich zu ihr drehte und ihre Schulter küsste, spürte sie, wie er ihre Anwesenheit genoss.

„Du bist Aphrodite, die Göttin der Schönheit", sagte er mit einem Lächeln, das sie im Innersten durchfuhr, weil es abgrundtief verschlagen wirkte.

Verspielt warf sie ihr Haar in den Nacken. Prelati nahm ihr Gesicht in seine Hände und drückte ihre Wangen ein.

„Ich werde dich für immer besitzen."

Die Fürstin spürte sein Verlangen. Ein köstlicher Schmerz durchfuhr sie.

„Meister", lachte sie. „... ganz wie du willst ..."

Prelati spielte ein wenig mit ihr, was sie ungeheuer erregte. Er selbst hielt seine Triebe in Zaum, zur Vorbereitung auf das große Ritual.

Sie keuchte noch gurrend, da sagte Prelati völlig tonlos, ganz so, als spräche er einen Gesetzestext: „Ab dem Johannisfest beginnt das Fest unserer Rache."

„Mein Schöner", antwortete sie leise, „nun kann alles nach deinem Willen geschehen."

„Red nicht so! Was soll das? Hast du nur Stroh im Kopf, du alberne Ziege? Berthelot ist auf dem Weg hierher!" Plötzlich verlor er die Fassung, sprang wütend auf, schlug mit der Hand nach ihr, worauf sie aufstöhnte.

Wie von der Tarantel gestochen ging er auf und ab, wobei er die Augen verdrehte, als sei er in Trance. Eine ganze Dämonenschar war in ihn gefahren.

„Wer ist Berthelot?", fragte die Fürstin.

„Mein Feind. Mein Erzfeind." Er hob die linke Hand. „Er hat meinen Daumen auf dem Gewissen."

Sie sah an seinem Gesicht, dass er keine Antwort wünschte.

Er strich durch seinen Spitzbart. „Ich will, dass er stirbt."

Jeder Schritt von ihm, jede Bewegung, alles wurde zu einem unsichtbaren Punkt hingesogen. In seiner Anwesenheit geschah in der sichtbaren Welt irgendetwas Unerklärliches, Raum und Zeit schienen sich voneinander zu lösen – und doch gleichsam aufeinander zu prallen, als lebe man in einer Traumzeit, in der sich alle Gesetze nach Belieben aufhöben.

„Warum befiehlst du Satan nicht, ihn zu vernichten?"

Als habe sie ihn durch diesen Satz gelähmt wie durch einen Zauberspruch, stand Prelati unbeweglich da, jede weitere Bewegung schien ihm unerträgliche Schmerzen zu bereiten. In seinem Ziegengesicht, das immer kalkweiß und durchscheinend war, ergoss sich die unerbittliche, endlose Veränderung des Unheilvollen: Die Maske des Bösen legte sich über seine reglosen Züge. Seine Gestalt schien völlig verdüstert, als trüge er einen schwarzen Schleier. Starr waren jetzt seine Augen, die vorhin noch begehrlich brannten. Alles um ihn wurde endlose Nacht.

„Welche Ahnung hast du? Er hat Gott auf seiner Seite ..."

„Satan ist der Herr der Welt!"

Er lachte, als habe sie einen köstlichen Witz gerissen. Lachtränen liefen an seinen Wangen herunter. Durch den unerwarteten Sinneswandel mit einem Schlag wieder lebendig geworden, huschte er an ihr vorbei. Sein Gesicht bekam wieder Farbe, wie ein Horizont, den die hochstehende Mittagssonne in ein flirrendes Licht tauchte.

„Der Herr der Welt ...", murmelte er. „Ganz recht, niemand wird uns aufhalten."

Er biss seinen Mund wieder zu, ging zu ihr und legte seine knotigen Finger auf ihr heißes Gesicht. Alles was er sagte und tat, war für sie fühlbar. Sie schmiegte sich an seine Hand, hielt sie fest, so wie sie als Kind versuchte hatte, den Wind festzuhalten. Jedes Wort, das er sagte, klang für sie wie eine Offenbarung, mit der ihr Schicksal in dunklem Zusammenhang stand. Bei jeder Andeutung einer Geste oder eines Wortes folgte sie ihm mit ihren Blicken und Atemzügen. Er hatte eine Art, den Kopf und dabei seine Lippen zu bewegen, als spreche er etwas Geheimnisvolles in sich hinein, vielleicht eine machtvolle Anrufung ...

... oder wog er die Beziehungen zwischen Dämonen und Geistern ab ?

„Soll Berthelot kommen!", schrie er, Schaumperlen vor dem Mund. „Ich werde ihn vernichten."

In allem, was Prelati mit seinen eindringlichen, bis zur höchsten Spannungsgrenze aufgeladenen Sätzen machte, wollte er beweisen, dass er bis zum Letzten daran glaubte. Zum Ausgleich nahm er den Ausdruck eines christlichen Märtyrers an, wie da Vinci ihn malte oder Hieronymus Bosch, einen erhabenen, übersinnlichen Ausdruck, der es ihm erlaubte, sich über die Kleinigkeiten des Alltags hinwegzusetzen.

„Ich kann dir ein großes Geheimnis verraten", flüsterte er und ein überirdisches Lächeln umflorte seine Lippen.

„... wenn du mich danach küsst."

Mit einem Mal durchströmte eine ungeheuere Leichtigkeit Prelati. Verschwunden war jede Angst, jedes Bedenken. Ihr Seufzer zerdehnte sich zu einer Ewigkeit. „Ich bin im Besitz des *Liber Secretus*", sagte er, wobei sein sich ewig wandelndes Gesicht wieder die herrschsüchtige Maske eines satanischen Gebieters bekam. „Damit halte ich die geballte Macht Satans in meinen Händen. Der große Höllenfürst hat Nero die Satansbibel diktiert, damit die elende Christenbrut vernichtet wird. Solange sich noch ein Anhänger des Nazareners auf der Erde befindet, werden wir ihn mit unserer Macht bekämpfen. Ich bin durch dieses Buch unbesiegbar geworden. Jeden, der sich mir entgegenstellt, werde ich durch den großen Höllenzwang zerstören."

Nein, diese Worte waren nicht für Sibyl gesprochen. Sie waren gesprochen für eine andere Welt, waren Teil des Befehls geworden, den er von der anderen Seite erhalten hatte.

Bewundernd küsste sie seine heisse Stirn. „Ich liebe dich", sagte sie. „Du bist Gott."

„Ich bin der Grundstein und der Schlussstein", murmelte er.

Sie sah, wie eine noch größere Dunkelheit über sein Gesicht strömte, ja, es ganz fortströmte, bis es zur konturlosen Masse verkam. So hatte sie ihn noch nie gesehen. Schnell küsste sie ihn, um ihn nicht zu verlieren. Küsste ihn andauernd, damit er bei ihr blieb, nicht wie von Geisterhand ins Jenseits gezogen wurde und ihr nur ein schlafendes Knochengerüst, eine Hülse, übrig ließ, der jede Form des Lebens ausgehaucht war. Sie wollte ihn besitzen, wie er sie besaß, obwohl sie wusste, dass es vergeblich war. Dann wollte sie wenigstens Anteil an ihm haben, mit ihm sterben, wenn er stürbe – oder mit ihm leben. Dieser unerbittliche Wandel seiner Person störte sie nicht, denn weil sie ihn abgöttisch liebte, wusste sie nicht nur um seine Macht über sie, sondern auch um ihre Macht über ihn.

„Ich liebe dich", wiederholte sie.

Da war schon kein Raum mehr für Worte.

Wie lange sie reglos nebeneinander am Fenster saßen, wusste die Fürstin nicht. Sie spürte auch nicht mehr die Sonnenstrahlen auf ihrer Haut. Dass sie sich irgendwann zwischendurch küssten, war kaum mehr als ein mechanischer Vorgang, leblos, ganz so, wie die Puppen aus dem Marionettentheater. Vollendete Figuren in gefühlloser Leidenschaft. Schön anzusehen, Zierrat des höfischen Lebens. Man hätte sie für leer halten können. Der Diamant reflektierte das Licht der Sonne. Die Fürstin streichelte ihn wie ihren Geliebten. Prelati öffnete noch einmal seine Lippen für einen Kuss.

„Mit der Gnade Satans ist Berthelot schon jetzt ein toter Mann", sagte er dann.

Sie legte ihre Hand auf seine fiebernde Stirn, wie auf die eines Kindes. Wie ein Kind lag er auch in ihrem Arm. Er, der ihr von der großen Offenbarung berichtet hatte. Der wie ein Feldmarschall kund getan hatte, dass das Übel zuerst die Welt und dann die Menschen ergriff. Der wie ein lüsterner Knabe über die große

Drangsal sprach. Ich bin verrückt, schlecht und eitel, hatte er damals bei ihrer ersten Begegnung gesagt – und sie hatte sich sofort in ihn verliebt. Daraufhin hatte er ihr ganz genau in allen Einzelheiten das Böse in der Welt geschildert. Eine ungeheuere Faszination durchströmte sie, sobald sie daran dachte.

„Durch den *Liber Secretus* bin ich unbezwingbar."

Im Zimmer war es still und kühl. Sie küsste seine Wangen und das Haar, zog ihn an sich und streichelte ihm den Nacken. Den Mund dicht an seinem Ohr erzählte sie ihm, dass sie ihn liebte, nicht wie den Fürsten, für den sie nur Hassliebe empfand. Aus weit aufgerissenen Augen sah er sie an. Unmöglich, dass über sein Gesicht jemals überhaupt nur eine kleine Träne laufen würde. Hart war es, wie Stein – auch sein Lächeln war wie in Stein gemeißelt. Ein Weile blieben sie so sitzen. Dann hob er seinen Kopf und drehte sich aus ihrer Umarmung. In seinen Augen funkelte unergründlich tief das Böse.

„Manchmal muss man eben Berge versetzen, um ans Ziel zu gelangen", sagte er und versetzte ihr einen groben Backenstreich.

Es verschlug ihr den Atem.

„Du weißt, was du zu tun hast!", brüllte er. „Ich will, dass du für mich in den nächsten Tagen das scharlachrote Kleid trägst. Du siehst darin erregend grausam aus, wie eine Teufelsfürstin."

Ans Fenster gelehnt, schaute sie der Gestalt nach, die sich langsam von ihr wegbewegte und aus dem Zimmer entfernt hatte, ohne sich ein einziges Mal zu ihr umzudrehen.

XX. Schloss Reitzenstein, nachmittags um die fünfte Stunde

Die Tür zum Kerker wurde aufgerissen. Die Uhrzeit war ungewöhnlich, denn die Sonne senkte sich bereits im Westen. Normalerweise kamen sie nur in aller Frühe oder mittags mit ihrem dreckigen Wasser und verschimmelten Brot. Essensreste, die, übriggeblieben waren von dem, was ihre Köter nicht fraßen, die schon stanken und die sie trotzdem verschlangen, weil sie damit wenigstens für einige Zeit ihre knurrenden Mägen füllen konnten.

Selbst zum Foltern holten sie die Gefangen spätestens um Mittag. Nur wenig Licht drang durch die kleinen vergitterten Kellerfenster. Das Elend, das in der Luft hing, verdrängte selbst diesen kargen Sonneneinfall. Ätzende Gerüche von Exkrementen und Blut vermischten sich mit dem Staub und den Ausdünstungen der Gefangenen. Kaum sprang die Eisentür auf, war die finstere Gestalt des Kerkermeisters erkennbar, den die Gefangenen so sehr fürchteten. Noch mehr fürchteten sie die Folterungen des Gnoms, der hinter den rasselnden Ketten einherschritt.

„Zwei neue Opfer für d'n Meister", jubilierte die Kastratenstimme des Gnoms. „Dahin", befahl er.

Der Kerkermeister stieß den Abt auf den leeren Platz an der Wand, der für ihn bestimmt war. Vor Schreck wie gelähmt, fiel der alte Mann wie ein Stein zu Boden und rollte sich ängstlich ein, als wollte er sterben. Den anderen, Pater Randolph, machte er mit Ketten an der Folterwand fest und nahm einen Eisenhaken von der Wand.

Alanus' diabolisches Gelächter dröhnte durch den Kerker: „Hier gehst du tot. – Fang an!"

Der Kerkermeister schlug den Eisenhaken unter Randolphs Kinn und zog den Unterkiefer mit einem Ruck nach vorn. Die Kieferknochen krachten. Ein grässliches Heulen flog durch die Luft.

„Schau Abt! Dein Mönch."

Der Abt zitterte am ganzen Leib.

„Steh auf!" Der Gnom zog seinen Gürtel von den Hüften und schlug damit blindwütig auf Pater Randolph ein. Der Pater lag in Schockstarre da, blieb reglos liegen, schien den Schmerz gar nicht mehr zu spüren. Die sirrenden Schläge hallten von den Wänden wider wie ein tödlicher Orkan.

„Aufsteh'n!", kreischte der Gnom.

Obwohl fast um eine halbe Körperlänge kleiner als der Pater Randolph, zerrte er ihn mit äußerster Brutalität hoch und schleifte ihn durch das aufstiebende Stroh zu einer anderen Stelle, wo er näher bei den Folterwerkzeugen lag.

„Sieh 'n Tisch, Opferlamm?" Der Gnom erwartete keine Antwort, sondern wollte nur Schrecken und Angst verbreiten. „Schlachtplatte von Meister. Werd' dich schlachten, Bruder.

Dann graben Eingeweid' aus. Wirst schrei'n wie 'n Schwein. Wird machen uns Freud. Reiss dir Herz raus." Sein infernalisches Gelächter hallte an den klammen Kellermauern wider.

Bruder Marcus beobachtete, wie die Schemen an den Wänden ihr grausames Schattenspiel spielten, Schläge, ein kurzes Aufbäumen, Stöhnen, Hände, die in gusseiserne Ringe gezwungen und mit Ketten an die Wand gefesselt wurden. Das Klirren der Fußeisen besiegelte das Schicksal. Es waren dieselben Schreie, derselbe grausame Befehlston. In den Tagen, die Marcus bereits in diesem Kerker verbrachte, hatte er diese mörderische Stimme schon oft gehört. Er hatte gesehen, wie einige der Schatten bereits Stunden vorher anfingen zu jammern, weil sie ahnten, dass ihnen bald wieder die Stunde zur Folter schlug. Pausenlos vertiefte sich Marcus ins Gespräch mit Gott, um die Schrecknisse zu ertragen.

Herr Jesus Christus, Sohn Gottes, erbarme dich unser. Du wirst alles vollenden.

Vor seinen Augen entrollte sich in bunter Vielfalt der Kräutergarten wie ein Buch mit sieben Siegeln, in dem nur Pater Randolph, der Botaniker des Ordens, sachkundig zu lesen verstand. Er pflegte die urtümliche Schönheit des wuchernden Huflattichs und die gelben Beeren der Alraune. Den Bärlauch, den er schnitt, Liebstöckel, Lauch ... Jetzt, wusste er, brachten sie Bruder Randolph zu Tode. Er betete, dass er nicht mehr lange leiden musste. Normalerweise war es in nach einigen Vaterunsern und einem Rosenkranz vorbei.

Marcus hatte den Abt sofort erkannt, doch hielt es für klüger, sich noch nicht erkennen zu geben. Die Folterknechte mussten erst eine ganze Weile den Kerker verlassen haben, damit er vorsichtig den Abt ansprechen konnte. Seine Gefangennahme war ein schlechtes Zeichen. Es sah danach aus, dass Prior Ulbertin das Szepter an sich gerissen hatte. Wahrscheinlich lebte auch Pater Jeremias nicht mehr. Wenigstens hatte Jeremias ihm die Geheimnisse des *Liber secretus* anvertraut.

Wer viel weiß, muss mit dem Wissen umgehen können. Am meisten Mühe kostet es zu schweigen. Denn die Verführungskünste des Bösen sind immens. Man muss fest auf Gott vertrauen, hatte Jeremias im eingeschärft.

Die Idee, die eine Abschrift des *Liber Secretus* an der Wolfseiche zu vergraben, war grandios. Vor allem, weil Pater Jeremias in dieser Abschrift die Beschwörungen und Zauberformeln verfälscht hatte. Das Versteck am unterirdischen Schwefelpfuhl in der Grotte würden sie nicht entdecken. Ganz zu schweigen von den geheimnisvollen Papyrus, von dem Jeremias nur in Rätseln gesprochen hatte. Trotzdem war die Gefahr nicht gebannt. Die Blutherrschaft Ludwigs von Gelderland musste gebrochen werden.

Wenn Berthelot nur endlich käme.

Schwere Schritte stapften heran. Prelati und der Fürst, man sah sie selten gemeinsam im Kerker. Der Fürst schien diese Hölle nicht zu mögen.

„Na, sieh einer an", Prelati sah sich den gefolterten Randolph an. „Der hat es hinter sich!" Er streichelte den Gnom. „Meine kleine Bestie leistet ganze Arbeit."

„Marcus, wir kennen uns seit unserer gemeinsamen Studienzeit in Padua", begann der Fürst, „Warum willst du nicht mit uns zusammenarbeiten. Ich will dir helfen, doch wenn du derartig bockig bist, bleibt uns keine andere Wahl..."

„Unser ehemaliger Studienfreund versteht nur die harte Hand, mein Fürst", raunte Prelati. „Schon in Padua hatte ich den Eindruck, dass er starrköpfig ist."

„Kehr um, Ludwig. Nur der Glaube an Jesus Christus kann dich retten", sagte Marcus heiser.

„An dir sieht man sehr deutlich, wie hilfreich dein Gott ist, du Narr." Prelati lachte diabolisch.

„Lass dir nicht durch ein falsches Spiel etwas vorgaukeln. Wer sich mit Verbrechern abgibt, wird selbst zum Verbrecher, Fürst Ludwig."

„Du und dein Heiland, ihr seid die ewigen Verlierer. Luzifer ist der Sieger. Ihm gehört die Welt."

„Mein Gott, hat dich dieser Schwarzmagier schon so beeinflusst. Ich bete weiterhin für dich, Ludwig. Wenn ich sehe, wie ganz Gelderland unter deiner Schreckensherrschaft leidet, seit dieser Ungeist auf Burg Reitzenstein ist."

Prelati nahm die glühende Zange aus dem Feuer. „Bald wirst du nichts mehr sehen. Wie dein Bruder Jeremias. Ich sagte ja, das Beste kommt erst noch. Für dich ist es jetzt so weit." Er hielt das feuerrote Eisen in der Hand. „Mein Fürst."

Ludwig winkte ab. „Mach du es."

Prelati sagte gebieterisch: „Wer Kaiser werden will, darf keine Memme sein. Satan fordert von jedem Opfer, damit er weiß, ob wir der Macht würdig sind."

Mit vor Entsetzen aufgerissenen Augen sah Pater Marcus das glühende Eisen auf sein Gesicht zukommen. Die Wangen wurden heiß. Er spürte, wie er sich innerlich verkrampfte. Seine Augen tränten von der bedrohlich näher kommenden Glut und schlossen sich reflexartig. Jetzt blieb ihm nur noch das Gebet.

XXI. Kaldenkerken, abends um die siebte Stunde

Auf ihrem Ritt durch das flache Land hörten Berthelot und Wentzel von weitem einen Glockenschlag, der die siebte Stunde dieses lauen Sommerabends verkündete. Zeit für das dritte Angelusgebet. Sie hielten ihre Pferde an. Wentzel senkte den Kopf, während Berthelot laut vorbetete.

„Der Engel des Herrn brachte Maria die Botschaft und sie empfing vom Heiligen Geist ..."

Vor sechseinhalb Stunden hatten sie Leuven verlassen und waren in zügigem Galopp in die niederrheinische Tiefebene geritten. Hier war es flacher als in irgendeiner anderen Gegend im burgundischen Flandern. Die Kathedralen erschienen meilenweit als einzige Erhöhung. Felsen vor dem tiefen Himmel. Hier musste es in den letzten Tagen noch geregnet haben, auf einigen viel benutzten Wegen hatte sich die Erde unter dem Druck von Reifen und Hufen in Morast verwandelt. Kaum hatten Berthelot und Wentzel den Heidweiher passiert, hörten sie einen spitzen Schrei, der durch die Abendstille gellte. Ein Falke, der ein Kaninchen geschlagen hatte?

Die Sonne tauchte als blutroter Feuerball im Westen unter.

Hinter den goldleuchtenden Weizenfeldern bogen sie in eine staubige breite Strassen, deren Ränder Kopfweiden säumten.

Einzelne Gehöfte verloren sich, von Feldern umgeben. Kurz hintereinander tauchten drei geschändete Wegkreuze auf. Man hatte sie in der Mitte durchschlagen und den zerbrochenen Korpus auf dem Boden verstreut. Wer Kruzifixe vernichtet, wird auch Menschen vernichten.

Die Herrschaft Satans lässt die Menschen ihre Selbstkontrolle verlieren, dachte Berthelot entsetzt. Er rief sich Pater Marcus' Bericht in Erinnerung. Angst und Gewalt zerstörten Land und Leute. Berthelot spürte einen Kloß im Hals. Wäre es tatsächlich möglich, dass ein satanischer Geheimbund die ganze Welt ins Chaos stürzt, um eine neue Weltordnung zu schaffen?

Berthelot wanderte zum diesigen Horizont. Die Sonne stand schon tief hinter den milchigen Nebelwolken und verbreitete nur noch schwach rote Lichtfetzen.

„Wir müssen ein Quartier suchen", sagte er.

„Wie weit noch bis zum Kloster?"

„Von Kaldenkerken aus noch eineinhalb Meilen. Vor der Dunkelheit werden wir das Kloster kaum erreichen. Ich möchte die Mönche nicht aus dem Schlaf holen. In der Stadt finden wir bestimmt eine Herberge."

Der Kirchturm von Kaldenkerken war schon meilenweit erkennbar. Sankt Blasius war ein Werk des berühmten Steinmetzen Peter Parler und die größte Kirche in ganz Gelderland, was vom früheren Wohlstand des Landes zeugte. Einige Zeit später sah Berthelot die hohe, mit zahlreichen Geschützscharten bestückte Stadtmauer. Die patrouillierenden Wachposten auf der Mauer trugen eiserne Helme und die roten Waffenröcke des Fürsten. Zur Abschreckung trugen sie ihre Schwerter und furchterregenden Lanzen auffällig vor sich her. Stimmengewirr und das Schlagen von Hämmern innerhalb der Mauern drang weit hinaus bis auf die Felder. Kaldenkerken war noch immer die größte Ortschaft im niederrheinischen Teil Gelderlands, auch wenn die Pest im vorigen Jahrhundert mit grausamer Gründlichkeit die Bevölkerung ausgedünnt hatte. Doch was er vor der Stadtgrenze erblickte, trieb ihm eisige Schauer über den Rücken.

„Heilige Maria", flüsterte Berthelot.

Sechs Totenschädel, auf hohe Pfähle gespießt, säumten den Weg, gezeichnet vom Heißhunger gieriger Krähen. Das waren also sechs der vierundzwanzig Aufständischen des Februaraufstandes gewesen, von denen Marcus geschrieben hatte. Die Soldaten des Fürsten hatten nach der Hinrichtung ihre Köpfe und Gliedmaßen an jedem der vier Stadttore aufgestellt. In Berthelot hallten die Worte aus Marcus' Brief wider: ... man muss sich des Teufels erwehren, solange man noch Kräfte hat. Mit jeder Minute, die wir länger warten, wächst die Gefahr ...

Vor ihnen erhoben sich die mächtigen Mauern der Stadt, schmutzig vom Staub der Jahrhunderte. Als sie den Westwall passierten, sahen sie an der Stadtmauer angeschlagene Fleischklumpen, von Fliegenschwärmen bedeckt.

Menschenopfer, dachte Berthelot.

In ihm stieg die Ahnung auf, dass er den schwersten Kampf seines Lebens zu bestehen hatte. Im gemächlichen Trab ritten sie durch das Westtor. Der Hufschlag ihrer Pferde hallte von den Mauern wider. Die beiden Wächter ließen sie grußlos passieren. Stadteinwärts standen Häuser mit tiefen Fenstern, wie sie für diese Gegend üblich waren. Die meisten Häuser befanden sich in erbärmlichem Zustand. Putz bröckelte in großen Placken von den Fassaden, die schwarzen Balken an den Gesimsen moderten und auf vielen Dächern fehlten einfach die Schindeln, weil die Besitzer kein Geld hatten, um sie zu ersetzen.

Ein alter Mann trottete mühselig vor ihnen her. Er schleppte einen halbgefüllten Sack. Als der Mann sich umdrehte, erschrak Berthelot unwillkürlich: das gleiche Doggengesicht, wie er es in Leuven gesehen hatte.

„Was guckt Ihr mich an? Macht das Ihr weiterkommt, bevor Eure Zeit abgelaufen ist“, fluchte der Alte.

Berthelot schüttelte sich, als wollte er einen bösen Traum abschütteln.

„Hier ist eine Herberge“, rief Wentzel.

Berthelot, in Gedanken noch immer bei dem Alten, schickte ein Stoßgebet zum Himmel, ehe er die alte Kaschemme betrachtete, die eher einer Scheune als einem Haus ähnelte.

Berthelot wartete den Glockenschlag ab, ehe er noch einmal klopfte. Endlich ließen sich schleppende Schritte vernehmen.

Knarzend öffnete sich die schiefe Tür. Vor ihnen stand ein buckelige Alte mit einem länglichen, von unzähligen Falten zerfurchten Gesicht. Unter der weißen Haube blitzten wache Augen, die sie beim Sprechen zu zwei schmalen Schlitzen zusammenkniff, um die beiden Fremden zu mustern. „Ihr seid späte Gäste."

„Verzeiht, die Dunkelheit brach schneller als erwartet ein, deshalb haben wir es nicht mehr bis zur Abtei geschafft."

„Seid Ihr geistliche Herren?"

„So kann man es sagen", nickte Berthelot.

„Aber von hier seid Ihr nicht."

„Wir kommen aus Leuven", sagte Wentzel.

Berthelot warf ihm einen verschwörerischen Blick zu, der bedeuten sollte, nicht zuviel zu verraten.

„Unsere Pferde sind genauso müde wie wir", sagte Berthelot.

„Ich sag dem Knecht gleich Bescheid. Er soll sie in den Stall stellen und trockenbürsten."

„Mein Bursche wird ihm zur Hand gehen."

„Knauser seid Ihr auch noch?", murmelte sie leicht verärgert. „Damit Ihr's wisst, bei mir wird gleich bezahlt."

„Selbstverständlich."

„Zwei Pfennig fürs Übernachten, ein halber für die Pferde."

„Einigen wir uns auf zehn, wenn Ihr uns noch ein Abendbrot macht."

Die Augen der Alten blitzten. „Zehn, das ist ein Wort."

Wentzel fand es oft unklug, dass Berthelot so großzügig mit dem Geld umging. Das konnte auch Diebe anlocken.

„Jan!", rief die Alte. „Zwei Pferde."

Jan führte in Begleitung von Wentzel die Pferde durch die schmale Gasse neben der Herberge, die in dem Stall mündete.

„Langer Ritt?", fragte er.

Wentzel nickte.

Der Knecht klopfte vor Wentzels Wams. „Feine Pinkel, was?"

„Iwo, ich bin nur sein Bursch."

Der Stallknecht rümpfte die Nase und leitete die Pferde an die Futterkrippe.

„Passt gut auf", sagte Wentzel.

„Was meint Ihr, wofür ich hier bin", entgegnete der Stallknecht.

Wentzel schöpfte gleich Verdacht. Vielleicht musste man keine

Angst davor haben, ausgeraubt zu werden. Aber wenn sie jemand an die Soldaten des Fürsten verriet ... Die Begegnung auf dem Hohen Venn konnte kein Zufall gewesen sein.

XXII. Burg Reitzenstein, abends um die achte Stunde

Die Fürstin saß an der Spitze der langen Tafel neben dem Fürsten. Sie trug das scharlachrote Kleid, wie von Prelati befohlen. Ein in Lumpen gekleideter Troubadour kauerte in der Ecke und spielte auf seiner Maultrommel. Über ihm, auf einer vergoldeten Stange saß ein Wanderfalke mit glänzend grauem Gefieder, der aus seinen felsenharten Raubtieraugen alles zu überwachen schien.

Der Hofstaat saß nach Rangordnung und übertraf sich in Schmeicheleien. Die Tafel war üppig gedeckt. Das reichlich herumliegende weiße Brot diente den Herrschaften als Unterlage für das Fleisch. Es gab nicht nur Hühner, sondern auch Kapaune, Gans, zartes, weißes Fleisch vom Schwan und Pfau. Dazu gab es französischen und italienischen Wein. Der Fürst selbst bevorzugte die schweren Südweine, vor allem den Zypernwein.

„Warum fresst und sauft Ihr nicht? Fressen und saufen hat noch keinem Schwein geschadet“, rief der Fürst lachend aus und leerte den Kelch Neros, den er aus der Hand der Magierin in der Höhle erhalten hatte, in einem Zug. Seit Prelati am Hof war, hatte sich sein Wesen verändert, nicht zuletzt dadurch, dass Ludwig seither reichlich dem Alkohol zusprach. „Auf dein Wohl, Prelati, du alter Hexenmeister.“

Prelati saß am gegenüberliegenden Ende der Tafel. Sein Verhalten richtete sich ganz nach seiner Laune. Prelati wusste zu unterhalten. Bei allerlei magischen Vorführungen bestand einer seiner hypnotischen Scherze darin, seinen Opfern Krötenhirn und pulverisiertes Taubenherz zu essen zu geben, worauf sie in schöner Regelmäßigkeit begannen, von ihren amourösen Abenteuern zu erzählen.

Er veranstaltete spiritistische Sitzungen, in denen er sich, geschwärzt vom Rauch der Hölle, winselnd unter die Anwesenden drängelte. Doch all diese Spielereien waren ihm nicht wirklich wichtig, er bezeichnete sie dem Fürsten gegenüber sogar selbst als „Magie für die Narren“. Wirklich wichtig war ihm etwas anderes, die geheime Bruderschaft Luzifers, die *Societas Orientis Lucis,* die S.O.L., deren Geschick seit dem Tod Leonardo da Vincis in seinen Händen lag. Jeder, der einen höheren Einweihungsweg ging, bekam von einem Geistwesen ein *Nomen mysticum*, einen geheimen Namen, zugeteilt. Geheime Kräfte wirkten durch ihn. Als Großmeister Thot regierte Prelati die S.O.L., stand hoch über all denen, die in geheimen Hexen- und Magierorden ihr Unwesen trieben und sich am *Corpus Hermeticum* abarbeiteten, das neben den Goldenen Versen des Pythagoras oder den Ägyptischen Totenbüchern nur das Graswurzelwissen aller Eingeweihten darstellte. Als Mitglied des Skarabäus-Ordens stand er sogar auf gleicher Höhe mit den Geheimen Tempelrittern, deren Baphometritual er zelebrieren durfte. Das berechtigte ihn jedoch nicht dazu, übermorgen am Johannisfest den neuen Äon auszurufen. Der Aufbau aller Geheimgesellschaften ähnelte einer Zwiebel, auf der äußeren Schale, für jeden sichtbar, waren die Zirkel der Narren, die Zünfte von Steinmetzen oder Buchdruckern, die sich mit allerlei Passworten und Geheimniskrämerei selbst eine Wichtigkeit gaben. Je weiter man sich dem Kern näherte, desto unbekannter wurden zwangsläufig die Bünde. Über allem thronte die Bruderschaft der Zehn. Selbst die höchsten Eingeweihten verstummten ehrfurchtsvoll, sobald sie davon hörten. Gerüchte wollten nicht verstummten, Agrippa von Nettesheim gehöre dazu. Doch Prelati wusste, dass niemand die Mitglieder des höchsten geheimen Ordens kannte. Er wusste auch, dass es immer nur zehn Mitglieder hab. Bevor nicht einer starb, rückte niemand nach. Gerüchte besagten, dass hin und wieder allerdings „gekugelt“ wurde, und wen die schwarze Kugel traf, der musste sterben. Andere Gerüchte besagten, dass jemand der aufgenommen werden sollte, zuerst einen anderen aus dem Orden eigenhändig töten musste. Jedenfalls arbeitete die Bruderschaft der Zehn in einem Bereich, zu dem weder Kaiser noch Könige Zugang besaßen. Im innersten Kern trafen sich die wirklich Mächtigen, die den Lauf der Welt bestimmten. Man sah sie nicht und hörte sie nicht. Trotzdem waren sie da. Einige wollten wissen, diese Loge würde vom Fürst der Finsternis selbst geleitet. Doch allein die Tatsache, dass selbst die höchsten Eingeweihten, die Prelati kenngelernt hatte, und Agrippa zählte sicherlich dazu, sich lieber auf die Lippen bissen, als auch nur eine Silbe über die geheimnisvolle Bruderschaft der Zehn zu verlieren, zeugte davon, dass ihre Macht unermesslich sein musste. Auch wenn diese Bruderschaft absolut geheim war, konnte man sich einige Dinge zusammenreimen und so war sich Prelati ziemlich sicher, dass Agrippa diesem Orden angehörte. Hatte Agrippa sich nicht sogar verraten, indem er einmal sagte: „Jeder, der zur obersten Loge gehört, bekommt eine eigene Nummer. Ich habe die neun …" Nummer neun, Nummer neun, Nummer neun, hallte es in Prelati nach. Auf jeden Fall musste Agrippa über eine Verbindung dorthin verfügen, denn nicht umsonst wurde er dazu ausersehen, den neuen Äon auszurufen, der für die Umsetzung des luziferischen Plans und damit für alle geheimen Gesellschaften, die ihn verfolgten, so wichtig war. Prelati war mit Stolz erfüllt, Agrippa bei diesem Ritus zur Hand gehen zu dürfen. Doch seit man ihn von der Ankunft Cornelius Berthelots unterrichtet hatte, war Prelatis Hochgefühl gewichen. Wenn die Landsknechte seinen Kopf gebracht hätten, wäre ihm wohler gewesen.

„Wir saufen uns zu Tode", kicherte der Zeremonienmeister. „Wer bringt einen Trinkspruch auf unseren Fürsten aus?"

Sofort sprang der Schatzminister auf, ein fetter Bonvivant, der kaum aus den Augen gucken konnte, weil seine speckigen Wangen sein ganzes Gesicht aufbliesen. Er hob mit abgespreiztem Finger sein Glas.

„Dem edlen Fürst von Gelderland
wünscht Euer Diener unverwandt
In allem eine güld'ne Hand."

Prelati erhob sich schmatzend und spuckte einen abgekauten Knochen auf die Tafel.

„Dem Fürsten …", sang er mit seiner sonoren Stimme. „Dem Fürsten … ja, was?" Er rülpste. „Ja, was eigentlich? Nachdem der Bruder Schatzminister seiner geistigen Diarrhöe Ausdruck verliehen hat, fällt Euch, Bruder Kriegsminister, nicht etwas Besseres ein? Ihr habt doch so ein großes Maul. Schieß los, du Stümper."

Nervös kichernd erhob sich der ebenfalls korpulente Kriegsminister.

„Dem guten Fürst von Gelderland …“

Prelati zerschlug krachend sein Glas auf dem Tisch und dröhnte. „Dem guten Fürst? Du sollst nicht lügen. Kennst du nicht das achte Gebot, Kriegsminister? In Eurer Speichelleckerei mögt ihr unübertroffen sein, in der Kunst zu lügen nicht. Der Fürst ist alles andere als gut, er ist ein Affe.“

Für einen Moment entstand atemlose Stille. Selbst die Fürstin war entsetzt. Noch nie hatte Prelati es gewagt, den Fürsten öffentlich derart zu brüskieren. Aber der Fürst lachte nur.

„Ihr seid zu Scherzen aufgelegt, verehrter Meister.“

„Ihr habt es richtig erkannt, mein Fürst.“

Prelati nahm laut lachend fünf Teller vom Tisch und jonglierte mit ihnen, als wäre es Spielbälle. Dann lief er, noch immer mit den Tellern jonglierend, zu dem Musikanten, riss ihm in Bruchteilen von Sekunden die Maultrommel weg, klemmte sie zwischen seine Lippen und spielte mit der Zunge eine sanft klingende Melodie, wobei er nicht aufhörte, die fünf Teller in der Luft zu halten, ohne dass ein einziger davon zu Bruch ging. Als er die Maultrommel ausspuckte, fing er die Teller mit seiner Rechten auf und stapelte sie in seiner Linken.

„Ein kleiner Spaß zur Erheiterung des Volkes. Ich bitte um Nachsicht. Normalerweise seid Ihr echte Königliche Kunst von mir gewohnt. Und jetzt Fürst, mach es nach.“

Der Fürst stand auf und ging in majestätischer Steifheit auf Prelati zu.

„Meister, niemand kann Euch übertreffen.“

Er nahm Prelati die fünf Teller nacheinander vom Arm und ließ sie auf dem Boden zerscheppern.

„Ihr wollt es mit mir aufnehmen, mein Fürstchen?“

Um den Beweis seiner schwarzmagischen Fähigkeiten zu erbringen, ließ Prelati auf der Wand hinter dem unbesetzten Fürstenstuhl einen fünfstrahligen Stern entstehen, aus dem lodernde Flammen schlugen. Das Pentagramm, Erzzeichen aller Magier und Schwarzkünstler. Erschrocken sprangen einige auf. Immer heller züngelten die Flammen des Sterns. Prelati ergriff eine Peitsche. Lag sie unter dem Tisch? Hatte er sie herbeigezaubert? Er schlug sie rhythmisch auf den Boden, wobei er einen Veitstanz aufführte. Einmal in Trance geraten, verfiel er in einen monotonen Singsang, der den

Gregorianischen Gesängen von Mönchen glich, nur dass diese zum Lobpreis Gottes anhoben, Prelati hingegen mit jeder Silbe Satan huldigte, wobei er einen christlichen Text verballhornte.

Hoc est enim corpus meum … was für ihn nichts anderes als Hokuspokus war.

Als der flammende Stern erlosch, verschwand Prelati mit ihm in einer schwefeligen Rauchwolke und man wusste nicht, sollte man ihn nun bewundern oder fürchten.

„Prelati wird dich zum Weltherrscher machen. Der böse Prelati", zischte es wie eine Schlange aus dem Nichts. „Wiederhol es, Fürst."

Pennälerhaft stotterte der König: „Prelati wird mich zum Weltherrscher machen. Der böse Prelati."

„Brav, mein Fürstchen", Prelati kroch unter dem Tisch hervor und küsste katzbuckelnd den Siegelring des Fürsten, als wäre er das Spielzeug eines Kindes. „Das Wort Weltherrscher klingt wunderbar kitschig aus deinem lyrischen Mund." Plötzlich verfiel er in ein nervöses, ziegenhaft meckerndes Lachen.

„Bruder Kriegsminister, mach den Affen!"

Der Kriegsminister wusste, wenn er sich vor seinem Hofstaat derart erniedrigte, hatte er ein für allemal sein Gesicht verloren. Doch als er Prelatis Peitsche im Genick spürte, sprang der dicke, ungeschlachte Mann auf, machte: „Uh-uh-uh …" Grunzte mit kehliger Stimme. Rücken gekrümmt, o-beinig, überhaupt sämtliche Gliedmaßen verbogen und mit schiefem Kopf, humpelte er unter Gelächter herum. Kratzte sich mit gebogenen Händen unter den Armen. „Uh-uh-uh …" Und dann tanzte er unter dem glockenhellen Gelächter der Fürstin, die es ihrerseits nicht auf dem Sitz hielt, die angetrunken oder durch Prelatis Vorführungen in Verzückung geraten, ihr scharlachrotes Kleid raffte und anfing, auf dem Tisch zu tanzen. Prelati umfasste ungestüm die Hüften der Fürstin, zog sie zu sich heran, sah ihren bereitwillig geöffneten Mund, ihre lodernden Blicke. Seine Hand wischte an ihrem Gesicht vorbei, als wollte er sie in Trance versetzen. Doch dann stieß er sie von sich. Immer bewegte er sich, als wehte ein unsichtbarer Umhang hinter ihm.

„Ich werde ihn kriegen. Auf diesen Berthelot warte ich schon lange. Er ist ein Genie, weißt du. Ihm kommt Erasmus von Rotterdam noch gleich, sonst niemand. Ich werde dafür sorgen, dass dieses Genie Gottes ein kurzes Leben haben wird. Ein verdammt kurzes."

Ihn durchströmte eine überirdische Sicherheit. Mit Hilfe des *Liber Secretus* würde er seine lästigen Feinde vernichten. Es wäre sinnvoll, dazu die Beschwörung des eigenen Schutzgeistes vorzunehmen.

Heute Nacht am Heidweiher.

XXIII. Kaldenkerken, ebenfalls um die achte Stunde

Die Stube in der Herberge war niedrig, so dass Berthelot unwillkürlich den Kopf einzog, um nicht gegen die schwarzen Deckenbalken zu stoßen. Die Kaschemme musste uralt sein. Auf dem Boden lag festgestampfter Dreck, aus dem ein feuchter Erdgeruch dunstete. Trotz des sommerlichen Wetters blieb es hier kalt. In der Mitte eine Feuerstelle aus Backsteinen, in der kalte Asche lag. Der Vorhang hinter dem Tisch führte wohl zur Küche. Berthelot hätte am liebsten dahintergeschaut, um eine Fluchtmöglichkeit zu erkunden.

„Setzt Euch", sagte die krächzende Greisinnenstimme.

Berthelot setzte sich auf den schmalen Holzstuhl. Sogar im Sitzen überragte er die krummgebuckelte Alte, die neben ihm stand.

„Ihr seid feine Herren, wir sind aber eine einfache Herberge", sagte sie verdrießlich.

„Wir erwarten nicht viel", antwortete Berthelot.

„Ich werde nicht knausern, Mijnherr."

„Das ist gut, mir knurrt der Magen", bemerkte Wentzel, während er sich Berthelot gegenüber auf den Schemel setzte.

Berthelot wischte mit dem Daumen über seine Lippen, was Wentzel signalisieren sollte, es wäre besser zu schweigen. Die krummgebuckelte Alte brachte zwei abgewetzte Holzteller und stellte einen fettigen Schinken und Bauernbrot auf den Tisch. Das Bauernbrot galt als einfachstes Brot. Es war dunkel, weil es mit Mehl gebacken wurde, das nicht ausgesiebt war und so noch die gesamte Kleie enthielt.

„Ein Bier, Mijnherr?"

Wentzels Augen leuchteten. „Ein Humpen Bier wäre nicht zu verachten", sagte Wentzel.

„Uns reicht Wasser", beschied Berthelot.

Die Alte erfüllte ihnen den Wunsch, wobei Wentzel sich nur schnaufend mit dem Wasser zufrieden gab, zumal es einen gallebitteren Beigeschmack hatte, als ob es schon lange abgestanden wäre.

„Eine ruhige Gegend, hier", begann Berthelot.

Die Alte zuckte ihre hängenden Schultern.

„Der Fürst scheint alles im Griff zu haben."

Das Brot war hart und man tat besser daran, es mit den Fingern zu zerkleinern, als sich die Zähne daran auszubeißen.

„Wie viele Menschen leben in Kaldenkerken?"

Auch musste man den Schinken sorgfältig kauen, um ihn zu zerkleinern. Er schmeckte salzig und herb.

„Viele Menschen. Zu viele. Zu wenige. Wer weiß."

„Ihr seid sehr schweigsam. Man sagt doch von den Rheinländern, sie sprächen gern. Man könnte den Eindruck bekommen, Euch hätte es die Sprache verschlagen."

„Was wollt Ihr wissen?", murmelte sie mit heruntergezogenen Mundwinkeln. Angst sprach aus ihrem Gesicht.

Berthelot lutschte den Kanten weich. „Alles."

„Gibt nichts zu sagen. Seht zu, dass Ihr fertig werdet. Längst Zeit zu schlafen."

„Eins interessiert mich doch", sagte Berthelot, „Heute ist doch die Johannisnacht, damit sind gewiss auch bei euch Bräuche wie das Johannisfeuer verbunden. Doch nirgends sieht man Mädchen Kränze flechten oder die jungen Kerle Feuerstellen errichten."

Die Alte zuckte wieder nur mit den Schultern.

„Liegt es vielleicht daran, dass durch die blutig niedergeschlagenen Aufstände dem Volk nicht zum Feiern ist?"

„Seid Ihr ein Spitzel des Fürsten?"

„Ganz sicher nicht."

„Was soll ich Euch antworten, wenn Ihr eh alles wisst."

Berthelot sprang auf und beugte sogleich seine hochgewachsene Gestalt nieder, um neben der Greisin nicht wie ein Riese auszusehen. „Seht mir meine Neugierde nach. Liegen die Zimmer hinter dem Vorhang?"

Die Alte winkte ab. „Die Treppe hoch. Euer Zimmer ist links. Ihr könnt es nicht verfehlen."

„Wir werden es finden." Berthelot lächelte sie milde an. Ihre glasigen Augen, anstarrend aus dem Tod, dem sie sich schon nahe wähnte. Gespenstisches Licht auf ihrem gequälten Antlitz. Ihr heiser lautes Atmen. In jäh verändertem Ton sagte er: „Weckt uns nicht, wir stehen morgen etwas später auf."

Wieder zuckte sie ihre schwachen Schultern. „Wie Ihr wollt. Ihr habt ja bezahlt."

Die Treppe, das waren kleine Stufen aus festgeklopften Lehm, und oben musste Berthelot sich tatsächlich ducken, um nicht mit dem Kopf an die Decke zu stoßen.

XXIV. Abtei Niersbachthal, zur Nacht um die elfte Stunde

Prelati pfiff durch die Zähne, als er wie verabredet Prior Ulbertin in der prächtigen Abteikirche antraf. Der Prior ging in den Beichtstuhl, Prelati folgte ihm wie ein armer Sünder, aber hier konnten sie ungestört sprechen.

„Hoffentlich betest du zu dem richtigen Gott", raunte Prelati.

Ulbertin drehte sich erschrocken zu ihm. Ein Lächeln trat auf sein teigiges Gesicht. „Ich glaube an unseren Herrn …"

Prelati, der zwar höllisch aufbrausen konnte, aber auch über das diplomatische Geschick verfügte, das Fürst Ludwig vollends vermissen ließ, sagte mit schmeichlerischer Stimme: „Du bist unser wichtigster Mann. Du, nicht der Fürst. Dein Name wird in die Annalen eingehen. Dich wird man als den großen Erneuerer des Christentums feiern."

„Manchmal komme ich mir vor wie ein schmutziger Verräter", stieß Ulbertin leise hervor. „Wie Judas Ischariot."

„Judas Ischariot wird von uns, wie du weißt, hochverehrt. Ebenso wie Simon Magus, der die Apostel das Fürchten lehrte." Prelati legte aufmunternd seine Hand auf Ulbertins Schulter. „Du weißt doch, mein Lieber, alles, was diese kleingläubigen Narren brauchen, dürfen sie behalten: Die Symbole, die Gesänge, ihre Ikonen. Sogar ihren Jesus Christus." Er atmete tief ein und aus. „Nur, dass er im neuen Christentum weder Gottes Sohn sein wird noch eine Jungfrauengeburt und in den Himmel aufgefahren sein wird er auch nicht. Denn wir werden den Leuten weismachen, Jesus sei nicht Gottes Sohn, sondern irgendein dahergelaufener Prophet …"

„Was ist mit der heiligen Messe?"

„Wie du weißt, hat unsere Bruderschaft nichts gegen gottesdienstliche Kulte einzuwenden …"

„Obwohl: Wer einmal eine Schwarze Messe erlebt hat, will nichts anderes mehr."

„Ich sehe, du hast begriffen, wohin wir die Menschheit führen wollen. Unsere neue Religion fordert nichts von den Menschen außer Menschlichkeit. Wir werden in einem Paradies reiner Menschlichkeit auf Erden leben, nicht wahr?"

Ulbertin lächelte süffisant: „Und der Mensch ist dem Menschen ein Wolf, nicht wahr?"

Prelati wusste, wie er ihm schmeicheln konnte: „Du wirst der große Reformator Deutschlands sein."

„Was ist mit Luther?"

Prelati winkte ab. „Ein kleiner Geist. Du, mein Lieber, bist der Größte. Wir werden dich zudem zum Gegenpapst ausrufen. Du wirst zu einer der bedeutendsten Persönlichkeiten der Weltgeschichte."

XXV. Kaldenkerken, ebenfalls zur Nacht um die elfte Stunde

Das Zimmer war so klein, das es zweimal in eine Klosterzelle gepasst hätte. Das Stroh auf dem Boden hart. Aber Berthelot war gewohnt, spartanisch zu leben. Auch zuhause bevorzugte er Seegras statt Daunen.

„Wentzel, wir werden morgen in aller Frühe aufbrechen. Ich hielt es nur für geschickter, es der Alten nicht zu sagen."

„Gewiss, ich werde sowieso beim ersten Hahnenschrei wach."

„Dann lass uns jetzt das Nachtgebet sprechen."

Als Wentzel schon fest schlief, legte sich Berthelot Rechenschaft über den Tag ab. Sehr konzentriert war er nicht. Hörte aus der Ferne Katzen, die um ihre Reviere kämpften. Hörte es sich nicht eher an wie Kinderschreie? Irgendetwas geschah in dieser Gegend. Etwas Finsteres, als würde der Teufel hier Hochzeit feiern.

Zum Tagesabschluss von Mönchen gehört es, abends in einer Rückbesinnung Rechenschaft über den Tag abzugeben. Der heilige Benedikt hatte diese Ordensregel aufgestellt. Auch der Dominikaner Berthelot hielt jeden Tag seine Rückschau. Meistens kniete er dabei. Hin und wieder kam es vor, dass er sich auf den Boden legte und die Stille durch sich hindurchfließen ließ, um den Tag im Zwiegespräch mit Gott vorbeiziehen zu lassen. Daraus schöpfte er Mut und inneren Frieden. Ein derart intensiver Tag wie heute war allerdings auch bei ihm eine Seltenheit.

Als ich wie immer um fünf aufstand, Vater, ging ich davon aus, der Tag nähme einen Verlauf wie die anderen Tage der letzten Wochen und Monate. Nach dem Lobpreis und dem Besuch der Morgenmesse durfte ich die Gaben, die Du mir geschenkt hast, Brot, Milch und Honig, zu mir nehmen. Als ein Bote kam mit einer erschreckenden Nachricht meines lieben Bruders Marcus. Du hast meine Zweifel gesehen, Vater, die nicht von ungefähr kamen, um so mehr will ich Dir dafür danken, dass Du mir mit Bruder Custodis einen Freund und Berater zu Seite gestellt hast, der mir half, die richtige Entscheidung zu treffen. Doch wie sehr muss ich Deinem weitsichtigen Ratschluss danken, dass Du mir durch meinen Schutzengel mein Leben bewahrtest. Wie leicht hätten die Söldner des Fürsten mir ohne Deine Hilfe den Tod gebracht. Dennoch will ich für den Frieden ihrer Seelen bitten. Vater, vergib ihnen ihre Schuld und rechne ihnen nur das Gute an, das sie in ihrem Leben getan haben. Vor allem bitte ich Dich, schütze die Menschen in Gelderland, die unter der Willkür des tyrannischen Fürsten leiden. Schenke ihnen den Mut und die Kraft, sich gegen das Böse zur Wehr zu setzen, ohne Deine Gebote zu übertreten.

Berthelot bekreuzigte sich dreimal.

Wie so oft will ich Dir auch heute dafür danken, dass ich in Deinem Willen mein Werk tun durfte.

Um einschlafen zu können, versenkte sich Berthelot in seine innere Mitte und visualisierte die rötlich glänzende, herzförmige Wolke mit einer goldenen Aura. Du wirst dem Herrn vorangehen und ihm den Weg bereiten. Schon morgen würde er mehr denn je auf die Gnade Gottes angewiesen sein. Wie immer läutete er die Nacht mit einem Vaterunser ein.

… und erlöse uns von dem Bösen …

ZWEITER TAG

23. Juni 1520

I. Heidweiher, um Mitternacht

Der fast runde Vollmond stand über den Baumwipfeln. Sein heller Widerschein fiel auf die dicht belaubten Kopfweiden und ließ ihre hochgereckten Zweige wie gespenstische Arme, die in den sternklaren Himmel griffen, erscheinen. Zwischen der Bluteiche und der Sankt Getrudis Kapelle standen zehn kindsgroße Findlinge, die von Moos überwuchert einen Steinkreis bildeten. Ein alter germanischer Kultort, der seit Jahrhunderten unbenutzt blieb, bis Prelati nach Gelderland kam und im Namen der S.O.L. begann, hier blutige Rituale zu vollziehen. Die geheime Bruderschaft stand in der Tradition der alten Religionen und opferte heidnischen Göttern. Ein Baumstumpf inmitten des Steinkreises, mit geheimnisvollen Runen versehen, diente als Altar. Früher ein Druidenaltar. Seit Prelatis Ankunft kursierten Gerüchte, dass dort der finstere Orden wieder Menschenopfer brachte wie damals die Druiden. Leichenfunde deuteten darauf hin, ohne dass irgendjemand dem Verdacht nachgegangen wäre.

Die weit ausholenden Schritte des Stallburschen aus der Abtei Niersbachthal durchmaßen die Kaldenkerkener Höhen. Schon von weitem sah er einen Feuerschein. Das bedeutete, er musste vorsichtig sein. Wer hatte keine Angst vor dem tagscheuen Gesindel, das sich nachts in den Wäldern herumtrieb? Aber man sah ihm an, dass er kein reicher Reisender war, sondern ein armer Pferdeknecht, also würde man ihn verschonen. Kurz nach der elften Stunde hatte er aus der Abtei Reißaus genommen, nicht um zu fliehen, sondern um auszukundschaften, ob es stimmte, was die Leute erzählten, dass in der entweihten Sankt Gertrudis Kapelle einige Mädchen festgehalten würden. Der Stallbursche hatte Angst um seine Schwester, die seit Ostern nicht mehr aufgetaucht war. Er wollte sie retten. Der schmale Trampelpfad zwischen den Holunder- und Haselnusssträuchern deutete darauf hin, dass irgendjemand die Kapelle benutzte. Doch nicht Sankt Gertrudis zog seine Blicke auf sich, sondern das lodernde Reisigfeuer inmitten des Steinkreises. Er huschte leichtfüßig wie eine Katze über den Boden und versteckte sich zwischen den dichten Holunderbüschen. Von hier aus konnte er unbemerkt zusehen. Um die lodernden Flammen saßen drei nackte Gestalten im Schneidersitz. Zwei Männer und eine Frau, alle drei trugen Masken, die ihr Gesicht bis zu den Lippen verhüllten. Vor der Bluteiche lag auf einem Baumstumpf das gefesselte Opfer, dem man die Augen verbunden hatte. Prelati und der Fürst hatten den Küchenjungen aus dem Schlaf gerissen und ihm einen Trank aus Bilsenkraut und Stechapfel eingeflößt, bevor sie ihn zum Opferplatz brachten. Er zitterte, aber jeder Schrei wurde vom Knebel im Mund unterdrückt.

„Das will ich nicht sehen“, sagte der Stallknecht aus dem Kloster zu sich und dachte, der Junge da, der ist kaum älter als ich. Ich muss ihm helfen. Aber wie? Die dunkle Kraft des Rituals zog ihn magisch an und lähmte ihn gleichzeitig. Irgendetwas ereignete sich. Etwas Unheimliches, Finsteres. Der Stallbursche spürte förmlich das lautlose Vibrieren in der Luft.

Der Mann mit der Widdermaske nahm ein schwarzes Buch mit einem geheimnisvollen Zeichen und zeigte es in alle Himmelsrichtungen, dabei stieß er fürchterliche Flüche aus. Was war das für ein Buch? Der Pferdeknecht hatte im Kloster bislang nur eine Bibel gesehen. Aber das Buch, das der Widdermann küsste, war keine Bibel, das sah man gleich. Mit dem Kuss schien es so, als hätte das Buch selbst einen Mund, denn ein Dunst stieg aus den Seiten auf wie Atemwolken. Der Widdermann schien durch den

Kuss in der Finsternis mehr Macht zu bekommen. Ein heller Schein umgab seinen Kopf, doch kein Heiligenschein, sondern ein unruhig flackerndes rötlich-violettes Licht, dass ein Dreieck bildete.

„Geweiht bin ich durch den *Liber Secretus*", rief der Widdermann, stand gemächlich auf und schmierte sich mit Asche ein.

Wodurch geweiht?, dachte der Pferdeknecht, die Worte hörten sich ähnlich an wie die, die der Abt leise während der heiligen Messe sprach. Es waren aber gewiss keine heiligen Worte: Lib.. libe.. Libber ... se..tus ...

„Satan", rief der Widdermann mit basstiefer Stimme. Dann stieß er kurze, abgehackte Schreie aus. Seine Stimme klang so tief, als entspringe sie dem Abgrund der Hölle. Dann nahm er eine Schale vom Boden, sprach einen Zauber darüber und kniete sich vor die schlanke Frau mit der Pestmaske. Als folge sie einem stummen Befehl, warf sie ihren Kopf in den Nacken und der Widdergesichtige bestrich ihren Hals mit einer zähen Salbe. Darauf senkte sie demütig ihren Kopf und der Widdergesichtige kniete sich vor den Mann mit der Pestmaske, um auch dessen Hals mit der klebrigen Salbe zu bestreifen. Der Widdermann warf noch ein paar Äste in das Feuer, Funken stoben auf. Er begann ein langgezogenes *„A-ou-i-mmm"* zu singen. Beim ou rundete er seinen Mund so, dass der Vokal wie ein w klang. Je länger er sang, desto mehr Atem holte er aus seinem Bauch, wobei er nicht mit den Stimmbändern sang, sondern nur den Kehlkopf vibrieren ließ. Ebenso wie ihr Meister entlockten die beiden anderen ihren Kehlen seltsam schwingende, grollende Töne. Der Gesang wurde immer tiefer, seelenloser, und sie begannen mechanisch ihre Oberkörper vor und zurückzubewegen, bis sie in Trance gerieten. Die Frau sprang als erste auf und tanzte wie von Sinnen, wobei sie alle Glieder schüttelte und völlig außer sich geriet. Dann der Mann mit der Pestmaske. Sie tanzten wilder, bis sich ihre beweglichen Körper wie zwei Schlangen ineinander verwoben. Dann kletterte die Frau auf einen Stein und strich ihren nackten bleichen Leib mit grauer Asche ein. Der Mann tanzte für sich weiter. Erst als ihn der sirrende Schlag einer Peitsche aus Weidenzweigen traf, blieb der Mann auf einer Stelle stehen, wobei er wie eine Marionette zitternd Arme, Beine und seinen Kopf bewegte.

„König der Feuer, König der Hörner, *Io evohe. Io*", sang der Widdermann.

Seine Marionetten stimmen ein: *„Io evohe. Io."*

Dann wandten sich die beiden Männer ihrem Opfer zu und drehten es auf den Rücken. Der Junge wollte schreien, aber wegen des Knebels in seinem Mund brachte er nur ein gequältes Jammern hervor, was seine Mörder noch mehr beflügelte, ebenso wie seine zappelnden Bewegungen.

„Ihr, Luzifer, Astaroth, Belial, nehmt an unser Opfer. Wir bringen es euch in dieser Nacht dar, damit wir unsere saturnischen Kräfte für das Johannisfest stärken." Emphatisch wiederholte er: „Damit wir unsere saturnischen Kräfte für das Johannisfest stärken."

Singend begannen die Mörder, mit ihren Dolchen auf das wehrlose Opfer einzustechen. Lustvoll. Ohne jede Hemmung. Wieder. Immer wieder.

Starr vor Schreck stand der Stallknecht da. Tränen traten in seine Augen. Du musst ihm helfen, dachte er. Aber wie? Er begann laut zu weinen.

Bist du verrückt geworden, sie hören dich, dann töten sie dich auch, ermahnte ihn seine innere Stimme. Der Stallknecht nahm den Arm vor den Mund und biss auf seine Jacke, um das Schluchzen zu unterdrücken.

Lauf, lauf, bevor dich der Teufel zerfleischt. Doch er konnte nicht weglaufen. Die Macht Satans schien ihn zu bannen.

„Zatanasch, Zatanasch!" Der Widdermann zog mit der blitzenden Klinge seines Dolches einen Längsschnitt vom Kopf über den ganzen Körper des Knaben bis zu den Beinen. Dann stieß er mit seiner Hand tief in den Toten hinein und riss sie plötzlich heraus, das blutende Herz hochhaltend, während er düstere Beschwörungsformeln ausstieß, die der Stallbursche nicht verstand. Die Erde unter dem Gras schlug Blasen wie brodelndes Wasser. Schwefelgase erfüllten die Luft, vermischten sich mit dem Nebel, der wie ein Pesthauch aus der Vertiefung aufstieg und in seine Nase stach. Der Stallbursche presste seine Hand vor den Mund, damit er nicht ohnmächtig wurde.

Lauf doch …!, wiederholte seine innere Stimme.

Er wollte ja. Bewegte sich unvorsichtig. Unter seinen Füßen

brachen Zweige. Hatten sie ihn gehört? Angst. Der Widdermann guckte in seine Richtung. Er hatte ihn doch gesehen. Oder? Er reagierte nicht. Besessen von ihrem blutigen Ritual fürchteten die Satansjünger niemanden mehr, weil sie alle Brücken zur diesseitigen Welt abgebrochen hatten, um in die Sphäre des Bösen einzutauchen. Aber das konnte der Stallknecht nicht wissen. Er hatte Angst, sich zu bewegen, weil überall unter seinen Füßen plötzlich Äste zu liegen schienen, die brachen, sobald er sich bewegte. Lähmende Angst.

„Machandel, Machandel …“, rief der Widdermann. Es hörte sich an wie das Zischen einer Schlange.

Das Blut des Opfers schoss in einer hohen Fontäne aus seinem Bauch. Die tanzenden Dämonen streckten begierig ihre Zungen danach aus. Der Kultpriester schob seine Widdermaske hoch, bevor er in das Herz seines Opfers biss und mit der Gier des Bösen die Opfergabe in sich aufnahm.

Betäubt vor Entsetzen schloss der Stallknecht seine Augen. Im gleichen Moment musste er sich übergeben. Es war, als wäre er gegen eine Wand gerannt. Die Bilder gingen nicht weg, er sah sie, auch wenn er die Augen fest zudrückte und die Hände vors Gesicht presste. Er sah hindurch. Sah, wie sie sich mit Asche und Blut einrieben.

Der Widdermann ließ das Blut des Ermordeten über sich laufen, wobei er rief: „Baphomet, Hüter der Schwelle, dich rufe ich an: Erscheine!“

Doch das Warten des Magiers wurde nur von einzelnen Windstößen unterbrochen.

„Baphomet, Hüter der Schwelle, dich rufe ich an: Erscheine!“

Die Frau und der Mann tanzten so ekstatisch, als hätten sie sich längst in eine andere Welt hinübergetanzt. Prelati war froh, dass seine Gespielin von seiner Ohnmacht nichts mitbekamen. Er wiederholte die Anrufung, dreimal, viermal, zehnmal, bis seine Stimme sich überschlug. Eisiger Zorn durchfuhr ihn. Er riss den *Liber Secretus* hoch. Hätte ihn am liebsten in Stücke zerfetzt. Fieberhaft durchblätterte er das schwarze Buch, suchte nach einer anderen Beschwörungsformel. Stieß nacheinander die Anrufung Jupiters, Saturns und Pans aus. Nichts. Dabei folgte er jedes Mal genau den Anweisungen. Beunruhigt schloss er die Augen. Er musste sich eingestehen, dass er längst noch nicht die Allmacht eines Großmagiers besaß. Er hatte durch die Stärkung der saturnischen Kräfte das Johannisfest vorbereiten wollen, wie die alten Mythen es verlangten und war kläglich gescheitert. Er wollte durch das Ritual auf dieselbe Stufe wie Agrippa gelangen, denn er wusste, dass sein Lehrmeister an einem anderen Ort das Baphomet-Ritual vollziehen würde. Und er wusste, dass Agrippa, auch wenn er nicht im Besitz des *Liber Secretus* war, die Macht besaß, sämtliche Dämonen zu beschwören, ganz gleich, ob es sich um Kali oder Baal handelte, und das er, was ihn vor allen Magiern auszeichnete, es vermochte, die satanischen Majestäten zum Erscheinen zu bringen, Astaroth, Belial, Luzifer, indem er seinen eigenen Schutzgeist beschwor.

Prelati schlug in tiefer Verzweiflung mit seinen Fäusten auf den Buchdeckel des *Liber Secretus.* „Ich brauche dich nicht. Ich hasse dich, Buch. Ich habe noch nie ein Buch derart gehasst."

Seine schwarzen Pupillen tanzten über die Buchstaben des *Liber Secretus*, die sich ihm nicht erschlossen. Er zog seine pechschwarze Locke in die Stirn und bestrich sein Muttermal. Schluchzen blähte seine Nüstern, Tränen der Wut rannen an seiner Nase vorbei, vermischten sich mit dem Blut des Opfers, mit dem er seine Wangen beschmiert hatte, und tropften an seinem Spitzbart entlang zu Boden.

„Das einfachste Mittel, einen Geist zum Reden zu bringen, ist eine Zunge", hörte Prelati in seiner Verzweiflung seinen großen Lehrmeister Agrippa sagen. In Gedanken sah er seine ersten Einweihungsstunden, sah Agrippas dunkle Kammer im Keller eines Hauses in Padua. Graue Schemen entstanden vor ihm, sie trugen die Sigillen der Dämonen und andere Ausdruckszeichen der Kräfte jenseits des Guten. „Alles was du tust, musst du zuvor in Gedanken geschaut haben", hatte der Großmagier ihn gelehrt.

Danke, Agrippa.

Das Schluchzen befreite ihn irgendwie. Doch es war nicht seins. Er riss seine Widdermaske vom Kopf und intonierte die Anrufung Baskets, der ägyptischen Katzengöttin. Ein einfacher Zauber, den die Adepten bereits im Lehrlingsgrad lernten.

„Im ho tep. Hor Apollon“, kam es über seine gespitzten Lippen.
Geschmeidig wie eine Katze drehte sich Prelati um seine eigene Achse und schrie plötzlich: „Da!“

In höchster Not sprang der Stallbursche auf und rannte los. Rannte. Immer weitet. Rannte um sein Leben. Weiter. Weiter. Plötzlich stand Prelati vor ihm. Er sah sich um. Unmöglich, dachte der Stallbursche. Oder war er im Kreis gelaufen? Prelati hielt seinen Dolch zwischen seinen Zähnen. Der Stallbursche wich zurück. „Hau ab“, er fuchtelte mit seinen Armen wild herum. Für einen Moment hatte er den Angreifer abgewehrt. Ich muss zum Heidweiher, dachte der Junge. Fegte weiter. Links, rechts.

Du bist mir zu Willen, meditierte Prelati. Mein Wille fesselt dich im Hier und Jetzt.

In Gedanken sah er Benu, den Totenvogel aus den altägyptischen Totenbüchern vor sich. *Ikba Benu,* er sah durch die Wirklichkeit hindurch, als wäre sie ein dünner Schleier und aus dem Feuer stieg phönixgleich Prelati auf.

Et saeculum per ignem …

Renn, renn …!, befahl sich der Junge.

Rechts, links, ab durch die Mitte, Hakenschlagend wie ein Hase.

„Da!“

An der Wegkreuzung schnitt ihm Prelati wieder den Weg ab. Mit fürchterlich schrillen Schreien erhob er sich, ein schwarzer Vogel, breitete seine Arme wie Flügel und fegte ihn nieder. Der Stallbursche fiel rückwärts, langsam, hilflos. Die schwarzen Flügel kreuzten sein Gesichtsfeld. Panik schnürte seine Kehle zu. Prelati warf sich auf ihn. Seine Kralle grub sich in das Gesicht des Stallburschen. Der Junge atmete so schnell, dass er dabei fast seine Zunge verschluckte. Doch er war Prelatis Beute. Der Magier zog die Zunge des Stallburschen heraus. „Da.“ Der Junge schrie um sein Leben. Doch kein Schrei konnte ihm noch etwas nützen.

II. Burg Reitzenstein, ebenfalls um Mitternacht

Dunkel. Kein Mondlicht hätte durch die schmalen, vergitterten Kellerfensterchen fallen können. Der Kerker war ein Grab. Bei Tageslicht sah man etwas. Nicht viel. Nur etwas. Wenigstens Atmen konnte man hören. Laut, oft, mit Stöhnen gemischt. In nächtlicher Totenstille hörte es sich an wie ein eintöniger Gesang, hin und wieder kontrapunktiert durch ein Rasseln der verschleimten Bronchien, die unter der feuchten Kälte litten. Ein trostloser Ort, der durch das Elend der Gefangenen noch trostloser wurde. An manchen Stellen fielen Wassertropfen von der Decke. Kleine Trommelschläge, eine weitere Untermalung des Atmens. Und im Laufe der Zeit wuschen sie das Blut vom Boden.

„Apage Satanas."

Weg mit dir, Satan!, flüsterte der Abt.

Abt Theodardus drehte sich schwerfällig zur Seite, wobei sich die Eisenfesseln ins Fleisch gruben und einen furchtbaren Schmerz hervorriefen. Trüb stand die Luft und es roch es nach Schmutz und geronnenem Blut.

Der Abt stieß erneut einen tiefen Seufzer aus.

Bruder Marcus drehte sich zu ihm und krächzte mit gebrochener Stimme: „Vater Abt, Ihr seid noch wach?"

„Wer bist du?", flüsterte er.

„Marcus."

Der Abt zuckte zusammen. „Marcus?" Das konnte nicht sein.

„Ja, ich bin es."

Vor zwei Tagen noch hatte er die kräftigste Stimme im Kloster. Keiner konnte wie er die Gregorianischen Gesänge intonieren. Er brachte die Wundertöne des Himmels zum Klingen. Klangfarben, sich spiegelnd im bunten Licht, das sich in rot-gelb-blauen Prismen der Glasfenster über dem Chorgestühl brach. Seine Stimme war Gold gewesen. Jetzt war sie nur noch ein heiseres, gebrochenes Organ. Gehörte eher zu einem Toten als zu einem Lebenden. Es gab einen Zustand zwischen Leben und Tod. Da befanden sie sich jetzt. Und es war der unerträglichste, weil er Seele, Körper und Geist zwischen den Welten auseinanderzog. Nein, nicht der unerträglichste, es gab noch die Hölle. Hier war nur die Vorhölle. Mehr nicht.

„Haben sie Euch gefoltert?“

„Krieg keinen Schreck, wenn du mich morgen im Tageslicht sehen solltet. Sie haben mich übel zugerichtet. Mein Körper ist eine einzige Wunde, aber sie haben mir keine Silbe entlockt.“

„Lass uns Gott um Standhaftigkeit bitten.“

„Haben Sie Euch auch geschlagen, Vater Abt?“

„Lass uns nicht darüber reden. Das macht alles nur schlimmer. Wir müssen unseren Glauben stärken.“

„Sie haben Randolph und Jeremias umgebracht, flüsterte Marcus.

„Sie werden noch viele töten.“

„Auch uns.“

„Aus diesem Kerker gibt es kein Entkommen. Das war zu befürchten.“

„Konntet Ihr Berthelot eine Nachricht hinterlassen?“

„Ich weiß nicht, ob mein Brief angekommen ist.“

„Das heißt, unsere Lage ist aussichtslos. Die S.O.L. wird ihr Ziel erreichen. Morgen ist der Johannistag und sie werden den neuen Äon ausrufen. Warum lässt Gott das zu? Ich zweifle an unserem Glauben, Vater Abt.“

„Das Schlachtfeld sind unsere Gedanken. Das Teuflische ist, dass wir oft gar nicht wissen, wann uns das Böse etwas eingibt. Ganz offensichtlich in den Momenten, wo wir mit Gott hadern. Wenn wir sagen: Gott, warum lässt du es zu, dass ausgerechnet ich, der ich dir diene, in diese Schwierigkeiten geraten muss?, dann steht der Teufel grinsend neben uns und gleichzeitig im Himmel als Ankläger, indem er sagt: Gott, willst du einen Menschen schützen, der so sehr mit dir hadert, obwohl du ihm alles gibst? Am Ende können wir nur beten, um unseren Glauben zu festigen. Denn wenn wir den Glauben verlieren, haben wir alles verloren, und Satan nutzt jedes Einfallstor, um uns zu fassen. Deshalb bin ich weit entfernt davon, Menschen wie Prelati zu verurteilen. Er muss von großem Geist und ungemeiner Sensibilität sein, doch ihm fehlt die Kraft zu glauben. Deshalb dürfen wir auch in unserer Lage nicht verzweifeln, wir müssen für ihn beten, Pater Marcus. Wer außer uns wird es tun?“

„Müssen wir nicht vielmehr dafür beten, dass Berthelot das Schlimmste verhindert?“

„Sicher. Doch wir haben nichts davon, wenn wir unsere Seele mit bösen Gedanken beschmutzen“, antwortete der Abt.

„Mich beruhigt, dass sie mit dem *Liber Secretus* nichts anfangen können. Pater Jeremias hat eine Kopie angefertigt, in der er absichtlich Fehler einbaute“, seufzte Marcus.

„Wir müssen auf Gott vertrauen“, sagte der Abt.

„Der Herr verlangt viel von seinen Schäfchen. Wo ist er, Vater Abt? Man hört nichts von ihm“. Die heisere Stimme von Pater Marcus krächzte schrill wie die eines Raben. „Warum soll ich glauben, dass er mich liebt, wenn er mich im Stich lässt? Er lässt uns hier elendig verrecken und schickt nicht einen einzigen Hoffnungsstrahl. Wo bist Du, Vater? Hast Du Dein Antlitz abgewandt von mir oder liebst Du mich nicht mehr? Bin ich Dir lästig? Oder hast Du Wichtigeres zu tun? Lässt du deinen Knecht leiden, weil er gesündigt hat oder überantwortest Du ihn einfach so der mörderischen Gewalt? Wo bist Du? Ich sehe nichts, Vater, aber ich höre auch nichts mehr von Dir.“ Es entstand eine lange Pause.

„Ist Gott auch hier, Vater Abt?“

„Überall. Ein Ort, an dem Gott unbestreitbar existiert, ist der menschliche Geist.“ Der Abt machte eine Pause, um diese Wahrheit wirken zu lassen. „Und das einzige, was uns wirklich tröstet, ist der Glaube an Jesus Christus.“

„Die dunkle Nacht der Seele, Vater Abt. Ich weiß, alle Heiligen gingen hindurch. Aber wenn ich kein Heiliger bin?“ Im Angesicht des Todes entschloss er sich, den Abt nicht länger in der dritten Person anzureden. „Besitzt du die Stärke Hiobs, Abt? Oder die Stärke des heiligen Paulus? Mir ist nie schwer gefallen zu sagen: Was Gott tut, das ist wohl getan. Jetzt, Abt, bringe ich kein Gebet mehr über die Lippen. Ich fange sogar an, Prelati zu verstehen, den ich seit unseren gemeinsamen Studientagen in Padua immer für einen gemeinen und oberflächlichen Ehrgeizling hielt.“

„Warum gibst du Satan so viel Macht über dich?“, der Abt rang nach Luft. Man merkte, wie schwer ihm das Atmen in der feuchten, klammen Kellerluft fiel.

Marcus keuchte: „Warum gibt Gott Satan so viel Macht über mich?“

Der Abt antwortete: „In der Offenbarung steht: Wen ich liebe, den weise ich zurecht und nehme ich in die Zucht. Mach also Ernst und kehr um! Ich stehe vor der Tür und klopfe an …"

Marcus vollendete das Bibelzitat: „… wer meine Stimme hört und die Tür öffnet, bei dem werde ich eintreten, und wir werden Mahl halten, ich mit ihm und er mit mir." Dann krächzte er unter Tränen: „Gott, kannst Du mir nicht helfen oder willst Du nicht?"

Nie zuvor hatte Marcus diesen inneren Widerstreit in dieser unerträglichen Heftigkeit erlebt. „Vielleicht sollte ich meine Gebete zur Wand sprechen." Dann schwieg er und versuchte zu verstehen. Aber in seinem Inneren waren die Schreie. Und immer neue kamen hinzu. Der Zweifel saß zu tief.

„Theodardus, weshalb hast du nichts gegen den Terror von Ludwig und Prelati unternommen?"

„Ich dachte, die Schwierigkeiten ließen sich durch Diplomatie lösen."

„Du bist kein Denker, Abt, sondern ein Zauderer."

„Wer weiß, vielleicht hast du recht."

„Es scheint überhaupt zu wenig gedacht zu werden – und noch weniger wird geglaubt", Marcus Verdrossenheit entlud sich in einem Seufzer. „Warum hat Rom zuerst zu Luther geschwiegen und droht jetzt mit der eisernen Faust?"

„Leider Gottes ist Papst Leo in allem zu unentschieden."

„Leider Gottes, Abt Theodardus. Leider Gottes hört sich aus deinem Mund wie der Hilferuf eines Ertrinkenden an", versetzte Marcus.

„Wir hätten längst eine Reform gebraucht … bevor die Dinge aus dem Ruder laufen", sagte der Abt.

„Hätte, wenn, aber", sagte Marcus. „Weil wir unsichere Kantonisten sind, geht der Glaube verloren. Wir pflastern unseren Weg zur Hölle mit hätte, wenn und aber. Mein Gott, welch hirnrissige Narretei."

„Lass uns einen Rosenkranz beten", bat der Abt.

„Warte, ich bin noch nicht fertig", sagte Marcus, bevor der Abt zum Gebet ansetzen konnte. „Wer ist Gott?" Er japste kurzatmig und hustete dann etwas Schleim ab. „Ich weiß nicht mehr, wer Gott ist, Abt. Die geschundene Kreatur findet keine Worte mehr. Wie soll ich Gott loben? Um Gnade bitten hat wohl wenig Zweck, wenn die Gebete bislang unerhört blieben."

„Wir können nichts tun außer beten."

„Ich kann nicht mehr so tun, als könnte ich beten …" Marcus Schluchzen ging in ein tiefes Seufzen über. „Wie selbstgerecht wir über Gottes Liebe gepredigt haben, Abt. Wir saßen fett und satt in unserer Abtei … Die abgehärmten Menschen, die sich auf den Feldern der Herren zu Tode schuften und denen man zum Dank dafür noch das letzte Hemd nimmt, ihnen geboten wir, sie sollen dankbar sein, Gott loben und preisen. Lobpreis wofür? Dass ihr Leben die Hölle auf Erden ist? Die Mütter, die kaum die hungrigen Mäuler gestopft kriegen und froh sein können, wenn sie sich nicht zu Tode gebären, wie konnte ich ihnen von der Liebe Jesu erzählen?"

„Beruhige dich! Es nutzt nichts, ungerecht gegenüber dem Herrn zu werden."

„Aber wenn es über das Erträgliche hinausgeht? Die Worte, die wir machen, die großartigen Zurechtweisungen und besserwisserischen Kommentare – sind es mehr als fromme Lügen, Abt?"

„Bei allem müssen wir der Versuchung widerstehen, den Pfad des Heils zu verlassen."

„Welches Heil? Das Heil der Folter, die ich erdulde … oder soll ich sagen, erdulden darf? Das Heil, von weltlichen und geistlichen Fürsten schikaniert zu werden, während die weltlichen und geistlichen Herren ein freudenreiches Dasein führen? Welches Heil? Ist es nicht sehr gewagt, das wir Wörter wie Liebe, Gnade oder Heil in den Mund nehmen? Könnte es nicht sein, dass uns im Jenseits nach dem Tod jemand erwartet, der fragt: Wie konntest du zu den Ärmsten der Armen von der Gnade Gottes sprechen, wenn du nicht einmal dafür gesorgt hast, dass die Reichen ihnen einen Krumen Brot geben? Und zwar jenen winzigen Krumen, den sie sich von ihren Schoßhündchen und Jagdkötern aus der Hand lecken lassen! Sind die armen Bauern also weniger wert als die Köter der Fürsten? Oder werden sie selber zu Kötern, die ihresgleichen jagen, wie die Landsknechte …? Die ihresgleichen jagen, damit der Fürst weiterhin fett über seinen Schweinshaxen und Allmachtsträumen sitzen darf. Abt, durch unser Schweigen klebt das Blut der Unschuldigen auch an unseren Fingern! Wie konntest du vollmundig nette lateinische Verse dahersagen, die von den Armen nicht verstanden und von den Reichen zwar verstanden, aber nicht befolgt wurden? Sind wir nicht selbst zu Pharisäern gewordnen, in dem wir vom guten Gott reden, die Menschen aber die Hölle auf Erden erleben? *Deo omnis gloria* – alles für Gott? Warum, Vater Abt, und diese Frage wiegt am schwersten, warum schauen wir einfach nur zu?"

Der Abt schwieg eine Weile, dann sagte er: „Bei allem, was du sagst, vergiss nicht, wer der Herr der Welt ist."

„Satan!", schrie Marcus heiser.

„Dessen Verlockungen Jesus in der Wüste widerstanden hat..."

„... einige unserer Herrn Kirchenfürsten allerdings in keiner Weise..."

„Versuch deine heiße Wut zu verwandeln..."

„Worin? In kalte Rache? Ich bin gefesselt, Abt, rächen kann ich mich nicht mehr..."

„In ein Gebet."

Marcus bellte wie ein geschlagener Hund. „Kannst du mich nicht verstehen oder willst du nicht?" Dann brach seine Stimme unter dem bitteren Schluchzen, „Warum schickst Du mir diese Prüfungen, Herr? Liebst Du mich so sehr? Warum lässt Du mich durch diese harte Schule gehen? Siehst Du nicht, dass Dein Knecht nicht mehr kann? Höre mich doch..."

Der Abt murmelte währenddessen Gebet um Gebet und sagte dann betont ruhig. „Du gehst durch die dunkle Nacht der Seele. Wie alle. Wie insbesondere alle Heiligen. Bleib bei Jesus. Er ist hier. Auch hier. Versuch, das Gute zu sehen."

„Wie soll ich das, wenn ich sie nicht mehr sehe?"

„Möchtest du, dass ich dir deine äußerliche Blindheit bestätigte, nur damit du dein Selbstmitleid rechtfertigen kannst?"

„Nichts, Vater Abt, ist größer als die Höllenqualen, die man erleidet. Aber das kann wohl nur jeder selbst verstehen. Nur wer vom Tisch geschlagen und auf die Strasse geprügelt wird, wem man den Leib mit glühenden Eisen malträtiert und wem man die Augen verbrennt, kann wissen, wie es wirklich ist."

„Was ist unser Aufschrei, gemessen an den Leiden Christi."

„Was nutzt diese Erkenntnis, ich bin nicht so stark wie er."

Marcus' Ketten rasselten bei jeder Bewegung. „Und was ist es anderes als Trotz oder Angst, wenn du es sagst, Abt?"

„Jesus Christus wartet immer auf dich."

„Mit zwei ausgestochenen Augen sieht man ihn schlecht, wo er auf einen wartet, weißt du."

„Gerade dann sieht man, Marcus. Paulus hat zum erstenmal die Wahrheit gesehen, als er blind war", der Abt hob seine Stimme. „Bleibe bei uns, denn es will Abend werden ... Bleibe bei uns und führe uns durch die tiefe Nacht", der Abt machte eine kurze Pause. „Wie schmerzlich ist es, wenn wir Jesus nicht bitten, bei uns zu bleiben ..."

Es entstand ein Moment der Stille. Wie lange er währte, wussten weder der Abt noch Pater Marcus.

„Ist Gott das Schweigen?", fragte Marcus nach einer Weile.

„Auch ..."

„Ist Gott die Liebe?"

„So sagt uns die Heilige Schrift."

„Das kann ich nicht mehr glauben", antwortete Marcus.

„Der Glaube kommt mit dem Gebet."

„Wer sät die Zweifel?", fragte Marcus.

Wieder ließ die Antwort des Abtes auf sich warten.

„Satan?"

„Ja, Satan", bestätigte der Abt.

„Dann müssen wir stark sein."

„Das gebe Gott."

„Wenn ich aber nicht stark wie Hiob oder der heilige Paulus bin, Abt Theodardus?"

„Lass uns den Rosenkranz beten", wiederholte der Abt.

„Ich kann nicht mehr beten", antwortete Marcus wütend. „Er sagt selbst von sich, er sei ein eifersüchtiger Gott. Das spricht nicht gerade für seine Überlegenheit. Und dass er sich für das Volk Israel als rachsüchtiger Gott erweist, ebenso wenig. Vielleicht haben ja doch die Gnostiker mit ihrer Behauptung recht, dass er sich von seiner Schöpfung abgewandt hat. Dann läge auf der Hand, dass er keine Gebete erhören kann."

Der Abt seufzte. „Ich werde ihn laut für dich mitbeten, Bruder Marcus."

„Tu das." Marcus drehte sich zur Seite. Seine Fesseln rasselten.

III. Heidweiher, eine Stunde nach Mitternacht

Der Stallbursche aus der Abtei Niersbachthal war nur noch ein zitterndes Knäuel. Schmerz peitschte ihn. Er heulte lallend im Zustand zwischen Leben und Tod. Er bekam kaum noch Luft. Sein ganzer Rachen zog sich zusammen. Wollte er noch leben? Blut rann aus seinem Mund, am Kinn vorbei und tropfte auf den Boden. Der Junge war nur noch ein zitterndes Knäuel Schmerz.

„Schau, was ich hier habe", grinste Prelati. Er spießte die abgeschnittene Zunge auf die Klinge seines Dolches. „Wie leicht es ist, einen Menschen zum Schweigen zu bringen."

Der Kehle des Stallburschen entstiegen Laute, dem Röcheln eines verendenden Tieres ähnlicher als dem eines Menschen.

„Hör auf zu blöken!", brüllte Prelati. Seine Kralle griff an die Gurgel. „Wirst niemals jemandem ein Sterbenswörtchen sagen, mein Lämmchen." Er lachte irre, seine Augäpfel traten weit aus den Augen hervor, rötlich, blutunterlaufen. „Ich könnte dich zur Schlachtbank führen wie das andere Schaf. Doch du hast Glück, ich brauche nur deine Zunge."

Der Stallbursche würgte am Blut, das er verschluckte.

„Blut ist ein besonderer Saft, findest du nicht?" Prelati beugte sich über den Stallburschen, der wie ein Scheintoter starr auf dem Boden lag und streute ihm etwas Asche in den Mund. „Das hilft, die Wunde zu heilen."

Mit einem Schwung drehte er sich um die eigene Achse. Seine daumenlose Linke presste die abgeschnittene Zunge gegen seine Stirn und tränkte seine schwarze Locke mit Blut.

„Sprich, Geist!", schrie Prelati.

Vor die fast vollständige Mondkugel schoben sich Wolken. Irgendwo auf einem Gehöft heulte ein Köter, als müsste er krepieren. Das Gekläff echote kreuz und quer über das flache Land.

„Komm heraus. Spuck's aus, Teufel."

Prelati ballte die Fäuste zum Himmel. Er hatte den *Liber Secretus* genau studiert. Die Anrufungen, die Anweisungen, alles schien zu passen. Symbole, Sinnbilder und Sigillen, alles entsprach dem alten Wissen. Prelati nahm die Zunge zwischen seine Zähne und schrie als wäre er eine mondsüchtige Katze.

Ich kann keinen Fehler gemacht haben. Unmöglich.

Es gab nur zwei Möglichkeiten: Er hatte den Text nicht richtig entschlüsselt. Oder das Buch war eine Fälschung. Aber da war doch das Saturnzeichen auf dem hölzernen Buchdeckel. Bürgte das Zeichen der satanischen Bruderschaft nicht für die Echtheit? Über dem Holunder glomm ein schwaches, langsam anwachsendes Licht auf, in dem allmählich ein ätherisches Ebenbild sichtbar wurde. In den orangefeurigen und scharlachroten Strahlen erschien eine Zwittergestalt mit Ziegenkopf aus dem phosphoreszierende Augen herausstarrten. Baphomet.

„Also doch!", schrie Prelati vor Freude.

Der Geist öffnete seinen Mund und bewegte die Lippen.

„Los, komm raus!", befahl Prelati.

Ein vergeblicher Befehl, denn der Geist bewegte die Lippen, ohne einen Ton herauszubringen, als habe er keine Zunge. Prelati hielt ihm die Zunge des Stallburschen hin. „Sprich damit…"

Statt eines Wortes stieg dichter Rauch auf, in dem die Erscheinung verschwand.

„Bleib! Verflucht, bleib."

Prelati wollte vor Wut zerspringen. Zweifel fraß ihm am Herzen.

„Gottverdammtes Aas."

Er hatte einen Fehler begangen. Er wusste nicht, welchen. Das übelste Gefühl für einen Magier ist, an seine Grenzen zu stoßen. Ich bin längst nicht so weit wie Agrippa, dachte er enttäuscht. Prelati sah in Gedanken Agrippas überlegene Blicke vor sich. Eine abscheuliche Vorstellung. Fluchend band er die Zunge auf die Stirn des Stallknechtes. „Verschwinde." Er zerrte den Jungen hoch. „Hau ab, bevor ich es mir noch anders überlege und dich massakriere wie einen räudigen Hund."

IV. Kaldenkerken, in der Früh um die sechste Stunde

Gloria in excelsis deo.

Groß und erhaben erschien Cornelius Berthelot am Treppenaustritt. Im milden Morgenwind bauschte sich hinter ihm sein gelbes, umgürtetes Wams. Die Herberge überragte die Stadtmauer und Berthelot schaute in die aufgehende Morgensonne, die ihr majestätisches Rot auf das vor ihm liegende Land und die erwachenden Felder goss. Feierlich nahm er seinen Rosenkranz aus seiner Tasche, küsste das Kruzifix, bekreuzigte sich dreimal und stimmte an: „Herr, öffne meine Lippen …"

Als er das morgendliche Stundengebet beendet hatte, sah er die dunkle Treppe hinab und rief launig: „Wentzel, komm rauf! Wo bleibt der Diener des Herrn?"

Endlich gewahrte er den Burschen und verneigte sich grinsend vor ihm. „Guten Morgen, der Herr. Eine Mütze voll Schlaf trägt er noch vor sich her, wie es scheint."

Wentzel stand misslaunig und schläfrig am Rand der Treppenmündung und sah in das hagere, längliche Gesicht mit dem vorspringenden Kinn und der dünnen Adlernase, die den energischen Zug um den Mund zusätzlich betonten. Er blickte in die tiefgrünen Augen, die ihn seinerseits fixierten, und folgte der Bewegung der Hand, die das dichte, kastanienbraune Haar aus der Stirn wischte. Er dachte, von unterem Treppenabsatz aus gesehen wirkt er noch größer.

Warum nennen sie ihn Asparagus? Ich würde ihn Leuchtturm nennen. Und er war nicht einmal sicher, ob sein Herr böse wäre, wenn er das täte.

Cornelius Berthelot schob seinen Kopf in den Nacken und verschränkte mit pfiffiger Miene die Arme.

„Was, meinst du, gibt es zum Frühstück?"

„Frische Eier und Schinken."

„Wir sind auf dem Land, mein Freund."

„Eben darum."

„Nein, es gibt Hering."

„Hering, morgens? Ist denn die Nordsee so nahe?"

„Nein, eingelegte Heringe und Malzbrot."

„Malzbrot?"

„Hopfen und Malz, Gott erhalt's."

Wentzel schüttelte den Kopf. „Butter und Schmalz …"

Berthelot hob abwehrend die Hände. „Pfeffer und Salz …"

„Ihr müsst es wissen."

„Wissen oder nicht, schnapp dir den Hering, damit wir aufbrechen können. Die Zeit ist knapp."

Nachdem sie noch ein Quart Milch getrunken hatten, für das Berthelot einen halben Pfennig zusätzlich entrichtete, fragte er die Alte, ob irgendetwas in der Stadt bekannt sei von neuen Aufständen, worauf sich ihr Gesicht noch mehr in Runzeln legte und sie sich dreimal bekreuzigte.

„Gott bewahre."

Der Weg in die Innenstadt war mit Packpferden und Sackkarren versperrt, die alle möglichen Güter transportierten. Einige Fuhrwerke schafften verkokelte Holzstämme aus der Stadt, als habe es in den letzten Tagen einen Großbrand gegeben. In den Hauptstraßen war davon allerdings nichts zu sehen. Auch hier kam er nur langsam weiter. Er sah auf die verhärmten Gesichter der Menschen: krumm und steif von der langen, schweren Arbeit zogen sie ihres Weges, ein Leben wie im Fegefeuer. Für manche war es mehr als das: die Hölle.

Auf dem Marktplatz sah es etwas behaglicher aus. Leicht nach vorn geneigte Fachwerkhäuser bildeten ein Karo, dahinter Sankt Peter, der gedrungene gotische Bau mit ungewöhnlich spitzem Turm. Biedere Frauen in aufgebauschten bunten Röcken feilschten mit den krakeelenden Händlern. Bauerngesichter allesamt, gerötet und derb. Sie scherzten und lachten, als wäre Kaldenkerken der friedlichste Ort auf der Welt. Trotz aller Buntheit und Geschwätzigkeit verschattete etwas Finsteres, Bedrückendes die Gegend. In der Gosse stritten sich Kinder in abgerissener Kleidung mit kläffenden Hunden um die wenigen Brosamen des Marktabfalls. Überall gingen die Wachen des Fürsten auf und ab, alles kontrollierend, ohne in das Geschehen einzugreifen. Allein ihre Präsenz wirkte einschüchternd. Auf ihrer Brust prangte das Wappen des Fürsten.

„Hier, kaufen. Kaufen!"

Ein Händler bot Fleischwürste feil und sprang vor Berthelots Pferd auf und ab.

„Kaufen, mein Herr, kaufen! Gutes Fleisch. Gute Ware. Bestes Fleisch. Gut abgehangen."

Der Händler verstummte jäh, als vom Nordtor ein markerschütternder Schrei drang, in dem nichts Menschliches mehr lag, obwohl er von einem Menschen stammen musste.

Rebellenfleisch.

Dieser spontane Gedanke ließ Berthelot Schauer über den Rücken laufen. Ein Beamter im schwarzen Talar, der auf den Markt zuging, begann plötzlich zu laufen, als wäre der Schrei ein Signal zur Flucht. Kaum erreichte er die Eckwirtschaft, sprach er wild gestikulierend auf einige Männer ein, die, ebenfalls mit Talaren bekleidet, Aktenstücke trugen. Der unselige Schrei kehrte wieder wie ein Echo und plötzlich liefen die rotgewandeten Soldaten Richtung Nordtor.

Ein neuer Aufstand?

Durch die Jahrhunderte war viel Blut in die Felder von Burgundisch Flandern gesickert. Kaum hatten sich die Machtverhältnisse verschoben, forderten neue Herrscher weiteren Blutzoll. Eine endlose Geschichte von Mut, Elend, Feigheit und Verbrechen – und sie geschah an jeder Generation. In den Köpfen der ansässigen Bewohner setzten sich durch die Jahrhunderte Furcht und Schrecken fest, was bei dem derben, schwerfälligen Menschenschlag statt Resignation eine chamäleonartige Anpassungsfähigkeit hervorrief. Was auf den ersten Blick als Gleichgültigkeit erschien, zeigte sich bei näherem Hinsehen als Überlebensstrategie.

Berthelot gab seinem Pferd die Sporen und jagte aus der Stadt heraus, dicht gefolgt von Wentzel, der, noch immer schläfrig, die Zügel etwas fester nahm und mit seiner Rechten auf die Flanke seines Pferde schlug, um mit Mühe das Tempo mitzuhalten.

V. Burg Reitzenstein, in der Früh um die achte Stunde

Prelati ging durch das Schlafzimmer des Fürsten, der wie ein nasser Sack in seinem bordeauxroten Himmelbett lag und seinen Rausch ausschlief. Eine Tür weiter schlief die Fürstin. Er weckte sie, in dem seine Hand wie eine Samtpfote über ihren Hals strich.

„Hat dir unser Spiel heute Nacht gefallen?"

An ihren glasigen Augen sah er, dass sie ebenso wie der Fürst noch von Hexensalbe und Bilsenkraut berauscht war. Doch auf ihren Lippen erschien der Hauch eines Lächelns. Mit der geschmeidigen Bewegung eines Raubtiers war er nah bei ihr. Sie fing an zu lachen. Ein schallendes, schnarrendes Gelächter, wie das Aufflattern eines Vogelschwarms von einem Feld. Er küsste sie. Sie war zu weit weg, um zu verstehen, was geschah. Ihn interessierte nicht, ob sie seinen Kuss erwiderte. Er nahm sich das Recht, wie eine Katze im Sprung, die einen Vogel fängt und ihn zerfleddert. Kaum war er gesättigt, ließ er von ihr ab. Ekel schüttelte ihn. Er musste sich zurückhalten, um nicht vor dem Ritual die geschlechtliche Vereinigung zu vollziehen. Ein wenig hatte er genascht. Doch dass stillte nicht seinen Zorn. Ich muss wissen, weshalb die Beschwörung diese Nacht nicht geklappt hat. Der Gedanke quälte ihn und wenn er daran dachte, was alles noch zu erledigen war, wusste er, dass er den Höllenzwang aussprechen musste, um Luzifer zur Hilfe zu zwingen. Wenigstens war auf Alanus Verlass. Die Jungfrau wird am Heidweiher warten, dachte Prelati. Das Opfer für Luzifer, für Baphomet, für Astaroth… Hat ihr vorgelogen, sie könnte ihren Bruder abholen, den sie seit Ostern nicht mehr gesehen hat. Braves Kerlchen, bist teuflischer als der Teufel selbst und mir so ergeben. Dann schrie ihn eine Stimme in ihm selbst an: Konzentrier dich, verdammt, damit du die Weisheit der Satansbibel verstehst.

Er setzte sich im Schneidersitz neben das Bett und versuchte den dritten Zustand zu erreichen. Den Zustand zwischen Leben und Tod. Seine Anspannung löste sich auf. Die Zeit verstrich, ohne zu verstreichen. Stunde ohne Stunde. Er baute sich ein Haus im Wind. Wanderndes Haus, ohne Spiegelungen. Schwingungen reinster Klarheit. Das, was die Menschen Gott nannten, war für ihn ein Zustand, der keinen Namen trug, oder eine Person, die sich im Nichts betrachtet. Doch er, der Magier, ging durch die Korridore des Universums, zu dem Licht, das von einem Stern kam, der zur Unseligkeit verdammt war, seit er sich gegen Gott auflehnte. Er wanderte durch seine eigene Seele, um zu diesem Ort zu gelangen. Nichts. Erleuchte mich, sagte er. Da hörte er eine innere Stimme, die zu ihm sagte: Du musst wissen, was es mit dem *Liber Secretus* auf sich hat, sonst hast du verloren.

Alles verloren.

Er riss seine Augen auf. „Nein!“ Alles an ihm spannte sich. Wie vom Wahnsinn getrieben, sprang er auf.

Niemand wird mich besiegen, solange ich die Macht habe, dagegen anzukämpfen. Gegen dich, Nazarener!

„Was wisst ihr über den *Liber Secretus,* ihr pfäffisches Natterngezücht?", donnerte Prelatis Bass. Er stürmte mit wehenden Schößen in den Kerker, in seinem Gefolge Kerkermeister und Gnom. Wütend stob er auf den Abt und Marcus zu, trat gegen ihre gefesselten Füße. „Ihr frommen Hunde, raus mit der Sprache."

Zu gern hätte er einen schmerzvollen Aufschrei gehört, stattdessen erntete er Marcus' Gelächter.

„Was willst du wissen?", entgegnete der geschundene Mönch. Seine Wunden brannten. Es war die Hölle. „Ich werde dir sagen, was ich weiß."

„Sag ihm nichts", fuhr der Abt dazwischen.

„Gott hat mich verlassen", sagte Marcus. Er sagte es leise, wie einen heimlichen Fluch.

Prelati lachte. „Was sagst du da, du blindes Aas? Das gefällt mir. Endlich kommst du in die richtige Spur. Schon in Padua habe ich dir gesagt, es ist wesentlich einträglicher, für den Herren dieser Welt zu arbeiten."

„Davon habe ich in meinem Zustand wohl nicht mehr viel."

„Hättest du von vorneherein mit uns zusammengearbeitet, könntest du jetzt noch sehen. Tröste dich, man kann die schönsten Dinge des Lebens auch genießen, ohne zu sehen."

„Weißt du, warum ich Gott verleugnen will?"

Prelati nickte und säuselte sanft. „Weil du schmerzlich erfahren hast, wie wenig Gott bereit ist, für seine Jünger zu tun. Kein Wunder, er hat seinen eigenen Sohn am Kreuz sterben lassen." Er schnalzte mit der Zunge. „Satan verlangt nichts von dir."

„Du Lügner!", rief der Abt dazwischen. „Er will die Seelen der Menschen, um sie ins Unheil zu stürzen."

„Sei still, Abt. Ich will von Prelati wissen, wie er mir die Hölle auf Erden verschönern will", sagte Marcus.

„Ich kann dir die Gelüste dieser Welt schildern … Aber soviel Zeit habe ich nicht. Wenn du willst, schicke ich dir eine von den Zofen der Fürstin herunter, die wird dir zeigen, welche Freuden das freie Leben bereithält."

„Mehr bietest du nicht?", entgegnete Marcus.

„Lebensfreude, Geld, Frauen… reicht das nicht? Bislang hast du jedenfalls noch nichts davon erfahren."

„Das ist Schund, Prelati, nichts anderes als erbärmlicher Schund."

„Oh, und du wirst Macht besitzen, große, grandiose Macht", flüsterte der Magier. „Ich kann dir die Zunge herausreißen lassen, wenn ich will oder deine Glieder verstümmeln. Das ist Macht."

„Das ist Ohnmacht. Spielereien für Schwächlinge." Marcus sagte tonlos „Ich bin längst tot. Auf deinen Befehl hat unser alter Kommilitone Ludwig mir mit einer glühenden Zange die Augen herausgebrannt. Diese Nacht geriet ich ins Zweifeln, Prelati. Der Abt wird es dir bestätigen. Ich konnte nicht einmal beten. Ich war nahe dran, Gott zu verdammen. Vielleicht habe ich sogar gegen ihn geflucht. Doch, ich habe es. Mein Selbstmitleid wurde so stark, dass mir Satan in dieser dunklen Nacht der Seele plötzlich näher war als Jesus. Viel näher."

„Langsam erkennst du, wie das Leben wirklich ist."

„Genau, Prelati, Dank deiner Hilfe. Wie oft hatte ich vorher über Jesu Leiden geredet und gepredigt. Jetzt, wo ich einen Bruchteil seiner Leiden erlebt habe, kann ich seine Liebestat erst halbwegs begreifen. Stell dir vor, Prelati, er hat das ganze Leid der Welt auf sich genommen, auch deines. Und durch seinen Tod hat er uns erlöst." Er lächelte.

Vom Burghof drang der Gesang der Waschfrauen, die am Brunnen die Wäsche walkten. Es war der Gesang von Engeln.

„Meine Seele kann schon das Ewige Licht sehen. Meinen Geist kannst du vielleicht noch zerstören. Meine Seele gehört Gott."

Prelatis Kralle griff nach Marcus' Gurgel und presste ihm den Atem ab.

„Satan weiche von dir… Satan, weiche", fuhr der Abt dazwischen.

„Halt dein elendiges Pfaffenmaul!", fluchte Prelati.

„Bruder Marcus weiß nichts von dem, was dich interessiert." Der Abt schüttelte sich. „Ich allerdings. Der Abt eines Klosters muss alles wissen."

Prelati trat nach ihm. „Rede!" Er wartete ungeduldig. „Sonst lasse ich dich schlimmer foltern als ihn."

„Auch mir kannst du nicht drohen. Aber ich will dir sagen, was es mit dem *Liber Secretus* auf sich hat."

„Ihr werdet das Buch niemals besitzen", krächzte Marcus, sich in einem jämmerlichen Stöhnen Luft machend.

„Da kann ich nur lachen, du blindes Aas", spie Prelati aus. „Alanus, hol's aus dem Tempel. Beeil dich!"

Mit eiligen Schritten tippelte der Gnom davon.

„Mein kleiner Freund Alanus hat das Buch gefunden. An der Bluteiche, stellt euch vor. Pater Jeremias, auf den Ihr so große Stücke haltet, hat das Versteck verraten. Was sicherlich nicht zuletzt den außergewöhnlichen Folterkünsten meines kleinen Freundes zu verdanken ist. Die übrigens kein menschliches Wesen überlebt, weil er sie von mir gelernt hat."

Es war genauso gekommen, wie Jeremias vermutet hatte. Er hatte seinen eigenen Tod einkalkuliert, dachte Marcus und spürte dabei einen Stich im Herzen.

Außer Atem rannte der Gnom herbei. „Hier, Meister Prelati."

Der Abt nickte. „Ja, das ist sie."

Prelatis Miene hellte sich auf. „Ah, du erkennst sie also? Wunderbar, dann sag mir, was du weißt, ich kann's kaum erwarten."

„Vor fünf Jahren hielt Pater Jeremias in unserer Bibliothek einen schwarzmagischen Ritus ab. Einige Zeit zuvor hatte er den *Liber Secretus* entdeckt."

„Theodardus, halt lieber deinen Mund,", seufzte Marcus, sich in einem hoffnungslosen Stöhnen Luft machend.

„Pater Jeremias gelang es, Luzifer zu beschwören", erzählte der Abt ungerührt.

Um die Stimme des Abtes zu übertönen, begann Pater Marcus laut an zu singen: „Veni Creator Spiritus..."

„Sei still!", fuhr Prelati dazwischen. „Sonst vergesse ich mich."

Marcus sang lauter: *„Accende lumen sensibus..."*

Prelati gab dem Gnom einen Stoß. „Stopf ihm das Maul."

Ein Befehl, dem Alanus nur zu gerne folgte. Er drückte Marcus mit beiden Händen den Hals zu, bis er schwieg.

„Was war da mit dem Fürsten der Hölle?", grinste Prelati. „Ist er erschienen?"

„Du sagst es. Den guten Jeremias hat es völlig verunsichert. Er kam zu mir, um alles zu beichten."

„Du weißt mehr, als ich dachte, mein Äbtchen", sagte Prelati.

„Weniger als du denkst, Jeremias weihte mich nie in die Geheimnisse der Satansbibel ein."
„Du lügst", polterte Prelati mit seiner Donnerstimme.
„Warum sollte ich? Mein Geist ist nicht für die Magie geschaffen. In meinen Ohren hörte es sich absurd an, wenn Jeremias davon sprach, zum Herabziehen von Saturnkräften müsste es Vollmond sein und der Mars in Opposition zu Saturn stehen. Dann müssen die Sternbilder Widder, Skorpion und Jungfrau ein Dreieck bilden, so dass aus den fünf Gestirnen ein Pentagramm entsteht."
„Warum hast du den *Liber Secretus* nicht aus deinem Kloster verbannt?"
„Jeremias hütete ihn wie seinen Augapfel. Nur in seiner Gegenwart durfte ich ihn in die Hand nehmen. Dabei ließ er mich keine Sekunde aus den Augen."
„Das ist nicht viel, was du weißt."
„Ich habe dir alles gesagt."
Prelati lachte. „Ich kenne die pfäffische Schläue. Ein Pfaffe sagt selten alles, was er weiß. Vor allem nie die ganze Wahrheit. Es sei denn, sie bringt seiner fett gewordenen Kirche neue Pfründe ein."
„Ihr habt kein gutes Bild von der Mutter Kirche."
„Oh, lieber Theodardus, du selbst hast fleißig daran mitgewirkt. Der Glaube, scheint mir, war dir weitaus weniger wichtig, als die Bereicherung jener Kirche, die ihr Mutter nennt. Richtig Spaß habe ich bei dir und deinesgleichen allerdings, wenn ihr Ablässe wie Rindenmulch verkauft. Doch eure Zeit ist abgelaufen. Unsere Rituale wird deine Kirche nicht mehr verhindern. Die alten Götter sind zurückgekehrt, um sich mit ihrer ganzen Macht an dem Nazarener rächen. Diesmal werden sie ihn endgültig besiegen. Er wird niemals mehr von seinem Kreuz herabsteigen."
Die Glocke schlug zweimal.
„Die Zeit drängt, Meister", sagte der Gnom.
„Um zehn taucht die Maid am Heidweiher auf?"
Der Gnom nickte.
„Lass uns gehen." Prelati fixierte den Abt. „Ich komme wieder, verlass dich drauf. Nächstesmal werde ich dich vielleicht ebenso

massakrieren wie deinen Pater. Vielleicht schaffe ich es, noch mehr aus dir herauszuholen, und falls nicht, werde ich wenigstens viel Spaß dabei haben."

Lachend verließ Prelati mit seinem Gefolge, dem Kerkermeister und dem Gnom, den Keller. Hinter ihnen fiel die schwere Eisentür scheppernd ins Schloss. Mit einem unauffälligen Wink wies der Magier den Gnom an, an der Tür zu lauschen. Er war sich sicher, dass der Abt und Pater Marcus miteinander reden würden, sobald Marcus aus seiner Ohnmacht erwachte.

Er sollte Recht behalten.

„Sie haben den *Liber Secretus*", sagte der Abt, als er sah, dass Marcus sich wieder bewegte.

„Sprich nicht so laut", mahnte Marcus.

Doch die Stimmen hallten in dem klammen Kellergewölbe nach, selbst ein Flüstern ließ noch verstehen, denn die Gefangenen waren neben der Tür angekettet.

„Wie ich sagte, Jeremias hatte einkalkuliert, dass sie ihn finden."

„Warum habt ihr mich nicht eingeweiht?", fragte der Abt.

„Weil du auf eine stille Duldung der Politik des Fürsten aus zu sein schienst. Wir mussten unsere Sache alleine machen, denn es war klar, dass wir gegen Ludwig nicht nur auf dem Feld des Spiritismus vorgehen mussten, sondern auch handfest mit einer massiven Gegenwehr gegen die Unterdrückung. Immerhin hast du uns auch verboten, mit den Bauern gemeinsame Sache zu machen."

„Gewiss", entgegnete der Abt. „Das bezog sich auf die Februaraufstände …"

Marcus unterbrach ihn: „Die nichts als eine hilflose Antwort auf die Willkürmaßnahmen des Fürsten waren. Du hast nicht die Chance gesehen, die sich uns bot, wenn wir gemeinsam mit den Unterdrückten gegen die brutale Macht Ludwigs vorgingen. Durch dein Nichtstun hast du die Sache des Fürsten begünstigt. Mir steht es nicht zu, darüber zu richten, und wie deine Taten im Lichte von Gottes Gerechtigkeit aussehen wird, hast du selbst zu verantworten. Aber wir konnten nicht länger zusehen, wie die Gewalt um sich griff. Zumal wir wussten, dass sich beim Johannisfest die Bruderschaft der S.O.L. trifft, um zum großen Schlag gegen das christliche Abendland auszuholen – oder, wie Prelati es sagen würde, um Jesus wieder ans Kreuz zu nageln …“ Marcus musste keuchen, die lange Rede hatte ihn Kraft gekostet, wodurch seine Stimme noch heiserer klang. „Der teuflischen Bruderschaft, Theodardus, gehören mindestens ein Drittel der europäischen Fürsten – und Fürstinnen und darüber hinaus einige Bischöfe an. Doch davon wirst du durch deine weitreichenden geheimen Drähte längst wissen.“

„Sie planen den neuen Äon auszurufen… was auch immer das heißt …“, bestätigte der Abt.

„Na, du weißt also Bescheid. Wir wussten schon lange, das sie etwas planten. Prelati und der Fürst ließen nach dem *Liber Secretus* suchen. Mit Hilfe der Satansbibel könnten sie weitaus mehr, als nur einfachen Hokuspokus zu veranstalten. Du hast selbst gesagt, dass es Jeremias gelungen ist, Luzifer zu beschwören. Er hat es mir übrigens auch erzählt. Wenn es ihm, einem Laien auf diesem Gebiet, schon gelungen ist, würde es einem Magier wie Prelati ebenfalls gelingen. Und was Prelati gelingt, könnte ein Großmagier wie Agrippa von Nettesheim mit Leichtigkeit ausführen. Wahrscheinlich würde ihm noch mehr gelingen, als Jeremias es sich in seinen schrecklichsten Nachtmahren ausgemalt hatte.“

Der Abt nickte bestürzt. „Das wäre zu befürchten.“

„Seit Prelatis Ankunft suchten sie verstärkt nach dem Buch, denn es blieb den Teufelsbrüdern im Laufe der Jahre nicht verborgen, dass sich der *Liber Secretus* in einem deutschen Kloster befand. Da war es nur eine Frage der Zeit, wann die Falle zuschnappt. Wir konnten uns an fünf Fingern ausrechnen, dass sie die Erde mit einem Schlag zugrunde gehen ließen, befänden sie sich im Besitz des echten *Liber Secretus*.“

„Du hast gerade ein Wort betont …“, sagte der Abt nachdenklich, „den echten …“

„Du bist ein heller Kopf, Abt. Wenn sie in der Lage wären, alle Symbole der echten Satansbibel zu entschlüsseln, käme es schlagartig zur Herrschaft Satans, wie sie in der Apokalypse geschildert ist. Es ist alles schrecklich.“ Marcus Stimme versagte für einen Moment ihren Dienst. „Ich könnte darauf wetten, sie haben einem Naivling wie dem Fürsten versprochen, dass er der erste Herrscher des satanischen Äons sein würde.“

„Dazu müssten sie einen Persönlichkeitsaustausch bei ihm vornehmen", sagte der Abt.

„Dazu sind sie in der Lage, Magier vom Schlage eines Agrippas schaffen das. Mit der richtigen Verwendung der Zeichen und Sigillen im *Liber Secretus* wäre selbst ein Prelati in der Lage, den Geist Luzifers in einen Menschen einfahren lassen. Und dieser Mensch wäre dann der Antichrist, der die Weltherrschaft an sich reißt."

Der Abt schüttelte sich. „Alles, was du sagst, klingt grauenhaft."

„Es kommt noch schlimmer", keuchte Marcus. Seine Stimmbänder klangen rau wie Reibeisen. „Ich bin pessimistisch, Abt. So oder so ist die Macht der Geheimbünde nicht mehr zu brechen und wir wissen, Theodardus, dass sich eines Tages Johannes' Offenbarung erfüllen muss. Jeremias und ich waren uns einig, dass dieser Tag noch in der Ferne liegt. Es mag sich um vier- oder fünfhundert Jahre handeln, das vermochte selbst ein gottbegnadeter Symbolkenner wie Jeremias nicht auszudeuten. Und nun zum echten *Liber secretus* wie du zurecht bemerktest, Theodardus."

„Ich bin gespannt", sagte der Abt.

„Bei unserem Plan sind wir davon ausgegangen, dass sie sich zufriedengeben, sobald sie sich im Besitz der Satansbibel wähnen, ganz gleich, wie diese auch aussehen mag. Denn die echte kennt ja niemand so genau."

„Das heißt, ihr habt eine Fälschung angefertigt …", schlussfolgerte der Abt.

Marcus schnaufte. „Die echte Satansbibel haben wir in der Grotte in einem Schacht versteckt. Auch auf die Gefahr hin, dass sie sie finden, mussten wir dieses Risiko eingehen. Denn klar ist, selbst wenn sie diese echte besäßen, kämen sie nicht weiter. Zur Krönungsmesse würde es jedenfalls nicht reichen. Die könnte man erst dann feiern, wenn man in Pyramiden die geheimen Kammern öffnen würde, was, hoffe ich, niemals geschieht …"

Der Abt schüttelte den Kopf. „Geheime Kammern?"

„Wie du weißt, schrieben die alten Ägypter auf Papyrus. Und einen ganz bestimmten Papyrus braucht man zur Entschlüsselung des *Liber Secretus* …"

Der Abt lachte auf. „Ich habe dich schon immer für klüger gehalten als mich."

„Man pflegt in manchen Klöstern manches alte Wissen und wie du weißt, bin ich in der Welt viel herumgekommen“, schnaubte Marcus, der kaum noch einen Ton herausbrachte, außer den schrecklichen Krächzlauten, die zudem lauter waren als normale Laute, doch die Möglichkeit belauscht zu werden, schien in diesem Augenblick der Klarheit, in dem er und der Abt sich bewegten, vergessen. „Unser Plan sah so aus, dass Jeremias unsere Jäger auf die falsche Fährte lockte. Ja, wir kalkulierten den Tod mit ein …“

„Jeremias war immer zu jedem Opfer bereit …“

Marcus nickte. „Doch wir haben einen tödlichen Fehler gemacht …“

„Gott wird es richten“, antwortete der Abt.

„Wir hätten den Papyrus vernichten sollen, aber Bruder Jeremias …“

Marcus konnte seinen Satz nicht zu Ende sprechen. Vor der Tür schepperte ein Eimer zu Boden, kurz darauf erhob sich ein Gebrüll.

„Du dreckige Ratte, ich bin gestolpert, weil du hier im Dunkeln herumstehst“, polterte der Kerkermeister.

„Halt Maul, 'u! Selbs' Dreck, du …“, keifte der Gnom mit seiner hohen Stimme zurück.

„Was machst du Hund hier?“

Der Gnom lachte so schrill, dass sich seine Stimme hoch ins Falsett steigerte, „Uhuh … Horch …“ Sein Lachen wurde dreckiger, „Horch … weiß alles …“

„Du elendes Stück Dreck“, grollte der Kerkermeister. „Hilf mir wenigstens den Fraß aufzuheben, der aus dem Eimer gekippt ist …“

„Nja, nja …“, kiekste der Zwerg, noch immer lachend. „Hilf …“

„Er hat uns belauscht“, flüsterte Marcus verzweifelt.

„Ich hätte den Papyrus nicht erwähnen dürfen … und schon gar nicht das Versteck des echten Buches!“

Im gleichen Moment dankte Pater Marcus Gott dafür, dass er wenigstens nicht dazu gekommen war auszusprechen, dass Pater Jeremias den Papyrus in ein einem Medaillon bei sich trug.

Quietschend sprang die Kerkertür auf. Der Kerkermeister schüttete neben jedem Gefangenen den Fraß aus, den nicht mal die Schweine nicht bekamen. Trotzdem schoben die Gefangenen begierig die verschimmelten Brotkrusten, Hirsereste und halbfaulen Gemüseblätter in ihre Backen, wobei es sie allein schon große Kraftanstrengung kostete, die gefesselte Hand zum Mund zu führen.

VI. Heidweiher, in der Früh um die neunte Stunde

Die Waldwege, über die Berthelot und Wentzel ritten, waren uneben, wodurch sich manchmal ihr Tempo verlangsamte. „Habt ihr das gehört?", fragte Wentzel. Seinte Stimme vibrierte vor Angst. Er besaß eine gehörige Portion Angst vor Gespenstern, die man nicht mit Schwert und Degen vertreiben konnte. Insofern war es ihm recht, dass sein Herr die ausgedehnte Sumpflandschaft in aller Eile durchquerte. Alles in diesem Landstrich gruselte ihn, der ewige Nebel in der Heide, aus dem Ungeheuer aufzusteigen schienen, die schauerlichen Geräusche, die aus dem Teufelsmoor zu ihnen herüberdrangen, hohe, spitze Schreie – von einem Käuzchen oder von Geistern? Die schrecklichsten Geschichten hatte er gehört, von geköpften Jungfrauen, die nachts unaufhörlich blutend durch die niederrheinischen Sümpfe marschierten und ihre Totenklage sangen, um Wanderer vom Weg abzubringen und ins Moor, in den sicheren Tod zu locken. Hexenwesen mit zwei Gesichtern und Kopffüßler, deren Zehen direkt unter dem Kinn saßen, weshalb sie watschelten wie Enten, aber die Fähigkeit besaßen, sich mit großen Sprüngen wie Heuschrecken fortzubewegen. In den Wäldern sollte es von Unholden nur so wimmeln, jene riesenhaften Bestien von fast zweimeterfünfzig Größe, die, grobschlächtig und erbarmungslos, Menschen auseinanderrissen, um deren Fleisch zu verzehren und ihr Blut zu trinken.

Auch Berthelot kannte die Mythen. Alte germanische Geister, die nach Menschenopfern verlangten, Wotan und Freya, der sie bei blutigen Hexensabbaten Mädchen opferten, nicht anders als vor Jahrhunderten in Ägypten der Isis oder der Rhea in Griechenland oder Rom. Grauenerregende Fruchtbarkeitskulte wurden ihnen dargebracht, die nur die niedersten animalischen Instinkte anrührten, Menschen anleiteten sich bei heidnischen Orgien zu entwürdigen, wobei diese Arglosen dachten, sie würden sich dadurch selbst zu Göttern machen. Der Aberglaube in seiner finstersten Form war Alltag in der Antike, im Heidentum: das Orakel von Delphi, wo Seherinnen unter dem Einfluss eines benebelnden Räucherwerks ihre Lügengespinste verbreiteten, oder die keltischen Stämme, die Männer köpften und deren Totenschädel als sprechendes Orakel verwendeten. Tempelhuren wurden als Heilige verehrt und Totenbeschwörungen fanden statt, bei denen regelmäßig Menschenblut getrunken wurde, um Götter und Geister zu besänftigen. Mit Hilfe von Hexengiften verfielen sie in Raserei, um hemmungslos ihren Gelüsten nachzugehen. Die antiken wie die barbarischen Kulte waren nichts als Mörderrituale, die erst durch die Gnade der Gottessohnschaft Jesu Christi überwunden werden konnten. Wie weit stand der wahre Gott doch über dem mörderischen Aberglauben aller heidnischen Kulte, die keine Gnade kannten, keine Erlösung, nur Vergnügungen schändlichster Art, wobei immer eins sicher war, dass Unschuldige dabei ihr Leben ließen. Doch im Untergrund brodelten sie noch. Dort führten geheime Bruderschaften ihr Unwesen, Blutrituale und Kannibalismus, und boten in Satansmessen dem Teufel ihre Dienste an. Um so schändlicher und betrüblicher war es, dass selbst kirchliche Kreise dem Aftergott in irgendeiner Art und Weise huldigten.

Die merkwürdigen Schreie aus der Ferne holten Berthelot zurück in die Realität. Er sah die Angst im Gesicht seines Burschen. Wentzel hätte schwören können, dass es sich dabei um die Stimmen der geköpften Jungfrauen handelte. Irgendetwas Schlimmes passierte. Etwas, von dem man nicht genau sagen konnte, was es war. Wenigstens hatte sich der Nebel größtenteils verzogen, so dass man die Lichtung einsehen konnte. Eine Kirchturmglocke schlug zehnmal.

„Wentzel, haben wir heute früh um sieben das Angelusgebet gesprochen?“

Wentzel schüttelte den Kopf.

„Zeit, es nachzuholen“, sagte Berthelot.

Behände sprang er von seinem Rappen, reckte sich kurz und ging, während er betete, im Kreis, um seinen müden Knochen Bewegung zu verschaffen, wobei er seinen langen Körper mit einer Leichtigkeit bewegte, wie man sie sonst nur bei kleinen, quirligen Schwertkämpfern sah. Kaum hatten sie das Angelus zu Ende gesprochen, gellte wieder ein Schrei durch die Luft. Berthelot drehte sich in die Richtung, aus der er gekommen sein musste.

„Heilige Maria, Mutter Gottes", seufzte er. „Das ist doch nicht möglich."

Ihm wurde angst und bange, als er erkannte, was etwa hundert Meter entfernt, nur spärlich vom Laub eines Strauches verdeckt, geschah … Geschah? Geschehen sollte … An der Lichtung, wo die große Eiche stand. Die Wolfseiche. Der Mann hielt einen Dolch in der Hand. Die Hilferufe der Frau schienen ihn nur noch mehr zu reizen. Jetzt führte er einen wilden Tanz auf, bei dem er laute Schreie in den Himmel stieß und sein Opfer mitschleifte, als wäre es eine Puppe, die Klinge des Dolches an den Hals der jungen Frau gedrückt. Er trug einen spitzen Hut, wie Magier oder Schwarzkünstler auf Jahrmärkten ihn tragen. Die Schreie der Frau wurden drängender, ängstlicher. Berthelots Gedanken rasten. Schwert? Nein. Das war zu gefährlich für das Opfer! Berthelot rannte so schnell er konnte, hetzte über die Äste, die unter ihm brachen, sprang über Pfützen hinweg. Nur noch fünfzig Meter. Berthelot vertiefte sich ins Gebet, die Wiederholung nur eines Satzes, immer wieder.

„Herr Jesus Christus, erbarme Dich unser."

Er betete laut, mit jedem Schritt lauter, ein Flehen zum Herren, ein Anruf in höchster Bedrängnis.

Mit einem Ruck riss der Magier die Frau an den Haaren hoch und schrie Berthelot finstere Zaubersprüche entgegen. Die entsetzt aufgerissenen Augen des Mädchens starrten Berthelot an. Er war ihr einziger Hoffnungsschimmer.

„Hilfe …!"

Ihr Angstschrei erstarb auf ihren Lippen.

„Verrecke!", schrie der Magier mit seiner dunklen Stimme.

Er stand da wie ein gereizter Ziegenbock. Seine Schultern zurückgezogen, das Kinn in Angriffshaltung gesenkt, das nackte

Mädchen im eisernen Griff seiner muskulösen Arme. Seine pechschwarzen Locken fielen in die Stirn. Der stechende Blick seiner geröteten Augen schien den Boden vor seinen Füßen zu versengen und ließ die teuflische Brutalität erahnen, die vor nichts und niemandem Halt machte.

„Verrecke!“, wiederholte er und setzte ihr die Klinge an den Hals.

„Prelati!“, schrie Berthelot.

Er hatte ihn sofort erkannt. Das Ziegengesicht hatte sich ihm seit Padua eingeprägt. Er hatte sich nicht geändert, als hätte er die ewige Jugend gepachtet. „Prelati …“

Da standen sie sich nach langer Zeit wieder gegenüber: Der Gottesmann und der Teufelsanbeter.

VII. Burg Reitzenstein, ebenfalls um die neunte Stunde

Ekel peinigte Marcus und den Abt, als sie sich den Schweinefraß einverleibten. Aber sie waren froh, überhaupt etwas zu essen zu bekommen. Der Kerkermeister war heute sogar besonders großzügig gewesen, er hatte ihnen eine Schale voll Wasser hingestellt. Das Wasser schmeckte zwar faulig und nach Ausscheidungen, aber seit gestern Früh war es das erste, das sie zu trinken bekamen.

„Es ist die Hölle“, sagte Marcus.

„Erst jetzt sehen wir, wie die Märtyrer litten, bevor sie lachend und singend auf die Tiere zugingen, die sie zerfleischten.

„Nicht alle Menschen sind so stark.“

„Wir sind stark in Gott.“

„Bist du sicher?“

„Der Heilige Geist führt uns.“

„Schön, wenn du das sagen kannst …“

„Man kriegt in der Not von Gott die Kraft, die man braucht …“

„Ich will dir zugestehen, dass ich nach der Nacht des bitteren Zweifels wieder die helfende Hand des Herrn spüre … jedenfalls glaube ich es, sie zu spüren …“

Bald schon überfielen ihn wieder die Gewissensbisse. „Ich hätte nicht von dem Papyrus reden sollen …“

„Was soll der Gnom schon mit deinen Hinweisen anfangen …“, beschwichtigte der Abt mit seiner ruhigen Stimme.

Pater Marcus rieb über die eiternden Wundränder seiner ausgebrannten Augen. „Jedenfalls weiß er mehr, als er wissen sollte …“

„Ist es nicht so, dass wir immer in der Hand Gottes sind?“, fragte der Abt.

Der Pater schwieg.

„Wir müssen uns seinem weisen Ratschluss anvertrauen“, sagte der Abt nach einer Weile. „Wir können seine Gedanken und Wege nicht erraten. Mehr noch, wir sind selbst unfähig, nach unserem Willen die Welt zu gestalten. Unsere Gedanken sind nie stark und tragfähig genug.“

„Aber die Versuchung ist da …“

„Die Versuchung ist immer da und sie wird immer größer.“ Der Abt schnaufte. „Wenn ich an die wunderbaren Maschinen denke, die Leonardo da Vinci und andere Geistesgrößen der S.O.L. oder anderer Geheimbünde ausgedacht haben, sehe ich, dass nicht nur die Versuchung da ist, sondern auch der gute Wille, der aber immer etwas von der Kraft hat, die nur das Böse will, und eben deshalb weicht unser Wille eben vom Willen Gottes ab.“

„Das ist kompliziert, Abt“, sagte Marcus. „Woher weißt du von den Maschinen da Vincis?“

Der Abt schwieg.

„Maschinen …“

Auf einmal erinnerte sich Marcus wieder an die neue Welt, von der Bruder Jeremias ihm erzählt hatte, dass der Mensch über Gott stehen wird, aber unter der Maschine. Die Bruderschaft hatte Übung darin, ihre Lügenmärchen von der Macht des Menschen zu erzählen, und sie setzte zur Not mit Mord und Totschlag ihre Lügen durch. All ihre Gedanken kreisten dabei aber immer nur um ein Ziel, nämlich eine neue Kirche zu schaffen, in dem man die Kirche Christi unterminiert. Ein einfacher Plan – der luziferische Plan.

„Zu was werden sie Maschinen brauchen, Abt?“, bohrte Marcus nach.

„Zur Verführung der Menschen vielleicht …“

„Was willst du mir damit sagen, Abt?“

„Vielleicht ist es eines Tages möglich, mit Hilfe der Wissenschaft das Leben zu erleichtern. Das wird die Schinderei nicht beseitigen, aber den Menschen die teuflische Illusion eingeben, sie seien die Meister ihres eigenen Schicksals. Doch die Herrschaft des Menschen, die Satan uns vorgaukelt, wird es nie geben. Es ist immer seine Herrschaft."

Marcus erhob seine heisere Stimme: „Abt, du sagst mir Dinge, die ich von Bruder Jeremias weiß, aber ich weiß nicht, warum du sie jetzt zu mir sagst... Jetzt, in diesem Moment, wo ich daran verzweifle, dass ich vielleicht zuviel verraten habe und diese gottverdammte Teufelsbruderschaft an Dinge kommt, an die sie besser nicht käme..."

„Sie werden den neuen Äon ausrufen...", sagte der Abt, „So oder so..."

„So oder so...", Marcus stöhnte. „Versteh doch, wenn sie in den Besitz des Papyrus kommen, werden sie ungleich viel mehr Macht besitzen und die Welt beherrschen. Verstehst du, die Welt ganz und gar beherrschen..."

Der Abt wahrte die Ruhe. „Alles, was in der Heiligen Schrift steht, muss sich bewahrheiten. Die Apokalypse wird kommen, ob mit oder ohne *Liber Secretus* ... Ob durch die S.O.L. oder die Bruderschaft der Zehn oder einen anderen Geheimbund ..."

Marcus stieß ein trauriges Lachen aus und musste husten. „Abt, so kenne ich dich nicht. Woher kommt dein Fatalismus?"

„Kein Fatalismus, Bruder Marcus, Gottvertrauen..."

„Heißt das, wir sind sowieso ohnmächtig?"

„Es gibt die Vorherbestimmung, gewiss. Aber es gibt auch die Macht des Gebetes, durch die wir die Dinge beeinflussen können."

Marcus pfiff einen bitteren Laut aus. „Man soll also die Hände in den Schoß legen und Gott einen guten Mann sein lassen."

„Man sollte die Macht des Menschen nicht überschätzen, aber immer nach den Geboten Gottes handeln."

„Du hast mir eine Frage noch nicht beantwortet. Woher weißt du von den Maschinen da Vincis, die er doch sicher im Geheimen und im Schutz der Bruderschaft konstruiert haben wird? Ah, deine geheimen Drähte haben dich vieles wissen lassen..."

„So wird es sein", sagte der Abt still.

Marcus brüllte heiser auf wie ein verendendes Wild. „Bist du vielleicht selbst Mitglied der S.O.L.?“

„Nein“, entgegnete der Abt knapp.

„Einer anderen Bruderschaft?“

„Ich bin kein Teufelsbruder.“

„Kannst du das beweisen?“

„Ich sitze mit dir hier im Kerker, ist das nicht Beweis genug?“

„Wie der Herr sich bestimmter Menschen bedient, um Seelen zu retten, so bedient sich Satan bestimmter Menschen, um Seelen ins Verderben zu führen.“

„Ich habe auch oft gezweifelt, Bruder Marcus, aber ich wusste in meinem Inneren stets, dass die Rettung bei Gott ist.“

Marcus schnaufte. Ungeachtet des Gewitters ungelöster Fragen war nur eines wichtig: Die Teufelsbrüder durften nicht den Papyrus bekommen.

Nach einer Weile sagte er: „Vater Abt, mein Zorn war selbstgerecht.“

Der Abt atmete ruhig ein und aus. „Ich bitte dich, Herr, forme unser Herz nach deinem Herzen.“

Die Ruhe übertrug sich auf Marcus. Auch er atmete ruhig.

Und betete.

VIII. Heidweiher, in der Früh um die zehnte Stunde

Prelati war durch den Anblick seines Feindes so verwirrt, dass er die junge Frau mit voller Wucht von sich stieß. Sie prallte gegen einen Baum und blieb reglos liegen. Berthelot rannte auf ihn zu, als würde er um sein eigenes Leben rennen.

„Veni Satanas!“, schrie Prelati.

Ihm blieb gerade noch Zeit, die Waffe hochzureißen, doch Berthelot befand sich schon im Sprung. Mit einem gewaltigen Satz warf er Prelati nieder. Der Dolch fiel klirrend zu Boden. Es war richtig gewesen, nicht das Schwert zu nehmen. Doch auch der Magier war ein erprobter Kämpfer. In rasender Wut packte er Berthelots Schultern, riss ihn mit einer Hand herum, während er gleichzeitig mit der anderen seinen Dolch aufhob. Er stach nach Berthelots langen Körper und verfehlte ihn nur knapp, weil Berthelot sich mit einem Ruck seitwärts drehte.

„Der Dolch wird dich durchbohren", rief Prelati siegesgewiss. Doch auch der zweite Stoß verfehlte seinen Gegner um Haaresbreite.

„Armer Däumling, willst du den anderen Daumen auch noch verlieren?" Berthelot baute sich provozierend vor ihm auf. „Kannst ja noch immer nicht richtig dem Dolch umgehen."

Prelati, irritiert und unfähig zu antworten, murmelte finstere Beschwörungsformeln: *„Ouia … Satanas … Cameron … Mandesumini."*

Dann wirbelte er den Dolch gekonnt durch die Luft, wie ein kampferprobter Messerstecher. Vom Bösen gezeichnet, mutierte Prelatis Ziegengesicht immer mehr zur Dämonenfratze, der Hass der Hölle schien in seinen schwarzen Feueraugen zu glimmen.

Berthelot holte ein ums andere Mal seinen Atem tief in den Unterleib, um von unten herauf die innere Ruhe auszuatmen. Mit jedem Atemstoß stieß er die heiligen Gebetszeilen in die Luft. „Heiliger Michael, steh uns bei in allen Gefahren, hilf uns durch deinen gnadenvollen Beistand, das Böse zu besiegen."

Der Magier hielt dagegen: *„Luzifer, Belial Astaroth, Oriel Magreuse, Petan …"*

Die Luft flirrte von den unterschiedlichen Anrufungen, die aufeinander prallten wie eine Warm- und Kaltfront.

„Pack dich!"

Wie ein Blitz schnellte die Klinge des Dolches vor Berthelots Gesicht. Prelati trieb ihn mit heftigen Stößen in die Brombeersträuche. Berthelot spürte wie der Raum hinter ihm eng wurde. Die Dornen verhakten sich in Hose und Wams. Dem nächsten Dolchstoß könnte er nicht mehr ausweichen.

Herr, steh mir bei.

Mit lautem Gebrüll stürmte Wentzel auf den Widersacher zu, doch Prelati schien auch hinten Augen zu haben, kaum holte Wentzel zum Schlag aus, drehte Prelati sich geschmeidig um und traf mit seinem Fuß Wentzels Schulter. Vom Schmerz niedergedrückt, ging Wentzel in die Knie. Doch er zwang sich aufzustehen. Aus den Augenwinkeln sah er, wie Berthelot aus dem Dornengestrüpp wegsprang, was ihm neue Kraft verlieh.

Gemeinsam werden wir es schaffen.

Kaum hatte Wentzel den Gedanken zu Ende gedacht, da drehte sich Prelati wie ein Derwisch um die eigene Achse und holte mit seinem linken Bein aus.

„Veni Luzifer."

Sein scharfkantiger Stiefel traf Wentzel am Kopf. Auf der Stirn riss eine Platzwunde auf, Blut troff. Wentzel sank schmerzerfüllt zu Boden. Seine Muskeln wurden hart wie Stein. Die Wunde schmerzte. Ihm wurde schwarz vor Augen. Doch er zwang sich, bei Bewusstsein zu bleiben, um Berthelot nicht im Stich zu lassen. Trotzdem war es ihm unmöglich, sich zu erheben. Prelati kicherte schrill, wobei seine Stimme sich in ungewohnte Höhen schraubte.

„Blut ist ein ganz besonderer Saft. Ich liebe es."

Die Hiebe, die Berthelot um die Ohren sausten, ließen keinen Zweifel an der tödlichen Absicht.

„Mann Gottes, jetzt kannst du dein letztes Gebet sprechen."

Er trieb Berthelot mit kurzen, schmerzvollen Tupfern auf seine Brust wieder in die Brombeersträucher, als wollte er sein Opfer zuerst quälen, bevor er es tötete. Berthelot schloss für Sekunden die Augen und schickte ein Stoßgebet zum Himmel. Als er die Augen öffnete, sah er, wie sein Gegner zum letzten, vernichtenden Schlag ausholte.

„Stirb!", schrie Prelati. Diesmal klang seine Stimme noch dumpfer, als käme sie aus der Tiefe der Unterwelt.

Eine jähe, raue Sturmbö bog die Baumzweige mit einem wütenden Stoß nach unten. Berthelot sah, wie wieder aus dem Nichts über den Baumwipfeln die herzförmige Wolke erschien. Die sanfte Stimme der Allerheiligsten klang auf: „Du wirst dem Herrn vorangehen und ihm den Weg bereiten." Da war wieder die Kraft des Heiligen Geistes.

Leichtigkeit ergriff ihn. Als sei er unverwundbar, fuhr er mit dem Daumen über seine Lippen, und er lächelte während er laut betete: „Bitte für uns Sünder, jetzt und in der Stunde unseres Todes."

„Halt dein verdammtes Maul!", fauchte der Magier, als spräche es aus ihm. Seine Augen loderten wie ein infernalisches Feuer.

In diesem Moment befahl Berthelot eine innere Stimme, seinen Kopf auf die Brust zu legen wie ein Stier und mit hochgezogenen Schultern seinen Gegner zu rammen. Dabei riss sein Wams in Fetzen. Der plötzliche Ausfall brachte Prelati aus dem Gleichgewicht. Er geriet in Rücklage, strauchelte, stolperte. Im Fallen fuchtelte Prelati wie wild mit dem Dolch, als durchschneide er Spinnengewebe. Berthelot warf sich auf ihn und drückte ihn mit seinem ganzen Gewicht nieder. Jetzt sprang auch Wentzel herbei und drückte mit seinem Unterarm den Hals Prelatis zu. Während der Magier unter dem Gewicht Berthelots tiefer im moosigen Boden versank, schnappte er hektisch nach Luft und verlor an Kraft. Mühelos konnte Berthelot ihm den Dolch entwinden.

„Ea, Mah, Shu, Iao", flüsterte Prelati, Satanas hilf mir.

Doch Satan erhörte den Hilferuf seines Sklaven nicht.

Als Wentzel locker lies, heulte Prelati zerknirscht wie ein waidwundes Tier. „Tötet mich doch. Ich komme wieder. Ich bin unsterblich. Ich bin ein Teil der unüberwindlichen Macht Luzifers. Der wahre Lichtbringer. Der euren Jesus Christus in den Schatten stellen wird. Ein Mensch war er, ein Mensch ..."

„Pah, du hast schon in Padua die Lügen der Albigenser, Katharer und anderer Satanisten verbreitet", sagte Berthelot.

„Mein Gott ist der Herr der Welt. Er hat deinem Menschensohn in der Wüste alle Reiche der Welt angeboten. Daran erkennst du seine Macht", röchelte er, weil Wentzel den Druck auf seine Kehle wieder verstärkte.

„Jesus Christus fiel nicht auf die billigen Verführungskünste Satans herein. Für uns wurde Gott Mensch, für unsere Sünden ist er gestorben ..."

„...auf jammervolle Art ...", keuchte Prelati, machtlos wie lange nicht mehr, „... aufs Schändlichste krepiert ist er ..."

„Am dritten Tage auferstanden und aufgefahren in den Himmel, wo er zur Rechten Gottes, des allmächtigen Vaters, sitzt", sagte Berthelot.

„Du kennst die Genüsse der Welt nicht, du seltsamer Heiliger. Schon damals in Padua wusste ich, dass aus dir ein vertrockneter alter Betbruder werden wird."

„Steh auf, Prelati, geh mir aus den Augen!"

„Ihr wollt ihn gehen lassen, Herr?!“, sagte Wentzel, der sich im Aufstehen seine Kleider abklopfte.

„Auf deine Gnade bin ich nicht angewiesen“, zischte Prelati.

Berthelot lachte auf. „Aber auf Gottes Gnade um so mehr.“

Prelati stand auf und spuckte voller Verachtung vor Berthelot aus.

„Wollt Ihr ihn gehen lassen, einen Mörder?“, sagte Wentzel und holte zu einer Maulschelle aus, die Prelati mitten ins Gesicht traf.

„Ihr Christenknechte habt nichts begriffen. Es war nur Spiel, ihr Narren. Ein albernes, völlig absurdes Spiel. In keinem Moment dachte ich daran, sie zu töten. Ein kleines, sinnliches Spiel, mehr nicht. Sie hätte es genossen, die kleine Hure, sie war dankbar, von mir dazu auserwählt zu sein. Was meint ihr törichten Christenknechte, was mit der kleinen Hure geschehen wäre, wenn ich sie nicht von der Straße aufgelesen hätte? In der Gosse wäre sie verreckt. Genau da, wo eure fetten Pfaffen pfeifend ihren Wanst vorbeischieben und gnadenlos zusehen, wie ihre Knechte verrecken.“

„Verschwinde, bevor ich’s mir anders überlege!“, rief Berthelot.

„Mein Dolch“, forderte Prelati.

„Ach ja. Dein gottverdammter Ritualdolch. Potztausend.“ Berthelot nahm ihn in seine Hände. „Edel, edel. Damaszenerstahl, kunstvoll beschlagen, der Knauf vergoldet und mit magischen Zeichen geschmückt. Was haben wir denn da? Ein Pentagramm, das Auge des Osiris und hier das Zeichen Saturns. Saturn, den ihr Satanisten den Hüter der Schwelle nennt, nicht wahr? Dabei wissen die wenigsten von euch, dass Saturn seine Kinder gefressen hat wie ein räudiger Köter. Prelati, es gibt nur einen Gott der Gnade, den Gott der Christen. Er liebt sogar ein Geschöpf wie dich. Eigentlich ein Grund, nachdenklich zu werden.“

Prelatis Halsadern schwollen an, sein Kopf wurde puterrot. „Gib mir den Dolch, Christenhund!“

Berthelot schürzte seine Lippen. „Du bist und bleibst ein schlechter Verlierer. Musst nicht gleich weinen. Den Dolch behalte ich für mich, als Andenken sozusagen.“

Fluchend wandte Prelati sich um. Seine erhobenen Arme fuchtelten durch die Luft, als er sich in großen Sprüngen entfernte.

„Ihr hättet ihn töten müssen“, sagte Wentzel.

„Wir wollen das Schicksal Gott überlassen“, entgegnete Berthelot.

„Bedenkt, was er anrichten wird!“

„Wir werden für ihn beten.“

„Meister, das kann ich nicht.“

„Du kannst es ebenso wie ich. Du weißt, dass Jesus gesagt hat: Liebet Eure Feinde. Alles liegt in der Gnade Gottes, mein Freund.“

IX. Heidweiher, ebenfalls um die zehnte Stunde

„Ihr habt mir das Leben gerettet“, sagte die junge Frau, wobei sie keinen Versuch unternahm, die Tränen der Erleichterung zurückzuhalten.

Berthelot fixierte sie mit dem prüfenden Blick, mit dem er alle Fremden musterte. Instinktiv fuhr er mit seinem Daumen über die Lippen. Sie war wirklich noch sehr jung, in ihrem Alter heirateten die Frauen. Scheu errötete sie und blickte mit niedergeschlagenen Augen zu Boden. Um ihre Unsicherheit zu verbergen, griff sie in ihr Haar, das in wallenden strohblonden Locken über die Schultern fiel. Ihr rundliches Gesicht war rosig und frisch, ihr voller Mund rot und um ihre Stupsnase verloren sich einzelne Sommersprossen. Doch ihre hellblauen Augen über den breiten Backenknochen, die ihn nun lächelnd anblickten, überstrahlten alles.

„Gott segne Euch, mein Herr.“

Weil sie nicht wusste, wohin sie ihre Hände tun sollte, strich sie den Dreck von ihrem roten Leinenkleid, wodurch sie es nur noch mehr verschmierte.

Während er seinen prüfenden Blick von ihr nahm, fügte er in strengem Ton hinzu: „Wieso treibst du dich um diese Zeit in dieser finsteren Gegend herum?“

„Gestern am späten Abend erhielten wir Nachricht, wir könnten Henrik und Jan bei Sonnenaufgang an der Wolfseiche am Heidweiher abholen.“ Ihre Stimme besaß einen kaum merklichen singenden Akzent, typisch für die niederrheinische Landschaft, doch ihre Ausdrucksweise war überraschend genau. „Das sind meine jüngeren Brüder, wisst Ihr. Seit Ostern sind sie wie vom Erdboden verschwunden."

„Warum hat sich dein Vater nicht auf den Weg gemacht? An Mut wird es ihm nicht mangeln, nehme ich an."

„Man teilte ihm mit, es müsse eine Jungfrau bei Sonnenaufgang am Waldhain warten."

„Er hätte Euch eine Eskorte mitschicken können."

„Dann wäre der Handel nicht zustande gekommen."

„Du bist die Tochter des Dorfbauern?"

„Mein Vater hat den größten Hof in ganz Kaldenkerken. Er liegt etwas außerhalb in Maaslieb."

„Maaslieb? Ein schöner Name."

„Mein Vater ist auch Blumenzüchter. Er hat große Felder, beliefert die ganzen Fürstenhäuser … und den Leuvener Hof, auch nach Utrecht und sogar den französischen König …"

Berthelot dachte, wenn er ein so bekannter Händler ist, müsste mein Bruder ihn kennen oder mein Vater. Auf einmal schoss es ihm durch den Kopf. „Die berühmten Maasliebchen kommen von Eurem Hof?"

Sie nickte scheu und sah zu Wentzel hinüber, der bei ihrem Anblick errötend zu Boden blickte und es vorzog, weiter zu schweigen.

„Und wie heißt du?"

„Sophia."

Berthelot schürzte die Lippen. „Ein klangvoller Name. Du weißt, was er bedeutet?"

Sie nickte. „Weisheit."

„Kluges Kind." Berthelot war nicht sicher, ob er ihr trauen konnte. Die Tochter eines der reichsten Bauern Gelderlands war sie also. Wahrscheinlich stand ihr Vater in Kontakt mit dem Fürsten und ging bei ihm aus und ein. Es wäre erstaunlich, wenn der Fürst ausgerechnet das Kind eines seiner treuen Vasallen entführen ließ. Und ebenso unwahrscheinlich war die Tatsache, dass er seine Tochter zu einem derart gefährlichen Treffen allein losschickte, ohne sie wenigstens von einem seiner Knechte beobachten zu lassen. Er fuhr mit seinem Daumen über den Mund und sagte tonlos: „Mein Name ist Berthelot."

Sie lachte auf und sah ihn freudestrahlend an. „Ihr müsst ein feiner Herr sein."

Berthelot sah an sich herunter. „Nun ja, in der Regel pflege ich nicht in zerrissenen Gewändern voller Matsch meine Bekanntschaften zu schließen. Doch was mich mehr interessiert, von wem habt ihr die Botschaft erhalten?"

Sophia, deren Blick unverwandt auf Wentzel ruhte, sagte: „Von einem Soldaten, der auf seinem Wams das Wappen des Fürsten trug."

„Ein Soldat des Fürsten?"

„Der Fürst ist ein grausamer Herrscher. Das ganze Land lebt in Angst."

„Tatsächlich? Ja, ich glaube mich daran zu erinnern, etwas davon gehört zu haben. Ist es tatsächlich so schlimm?"

Sophia neigte den Kopf.

„Im Februar kam es in Kaldenkerken und den umliegenden Dörfern zu einem Aufstand, den der Fürst blutig niederschlagen ließ. Die Menschen haben Hunger, doch er presst sie weiter aus. Vierundzwanzig Aufständische wurden von den Soldaten auf die roheste Art getötet, die man sich nur denken kann." Tränen traten in ihre Augen, doch im selben Moment schienen sie zu verhärten. „Vor einem Monat ließ der Fürst in allen Städten und Ortschaften entlang der Strasse, von Mellingen bis Moorsbach, die Dorfschulzen antreten und einen Eid auf den Fürsten schwören. Sie mussten auf Knien in Reitzenstein angerutscht kommen, untertänigst um Vergebung bitten und ihm dann mit dem Gesicht auf der Erde den Treueeid leisten."

Was, zum Teufel, ist in dich gefahren, Ludwig, so kenne ich dich gar nicht, dachte Berthelot, der den Daumen über den Mund zog, diesmal, damit kein Wort über seine Lippen kam.

„Der Bußgang war ein großes Spektakel. Der Fürst legte äußersten Wert darauf, dass ‚die Frevler' ihm huldigten … Überall hat er seine Spione verteilt, so dass die Wände sogar Ohren haben und niemand mehr seinem eigenen Bruder über den Weg traut. Doch es wird ihm nichts nutzen. Die Händler und Bauern aus Kaldenkerken und den umliegenden Dörfern werden keine Ruhe geben."

„Du besitzt einen sehr wachen Geist", bemerkte Berthelot. „Man könnte meinen, du hättest eine Klosterschule besucht – wie eine Edle."

Durch Berthelots Bemerkung verunsichert, wich Sophia einen Schritt zurück, als könnte sie so seiner Feststellung ausweichen. Sie geriet ins Stolpern, fiel rückwärts über eine knorrige Baumwurzel und landete auf dem Rücken, was sie unwillkürlich zu einem mädchenhaften Kichern veranlasste. Berthelot wollte ihr die Hand reichen, um ihr aufzuhelfen, doch er besann sich eines Besseren, in dem er Wentzel mit strengem Blick ansah und im tadelnden Ton sagte: „Wentzel, willst du dich nicht als Helfer in der Not erweisen?"

Unsicher in seiner ganzen Bewegung stapfte Wentzel heran, aber an statt ihr die Hand zu reichen, blieb er vor ihr stehen wie ein Ochs vor dem Berg.

„Ja, nun aber weiter", forderte Berthelot.

Sophia lächelte ihnen zu, doch dann blieb ihr Blick an Wentzel hängen. Der beugte sich mit todernstem Gesicht zu ihr, umfasste fest ihre Hand und zog sie hoch.

„Du bist schwerer als ein nasser Sack", murrte er, sein Kopf, nun puterrot, schien fast zu platzen.

Und kaum stand sie vor ihm, schien die Zeit stehen zu bleiben oder wenigstens doch irgendwie anders zu laufen, seitwärts oder im Kreis. Sophia war ebenso groß wie er und wenn sie sich auch ein erneutes Lachen verbiss, strahlten doch ihre blauen Augen ihren Helfer an, worauf er unwillkürlich seinen Blick senkte und einen Schritt zurücktrat. Völlig unerwartet nach dem Kampf mit der schaurigen Gestalt, die er am liebsten erwürgt hätte, waren jetzt ganz andere Gefühle in ihm aufgewallt, ließen ihn innerlich erzittern. Dieses seltsame, plötzliche Verlangen verlieh ihm nicht etwa Flügel des Entzückens, sondern presste ihm einen Kloß in den Hals, so dass er keine Antwort geben konnte, als sie mit ihren roten fleischigen Lippen „danke, junger Herr" sagte. Ihre blitzenden Augen schienen ihn auszulachen.

Berthelot, der die ganze Zeit die Szenerie in einer Art väterlicher Freude genoss, sprang ihm zur Seite, in dem er ihm auf die Schultern klopfte und sagte: „Hat er doch gern gemacht."

Dann nahm er Wentzel beiseite. „Ich wette, du hast ein Auge auf sie geworfen. Sie hat etwas Besonderes, nicht?"

Wentzel wehrte vehement ab. „Ihr kennt mich nicht, Meister. Weibsbilder haben mich nie interessiert. Das wird sich in Zukunft auch nicht ändern. Darauf kann ich schwören."

„Das tu besser nicht. Die Wege Gottes sind für uns unergründlich, lieber Wentzel …"

„Jetzt erkenne ich Euch nicht wieder, Meister."

„Hör zu, mal im Ernst", zischte er. „Es ist höchste Vorsicht geboten. Wir müssen das Mädchen in Sicherheit bringen. Sie ist in höchstem Maße gefährdet."

„Ich werde sie hüten wie meinen Augapfel."

Berthelot lächelte. „Ich glaube dir aufs Wort."

Dann wandte er sich Sophia zu. „Kennst du den Mann, der dich umbringen wollte?"

Sie errötete, das war deutlich zu sehen. „Jeder hier kennt und fürchtet Prelati."

Berthelot runzelte seine Stirn. Der unselige Zwischenfall hatte den ganzen Tagesablauf erschüttert. „Jedenfalls ist davon auszugehen, dass du dich in höchster Gefahr befindest. Deshalb wäre es unklug, dich nachhause zu bringen. Wentzel wird dich zur Abtei Niersbachthal bringen. Dort kannst du für ein paar Tage bleiben, bis wir ein Nonnenkloster für dich gefunden haben."

„Dann könnt Ihr mich gleich ins Marienstift bringen. Aber ich will keine Nonne werden", entgegnete sie entschieden.

„Davon redet niemand. Es geht nur um deine Sicherheit."

Er sprach nicht aus, was er dachte. Prelati würde sie überall finden. Sie war dem Tode geweiht.

„Du kennst den Weg zum Marienstift?"

Sie nickte.

„Also Wentzel, pass hübsch auf das kostbare Gut auf. Du garantierst mir, dass sie unversehrt zum Marienstift kommt."

Er schnippte einen Gulden herüber, den Wentzel gewandt mit beiden Händen auffing.

„Sag der Mutter Oberin einen schönen Gruß von Cornelius Berthelot. Sie wird sich an mich erinnern, denn ihr leiblicher Bruder ist mein Kollege Custodis aus Leuven."

Wentzel nickte. Nachdenklich sah Berthelot ihnen nach, wie sie in großem Abstand zueinander neben dem Pferd einhertrotteten. Sophias Gang war eigentümlich steif, wie unter großer Anspannung. Vielleicht wusste sie mehr, als sie sagte. Berthelot hatte das Gefühl, im Finsteren ein Mosaik zusammensetzen zu müssen, zu dem sich immer mehr Mosaiksteinchen gesellten, ohne dass er wusste, welches Bild daraus entstehen könnte. Die jüngste Entwicklung dieser mysteriösen Angelegenheit war mehr als beunruhigend. Nachdenklich befestigte er seine Beute, Prelatis kunstvoll geschmiedeten Damaszenerdolch neben dem Sattelgepäck.

Berthelot dankte Gott dafür, das er das Leben der jungen Frau, Wentzels Leben und sein eigenes gerettet hatte.

Herr, schenke mir die Reinheit des Herzens und die Klarheit des Geistes.

Dann stieg er in den Heidweiher, in dessen kristallklarem Wasser er sich wusch. Die schmutzigen Kleidungsstücke wickelte er in ein Leintuch. Die Waschfrauen im Kloster würden sie säubern. Wahrscheinlich würde sich Marcus fürchterlich über ihn lustig machen, wenn er die lehmverschmierten Kleider sähe. Ob er als Doktor aus der Studierstube nicht mehr reiten könne und in den nächstbesten Schlammpfuhl gepurzelt sei, würde er sagen. Das verwundere ihn schon, andererseits sei es wohl noch ganz so wie früher, als sie, Kinder im Leuvener Kaufmannsviertel, vor ihren Häusern in den Pfützen spielten …

Marcus, wie ich mich freue, dich wiederzusehen, dachte er, während er sich wieder ankleidete. Fast zwei Jahre lag die letzte Begegnung zurück! So schnell verging die Zeit, von der Augustinus sagte, sie sei eine aufgepeitschte Salzflut, strukturlos und ungenießbar. Unglaublich. Sie hatten zusammen in Padua studiert und ihre Vorstellungen vom Leben entwickelt. Padua bedeutete für sie viel mehr als eine ausgezeichnete Ausbildung. Hier spürte man die Luft von anderen Planeten, kam in ein Zentrum des Wissens. Sie lernten Mediziner kennen, waren mit Mathematik, Physik, Astronomie und Astrologie eng verbunden. Vor allem, in Padua bekamen sie den Eindruck, die Welt war neu zu überdenken. Das Zusammenleben verlangte danach, neu gestaltet zu werden. Die Zeiten waren unruhig. Weniger bedrohlich als die offenen Kämpfe erschien das Werk der Maulwürfe. Das rief eine Verunsicherung hervor, der man nur nicht ängstlich begegnen durfte. Darüber war Berthelot sich in den Gesprächen mit Erasmus von Rotterdam klar geworden. Darin würde er Pater Marcus Recht geben.

Die Sonne tauchte blutrot am Horizont auf. Berthelot strich durch die lange, schwarze Mähne seines Rappen.

„Hüa."

Die Zeit drängte. Er gab dem Pferd die Sporen. Erst als er den Heidweiher weit hinter sich wusste und an einigen verlassenen Höfen vorbeigeritten war, lockerte er die Zügel. Während des langsameren Galopps nestelte er seinen Rosenkranz aus der Jackentasche und betete die Freudenreichen Geheimnisse.

X. Burg Reitzenstein, ebenfalls um die zehnte Stunde

Prelati, der vom Heidweiher in einem fort zur Burg gerannt war, stürzte durch die schmale Hintertür in den Keller und riss die Tür zum Tempel auf. Eilig entzündete er elf Kerzen und holte den bronzenen Kopf Baphomets hervor, den er auf den Altar vor den Blutkelch stellte. Prelati warf sich mit ausgebreiteten Armen auf die Erde und rief die Große Mutter an: „Isis, sei gesegnet, Mutter allen Lebens. Gesegnet sei das Leben, das aus dir hervorkommt und in dich zurückkehrt im ewigen Kreislauf der Wiedergeburt."

Dann schnellte er hoch in den Schneidersitz und vibrierte mit tiefer Stimme das *„Aum"*, bis die Kerzen durch einen Windzug gelöscht wurde. *„Ialdabaoth"*, begann er flüsternd. „Ich rufe dich um Hilfe."

Er drückte seine Stirn an den Baphometkopf, um Mitteilungen zu empfangen. Seine Trance begann stets gleich. Er fiel rücklings in einen schwarzen Tunnel, wie von Hieronymus Bosch gemalt, in dem sich die Zeit aufhob, doch in Prelatis Welt geleiteten ihn nicht Cherubim und Seraphim, sondern die schwarzgeflügelten Engel Satanas, und auch am Ende des Tunnels wartete nicht das weiße Leuchten der Ewigkeit, sondern das schwarze Loch der Hölle, in der sich alles umkehrte wie bei einem Spiegelbild. Während er fiel, entfernte sich die Welt über ihm mehr und mehr. Alles verschwand, bis er in einem spiralförmigen Nebel geschleudert wurde, wo er sich selbst auflöste, sein Körper, sein Geist, seine Seele. Jeder Schmerz schwand, jedes Gefühl. Er war nichts anderes mehr als ein Gedanke. Prelati sah mit seinen überirdischen Augen, wie er von einer gewaltigen Kraft aus dem Spiralnebel gegen eine Feuerwand geschleudert wurde. Für einen Augenblick war alles weiß wie im Innersten einer Flamme. Doch statt Hitze empfand er eine unglaublich kalte Leere. Er, der nur noch Gedanke war, nahm wieder Gestalt an. Er wurde hin und her geschleudert. Mit jeder Umdrehung nahm er weitere Konturen an. Bis er sich wiedererkannte. Haut und Fleisch waren durchsichtig, wie bei einer Schirmqualle, eine formlose, gallertartige Masse. Urzustand. Nun visualisierte Prelati das Gesicht Berthelots, wobei er sich vorstellte, seinen Feind zu massakrieren. Sah, wie die quallenartige Gestalt, die er war, Berthelot in den Tunnel trieb. Tosende Wasserstrudel zogen den Feind nach unten. Er krallte sich an Planken, die vereinzelt umherschwammen. Fand keinen Halt. Prallte gegen eine Eiswand. Tauchte aus den Wellen wieder auf, bis ihn der nächste Strudel gegen das Eis trieb, wo jede Faser seines Körpers zerrissen wurde. „Ich beherrsche dich", sagte Prelati mit seiner dunklen Stimme, die in diesem Moment nicht aus seinem Inneren kam, sondern von außen, von einer anderen Erde, die sich außerhalb von Raum und Zeit bewegte.

Der Gnom stürmte hinterdrein: „Hab' sie belauscht…"

Prelati fuhr schwer atmend aus seiner Trance auf: „Verschwinde!" Alanus wurde nervös und bekam sein Stottern.

„Papa..papa..riss.. entschlüsselt 's Buch…" Nur so viel hatte der Zwerg bewusst verstanden.

„Papa was? Du Narr, verschwinde! Bist du taub auf den Ohren? Ich habe Besseres zu tun, als mich mit den kryptischen Botschaften eines Gnoms zu befassen. Ich muss meinen Feind bannen."

„Sollt doch b'lauschen…"

„Das interessiert jetzt kein Schwein mehr", schnauzte Prelati.

„Papa..papa..russ, Meister…", stotterte der Gnom.

Immer noch benommen von seiner Gedankenreise schüttelte Prelati die Worte des Gnoms ab. „Vergiss es endlich, verflucht."

„Hab's belauscht."

„Was interessiert mich dein dummes Gewäsch." Prelatis Stimme donnerte wie der Hammer des Thor. „Hau ab… Ich habe einen wichtigen Auftrag für dich. Du begibst dich zum Marienstift und besorgst mir eine Jungfrau. Bewaffne dich und mach dich ohne

Umschweife auf den Weg. Ich will, dass du ein Blutbad anrichtest. Sie haben es verdient." Seine Stimme überschlug sich. „Rattenpack, schlage es entzwei. In spätestens zwei Stunden will ich eine Vollzugsmeldung von dir."

„Ja, Meister", sagte der Gnom und trollte sich davon. Papariss… Papa-russ… dachte er. Was auch immer damit gemeint sein sollte. Wenn der Meister keinen Wert auf diese Neuigkeit legte, spielte er wohl keine Rolle. Papa-riss… Unfug, dachte der Gnom und vergaß es.

XI. Burg Reitzenstein, noch zur zehnten Stunde

„Wo ist mein Weib, in drei Teufels Namen?", tönte Fürst Ludwig, während er seinen Umhang abwarf und mit schweren Schritten durch den langgezogenen, hohen Raum stapfte. Der Kleine Saal war noch im alten Stil ausgestattet. Ein Reisigfeuer knisterte, obwohl es längst nicht mehr kalt war. Doch die Fürstin fror leicht. Graue Schwaden zogen langsam in den Rauchfang zwischen den Schwarzen Balken. Die Figur eines weiblichen Dämons stand auf der Truhe. Ein schmiedeeisernes Gebilde mit krummen Füssen und sechs Armen. Aus dem runden Gesicht schossen Flammen, die herausgestreckten Zunge reichte bis zum Bauch. Die Augen wie in Panik weit aufgerissen schienen den Betrachter zu durchbohren, als wären sie lebendig und hätten die Macht, alles Lebendige zu vernichten: Medusa.

Der Vorhang hinter dem Tisch, der an der Stirnseite des Raums stand, sah verstaubt aus. Als der Fürst an der langen Tafel vorbeiging, schlug mit der Faust darauf, was auf dem dicken Eichenholz einen dumpfen Klang erzeugte.

„Soll ich verrückt werden hier? Wo ist Prelati, verflucht?"

Er blieb stehen und strich über seine Arme, als müsste er fühlen, ob er noch lebte. Nach dem Besuch in der Höhle hatte er sich umgezogen, trug aber auch hier wieder nur einen einfachen Rock und eine enge, rotbraune Hose, die seinen kräftigen Leib noch zu betonen schien. „Wo, zum Teufel, ist der Hund?" Die Stimme des Fürsten vibrierte vor Zorn. „Sonst weißt du doch immer, wo sich dein Geliebter aufhält, du Metze.“

Die Fürstin bewies ihre Überlegenheit, in dem sie sich gemächlich zu ihm drehte und mit sanfter Stimme fragte: „Warum hast du es so eilig?“

Herausfordernd ergriff der Fürst ihre Schultern und hielt sie fest. „Gerade erreicht mich die Botschaft von Willem von Oranienburg, ein Großteil der Fürsten weigert sich zum Johannisfest zu kommen. Das heißt, auch der Kurfürst von Sachsen, Eure schmutzige Durchlaucht Friedrich wird sich weigern. Und wenn du deinen dummen Kopf etwas anstrengst, heißt das, ich werde nicht Kaiser.“

Belustigt über seine Erregtheit, warf sie ihren Kopf in den Nacken. Ein schelmisches Lächeln umspielte ihren Mund und legte ihre schneeweißen Zähne frei, die ebenmäßig nebeneinander standen, bis auf den rechten Schneidezahn, den sie sich hatte abschleifen lassen, damit er spitz wie ein Wolfszahn war. „Habe ich es dir nicht gesagt?“, antwortete sie triumphierend, wobei ihre Stimme mit jedem Wort lauter wurde. „Er wird schon kommen. Und selbst wenn wir seinen Kopf nicht heute oder morgen kriegen, dann kriegen wir ihn übermorgen. Hättest du Mannesmut besessen, hättest du dem Hänfling Karl an jenem Maientag 1519, als man ihn zum König kürte, die Kehle durchgeschnitten, das Herz herausgerissen oder ihn bei lebendigem Leib gevierteilt und seine Eingeweide zwanzig Kabeltau weit ins Nordmeer verstreut.“

„Du verkennst die Tatsachen, meine Liebe“, sagte er mit bebender Stimme. „Selbst wenn ich ihn gemeuchelt hätte, die anderen hätten mich niemals als ihren König akzeptiert.“

„Weil du zu feige bist. Weil du mit deinem weichen Fischmaul wie ein Karpfen herumscharwenzelst. Weil in deinen Adern kein blaues, sondern nur dünnes Heringsblut fließt.“ Die Fürstin bleckte die Zähne. „Du musst nur fest genug wollen, dass Blut fließt. Vom Rhein bis zum Tiber müssen sich alle Flüsse rot färben vom Blut dieser nutzlosen Kreaturen, egal, ob sie Männlein oder Weiblein, Kinder oder Greise sind.“

„Du hast gehört, was Prelati gesagt hat, zu Johanni werden wir dem Volk sein katholisches Festchen verderben. Meine Truppen werden aus Gelderland eine Feuerhölle machen, damit wir den neuen Äon ausrufen können."

Die Fürstin presste ein bitteres Lachen aus. „Deine Truppen! Du selbst musst dein Schwert erheben und allen, die sich dir entgegenstellen, die Schädel spalten, als wären es Taubeneier."

Der Fürst machte einen raschen Schritt nach vorn, um sie zum Schweigen zu bringen, aber statt einer machtvollen Geste gelang ihm nur, sie an sich heranzuziehen wie ein ängstliches Kind seine Mutter. Doch die Fürstin ließ sich nicht einschüchtern. Machtbewusst hob sie ihr Kinn. „Ich will, dass der Papst so endet wie der Nazarener, damit diese elendige Sklavenreligion endlich von der Erde vertilgt wird. Das solltest du endlich in dein kleines weiches Heringsköpfchen bekommen." Sie wand sich aus seiner Umarmung und stellte sich hinter den Lehnstuhl, um der Nähe des Fürsten zu entkommen. „Du hast mit Friedrich von Sachsen noch eine Rechnung zu begleichen. Doch du bist zu feige. Ein Versager …"

Die Geschichte mit Friedrich stimmte. Doch war er wirklich so feige, wie sie ihn darstellte? Er wusste nur zu gut, dass die Inquisition Prelati längst ergriffen hätte, wäre er nicht vor ihrem langen Arm aus Padua nach Gelderland geflohen, und Ludwig hielt seine schützende Hand über ihn. Auch wenn dem Fürsten Sibyls Eifer zu weit ging, fühlte er doch ein tiefes Verlangen, ihrem blutrünstigen Drängen zu folgen. Gleichzeitig machte sich ein Gefühl von Ohnmacht in ihm breit, er spürte, seine persönliche Macht wäre immer von der Fürstin und Prelati abhängig. Dabei hatte er sich so wunderbar gestärkt gefühlt nach den Orakelsprüchen in Prelatis Hexenküche. Hatte die Magierin ihm doch gesagt: Heil dir, Herrscher des Heiligen Römischen Reiches deutscher Nation. Nicht König, Kaiser sollst du sein.

„Also gut. Ich bin bereit, aufs Ganze zu gehen." In der Stimme des Fürsten schwang Bitterkeit mit. „Wenn dabei das ganze Reich in Blut und Asche getaucht werden muss, so soll es sein. Die Zeit ist da, die Grundlage für die Neue Weltordnung zu legen."

Dieses Eingeständnis entlockte der Fürstin ein tückisches Lachen. Sie bewegte sich auf ihn zu wie ein Tiger im Sprung. „Mein Fürst, du weißt gar nicht, wie sehr ich dich liebe. Soll ich es dir beweisen, in dem ich dir die Augen auskratze?"

Ludwig stand stocksteif, den Rücken durchgedrückt, wie ein Soldat in Erwartung eines Befehls. „Lass es gut sein ..."

„Gut?" Mit einer geschmeidigen Bewegung drückte die hagere Frau den massigen Mann in den Lehnstuhl, ohne dass er sich ihrer erwehren konnte. Das ebenmäßige, porzellanweiße Gesicht fixierte ihn mit toten, leeren Augen. Augen, die unfassbares Grauen beschworen, erstarrt in finsterem Stolz. Sie beugte sich über ihn und gab ihm einen Kuss, der von besitzergreifender Gier zeugte, einen Kuss, der ihm die Zunge herauszureissen drohte, einen jener Küsse, die ihn seines Verstandes beraubten.

„Jeder, der sich uns in den Weg stellt, ist des Todes", sagte sie.

Ihre Wörter schwebten im Raum. Kaum saß sie auf seinem Schoß, strich sie langsam über sein Gesicht, so leicht und prickelnd, dass er tief durchatmete. Der Fürst lachte leise und dunkel und ergab sich ihr. Sie küsste ihn wieder, wobei sie ihn mit ihrem Wolfszahn in die Unterlippe biß, immer stärker, bis er vor Schmerz seufzte und Tränen seine Augen füllten. Sein Körper war wie im Fieber. Doch die reine Wonne währte nicht lange. Sibyl sog mit einem barbarischen Geräusch Speichel aus ihrem Hals und spuckte ihm den weißen Schleim ins Gesicht. Ludwig hatte keine Gelegenheit, seiner erregten Fassungslosigkeit Ausdruck zu verleihen, denn in diesem Augenblick stürmte Prelati wutschnaubend herein. Hinter ihm schlug die gewaltige Eichentür zu, während der Fürst sich mit dem Ärmel das hochrote Gesicht wischte. Prelatis kurze, hektische Schritte klackten auf dem musivischen Pflaster, jene schwarz-weißen Marmorsteine, die der Fürst auf Wunsch des Magiers hatte verlegen lassen, damit der Raum auch als Tempel dienen konnte. Die Rituale der S.O.L. erforderten bestimmte architektonische Gegebenheiten und Einrichtungen.

„Der Ehrenmann ist hier", schrie Prelati, außer sich vor Wut.

„Welcher Ehrenmann?", fragte der Fürst lachend.

„Ehrenmann, welcher Ehrenmann?", schrie Prelati, seine Stimme dröhnte basstief, als käme sie geradewegs aus der Hölle. „Berthelot, dieser Hundesohn. Ich will seinen Kopf. Aus seinem feinsinnigen Gelehrtenschädel will ich sein Christenblut trinken. Ich will seine Haut. Ich werde ihn eigenhändig häuten, Stück für Stück. Seine Todesschreie werden wie Liebeslieder in meinen Ohren klingen". Seine Hand krallte sich in das Gesicht des Fürsten.

„Was soll er schon anrichten?“, entgegnete der Fürst ängstlich.

„Ich hasse dumme Fragen. Egal, wer sie stellt. Vor allem hasse ich es, wenn meine Pläne durchkreuzt werden.“

Gequält von Prelatis Krallengriff rannen dem Fürsten Tränen an den Wangen herunter, was den kalten Hass des Magiers nur noch steigerte. Ein besessener Genius, grausam und gehetzt.

„Tröste den Narren“, wies er abfällig die Fürstin an.

Genießerisch gehorchte die Fürstin ihrem Gebieter. Fast zärtlich küsste sie die Wangen des erschütterten Fürsten, der noch so tief in seiner Schockstarre verharrte, dass seine weit aufgerissenen Augen aussahen wie die eines Toten, so glasig und stumpf.

„Verkenne niemals die Macht des Bösen!“ Prelati wurde ohne Vorwarnung übermütig. Er tanzte auf den Zehenspitzen. „Wir werden Mordbrenner und Schinder, kranke und gottverlassene Kreaturen auf die Menschheit loslassen. Wie werden ihren Glauben zerstören. Wir werden ihnen zeigen, dass Luzifer der wahre Herr ist.“ Flugs stellte er sich auf den Absatz seines linken Schuhs und drehte sich um seine eigene Achse, als stünde er auf einem Kreisel, machte dabei ausholende Armbewegungen, schnell und zappelig, als würde er die Wolken vom Himmel auf die Erde ziehen. „Heute ist ein schöner Tag.“ Prelati verdrehte die Augen. „Wenn es uns gelingt, den Vatikan zu spalten, werden wir ihn früher oder später zerschlagen. Solange es eine heilige Ordnung gibt, also eine Hierarchie, wie die alten Griechen sie schon kannten, ist die Macht – selbst wenn sie mitunter von Schwächlingen mitbraucht wird – eine feste Burg. Wir werden viele kleine Sekten schaffen. Getreu dem Leitspruch der römischen Cäsaren: Divide et impera. Teile und herrsche.“

Aus dem Hof hallten die Hufschläge der Pferde. Prelati sah vom Fenster aus auf die schwarze Kutsche. Er sah die kleine, fast unscheinbare Gestalt mit gemischten Gefühlen aussteigen. Einerseits verehrte er Agrippa von Nettesheim abgöttisch, zum anderen fürchtete er ihn wie ein ungehorsamer Sohn seinen Vater.

XII. Abtei Niersbachthal, ebenfalls um die zehnte Stunde

Die Abtei Niersbachthal hob sich mit ihren wuchtigen Türmen aus der flachen Landschaft heraus. Ein umschlossener, nach innen gekehrter Ort, an dem Stille und Abgeschiedenheit die Seelen formten. Die massigen Mauern aus groben, ungleichen Steinen wirkten wie eine uneinnehmbare Festung, genauso wie Berthelot es von anderen Klöstern des christlichen Abendlandes kannte. Und doch erschien ihm diese Abtei anders: Ein steinerner Würfel, wie von Riesenhand inmitten der auseinanderfliehenden Felder aufgestellt. Die wenigen Bäume, Birken und Weiden zumeist, standen da wie achtlos hingestreute Dekorationsstücke einer jahrhundertealten Bauernkultur. Das ganze flache Land hatte etwas Mönchisches an sich, wer hier auf dem Feld stand, war direkt mit dem Himmel verbunden. Kein Hügel, kein Fluchtpunkt. Kain hätte sich hier nicht vor Gott verstecken können. Weniger noch als in der Wüste.

Der hohe Kirchturm – der höchste am Niederrhein – ragte mit seiner vergoldeten Spitze hoch hinauf, was um so imposanter erschien, weil er die einzige Erhöhung ringsum darstellte. Beim Näherkommen wirkte er wie ein Gebet, das in spiritueller Eintracht Erde und Himmel verband. Ein Eindruck, der sich durch den gregorianischen Gesang verstärkte, der aus den Klostermauern drang und weithin, bis ins Feld, zu vernehmen war. Hier schienen Raum und Zeit zu verschmelzen zu einer endlosen Weite, die sich irgendwo im Unsichtbaren am Horizont auflöste. Alles schien zu fließen, war unbestimmt und leer – und doch ein großer Gesang an Gott.

„Geschafft, mein Rappe“, sagte Berthelot, während er von seinem Pferd stieg und es langsam bis an die Pforte führte.

Am Haupteingang der Abtei stand eine schlanke, weiße Madonnenstatue, an deren Füßen sich eine handförmige Kuhle befand, von vielen Handabdrücken der Beter geschaffen, die hoffungsvoll ihre Gebete zu ihr trugen. Ein Zeichen, in der Materie sichtbar geworden. Die Kraft des Glaubens trieb die Menschen dazu, ihre Hand genau an jene Stelle der Statue zu legen. Jede Hand nahm dabei winzigste, staubfeine Bruchteile des Marmors mit und im

Laufe der Zeit war diese handgroße Kuhle entstanden. Auch Berthelot legte seine Hand hinein, sprach still für sich ein Ave Maria und dankte Gott dafür, dass er heil angekommen war.

Vom Torbau aus zog sich eine von Pappeln gesäumte Allee zur Klosterkirche. Rechts der Allee lag ein offener Hof mit Kreuzgang, dahinter befanden sich die Klosterzellen der Patres und Novizen, daneben die Unterkünfte für Laienbrüder und Pilger. Die Wohnung des Abtes grenzte an den Kräuter- und Gemüsegarten, dessen verschlungene Wege, von vielfältigen Beerensträuchern umsäumt, zum Obstgarten führten, in dem Apfelbäume reiche Frucht trugen. Tatsächlich erinnerte sich Berthelot an den besonderen Apfelwein, der das Kloster über die Landesgrenzen hinaus bekannt gemacht hatte. Die Kelterei stand, aufgetürmt wie ein Bienenstock, neben den Stallungen. Linkerhand prangte erhaben das Hauptgebäude hervor, an das Hospital und Badehaus grenzten.

Am Stand der Sonne erkannte Berthelot, dass das Kirchenportal genau Richtung Westen stand, denn der Altarraum war vorschriftsmäßig geostet. Alles auf Erden spiegelt das himmlische Jerusalem in jener wunderbaren Harmonie wider, von der Nikolaus von Kues gesprochen hatte.

Ein kleingewachsener vierschrötiger Stallbursche mit strohblonden Haaren, die bis auf seine Schultern reichten, lief ihm mit großen Sprüngen entgegen und nahm ihm, während er mehrmals seine Kappe vom Kopf zog, die Zügel aus der Hand.

„Brr, brr, brr“, gurrte er, wobei sein Kehlkopf vibrierte.

Berthelot nickte ihm zu, ohne ein Wort zu sagen. Zu gebannt war er vom Anblick der Abtei, dabei war es weiß Gott nicht die erste, die er betrat. Vielleicht lag es an seinem seltsamen Erlebnis, das er immer noch nicht zuzuordnen wusste. Jetzt kam es ihm vor, als trete er in eine andere Welt ein. Eichen und Büsche, leises Wassergluckern, Blättergeraschel, Schatten. Doch die Luft des Innenhofes war eine andere als die der Felder, wo Klee und Hafer vom Wind hin und her gefächelt wurden, es war Kirchenluft, die den Raum zwischen den Säulen mit Weihrauchduft füllte. Die närrischen Wasserspeier, in regelmässigen Abständen an der Traufe angebracht, sahen aus, als wüchsen sie aus dem wildwuchernden Efeu, der sich an den Wänden hochrankte.

„Ist heute Mittag Gottesdienst?“, fragte er den Stallburschen. Er wirkte völlig einschüchtert und legte seinen Kopf in den Nacken, um angstvoll zu Berthelot hinaufzusehen.

„Dann weißt du aber sicher, ob mein Bursche schon angekommen ist. Sein Name ist Wentzel. Er wäre dir bestimmt aufgefallen, ein kräftiger Junge mit buschigen roten Haaren.“

Der Stallbursch verneinte, wobei er so heftig seinen Kopf hin und her schüttelte, dass seine Wangen schlotterten.

„Na, wenn du nicht reden willst, dann pass auf mein Pferd auf“, sagte Berthelot mit einem energischen Unterton, der dafür sorgte, dass der Stallbursche einen Schritt zurückwich und nickte, was Berthelot ein Lachen entlockte. „Keine Angst, dir wird schon nicht der Kopf abgerissen.“

Der Junge riss seine Augen vor Angst weit auf. „Chh, chh“, machte er.

Erst jetzt begriff Berthelot. „Du kannst nicht sprechen?“

Der Stallbursche stieß einige kehlige Laute aus und öffnete seinen versehrten Rachen. Man hatte ihm die Zunge herausgerissen.

„Armes Kerlchen“, sagte Berthelot, „hast du etwas verbrochen?“

Der Stallbursch schluckte und verfiel in ein zitterndes Schweigen. Dann malte er Zacken in die Luft und zeigte auf seinen Kopf.

Berthelot sah ihn mitleidig an. „Tut mir leid, ich weiß nicht, was du sagen willst.“

Wieder stieß der Stallbursche kehlige Laute aus und malte mit seinen nackten Füssen eine Krone in den Staub.

„Der König hat dir die Zunge herausreißen lassen?“

Noch einmal schüttelte der Junge den Kopf.

„Ein anderer?“

Doch er schien ihn plötzlich nicht mehr zu hören, war zurückgefallen in das kleine Universum seines Kummers. Zwei Knechte in zerknitterter Bauernkluft huschten an ihm vorbei, nicht ohne Berthelot ehrfurchtsvoll zu grüßen.

„Ein anderer Machthaber, nicht wahr? Er lebt wahrscheinlich nicht einmal so weit von hier entfernt.“

Sogleich nickte der Stallbursch und Angst ließ seinen Kopf puterrot werden.

„Die Folterknechte des Fürsten also“, bemerkte Berthelot, wobei er spürte, wie der Zorn in ihm erwachte.

Die Augen des Jungen füllten sich mit Tränen.

Berthelot spürte, wie heiße Wut in ihm aufstieg und seine Kehle würgte. Unbändige, ohnmächtige Wut. Doch er musste kühlen Kopf behalten. Er durfte sich niemals vom Zorn leiten lassen, denn daran hätte Satan seinen Spaß. Lump, du Lump, du!, dachte er. Doch im selben Moment siegte sein Glaube und er schickte ein Stoßgebet zum Himmel: Oh mein Jesus, erbarme dich aller Sünder, vor allem jener, die deiner Hilfe am meisten bedürfen.

„Es war ein Diener des Fürsten? Vielleicht jemand wie Prelati?“

Eifriges Nicken.

„Also Prelati … Aber das ist nicht alles“, er betrachtete ihn mit einem milden Kopfnicken. „Du hast etwas Schreckliches gesehen, nicht wahr?“

Der Stallbursche öffnete seinen Mund.

„A….a…a…a.“ Was so viel wie Ja bedeutete.

„Du hast gesehen, wie Prelati ein Menschenopfer gebracht hat.“

Stille Tränen liefen an den Wangen des jungen Kerls herunter. Mitleidsvoll spürte Berthelot den inneren Aufschrei der geschundenen Kreatur. Man hatte ihm sein Leben gelassen, aber ihm alles andere genommen.

Liebevoll streichelte der Stallbursche das Pferd und rieb seinen Kopf an dessen Flanke, als wollte er seine Tränen abwischen.

„Ein schönes Tier, nicht wahr? Und du passt gut darauf auf?“

Der Junge lachte unbeholfen und nickte. Berthelot klopfte ihm auf die Schultern. Als er aufsah, bemerkte er zwischen den Handwerkerhütten jenen Mann mit dem Doggengesicht, der ihn wie eine Gleichnis zu verfolgen schien. Der Sack auf seiner Schulter war nun etwas mehr als halb gefüllt.

„Sag mal, kennst du den Alten?“, fragte Berthelot, wobei er in die Richtung des Alten zeigte. Doch kaum hatte sich der stumme Stallbursche herumgedreht, war der Alte auch schon zwischen den Hütten verschwunden. So blieb dem Burschen nur ein Schulterzucken.

„Na, bring meinen Gaul in die Stallungen."

Im Laufschritt entfernte sich der Junge, den Rappen wie einen guten Freund neben sich. Berthelot sah ihm mit hochgezogenen Brauen hinterher.

XIII. Burg Reitzenstein, ebenfalls um die zehnte Stunde

Das Wetter hatte sich aufgeklart, nur hier und da von fadenscheinigen Schleierwolken durchzogen spannte sich der Himmel wie ein azurblauer Gürtel über die asketische Landschaft. Der Wind wehte von der Ebene zur Burg hoch, die nicht wirklich auf einer nennenswerten Erhöhung lag, sondern auf einer jener kleinen Erhebungen, die von den Kaldenkerkener Höhen ins Land zogen. Der Ruf des Turmwächters durchschnitt die Stille. Wildes Hufegetrappel auf den Pflastersteinen im Burghof. Funken schlugen vom felsharten Kopfstein. Ein heiserer Pfeifton blies. Halt. Das Pferd wieherte, bäumte sich auf. Machtvoll schwang der Kutscher die Peitsche: „Halt, Brauner..." Zog die Zügel. Das Geschirr klapperte. „Brrrrr..." Zwei Knechte eilten herbei, hielten den widerspenstigen Rappen am Zaumzeug. „Ruhig, Brauner." Schnauben, Hufescharren. Rossäpfel klatschten zu Boden. Auf den Türen der schwarzen Kutsche stand das Wappen des kölnischen Kurfürsten und Kardinals Alexander von Wied. Der Kutscher sprang vom Bock und öffnete dienstbeflissen die Tür, wobei er mit einer Verbeugung seine Hand reichte – „Mein Herr" –, die der Fahrgast ausschlug. „Geht schon, geht schon", schnaubte er. Scharfkantiges, ausgemergeltes Gesicht mit Habichtsnase und bis zum Kinn reichender Schnurrbart. Seine Alabasterhaut sandgelb und schrumpelig. Das Leben in diesem Gesicht kam von den flackernden Augen. Sie durchforschten mit der fiebrigen Ruhelosigkeit eines Wanderers zwischen den Welten den Burghof. „Sehr gut, sehr gut", sagte Agrippa von Nettesheim mit seiner nasalen Stimme. Er sprach mit dem in sich gekehrten Blick des Manischen, der wie aus Höhlen hervorleuchtete. Sein ganzes Wesen war von dunklem Geist und sein Gehaben verbarg kaum den gefährlich auffunkelnden Dämon. „Es geschehen noch Zeichen und Wunder“, sagte er. Bester Laune entstieg er der Kutsche. Kleingewachsen und schmal war er längst nicht so quecksilbrig wie sein Schüler Prelati, der ihn mit höfischer Freundlichkeit empfing: „Hochverehrtester, ich hoffe, deine Fahrt war angenehm.“

„Der kölnische Kurfürst hat mir seine bequemste Karosse zur Verfügung gestellt. Bin von Maria Laach gleich zu ihm. Interessanter Mann ...“

Agrippa stellte die Tasche ab und mit einer Umarmung tauschten sie den Bruderkuss. „Mein lieber Pelagius Prelati, von überall gute Neuigkeiten.“ Der größte Magier seit Simon Magus verteilte nur selten Komplimente. Ein kontrollierter und durchgeistigter Mann, der seine Mitmenschen allein durch seine ungeheuere Präsenz eroberte. Nur ein paar Jahre älter als jene vier, die das Schicksal auf brutale Weise wieder zusammengeführt hatte. Doch im Gegensatz zu den paduanischen Kommilitonen seines Schülers wirkte der Magier alt. Die lange Suche nach dem Stein der Weisen. Die Alchimisten brauchten die Hexensalben und Stechäpfel dazu und den Saft, der aus Mohn gepresst wird. Das beflügelte ihren Geist, ließ sie aber schneller altern. Eine ganze Lebensdauer durchmaßen sie in einer Nacht. Also war Agrippa schon älter als Methusalem. Wie im Flug hatte er alle Grade der geheimen Gesellschaften durchdrungen. Als Meister der Mathematik, Physik und Geometrie verfügte er über das Wissen antiker Denker. Doch das war nur eine Seite, denn die Wissenschaft der Antike war eng mit den Mysterien der Geheimbünde verknüpft. Agrippa hatte die Goldenen Verse des Pythagoras ebenso verinnerlicht wie den *Corpus Hermeticum* und die Magie der Kabbala. Bei Seancen bekam er das Zweite Gesicht. Wen auch immer er bei einer Totenbeschwörung anrief, durch ihn redete der angerufene Geist, egal, ob es sich um Hermes, Apollon, Hephaistos, Kybele, Isis oder eine andere Gestalt aus dem Jenseits des heidnischen Universums handelte. Prelati hatte miterlebt, wie Agrippa in Zungen redete und dabei alte Sprachen verwendete, die selbst die größten Gelehrten kaum kannten.

„Ludwig kann’s kaum erwarten, dich zu begrüßen. Er schwärmt noch immer von deinem letzten Besuch.“

Agrippa von Nettesheim tätschelte die Wangen seines Schülers, über das ganze Gesicht strahlend. „Gut, gut. Lass mich zuerst das Wunderwerk sehen."

Auf dem Weg durch die verschlungenen Gänge der Burg zeigte sich der Großmagier ungewohnt gesprächig. „Das Treffen mit Alexander von Wied war ein großer Erfolg. Der Kardinal ist bereit, den Komplott gegen Karl zu unterstützen und Ludwig zum neuen König zu wählen."

„Das wird Ludwig freuen."

„Vielleicht habe ich gestern noch einen Mitstreiter gewonnen." Agrippas Zeigefinger durchschnitt mit dem Zeichen Saturns die Luft. „Friedrich den Weisen."

„Ausgerechnet den Fürsten von Sachsen, Ludwigs Intimfeind?"

Agrippa wehrte ab. „Er würde ihm sogar die Füße küssen, wenn er dafür Kaiser werden dürfte. Das kann er heute Nachmittag schon üben, ich habe Friedrich eingeladen."

Prelati schüttelte den Kopf. „Das wird er nicht hinnehmen."

„Er wird …"

Sie stiegen die steilen Stufen in den feuchten Keller hinunter. Prelati öffnete die knarzende Tür zum Tempel. Der Gnom hatte wie befohlen die dreiunddreißig roten Kerzen entzündet, deren heller Schein den Altar erleuchtete, auf dem die Satansbibel lag.

„Das Wunderwerk", sagte Prelati stolz.

„Das Wunderwerk", Agrippa von Nettesheim fuhr gierig mit einer Hand einige Male über den Buchdeckel, in den das Siegel Saturns eingraviert war. Schnaufte. Im Halbdunkel ahnte Prelati die Geisterhände flattern und, als ein Gebet nach den angeblichen Riten der Templer an die rechte Stelle gerichtet worden war, wurde ein schwaches, doch anwachsendes Strahlen von scharlachrotem Licht allmählich über dem Baphometkopf sichtbar und verströmte sich über den Altar. Bei seinem höchsten Namen gerufen, offenbarte sich der Teufel und sprach in dunklen Worten, die für Prelati keinen Sinn ergaben. Er bemerkte nur, wie Agrippas Gesicht versteinerte und maskengleich dem Antlitz Baphomets immer ähnlicher wurde, bis er eine Entlassungsformel murmelte, die Prelati ebenfalls nicht verstand.

„Stimmt etwas nicht?", fragte Prelati beunruhigt in das Verschwinden der Gloriole über dem Baphometkopf hinein.

Kopfschüttelnd durchblätterte Agrippa das schwarze Buch, rückwärts, vorwärts und zurück, bis er näselte: „Du bist ein Banause, Pelagius."

Prelati hob die Brauen. „Wieso, Meister?"

Zürnend erhob Agrippa seine Stimme. „Eine Fälschung."

„Fälschung?" Prelati riss entsetzte die Augen auf. Zum Teufel. Deshalb waren alle seine Beschwörungsversuche in der Nacht fehlgeschlagen.

„Eine plumpe dazu", polterte Agrippa. „Schau dir die Pergamentblätter an. Man sieht gleich, sie sind keine Jahrhunderte alt." Abschätzig zeigte er ihm einzelne Symbole. „Hier, bei der Invokation Jupiters steht nicht das Zeichen Jupiters, sondern das Neptuns. Wer auch immer diese Fälschung angefertigt hat, wollte bezwecken, dass der Finder nichts damit anfangen kann. Bist einem Betrug aufgesessen, Pelagius", tadelte Agrippa. „Darf einem Großmeister der S.O.L. nicht passieren!"

Prelati biss auf seine Lippen. In seinem Geist blitzte ein furchtbarer Gedanke auf: Agrippa würde ihn fallen lassen.

„Agrippa, ich schwöre dir, Pater Jeremias hat uns das Versteck verraten."

Agrippa sagt mit schneidender Stimme: „Dann hol ihn hierher, damit wir ihn befragen können."

Prelatis durchscheinende Goldhaut verfärbte sich. „Er ist tot."

„Ist nicht dein Ernst, Kleinmeister Thot." Das „Kleinmeister" sagte er mit gehässigem Unterton.

„Alanus hat ihn getötet. Du kennst ihn. Er ist wie ein Tier."

Agrippa schloss seine Augen. Seine Gedanken arbeiteten fieberhaft. „Der *Liber Secretus* ist wichtig für die Bruderschaft. Er wird in den kommenden Jahrzehnten, ja, Jahrhunderten von außerordentlicher Bedeutung sein. Was glaubst du, weshalb habe ich dich beauftragt, nach ihm zu suchen?" Er kniff seine Augen zusammen. „Weil ich dich für einen zuverlässigen Schüler hielt …"

Knickbeinig humpelte der Gnom in den Tempel. In seinen Wasseraugen nistete Freude: „Gruß … Exzellenz, Großmeister Dei."

Großmeister Dei … Der *Nomen Mysticum* Agrippas wurde in einem Kürzel zusammengefasst, wie es nur bei den wirklich Hochgradigen geschah. Ausgesprochen hieß Dei: *Demon Est Deus Inversus.* Was so viel hieß wie: Der Teufel ist Gott umgekehrt.

„Blutbad im Marienstift ... Jungfrau im Geheimgang von Burgkapelle versteckt."

Prelatis Adern an den Schläfen schwollen bedrohlich an, als wollten sie das Gold seiner Haut durchbrechen. Er begann leise, mit schneidender Stimme. „Eine Jungfrau. Ganz wunderbar, Alanus ... Gewiss, die brauchten wir noch zu unserem Glück ..." Dann steigerte sich seine Stimme zu einem wütenden Orkan. „Nur interessiert das jetzt kein Aas mehr. Die einzige Frage, die du zu beantworten hast, lautet: Warum hast du den Mönch umgebracht?"

„Ihr habt befohlen."

Prelati beugte sich zu ihm nieder und schrie: „Du halber Mensch hast versagt. Dieses Buch ist nicht der *Liber Secretus,* sondern ein Haufen stinkender Dreck."

„Soll ich Jeremias' Leichnam herhol'n?", fragte der Gnom kleinlaut.

„Was sollen wir mit einem Toten?", brüllte Prelati und sah angeekelt auf den Lakai hinab, der befleckt war von Ergüssen untilgbarer Schändlichkeiten.

Agrippa ergänzte mit einem bitteren Lachen: „Dein Zwerg meint, wir könnten mittels Totenbeschwörung die Wahrheit aus ihm herauskitzeln."

„War nu' Euer Be.. be.. be.. fehl ...", stotterte der Gnom.

„Tritt mir aus den Augen! Geh in deine Grotte zurück, woher du gekommen bist. Du bist es nicht wert, auf der Erde zu leben", polterte Prelati.

Bittere Tränen nässten den Gesichtsverband des Gnoms, während er humpelnd den Tempel verließ.

„Wir haben den Abt der Abtei Niersbachthal festgesetzt und Pater Marcus, der mit Jeremias gemeinsame Sache gemacht hat ...", brachte Prelati stockend vor.

„Ich werde mit ihnen reden. Pelagius, lass uns zuerst meditieren", sagte Agrippa, wobei er vermied, Prelati anzusehen. „Wir sind nur ein Teil des luziferischen Plans."

Sein Schüler nickte beschämt.

Sie setzten sich im Schneidersitz vor den Altar und zentrierten ihre Kraft. Doch Agrippa meditierte nicht. Fieberhaft sann er darüber nach, wie sie aus der Bredouille kämen. Er sah zu Prelati hinüber, sah das Lodern der Falschheit in dessen begehrlichen

Augen und wusste, dass Prelati tödlich beleidigt auf Rache sann. Um mich zu besiegen, bist du nicht falsch genug.

XIV. Abtei Niersbachthal, in der Früh um die elfte Stunde

Berthelots Gastzelle lag im ersten Stockwerk, Blickrichtung Osten. Also Morgensonne, was das Aufstehen erleichtern würde. Spartanisch eingerichteter Raum. Weihwasserbecken zwischen Türrahmen und Schrank, Kruzifix über dem kurzen Holzbett. Berthelot legte sich hin. Seine Ahnung bestätigte sich, er musste gekrümmt schlafen, um nicht an die Bettenden zu stoßen. Doch Berthelot war eine einfache Holzpritsche gewohnt und pflegte nicht in einem luxuriösen Daunenbett zu nächtigen, wie es seinem Stand entsprach. Seit seiner Jugend hatte er jede Form der Bequemlichkeit gemieden. Er achtete peinlich genau darauf, nicht nur Bücher zu studieren, sondern seinen Leib zu kräftigen.

Warum hat Marcus mich nicht in Empfang genommen?, fragte er sich besorgt und fuhr mit dem Daumen über seine Lippen.

Das Klopfen an der Tür ließ ihn hochschrecken.

„Ja bitte."

Berthelot setzte sich auf. Er steckte noch in den Reitkleidern, hatte schwere Stiefel an und den schmutzstarrenden Reitermantel.

„Kommt schon herein."

Die Tür ging einen Spalt weit auf. „Der Prior erwartet Euch, soll ich ausrichten." Der Junge blieb an der Tür stehen. Ein schmächtiges Kerlchen mit einem langen, bleichen Gesicht. Abrupt drehte sich Berthelot zu ihm.

„So, der Prior erwartet mich. Das freut mich." Er legte den Mantel ab, was sein dunkelblaues samtenes Wams über dem seidenen Hemd zum Vorschein brachte.

Der Novize musterte ihn kalt. „Ihr sollt gleich kommen, soll ich Euch ausrichten."

„Sag mal, wo ist Pater Marcus eigentlich?"

Der Novize zuckte unwillkürlich zusammen und es erschien Berthelot, als verschatte Angst sein Gesicht.

„Pater Marcus ist doch hier – oder? Kurz vor meiner Abreise bekam ich nämlich Post von ihm", fragte Berthelot beunruhigt.

Der Novize versuchte ein Lächeln, das deutlich misslang. Sein Blick richtete sich auf das Kruzifix. Du sollst nicht lügen. Er schickte ein Stoßgebet zum Himmel.

„Stimmt etwas nicht?"

Nicht nur über Kaldenkerken, auch über der Abtei Niersbachthal lag eine Stimmung, die ihm nicht gefiel. Das Gefühl eines drohenden Unheils, als gäbe es irgendwo einen finsteren, die Welt betreffenden Plan. So hatte es den Anschein, als trügen alle ein dunkles Geheimnis mit sich, über das sie nicht sprechen wollten. Und dem Einzigen, der es vielleicht gewagt hätte, fehlte die Zunge.

XV. Heidweiher, ebenfalls um die elfte Stunde

Der Gnom kannte die Grotte nur zu gut. Tiefe Traurigkeit befiel ihn in Gedanken daran, dass er den Rest seines Lebens wieder hier verbringen müsste. Ich habe den Meister enttäuscht. Vielleicht sollte ich zur Mühlrader Wassermühle laufen und mich in die Speichen des Mühlrads stürzen, damit es mich zermalmt. Ich nichtsnutzige Kreatur … Taugenichts, Meister vergebt mir. Vergebt, Meister.

Erst langsam kam er wieder zu praktischem Bewusstsein. Ihn interessierte nur eine einzige Frage: Wo ist die echte Satansbibel versteckt?

Er wusste selbst nicht warum, aber in ihm keimte die Vermutung auf, der *Liber Secretus* müsste sich irgendwo in der Grotte befinden. Der Pater hatte ihn zur Wolfseiche geschickt. So viel stand fest. Ebenfalls stand fest, dass die Patres in Eile waren, also hatten sie nicht viel Zeit, um ein weiteres Versteck zu finden. Er müsste Pater Marcus verhören. Doch aus dem ließ sich bis jetzt kein Wort herausquetschen. Außerdem hatte er nicht mehr die Möglichkeit, den Kerker zu betreten. In Schimpf und

Schande hatte der Meister ihn davongejagt. Seinen Gnom, seinen Blutzwerg. Es war unverzeihlich.

Ich habe den Mönch nur aus Mordlust getötet, dachte der Gnom, was für eine Dummheit. Ich habe es vermasselt.

Er hielt seine Füße in den Schwefelsee. Das brannte. Das half ihm, den Schmerz zu überwinden.

Wo würdest du hier unten etwas verstecken, wenn du in Eile bist?, fragte er sich.

Langsam stand er auf, schlich durch die klammen dunklen Gänge, von denen Wasser tropfte. Doch niemand wäre hier durchgekrochen, außer er wäre ein Gnom. Es gab in der Grotte am Schwefelsee, gleich hinter dem Eingang ein Loch, eine Art Brunnen, der noch tiefer ins Erdreich führte. Als wäre ihm die Erleuchtung gekommen, kämpfte sich der Gnom durch das Labyrinth unterirdischer Gänge, bis er wieder am Eingang war. Doch ebenso groß war seine Enttäuschung. Das Loch war viel zu schmal, als dass ein ausgewachsener Mann hineinklettern konnte. Also würde auch niemand ein Buch hineinwerfen. Außer man befestigte eine Schlaufe daran und würde es mit einer Angel wieder herausziehen.

Der Gnom kletterte in den Schacht hinab. Vorsichtig setzte er einen Fuß vor den anderen, während er seine Hände gegen die feuchten Wände drückte, um nicht abzurutschen. Hier war es noch dunkler als sonst wo in der Grotte. Wenn er abstürzte, würde ihn niemand hier finden. Aber warum auch. Sein Meister, der ihm als einziger Mensch so etwas wie Zuneigung entgegengebracht hatte, hasste ihn jetzt.

Ich habe es nicht besser verdient.

Unten in dem Brunnenschacht lag tatsächlich ein eingeschnürtes Paket, an dessen Oberseite man eine faustgroße Eisenschlaufe befestigt hatte. Doch er konnte den Schatz nicht heben, weil er sonst den Halt beim Hochklettern verlieren würde. Was er brauchte, war eine Schnur, die er an der Schlaufe befestigen konnte.

Eine meterlange Schnur.

So leicht wollte er nicht aufgeben. Schnur, zum Teufel, dachte er. Schnur. Seine Geist arbeitete langsam, wie ein Mühlrad Wasser treibt. Schnur … Aber er beförderte die goldene Idee zu Tage. Alanus tanzte auf dem schlammigen Grund. „Da, ja“. Zog seine

Jacke aus. „Schnur mach'ch m'r". Riss sie in schmale Fetzen. „Fetzen." Fetzen, die er jeweils an den Enden zusammenknotete. Ein Ende wickelte er schließlich um die Eisenschlaufe des Paketes das andere Ende nahm er zwischen seine Zähne. Mit kurzen, kräftigen Bewegungen kletterte er den Schacht hinauf. Eisiger Wind peitschte ihm entgegen. Aber der störte ihn nicht. Schacht, dachte er. „Hjjall", keucht er. Jeder Schritt strengte ihn unsäglich an, obwohl seine Seele jubilierte. „Hab's!"

Auf dem dreckigen Grund des Schachtes hatte er tatsächlich ein Geheimnis entdeckt. Seine kleinen, nervösen Finger zogen das Paket das letzte Stück hoch, grabschten es, lösten Eisenschlaufe und Tuch. Holten den Schatz heraus. Sahen es. „Ja." Seine Augen begannen zu leuchten. Er hielt das Buch in den Händen. Das musste es sein. Sie hatten es hier versteckt. „Papariss…", murmelte er dann wieder. Aber was der Mönch im Kerker gesagt hatte, konnte jetzt nicht mehr wichtig sein.

XVI. Abtei Niersbachthal, mittags um die zwölfte Stunde

Der Novize führte Berthelot durch die langen, hohen Gänge zum Prior. Vorsichtiges Klopfen an der mächtigen Eichentür, demutsvolles Warten.

Der Prior saß hinter seinem Tisch und schaute auf die großartige Abteikirche. In den Strahlen der hochstehenden Sonne ragte der Turm wie ein unüberwindlicher Wächter vor dem langen Baukörper des Kirchenschiffs empor. Ulbertin drehte sich um. Er war einen Kopf kleiner als Berthelot, ein dicklicher junger Mann mit einem teigigem Gesicht, dessen weiche Züge keine Konturen verrieten. Sein seidiges Blondhaar wirkte durch die Tonsur wie ein Strahlenkranz, was ihn noch jünger aussehen ließ.

Der Prior empfing Berthelot mit angespannter Miene. „Vater Abt ist gegenwärtig zu einer Unterredung außer Haus, so dass Ihr mit mir Vorlieb nehmen müsst, Doktor Berthelot."

Er saß in einem hohen Lehnstuhl vor einem gedrechselten Tisch, auf dem eine Karaffe, halbvoll mit rotem Burgunder, und ein reich ornamentierter Glaskelch standen. Insgeheim schien er schon die Stellung des Abtes eingenommen zu haben.

„Doktor Berthelot, was führt Euch zu mir?"

„Vorsichtig gesagt scheinen einige Dinge in Gelderland nicht in Ordnung zu sein."

Der Prior nahm einen Schluck Roten und schmeckte den Wein von seinen Lippen. „Seid Ihr ein Abgesandter von König Karl?"

„Nein, ich bin aufgrund eines Hilferufes hier."

„Ach ja? Ich hoffe, Ihr werdet die Zeit Eures kurzen Aufenthaltes auf angenehme Art verbringen."

„Noch ist nicht ausgemacht, wie lange ich bleibe."

Ulbertin linste über den Glaskelch hinweg. „Ich will Euch ohne Umschweife gestehen, dass der Vater Abt und ich es für gemeinhin bevorzugen, die Abtei aus dem Streit der Welt herauszuhalten."

Berthelot kochte innerlich vor Wut über die Arroganz des Priors. „Wenn ich die abgenagten Körper der Hingerichteten, die man vor jedem Stadttor sieht, bedenke, wird es schwer, die Augen zu verschließen, findet Ihr nicht?"

Der Prior kaute genießerisch auf dem Schluck Wein, ehe er ihn herunterschluckte. „Wenn Eure Aussagen die unleidlichen Verdächtigungen gegen den Fürsten betrifft, wäre ich froh, Ihr hättet gleich den Weg zur Burg Reitzenstein genommen."

Berthelot antwortete im leisen, abwägenden Ton, in dem trotzdem eine kaum unterdrückte Aggression mitschwang. „Mir genügt es vollkommen, mein Lieber, meine Informationen von Pater Marcus zu erhalten."

Der Prior hob seine dünnen Brauen und spitzte die Lippen. „Seht, wir sind eine kleine, jedoch durchaus reiche Abtei. Die vielen Machtwechsel liessen uns keinesfalls unberührt. Nun, lieber Doktor Berthelot...", er zerdehnte den Namen bewusst, „... hier leben zweiundsiebzig Mönche und einhundertzwanzig Knechte, Schafhirten, Stallburschen, Handwerksleute. Wobei man sagen muss, Handwerksleute nur wenige, denn wandernde Gesellen nehmen nur kurz bei uns Quartier."

„Ich bewundere die Fähigkeiten von Abt Theodardus, diese Abtei zu dem gemacht zu haben, was sie ist. Ob Ihr in der Lage seid, weiterhin diesen Erfolg zu haben, müsst Ihr gewiss erst noch beweisen. Wobei ich nicht Eure Fähigkeiten in Abrede stellen will, da ich Euch nicht kenne. Meine Frage zielte jedoch auf etwas anderes ab. Ich weiß nicht, ob Ihr mich nicht verstehen wollt, denn an Eurem Verstand allgemein wage ich nicht zu zweifeln. So sehr ich mich freue, einer so begnadeten Persönlichkeit wie Euch Auge in Auge gegenüberzustehen, wäre mir doch aus den verschiedensten Gründen daran gelegen, endlich mit Pater Marcus zu sprechen."

Der Prior legte seine dicken, weichen Fingern ineinander, als wollte er die Hände falten zum Gebet, was gleichzeitig als Zeichen zu schweigen gedeutet werden konnte. „Ich glaube, wir sind gut beraten, in allem Vorsicht und Sorgfalt walten zu lassen", sagte er mit seiner weichen Stimme, die jedoch in keiner Weise seine Abneigung gegen Berthelot unterdrückte, dem er im Übrigen noch immer keinen Platz angeboten hatte. „Zumal wir auf Gott vertrauen, aber dem Menschen nicht trauen können. Das gilt insbesondere für Menschen, die wir nicht kennen – und nicht unbedingt kennenlernen wollen, wozu uns dennoch das Schicksal verdammt hat."

„Wie es scheint, hält das Schicksal noch wesentlich härtere Proben für uns bereit. Nicht immer kann man der Meinung sein, dass die Diener Gottes ganz unschuldig daran sind. Was einem einfachen Gläubigen wie mich mitunter an seiner Institution, jedoch nicht an dem Erlöser Jesus Christus zweifeln lässt", entgegnete Berthelot ungerührt.

Ulbertin fixierte Berthelot mit seinen Wasseraugen. „Ganz recht. Wir sollten unseren Glauben nicht verlieren. Davon solltet Ihr als Universitätslehrer, der die Zukunft unseres Glaubens ausbildet, eigentlich am meisten wissen – und nicht ein kleiner, unbedeutender Prior, wie ich es nur bin."

Berthelot senkte den Kopf auf die Brust, was bei ihm höchste Anspannung bedeutete. Auch wenn er sein Temperament zu zügeln verstand, war bei dieser Haltung äußerste Vorsicht geboten. „In dieser Gegend soll der Glaubensabfall keine Seltenheit sein, wenn ich mir diese Bemerkung erlauben darf. Und manche Ablässe scheinen …", Berthelot unterbrach sich und lächelte angriffslustig. Er nutzte aus, dass ihm noch kein Platz angeboten worden war, denn so konnte er von oben nach unten auf den

Prior herabsehen. „... jedenfalls, nachdem was mir zu Ohren kam, auf billige Art erworben zu sein. Das einfache Kaufen von Ablässen verdirbt diese Einrichtung. Was die Leichtigkeit der Sündenvergebung in Gelderland anbelangt, fällt oft Euer Name. Gewiss steht mir kein Urteil darüber zu, welchem Sünder vergeben wird und welchem nicht. Aber kann es sein, dass Fürst Ludwig von Gelderland bei Euch so manchen Ablaß erworben hat?"

„Das Urteil über jeden Sünder gilt es sicherlich abzuwägen. Ich glaube allerdings nicht, Doktor Berthelot, dass Ihr als Fremder das könnt." Die sonst so weiche Stimme des Priors klang auf einmal unangenehm scharf.

Konnte es sein, dass der Prior die Machenschaften des Fürsten deckte? Oder schlimmer noch, selbst darin verwickelt war? Berthelots tiefgrüne Augen sahen aus wie zwei hartgeschliffene Opale, als sie den Prior durchbohrten. „Der heilige Cyprian lehrte bereits, dass es außerhalb der Kirche kein Heil gibt. Sie ist wie ein Schiff, das sich oftmals auf schwerer See bewegt. Doch vom Sturm gepeitscht wird sie nicht untergehen."

„Mein lieber Doktor Berthelot", begann Ulbertin mit kaum verhohlenem Zorn. „Das Gespräch mit Euch ehrt mich, aber Ihr werdet mich entschuldigen, meine Zeit ist knapp."

Berthelot fuhr mit seinem Daumen über die Lippen und lächelte süffisant. „Da geht es Euch nicht anders als mir. Also, wo ist mein alter Freund, Bruder Marcus?"

Der Prior leerte im Stehen den Rest des Glases in einem Zug. „Die Zeiten werden noch stürmischer, Doktor Berthelot. Viel stürmischer. Wir müssen uns zu unserem Trost vergegenwärtigen, so wie es in den Tagen der Sintflut nur eine Arche gab: So gibt es im neuen Bund nur eine Arche. Unsere Kirche ist heilig, denn sie hat den menschgewordenen Gott als Begründer, eine heilige Lehre und heilige Sakramente – und zu allen Zeiten heilige Glieder." Er hob mit sichtlichem Unbehagen sein Glas und hielt es ins Sonnenlicht, das durch das hohe Fenster im Süden in warmen Strahlen hereinbrach und durch den sämigen Wein hindurchschien. „Wir sind nicht nur Glieder der Menschheit, sondern auch des Volkes Gottes. Überall gibt es Egoismus, Härte, Unverständnis, Lieblosigkeit, Missgunst und Neid. Zu welchen Katastrophen die Herrschaft des Menschen führt, haben wir gesehen. Bleibt die Frage, ob wir uns dem Geist der Welt unterwerfen oder dem gerechten Urteil Gottes."

Ein Anflug von herausforderndem Lächeln blitzte in Berthelots Augen auf. „Eine wunderbare Predigt, Bruder Ulbertin. Der aufsässige Augustinermönch Martinus Luther würde Euch darum beneiden. Nun sollten wir aber wirklich nicht mehr länger unsere Zeit verschwenden."

„Jedenfalls rate ich Euch zur Vorsicht." Der Prior nickte so heftig, dass seine Wangen schlotterten, „Habe ich mich deutlich genug ausgedrückt?"

„Eure Warnung will ich gerne beherzigen, Pater Ulbertin, doch ich werde mich nicht einschüchtern lassen, wenn es darum geht, die Wahrheit ans Tageslicht zu bringen." Berthelot fuhr neuerlich mit dem Daumen über seine Lippen. „So sehr ich das Vergnügen schätze, mit Euch zu reden, wäre ich Euch dankbar, wenn Ihr Bruder Marcus kommen ließet."

Der Prior blickte gedankenverloren nach draußen in den Hof. „Was Euren Freund angeht, muss ich Euch eine traurige Mitteilung machen: Pater Marcus ist seit zwei Tagen verschwunden."

Ungläubig starrte Berthelot den Prior an. Seine Züge wurden hart. „Was soll das heißen?", sagte er stockend. Die Nachricht war unfassbar. Berthelot sah elend aus, als er zum Fenster ging. „Verschwunden? In Gelderland scheint es an der Tagesordnung zu sein, dass Menschen verschwinden. Aber dass ausgerechnet ein Mönch, der an mich einen Hilferuf sendet, spurlos verschwindet, scheint mir mehr als verdächtig, Bruder Prior. Ihn wird kaum jemand aus dem Kloster entführt haben."

Der Prior und runzelte unwillig die Stirn. Er fiel in ein kurzes Schweigen, um seine Gedanken zu sammeln. Dann fuhr er schwer atmend fort: „Er meldete sich ab, er müsse zum Fürsten." Der Prior holte tief Luft. „Kurz nach der Laudes am Montag bestieg er die Kutsche."

„Dann wird der Kutscher wohl wissen, wo Marcus ist."

„Die Kutsche wurde auf einem einsamen Feldweg nach Kaldenkerken gefunden. Völlig zerstört, in alle Einzelteile zerschlagen."

„Habt Ihr den Kutscher nicht nach dem Vorfall befragt?" Für Berthelot bestand kein Zweifel, dass irgendetwas nicht stimmte.

Der Prior sah Berthelots undurchdringliche Miene und schüttelte den Kopf. „Pater Marcus ritt allein los, Doktor Berthelot. Es tut mir entsetzlich leid, ich weiß, Pater Marcus war ein guter Freund von Euch."

„Mehr als das. Er ist für mich wie ein leiblicher Bruder."

Der Prior spitzte seinen kleinen vollen Mund und sah aus wie ein hölzerner Heiliger. „Ein junger Bruder, Fra Angelo, fand seinen Leichnam heute früh."

Berthelot reckte kühn sein spitzes Kinn nach vorn. „Wo fand er ihn?"

„In der Kaldenkerkener Heide, in einer alten Schäferhütte. Noch bevor er die Abtei verließ, hatte der Abt ihn gebeten, nachzuschauen, in welchem Zustand sie sich befindet. Wir wollen sie wieder nutzbar machen, weil die Schafweide hinter unserer Abtei nicht mehr genug hergibt. Also erschien es uns sinnvoller, die Schafe wieder dort weiden zu lassen, wo sie früher weideten. Eine rein wirtschaftliche Entscheidung, wenn Ihr versteht." Ulbertin hob beschwörend seine Hände. „Doktor Berthelot, lasst die Sache auf sich beruhen. Glauben wir nicht daran, dass der Himmel Gerechtigkeit walten lassen wird?"

„Fraglos." Leidenschaftliches Funkeln trat in Berthelots Augen. „Ich werde aufdecken, was hier vor sich geht. Verlasst Euch darauf, ich finde es heraus. Selbst wenn ich Jahre dafür brauche. Mein Ehrgeiz wird erst recht gereizt, wenn eine Sache – höllisch schwierig wird."

Der Prior lächelte. „Seht, Doktor, nicht alle Wahrheiten sind für alle Ohren bestimmt, nicht alle Lügen für eine schlichte Seele sogleich erkennbar."

„Ich hoffe, Ihr zweifelt nicht an meinem Verstand."

„Manchmal ist es nicht gut, jedem Anflug von Neugier nachzugeben, sei es aus Schwäche des Geistes oder aus Hochmut."

„Habt Ihr etwas zu verbergen?", entgegnete Berthelot scharf.

„Ihr müsst wissen, die Bewohner dieses Landstrichs sind in ein einfaches, ehrliches Volk. Dennoch sind wir nicht gefeit vor Irrtümern und Sünden. Wie oft hat der Teufel seine Hand im Spiel …", sagte Ulbertin und fixierte Berthelot mit einem arroganten Blick.

„Zu oft, fürchte ich, Pater Ulbertin, zu oft. In dieser Gegend ganz besonders", stichelte Berthelot.

„Jedenfalls kann ich über den Fürsten nichts Nachteiliges sagen. Wenn der Abt hier wäre, würdet Ihr von ihm dasselbe hören. Und was Euren Freund Marcus anbelangt, hat er Euch wohl einen Teil der Wahrheit verschwiegen. Er war es, der im Januar die Händler und Bauern zu einem Aufstand gegen das rechtmäßige und gottgewollte Regime unseres geliebten Fürsten Ludwig anstachelte. Er war es, den unseren geliebter Vater Abt nur unter größten Mühen von jener Strafe abhalten konnte, die auf den Straftatbestand der Volksaufwiegelung steht, nämlich der Tod durch das Richtschwert. Vater Abt gelang es sogar zu verhindern, dass Pater Marcus an den Pranger gestellt wurde."

Berthelot hielt den Zeigefinger seiner Rechten gegen sein ausgeprägtes Kinn, seine grünen Augen sprangen den Prior an, um ihn zu prüfen. Sagst du die Wahrheit, Ulbertin?

Er konnte die Frage nicht stellen. Noch nicht. Deshalb war er ganz dankbar, dass Ulbertin, der sich in Rage geredet hatte, von selbst fortfuhr. „Euer Freund hat unserer Abtei großen Schaden zugefügt. Wenn Ihr mich fragt, hätte er besser daran getan, sich in ein anderes Kloster versetzen zu lassen, damit er innerlich zur Ruhe kommt. Ihr wisst, manche Menschen entwickeln eine solche Wut, dass es besser ist, sie vor sicher selber zu schützen."

Aber Marcus war kein Hitzkopf. Nie gewesen. Er blieb immer ruhig.

„Wie gesagt, tut mir leid, dass ich Euch nichts Besseres berichten kann, Doktor Berthelot. Seht mir nach, wenn ich vorhin etwas gereizt reagiert habe. Auch im Kloster hat das Wirken von Pater Marcus Spuren hinterlassen. Wir haben alle Mühe, die Reihen geschlossen zu halten, denn einige Fratres, insbesondere von den jüngeren Brüdern, haben sich durch den Furor des Pater Marcus anstecken lassen. Vater Abt und ich sahen uns gezwungen, sogar bei Bischof Alexander von Wied Schützenhilfe zu erbitten, damit bei uns nicht dieselben Zustände eintreten wie in Wittenberg. Mein Gott, wir haben mit Engelszungen auf Pater Marcus eingeredet, dass er nicht auch noch hier irgendwelche Thesen anschlägt..." Ulbertin unterbrach sich und verzog seinen kleinen vollen Mund. „Doktor Berthelot, selbstverständlich seid Ihr unser Gast, solange Ihr wollt."

Berthelot fühlte, wie sein Herz raste. Er hatte Ulbertin Unrecht getan, wenn das stimmte, was ihm gerade berichtet wurde. Doch er konnte unmöglich unverrichteter Dinge abziehen. Vielleicht wäre es besser sich zurückzuziehen, um zu beten.

„Bruder Ulbertin, verzeiht mir, auch ich war vorhin etwas gereizt. Der lange Ritt, wenig Schlaf. Wenn Ihr erlaubt, möchte ich hier Quartier nehmen."

Ulbertin verzog säuerlich seinen kleinen Mund.

XVII. Heidweiher, nachmittags um die erste Stunde

In der feuchten Luft der Höhle fühlte sich der Gnom wohl. Trotzdem wollte er nie wieder hier leben. Er erinnerte sich an die traurigen Tage seiner Kindheit, die ihm vorkamen wie die Hölle. Seine Augen tränten. Hab doch bloß gehorcht, dachte er. Getan, was ich sollte ... Nach monatelangem Kampf standen sie so dicht vor ihrem Ziel. Die Ablehnung durch seinen Meister hatte ihn in Angst und Schrecken versetzt. Er betete um Erlösung. Nicht zu Gott. Sein Herr war Luzifer. Selbst in seinen dunkelsten Tagen in der Grotte hatte er sich nicht so schlecht gefühlt wie in den letzten Stunden. Erst langsam schöpfte er wieder Hoffnung. Mit dem Fund im Schacht der Grotte konnte er alles wiedergutmachen. Das, was er dort gefunden hatte, musste das sein, wonach sein Meister suchte und die ganze S.O.L. seit Jahrhunderten gesucht hatte, der echte *Liber Secretus*. Ein zwischen zwei Holzdeckeln eingebundenes Buch, etwa so groß wie eine Satteltasche und fast ebenso schwer. Auch wenn der Gnom nicht lesen konnte, fühlte er, das es etwas Besonderes war. Er streichelte das Buch so zärtlich, als wäre es ein Neugeborenes. Die Seiten waren aus dickem Pergament. Durch das Zusammenschnüren und die Feuchtigkeit klebten einige Seiten zusammen. Der Gnom wagte nicht, sie zu lösen, aus Angst, etwas von dem wertvollen Papier könnte einreißen. Es reichte ihm, was er sah. Von den geheimnisvollen, dicht ineinandergeschlungen Buchstaben ging eine magische Kraft aus. Auf manchen Seiten waren Abbildungen von fratzenhaften Teufeln und Dämonen. Seltsame Siegel und Symbole, die nur ein Eingeweihter entschlüsseln konnte. Aber darauf kam es ihm nicht an. Er war überglücklich, endlich wieder auf die Zuneigung seines Meisters hoffen zu können.

Ich habe meine Mission erfüllt, jubelte er innerlich.

Er blickte ein letztes Mal in die phosphoreszierende Höhle, auf das aufgewühlte grüne Wasserloch mit den aufsteigenden Schwefeldämpfen und den schwammartigen Fels, der wie eine Muschel das Wasser umhüllte.

XVIII. Burg Reitzenstein, ebenfalls um die erste Stunde

Alanus packte das schwere Buch auf den Rücken und eilte zur Burg. Außer Atem erreichte er die schmale Hintertür. Seine krummen Beinchen wieselten die Treppe hinunter, flugs durch die Gänge, schnell in den Tempel, wo Agrippa und Prelati immer noch unablässig meditierten: *„Anima mea in requiem tuam …"* Er sah, dass Agrippas Seele weit fort war: „Großmeister Dei!", Alanus' spitze, schrille Stimme hallte wider an den klammen Kellermauern. Mit dem Geräusch eines dumpfen Stöhnens senkte sich der Geist Agrippas vom Pfad des Überweltlichen in den Leib zurück, während Prelati die ganze Zeit seine Augen offen hielt wie ein Tagträumer, der kaum weiter entrückt war als bis zu den niederen Astralebenen. Aus einer Vision geweckt zu werden, war so mühsam wie eine Geburt, wusste der Zwerg als Lehrling des Ordens und schrie deshalb laut an Agrippas Ohr: „Hab's gefunden. Muss 's sein", Mit beiden Händen hob er das Buch in die Höhe. „Muss 's sein."

Prelati griff als erster danach, doch Agrippas langer Arm schlug seine Hand weg. Der graugesichtige Großmeister legte das Buch auf den Altar. Seine Hand prüfte die Holzdeckel mit dem Zeichen Saturns. Dieses Holz war alt und von modrigem Geruch, als hätte es tatsächlich irgendwann in der Hölle gelegen. Einzelne Pergamente klebten zusammen. Agrippas feinfühlige Fingerkuppen lösten sie vorsichtig, während seine scharfen Augen akribisch die Zeichen und Sigillen durchforschten, die vor ihm aufstanden wie entkleidete Mumien. Selbst wenn er vom echten *Liber Secretus* nicht mehr kannte, als die Legende berichtete, spürte er mit allen Fasern seines Geistes, hier lag das echte Exemplar vor ihm. Ein Gefühl tiefer Befriedigung durchströmte seine Gedanken.

„Alanus, du bist Gold wert", sagte er.

Prelatis Gesicht verzog sich schief zu einem Lachen. „Habe ich es nicht gleich gewusst ..."

Agrippa nahm ihn gar nicht mehr wahr, den schoflen Scharlatan, ein erhabenes Gefühl bemächtigte sich seiner Sinne, als er sah, mit welchen Buchstaben die Anrufung Luzifers vor ihm aufstand, feinziselierte schwarze Bilder waren es mehr als Buchstaben, jedes einzelne für sich ein Geschöpf, ein Dämon. Satan hatte sie Nero diktiert. Allein diese Gewissheit ließ den Großmagier erschaudern. Um wie viel wirksamer musste eine Anrufung sein, wenn man sie aus dem Buch des Bösen vornahm. Und genau diese Dunkelheit ging von dem Buch aus, auf das er ehrfürchtig seine Stirn legte: *„Gratias Satanas."*

Agrippas Lippen kräuselten sich, als er die schweren Seiten küsste, länger und sanfter, als er jemals eine Geliebte geküsst hatte. Der Geist Neros schien sich in ihm auszubreiten, doch Agrippa wollte sich noch nicht auf dieses Wunder einlassen. „Jetzt nicht ... jetzt nicht ...",Das würde er später erst tun, wenn er allein wäre und ihn die Zeit nicht drängte.

„Weißt du, woran man erkennt, dass die Satansbibel echt ist?", fragte er, während er gleichzeitig über den zerschundenen Kopf des Gnoms strich, was Alanus zu einem zufriedenen Grunzen veranlasste, wobei er seinen Schädel an der Seite des väterlichen Magiers schabte. „Woran, Prelati?"

Prelati zuckte die Schultern.

Agrippa blätterte die erste Seite auf. Dort stand ein Punkt, den ein Kreis umgab. Der Circumpunct. Er trug in sich die Weite des Sichtbaren und Unsichtbaren.

„Das Zeichen des Absoluten. Es steht für die Sonne. Ebenso für die Durchdringung von Licht und Schatten und des männlichen und weiblichen Prinzips. Aber auch für die Verbindung des Oberen mit dem Unteren, dem alten Prinzip unserer Bruderschaft und aller Alchimisten zu allen Zeiten. Es gibt keinen Magier, der nicht dieses Geheimnis zuerst begreifen müsste, wenn er die Welt begreifen wollte." Unter dem Sonnenzeichen stand eine nach oben zeigende Pyramide. Agrippas Zeigefinger richtete die Aufmerksamkeit darauf. „Und hier haben wir den Ort, von dem die alten Ägypter wussten, dass sich dort der Sonnengott niederlässt. Deshalb ist in die Spitze der Pyramide das Auge gezeichnet. Das Auge des Osiris. Es soll uns ermöglichen, uns mit der Sonne und mit den Göttern zu vereinen." Das Flüstern Agrippas klang scharf wie die Klinge eines zweischneidigen Schwertes. „Diese beiden Symbole sind in der Fälschung nicht enthalten. Daran sieht man, dass der Fälscher wenig über die wirklichen Zusammenhänge wusste. Aber du hättest es wissen müssen."

Prelatis Puls raste. Er fühlte sich todunglücklich, denn er wusste, dass er mit Agrippa noch viel Salz lecken musste, ehe ihre alte Freundschaft wieder auf den früheren Stand käme – zu groß war sein Versagen gewesen. Umso glücklicher war er, als Agrippa ihn streng ins Gesicht fasste. „Demut, Bruder, Demut ist alles, was wir brauchen für unsere Arbeit in der Magie, sonst werden wir niemals unsere Ziele erreichen."

Demut, dachte Prelati angewidert. Sie hasste er am meisten.

„Demut ist die Lehre unserer Bruderschaft, durch sie können wir uns mit dem Oberen verbinden. Selbst Gott werden", dozierte Agrippa mit seiner nasalen Stimme. „Gott ist ein Symbol. Er steht für vieles, was die Menschen nicht verstehen. Aber wir Eingeweihten wissen, nur wenn wir selbst Gott werden, können wir uns über alles erheben. Wir selbst sind Schöpfer. Wir selbst schaffen unser eigenes Universum. Wir sind allmächtig."

„Wie die Tempelhuren", lallte Alanus.

Agrippa strich lachend über das zerschundene Gesicht des Zwerges. „Unser Freund bringt es auf den kleinsten gemeinsamen Nenner." Dann wandte er sich wieder dem *Liber Secretus* zu. „Ich kann den kostbaren Schatz nur flüchtig betrachten. Irgendetwas sagt mir, es ist der Schatz nach dem unsere Bruderschaft gesucht hat, doch es ist nicht der ganze Schatz."

Die Mühlsteine im Kopf des Gnoms arbeiteten. „Papa-riss ...", stammelte er.

Prelati, ohnehin geladen vor Wut, weil der Gnom jetzt in einem besseren Licht stand als er selbst, verpasste ihm einen Klapps. „Pssst."

Ehrfürchtig kuschte der Gnom, was verstand er schon. Auch Agrippa schien nichts mit seinem Gebrabbel anfangen zu können. Seine Hand fuhr verliebt über die Sigillen und Zeichen. „Ein Symbol besteht aus zwei Hälften. Vieles offenbart sich in diesem geheimnisvollen Buch, anderes muss ich noch in vielen Nächten erforschen. Aber auf manchen Seiten sieht man gleich, dass es noch eine Entsprechung zu den Zeichen geben muss. Eine Hälfte fehlt zum Beispiel bei den Symbolen von Venus und Mars. Vielleicht finden sie sich im Buch ..."

„Papp-riss ...", wiederholte der Gnom.

„Halt's Maul!", fuhr Prelati dazwischen und richtete sich schnaubend auf. „Vielleicht wissen Marcus oder der Abt etwas, wie ich schon sagte."

Draußen im Burghof traf man die letzten Vorbereitungen für die Ankunft der herzöglichen Kutschen. Zwischen Burgtor und Kapelle stand eine Reihe von Fuhrwerken, von denen Heu und Stroh geladen wurde für die Pferde, die bald hier eintreffen würden. Große Wasserbottiche standen an der Zisterne, eilige Hände füllten sie. Die Luft war immer noch warm, auch wenn sie ein kühler Ostwind ein wenig auffrischte.

XIX. Abtei Niersbachthal, ebenfalls um die erste Stunde

Wentzel band sein Pferd an der Stange vor den Stallungen fest. Seine Stimme überschlug sich, als er nach Berthelot rief. Rasch umzingelten ihn die Handwerksburschen, um ihn in Gewahrsam nehmen. Berthelot eilte aus seiner Klosterzelle heraus. Im Laufschritt erreichte er die Treppe. Die Steinstufen waren unglaublich steil. Es war höchste Zeit, dass er den Innenhof erreichte, die Handwerksburschen wollten Wentzel an den Kragen, obwohl er völlig wehrlos dastand und nach Berthelot rief, wie ein Kind nach seinem Vater.

„Geht! Ich kümmere mich um ihn. Er ist mein Bursche. Geht schon!“

Wentzel schossen Tränen in die Augen. „Ich habe die Hölle gesehen. Wirklich, die Hölle.“

„Hast du Sophia in Sicherheit gebracht?“ fragte Berthelot und legte ihm die Hand auf die Schulter, um ihn zu beruhigen.

„Wahrscheinlich von den Landsknechten des Fürsten entführt. Ich konnte es nicht verhindern.“ Seine Stimme brach weg. „Überall in Gelderland ist die Hölle ...“

„Gott sei's geklagt, die schlechten Nachrichten reißen nicht ab. Heraus damit.“

„Ich wurde Zeuge eines unglaublichen Geschehens im Marienstift.“ Wentzel schüttelte sich, als könnte er so das Schreckliche, das er gesehen hatte, abwerfen. „Es war Mord. Ich habe es mit eigenen Augen gesehen.“

„Eins nach dem anderen“, Berthelot streichelte Wentzels Schulter, um ihn zu beruhigen.

„Als ich durch Kaldenkerken ritt, hörte ich einen furchtbaren Schrei, der dem Geheul eines Wolfes ebenso glich wie dem Gebrüll eines Löwen. Ich folgte dem Schall. Er drang aus dem Inneren des Marienstiftes“, sagte Wentzel und unterdrückte sein Zittern. „Aus dem Betsaal hörte ich die ersten Schreie von Frauen. Ich stieg vom Pferd, um nachzuschauen, doch drinnen traute ich meinen Blicken kaum. Ein zwergenhafter Mann, der kaum mehr als anderthalb Ellen maß, schwang eine Sense wie einen Morgenstern. In eine schwarze Lederhose gehüllt und mit nacktem Oberkörper, völlig behaart, eine pferdeartige Brust. Er sah aus, als wäre er halb Mensch, halb Tier“, sagte Wentzel mit sichtlichem Grausen.

Er verfiel in ein plötzliches Schluchzen, bis Berthelot ihm unaufgeregt auf die Schultern klopfte. „Rede weiter.“

„Der Kopf dieses Unholds war mit einem Verband bedeckt, aus dem in Höhe der Stirn ein drittes Auge blitzte. Die Schwestern fielen auf die Knie und baten um Gnade, doch der schreckliche Gnom schlug um so erbarmungsloser zu. Ich höre noch das Geräusch der scharfen Klinge, die ins Fleisch drang und die Knochen zersplitterte.“ Wentzel rang nach Luft, seine trockene Zunge klebte nach dem schnellen Ritt und den vielen Worten am Gaumen, dennoch redete er weiter. Musste weiterreden. „Der Unhold riss die Sense aus den blutenden Leibern, die sich unter ihm bogen. Von panischer Angst getrieben versuchten die Frauen zu fliehen, es waren auch Mütter unter ihnen, sie rissen ihre Kinder an sich. Ein neuer Schlag und ein bettelndes Kind fiel zu Boden. Die spitzen Angstschreie seiner Mutter währten nicht lange, dann hatte der Unhold auch ihre Kehle durchtrennt." Wentzel stockte, schnappte nach Luft. „Die Nonnen, die Frauen und Kinder, eine nach der anderen fiel, während sie um Gnade flehten. Der dreiäugige Unhold bewegte sich zwischen seinen Opfern wie ein hungriger Wolf. Ich konnte nicht mehr hinsehen, schloss meine Augen, hielt mir die Ohren zu, um die Schreie nicht mehr zu hören. Als ich meine Augen wieder öffnete, sah ich, wie die Oberin schreiend auf ihn zurannte. Sie sprang dem Gnom auf den Rücken und drosch mit ihren Fäusten auf ihn ein. Der Gnom griff nach hinten, als wollte er eine lästige Fliege verscheuchen und schüttelte die Angreiferin ab. Unverzüglich wollte die Oberin wieder aufspringen, doch einer der flinken Füsse des Zwerges hielt sie am Boden. Blindwütig hieb er mit seiner Sense auf sie ein. Das Geräusch der Schläge, das Zerschmettern der Knochen …"

Wentzel rang nach Luft, als drückte ihm ein Gespenst die Kehle zu.

„Wahrscheinlich handelt es sich bei dem Mörder um einen Knecht Prelatis", vermutete Berthelot, „einen Handlanger, dessen Willen er beherrscht und den er abgerichtet hat zu töten."

„Wahrscheinlich habt Ihr recht", begann Wentzel schnaufend. „Dann kam der Unhold auf mich zu. Mit der Ahnung eines Todgeweihten spürte ich, dass ihn ein Dämon vorantrieb. Seine Sense war hoch erhoben, Geifer spritzte aus seinem Mund. Doch er lief an mir vorbei, lief nach draußen …"

In der Aufwallung seiner Gefühle begann Wentzel plötzlich laut zu weinen. „Dann kamen die Landsknechte des Fürsten ins Stift und setzten das Morden fort."

„Es tut mir leid, dass du das mit ansehen musstest, Wentzel", sagte Berthelot mitfühlend. „Lass uns für sie beten."

Er senkte seinen Kopf und faltete die Hände. „Der Herr gebe ihnen den ewigen Frieden. Amen." Nachdem das Gebet verklungen war, schaute er Wentzel an. „Wo ist Sophia?"

„Das ist am Schlimmsten", antwortete Wenztel mit zitteriger Stimme. „Als ich zurückkam, war sie verschwunden. Ich habe überall in der Stadt nach ihr gesucht und gefragt, ob jemand eine junge Frau in einem verschmierten roten Kleid gesehen hat. Doch sie war nirgends zu finden."

„Warum bist du nicht zu ihrem Hof nach Maaslieb geritten?"

„Bin ich doch", verteidigte sich Wentzel angsterfüllt. „Ich ritt durch die endlosen blühenden Felder, bis ich endlich einen großen Hof mit langen Scheunen und einem Brunnen im Innenhof erreichte. Ich fragte eine Magd. Der Bauer sei nicht da. Dann bin ich ohne zu fragen ins Haus eingedrungen. Der Bauer saß in der Stube, ich habe ihn nach seiner Tochter gefragt. Aber er polterte nur, er habe keine Tochter, ich solle verschwinden."

Berthelot strich mit dem Daumen über seinen Mund. „Merkwürdig."

Angezogen vom Lärmen im Hof nahte der Prior mit seinem fast schwebenden Gang.

„Doktor Berthelot, ich muss Euch über eine wichtige Sache unterrichten. Bei einer Durchsicht der letzten Niederschriften unseres Klosters fand ich eine Notiz von Bruder Marcus, die ich für so bedeutend halte, dass ich sie Euch mitteilen muss."

Wer sagt's denn, dachte Berthelot, er kooperiert ja doch.

„Es geht um eine Verschwörung."

Er hielt ihm den Zettel hin.

Berthelot las die flüchtig hingeschriebenen Zeilen: „Mit Fürst zusammenarbeiten. Bruderschaft stützen." Er holte tief Luft. „Mit dieser kryptischen Botschaft weiß ich nichts anzufangen."

Der Prior zuckte die Schultern. „Ich kann nur Mutmaßungen darüber anstellen. Vielleicht ist er selbst Mitglied dieser geheimen Bruderschaft."

„Unmöglich, das sähe ihm absolut nicht ähnlich", entgegnete Berthelot mit grimmiger Stimme.

Der Prior entgegnete vorsichtig: „Ich habe Euch vorhin nicht die ganze Wahrheit gesagt. Pater Marcus traf sich in letzter Zeit öfters mit dem Fürsten. Er machte auch keinen Hehl daraus, dass er sozusagen als Berater beim Fürsten aus und ein ging. Gewiss führte er nur das Beste im Sinn und tat es, um Gelderland zu befrieden."

„Tatsächlich?“ Berthelot betrachtete noch einmal genau den Zettel. Er rief sich Marcus’ Brief in Erinnerung. Das hier war nicht Marcus Schrift. Doch er hielt es für klüger, nicht weiter darauf einzugehen.

Berthelot reichte das Papier zurück. „Ihr habt mir freimütig berichtet, Bruder Ulbertin, dafür bin ich Euch zu aufrichtigem Dank verpflichtet. Gestattet, dass ich mich mit meinem Burschen auf den Weg mache, die Leiche von Pater Marcus zu bergen.“

„Ich habe diese Aufgabe schon Fra Angelo und dem Stallknecht zugeteilt. Ich will offen mit Euch sprechen, Doktor Berthelot. Niemand kann für Eure Sicherheit garantieren. Und es würde auf unsere Abtei ein furchtbar schlechtes Licht werfen, wenn Euch etwas zustieße.“

Berthelot war erzürnt über die geheuchelte Besorgnis. „Ihr versteht, dass ich meinem Freund diesen letzten Liebesdienst schuldig bin.“

Der Prior lehnte kategorisch ab. „Bedenkt die Gefahren! Ihr habt selbst gesagt, dass es in Gelderland drunter und drüber geht.“

Berthelot hielt es dennoch für wichtig, sich selbst ein Bild vom Fundort der Leiche zu machen. Die ablehnende Haltung machte den Prior verdächtig. „Keine Sorge, mein Bursche und ich verstehen das Schwert zu führen.“

Der Prior hob beschwörend die Arme. „Doktor Berthelot, Ihr seid ein widerspenstiger Mann. Ein wenig Übung in Demut würde Euch nicht schaden.“

„Nennt mich, wie Ihr wollt, doch vermutet nicht zu wenig Demut bei mir. Allerdings bin ich auch ein freier Mann. Um Eure Erlaubnis muss ich nicht bitten. Also, wie komme ich zur alten Schäferhütte?“

Ein Lächeln flog über das teigige Gesicht des Priors. „Ich bewundere Eure unschlagbare Tapferkeit, Berthelot.“

„Danke für Eure unschlagbaren Komplimente“, entgegnete Berthelot knapp und fuhr mit dem Daumen über seine zusammengepressten Lippen. „Ich ahnte nicht, dass ich in ein derart unüberschaubares Abenteuer verwickelt würde.“

„Ich fürchte, es hat gerade erst begonnen“, sagte Wentzel, der sich langsam von seinem Schmerz erholte.

„Doch ich bestehe darauf, dass Fra Angelo Euch begleitet.“

„Dagegen habe ich nichts einzuwenden."
„Ich werde ihn holen."
Inzwischen hatte der stumme Stallknecht die Kutsche zur Abfahrt bereit gemacht. Berthelot zwinkerte ihm zu.
„Irgendetwas ist faul an der Sache, findest du nicht?"
Der Knecht riss die Augen weit auf und nickte.
Mit eiligen Schritten nahten die beiden Patres, wobei Ulbertin intensiv auf Fra Angelo einredete, als würde er ihm irgendwelche geheimen Instruktionen geben.
„Da kommt unser Begleiter, ein Engel im wahrsten Sinne des Wortes und ein Beschützer obendrein."
Berthelot spielte auf das Schwert an, dass Fra Angelo bei sich führte.
„Man kann nie sicher sein", sagte Fra Angelo, „Ich bin erst im ersten Jahr meines Noviziats, zuvor diente ich im Heer meines Onkels Ludwig von Gelderland."
„Oh, noch einer von adeligem Geblüt", bemerkte Berthelot leicht spöttisch. „Ich hoffe, Euer Onkel ist nicht unzufrieden mit Eurer Entscheidung."
„Ganz und gar nicht." Er machte das Schwert am Sattel seines Pferdes fest.
Berthelot betrachtete ihn genauer. Der Novize war mittelgroß und etwas dicklich, wirkte nicht schwach, aber auch nicht hart und zäh. Seine blassen Wangen waren so glatt, dass er keinen besonders starken Bartwuchs zu haben schien, aber er musste schon ungefähr so alt wie Wentzel sein, Mitte zwanzig. Seine Augen waren leicht wässerig und schwammen in ihren Höhlen umher, als suchte er ständig nach etwas, woran er sich festhalten könnte.
„Euer Onkel ist aber nicht Fürst Ludwig?"
„Treffer", sagte Fra Angelo.
Der Stallbursche kletterte auf den Kutschbock. Die Peitsche knallte, das kleine stämmige Pferd trabte los.

XX. Kaldenkerkener Heide, nachmittags um die zweite Stunde

Der Mittag löste ein, was der Morgen versprochen hatte: ein heißer Tag. Die Luft flirrte. Der Himmel war klar, aber die Erde hatte sich verdüstert. Der stumme Stallknecht ritt ihnen auf der klapperigen Holzkutsche voran, sein flachsbleiches Haar flog im Fahrtwind. Berthelot dachte an Marcus. Quälend kam ihm die Bemerkung des Priors in den Sinn. Aber sollte Marcus tatsächlich der geheimen Bruderschaft angehört haben? Welchen Sinn ergab vor diesem Hintergrund sein Hilferuf? Berthelot wünschte, er könnte ihn fragen. Sein Tod weckte tiefe Trauer in ihm. Leise betend ließ er seinen Rosenkranz durch die Finger gleiten.

„Wir müssen der Niers Richtung Kaldenkerken folgen", sagte Fra Angelo.

„Gut, ortskundige Begleitung zu haben", sagte Berthelot. Er fand es an der Zeit, ein kleines Verhör mit Fra Angelo anzustellen. „Seid Ihr oft beim Fürsten zu Gast?"

Angelo zögerte einen Moment zu lange, um nicht Berthelots Verdacht zu wecken. „Nein, sicher nicht. Ich bin nur ein Neffe zweiten Grades, meine Mutter ist eine Cousine von ihm. Der Fürst legt nicht sonderlich viel Wert auf Verwandtschaft."

„Hättet Ihr nicht ein besseres Leben am Hof gehabt?"

Diesmal antwortete Angelo blitzschnell. „Ich folge meinem Ruf. Dabei war es Zufall, dass ich in die Abtei kam. Ursprünglich hatte ich mich für das Benediktinerkloster in Beuron entschieden."

„Erzählt."

„Ich lernte den Prior kennen. Ein sehr gottesfürchtiger Mann. Wir führten viele Gespräche."

„Hattet Ihr auch zu Pater Marcus Kontakt?"

„Er galt als leuchtendes Beispiel. Wenn Ihr so wollt, war Pater Marcus der geistige Kopf unserer Abtei. Ein glänzender Redner und philosophischer Kenner, der die Dialektik Thomas von Aquins mit den Aussagen des Cusaners zu verbinden wusste. Aber eben auch ein Querkopf. Im Orden war er als radikaler Individualist bekannt, vielleicht fiel er in den letzten Monaten in Ungnade, weil er den Ämterkauf geißelte und versuchte, den Ablasshandel einzuschränken. Sein Traktat über die Gerechtigkeit von Gott und Welt liegt im Archiv der Abtei und verstaubt dort ungelesen, weil der Abt es für klüger hielt, es nicht unter die Leuten zu bringen", antwortete Angelo betont ruhig, weil er bemerkte, dass Berthelot ihm nicht traute.

„Ihr kennt es?", fragte Berthelot.

„Es ähnelt dem, was die Reformatoren um Luther sagen."

Wenn er wüsste, in welcher Freiheit wir in Leuven diskutieren, dachte Berthelot. Er fühlte, dass der Frater nur wenig aus sich herauslocken ließ, deshalb versuchte er es mit einer anderen Frage.

„Stimmt es, dass der Fürst blutrünstige Rituale durchführt?"

„Es gibt viele Aufständische und Räuberbanden hier", murmelte Fra Angelo nachdenklich. „Der Fürst ist ebenso wenig ein Tyrann wie die anderen Fürsten."

Der Blick in Angelos Augen ließ Berthelot nichts Gutes ahnen, deshalb beeilte er sich zu sagen: „Ich kenne den Fürsten persönlich. Wir haben gemeinsam in Padua studiert. Er wird sich sicher freuen, mich nach vielen Jahren wiederzusehen."

Wentzel war ein wenig eifersüchtig, weil Berthelot sich ausschließlich dem Novizen widmete, und zog die Zügel an, um an ihnen vorbei zu reiten.

„Wann habt Ihr den Pater gefunden?"

„Ich ritt heute Morgen zur Schäferhütte, um nach dem Rechten zu schauen."

„Weshalb, sagtet Ihr vorhin, seid Ihr dorthin geritten?"

Er versuchte Berthelots Fangfrage geschmeidig zu umgehen. „Ich war im Auftrag des Abtes zur Burg geritten und nahm diesen Umweg, um den Platz für das Feuertanzfest, dass man heute Nacht hier feiern will, zu begutachten."

„Na so etwas, Ulbertin hat mir gesagt, man spiele wieder mit dem Gedanken, die Schafe wieder dort zu weiden, weil die Weiden hinter der Abtei abgegrast seien. Da muss ich mich wohl verhört haben."

Weil er merkte, das Berthelot ihm nicht glaubte, sagte Fra Angelo rasch: „Nein, nein, der Fürst hat hierher zum Feuertanzfest geladen."

„Womit Ihr sicher Recht habt. Immerhin seid Ihr in der Abtei als Neffe des Fürsten nicht gerade ein unwichtiger Mann."

„Das ist gewiss so“, sagte Fra Angelo. Die brennende Mittagssonne zeichnete tiefe Falten in sein junges Gesicht.

„Dieses Feuertanzfest, dachte ich, würde vom Volk vor den Stadtmauern und ringsum in den Dörfern begannen …“

„Hört Ihr mir nicht zu?“, Die kühle Arroganz war wieder in seine Stimme zurückgekehrt. „Es handelt sich um ein Fest des Fürsten, das gemeine Volk hat damit so viel zu tun wie die Sonne mit dem Mond. Seht mir nach, wenn ich darüber nicht weiter sprechen will. Ich habe meinem Onkel mein Ehrenwort gegeben, mit niemandem darüber zu reden.“

Sieh an, entweder du kannst gut lügen oder es gibt wirklich ein Geheimnis, dachte Berthelot.

Für eine Weile ritten sie wortlos an dem schmalen, grauen Fluss vorbei, der sich durch Wiesen und Felder schlängelte. Als sie tiefer in die Sumpflandschaft hineinritten, wurde der Weg noch schlammiger, an manchen Stellen war er kaum passierbar. Der Stallknecht auf dem Kutschbock spuckte kehlige Laute aus, weil die Kutsche ins Schlingern geriet und fast in einer Kuhle stecken geblieben wäre.

„Wie ist sein Name?“, fragte Berthelot.

„Ekkehard.“

„Traurig, was ihm passiert ist. Glaubst du, die Landsknechte des Fürsten stecken dahinter?“

Fra Angelo starrte den Stallburschen aus eisigen Augen an, dann richtete er den Blick auf Berthelot. „Ekkehard hat sich mit den falschen Leuten eingelassen, war in irgendwelche undurchsichtigen Geschäfte verstrickt. Offenbar wollte er reden. Jedenfalls hat er es dem persönlichen Einsatz von Prior Ulbertin und meiner Wenigkeit zu verdanken, dass er in der Abtei eine Arbeitsstelle bekam. Der Abt war nämlich gegen ihn.“

So so, dachte Berthelot.

„Meiner Meinung nach muss man jeden Verbrecher auf dem Markt mit dem Kopf nach unten aufhängen, ihm den Hals durchschneiden und ausbluten lassen. Später sollte man den Leichnam vor der Stadt aufspießen und den Vögeln zum Fraß vorsetzen.“ Er grinste. Wieder spürte Berthelot eine unsichtbare Wand, die sie voneinander trennte, eine Grenze zwischen ihnen, wie zwischen Hell und Dunkel oder Gut und Böse.

„Nach allem, was ich hier gesehen habe, geschieht das bereits", sagte Berthelot.

„Was würdet Ihr tun, wenn Ihr Eure Macht verteidigen müsst?"

Hinter der Heide war das Gelände wieder etwas gangbarer. Das flache Land erstreckte sich meilenweit. Sie ritten auf die abgeschottete Hütte zu, die den Schäfern früher als Stall gedient hatte.

„Warum liegt rund um den Stall so viel Reisig und trockenes Stroh verstreut?"

Fra Angelo lächelte von oben herab. „Doktor Berthelot, was braucht man wohl für ein Feuer?"

„Deshalb ist auch die Hütte voll davon?"

„Ich bewundere Euren ausgesprochenen Scharfsinn."

Berthelot schüttelte nachdenklich seinen Kopf. „Dass man eine Schafhütte abfackelt, ist schon ein wenig merkwürdig."

„Fragt den Fürsten selbst, wenn Ihr ihn schon kennt."

„Da kommt es sicher eher gelegen, dass eine Leiche dort liegt."

„Deshalb trug mir der Fürst auf, sie rasch zu bergen, damit wir sie würdig bestatten können."

Fein, aber das ist nicht die ganze Wahrheit, dachte Berthelot.

XXI. Burg Reitzenstein, nachmittags um die dritte Stunde

„Ich dachte schon, Ihr würdet nie mehr aus dem Tempel kommen", sagte der Fürst mit beleidigtem Unterton, als Agrippa und Prelati den Großen Saal betraten.

„Mein lieber Fürst." Agrippa ergriff mit beiden Händen die Rechte des Fürsten und hielt sie für eine Weile fest, als wollte er sie wärmen, wobei er ein schmeichlerisches Gelächter anstimmte und zum Fürsten hinaufblickte. Das musste er, denn der Fürst war so groß, dass der Magier den Hals recken musste, um das fürstliche Antlitz unter der edelsteinbestückten Kappe aus der Nähe zu sehen. Ein feistes Teiggesicht, unter dessen fleischiger Nase sich die wulstigen Lippen wölbten. „Ihr seid der größte Herrscher den ich kenne, mein Fürst." Ganz verwandelt war Agrippa, die Freundlichkeit selbst, ein ähnlich changierendes Wesen wie bei Prelati. „Große Ereignisse werfen ihre Schatten voraus. Gut Ding braucht Weile. Wir mussten uns einpendeln auf die gewaltigen Aufgaben, die vor uns liegen. Und, mein lieber Fürst Ludwig, alles was wir tun, tun wir nur für dich."

Der Fürst war eingenommen von der hypnotischen Aura des Magiers und Prelati war erstaunt, dass sein Lehrer selbst im Drechseln von Komplimenten besser war als er.

„Pelagius wollte mich zuerst zu den Gefangenen führen, doch ich konnte es kaum erwarten, endlich den mächtigsten Mann unserer Bruderschaft zu sehen."

Geschmeichelt wehrte der Fürst ab. „Prelati ist sicher wichtiger."

Agrippa tätschelte die Hand des Fürsten. „Oh, nein, nein, nein, nur keine falsche Bescheidenheit, mein lieber Ludwig, sie steht dem künftigen Kaiser nicht gut zu Gesicht."

Ludwig nickte befriedigt. „Gewiss, doch heißt es nicht im Ritual der S.O.L.: Nicht der äußere Rang und Namen eines Bruders zählen, sondern das, was er im Tempel der Bruderschaft ist."

„Meine Hochachtung, Ludwig." Agrippa sah ihn aufatmend an. „Aus solchem Holz sind Helden geschnitzt. Mein lieber Ludwig, hätte es noch eines Beweises bedurft, dass du ein würdigerer Mann als Karl bist, er wäre erbracht."

Prelati, der nicht mochte, wenn ihm jemand vorgezogen wurde, nahm die Reitgerte vom Tisch. Reitgerte, brrrrr ..., dachte er und erinnerte sich, innerlich feixend, dass ihn die Fürstin einmal hatte rufen lassen. Er fand sie mit dem Fürsten. Ein Bild für die Götter des Hades: Der Fürst, im Delirium wahnwitziger Liebeszuneigung vor seiner Herrin niedergesunken wie ein Sklave der Messalina. Ganz hündischer Bettler, harrend zwischen Strafe und Verlangen. „Männchen!", hatte die Fürstin befohlen, die Reitgerte in der Hand. Und der Fürst machte den Hund.

In Schweiß ausbrechend fing er an, ein Kinderlied zu singen, und wartete, bis sie ihren satinweißen Umhang löste und ihren Alabasterleib vor den beiden Männern entblößte. Der Anblick ihrer wächsernen Gestalt war nur von kurzer Dauer. Sie legte ihre Reitpeitsche auf den Tisch, von dem sie nacheinander sieben durchsichtige Tücher unterschiedlicher Farbe entnahm, um sie sich um den Leib zu schlingen. Sie nahm die Peitsche wieder auf und begann einen rhythmischen Tanz um ihren fürstlichen Hund. Während ihre fransigen Schleier um das Gesicht des Fürsten wirbelten und ihre Fersen in einem erregenden Stakkato auf die Holzbohlen trommelten, geriet das Paar in einen ekstatischen Zustand, den Prelatis Kennerblick auf die Wirkung von Bilsenkraut zurückführte. Er sah das blöde Lächeln im ergriffenen Gesicht Ludwigs, das dem Kreisen seiner Herrin folgte, während diese begann, ihn im Takt ihres Tanzes kräftig mit der Rute zu bestreichen. Sie konnte tanzen, dass es einen Mann kopflos machte. Prelati dachte an den Tanz der Salome. Kokett, in verschiedenen Posen der Hingabe, warf sie Schleier um Schleier in das begierige Antlitz ihres Gemahls. Und mit jedem Schleier einen anderen Duft. Rose, Pinie, Jasmin, Rosmarin, Myrrhe, Veilchen und ja, Zwiebel. Die sieben Schleier der Salome entsprechen den sieben Schleiern der Isis, hatte der Fürst gelallt, als wär's ein halber Zauberspruch. Tatsächlich war in den alten Mysterien der Schleiertanz ein Bestandteil des heidnischen Rituals. Für Prelati war es ein Akt Schwarzer Magie. Die Reitgerte, die in der Luft tanzte, das war nichts anderes als der Besen, auf dem die Hexe ritt. Der Hölle Streifzug durch den Moder der Welt. Alles hat seine Entsprechung, dachte Prelati, aus seinen Erinnerungen aufwachend, und ließ die Reitgerte auf den Tisch knallen, ohne dass der Fürst oder Agrippa Kenntnis davon nahmen. In seinen Allmachtsphantasien züchtigte er Agrippa, von dem er sich gedemütigt fühlte. Er hörte ihn sagen:

„Ludwig, mein Freund, für dich habe ich einen besonderen Auftrag. Du willst ja Herrscher des Deutschen Reiches werden. Als alter Krieger weißt du, bevor man ihn den Krieg zieht, muss man die Truppen sammeln. Wer will schon unterliegen, was?"

Ludwig lachte. „Ich nicht."

Agrippa stieß ein helles Lachen durch die Nase. „Ja, mein lieber Fürst, ich muss es dir sagen: Wir kommen nicht an dem Sachsen vorbei. Denn Friedrich hat Luther und steht wie wir gegen Rom."

Fassungslos blickte der Fürst ihn an. „Er ist mein Erzfeind. Durch ihn erst konnte Karl im letzten Jahr zum Herrscher gewählt werden und meine Kandidatur scheiterte kläglich. Soll ich jetzt vor ihm katzbuckeln?"

Agrippa antwortete glattzüngig: „Eine Katze weiß, wann sie schmeichelt, wann sie lauert und wann sie die Beute erlegt. Wir müssen unsere Kräfte bündeln. Du hast mein Wort, Ludwig, dass du der künftige Herrscher des Deutschen Reiches bist. Es sollte für einen großen Mann wie dich ein Kinderspiel sein, dir Friedrich zunutze zu machen, auch wenn er dein Feind ist. Im Gegenteil, dadurch zeigst du erst deine Überlegenheit."

Der Fürst stutzte. „Was soll ich tun?"

Agrippa schlug ihm auf die Schulter. „Dir kommt die ehrenvolle Aufgabe zu, der Gastgeber dieses Konventes zu sein. Du wirst Friedrich freundlich empfangen. Es dürfte für uns Eingeweihte kein Problem sein, diesen einfach gestrickten Herrscher, der nur die weltliche Macht kennt, für unsere Zwecke einzusetzen. Ludwig, ich zähle auf dich."

Der Fürst fühlte sich durch die Worte Agrippa geschmeichelt und nickte. „Natürlich, auf mich kannst du zählen."

Trotz allem bereitete es ihm Schwierigkeiten, diese Kröte zu schlucken. Doch das durfte er nicht zeigen.

Agrippa zwinkerte und sprach betont leise und bedeutungsschwanger zu Ludwig: „Vor uns stehen große Aufgaben."

Dann wandte er sich plötzlich wieder Prelati zu und sagte trocken und unvermittelt, fast unfreundlich: „Ich will jetzt die Gefangenen verhören."

Mit kurzen, leisen Schritten verließ er den Spiegelsaal, gefolgt von Prelati.

XXII. Kaldenkerkener Heide, ebenfalls um die dritte Stunde

In der Hütte, die Berthelot und seine Begleiter erreicht hatten, lag die männliche Leiche furchtbar zugerichtet auf dem Boden. Berthelot lief es eiskalt den Rücken herunter. Er versuchte den Hass, der in ihm aufstieg, durch ein Gebet zu dämpfen. Langsam bewegte er sich auf den reglosen Körper zu. In einer Woge des Entsetzens begann er zu begreifen, dass dieser Mord mit etwas Rituellem, Magischen zusammenhing. Als er den Toten aus der Nähe betrachtete, wich Berthelot unwillkürlich einen Schritt zurück. Das Herz klopfte ihm bis zum Hals. Betroffen sah er die zerquälte Miene des Toten, die sein ganzes Leid ausdrückte. Übelkeit stieg in ihm hoch. Der Mann musste fürchterlich gelitten haben. Er blickte in das Gesicht. Die Augen blutunterlaufen, die Augäpfel quollen heraus. Der halb offene, schmallippige Mund, dem bereits Fäulnis entstieg. Das kleine Rinnsal Blut am Kinn war noch nicht völlig getrocknet. Eine zerrissene kleine Kette hing quer über den Hals. Die Kutte des Mönchs war zerfetzt. Unmittelbar in der Magengegend markierte ein blutverschmiertes Loch die Einstichstelle, von dort aus lief eine klaffende offene Wunde, als hätte jemand in seinen Eingeweiden etwas gesucht. Ein paar Fliegen saßen darauf. Der Tod musste langsam eingetreten sein. Halb betäubt von den Ausdünstungen bückte sich Berthelot zu dem Leichnam hinunter. Auf seinem Bauch stand ein Zeichen, mit Blut geschrieben. Auch der Finger seiner ausgestreckten rechten Hand waren blutverschmiert. Alles deutete darauf hin, dass er selbst das Zeichen geschrieben hatte. Offenbar hatte der Tote versucht, noch im Sterben eine Botschaft zu vermitteln. Vielleicht wollte er einen Hinweis auf den Mörder geben. „Herr, erlöse seine Seele", flüsterte Berthelot. „Und lass ihn ruhen in Frieden."

Für eine Weile versenkte er sich in die Stille und betete zur Heiligen Jungfrau. Dann trat er bewusst aus der Stille heraus. Wer dieser Tote auch immer sein mochte, Pater Marcus war es nicht.

„Bring die Decke", befahl Berthelot dem Stallburschen, der völlig verängstigt in der Ecke stand.

Wentzel nahm sie ihm ab und trat seufzend auf Berthelot zu. „Es tut mir leid für Euch", sagte er betreten. „Pater Marcus war ein guter Freund, nicht wahr?"

Berthelot kniff die Augen zusammen.

Halt, nicht die Decke über ihn legen …

„Was ist das für ein merkwürdiges Zeichen?", fragte Wentzel.

„Sieht ganz so aus wie ein h.", meinte Berthelot unverbindlich.

„Warum ist der Querstrich hindurchgezogen wie bei einem t?", fragte Wentzel.

„Gut beobachtet, mein Freund. Ein t und ein h“, sagte Berthelot mit flüsternder Stimme.

Berthelot musste zugeben, dass all das äußerst seltsam erschien. Diese graphische Besonderheit hatte natürlich einen Grund. Die wirkliche Bedeutung des Zeichens behielt Berthelot jedoch aus Vorsicht für sich. Erstmalig war ihm dieses Symbol in Padua begegnet. Es war eins der Zeichen, die Prelati verwendete. Seit jener Zeit wusste Berthelot um die Bedeutung dieses Symbols. Es wurde bei heidnischen Ritualen verwendet – zur Anrufung satanischer Kräfte.

Das Zeichen des Saturn.

♄

Ein jahrtausendealtes Symbol …

In der Alchimie galt Saturn als Beherrscher allen dunklen Wissens und Schutzpatron der Schwarzen Magie. Der Bogen am Kreuz wird als Sichel gesehen, die das Kreuz abschneidet. Andere sehen darin die Schlange, die das Kreuz trägt. Ein Symbol des Antichristlichen. Augustinus nennt Saturn den *„maleficum deum inter alia sidera“*. Bereits Cicero galt Saturn als böse und der heilige Tag des Saturn, der Samstag, wurde als Tag des Unglücks bezeichnet. Das war der Gott der Antike, der seine eigenen Kinder verschlingt. Der menschenfressende Dämon auch genannt, der alte Drache, die alte Schlange. Der Teufel.

Fra Angelo blieb an der Tür stehen und umklammerte sein Schwert wie ein Wächter des Todes. „Tut mir leid für Euch.“

Der Zeigefinger des Toten deutete auf einen glänzenden Gegenstand, der in der Ecke zwischen Staub und Stroh lag. Berthelot nahm das Medaillon vorsichtig, ohne dass es jemand sah, und bugsierte es in seine Tasche. Durch die Bewegung entdeckte er auf dem linken Unterarm der Leiche einen weiteren Hinweis, der mit Blut geschrieben war.

Hebräisch, dachte Berthelot. In dieser Sprache waren die zehn Gebote geschrieben, es war die Sprache des Alten Israel. Er hatte von Erasmus von Rotterdam Hebräisch gelernt. Man musste diese Buchstaben, von rechts nach links lesen, doch die Buchstabenfolge ergab keinen Sinn.

+ שיהעו +

+

Berthelot ahnte, dass der Mönch das Zeichen des Saturn gemalt hatte, um damit auf etwas Satanisches hinzuweisen. Die drei Kreuze mussten für einen Bannstrahl gegen das Böse stehen, ebenso die hebräischen Buchstaben. Aber ihre Anordnung ergab keinen Sinn. Mit seiner ganzen Gedankenkraft versuchte er sich darauf zu konzentrieren und sah die Zeichen in seinem Geiste entstehen. Plötzlich kam ihm die Idee, dass man die Zeichen vielleicht anders anordnen musste. Die Kreuze … und die hebräischen Buchstaben … Die Buchstaben waren nichts anderes als ein Anagramm, ein Buchstabenrätsel. Erst wenn man sie richtig ordnete, offenbarte sich ihr wahrer Sinn. Wie hatte er vergessen können, dass manchmal Dinge verschlüsselt oder spiegelverkehrt stellt werden, um das Geheimnis zu wahren! Es konnte sich nur um einen Bann handeln. Berthelot betrachtete die Zeichen genauer.

Dann schloss er seine Augen und ging das hebräische Alphabet durch:

ש = *Schin,* י = *Jod,* ה = *He,* ע = *Ajin,* ו = *Vau (Waw)*

Aber welches Wort... welcher Sinn... Er warf die Buchstaben wie Mosaiksteinchen durch seine Gedanken: Shaif... Shiv... Scho... Nein, diese Zusammensetzungen ergaben keinen Sinn.

„Welche Zeichen sind das?“, fragte Wentzel in Berthelots Gedanken hinein.

Berthelot öffnete die Augen und sah Fra Angelo an: „Wisst Ihr’s?“

Fra Angelo schüttelte den Kopf. „Aber ich bin mir sicher, Ihr werdet es uns erklären.“

„Das Hebräische ist eine der mystischsten und kunstvollsten Sprachen der Welt. Kein Wunder, die Sprache ist, wie die He-

bräer sagen, Ausfluss des göttlichen Geistes. Sie ist sozusagen das Geschenk Gottes an die Menschen, um mit Ihm zu reden. Erasmus von Rotterdam lehrte mich in Leuven Hebräisch, wofür ich ihm unendlich dankbar bin, denn abgesehen davon, dass für mich diese Buchstaben vor denen wir hier stehen, keine Zeichen mit sieben Siegeln sind, stelle ich demütig fest, wie wichtig das Sprechen für uns Menschen selbst über den Tod hinaus ist."
Berthelot zeichnete zwei Zeichen in den Staub:

ה ח

„Seht genau hin... wer nicht genau hinschaut, müsste denken, die Buchstaben wären identisch. Zwei senkrechte Striche und ein waagerechter."

„Eine Gerade ist nicht bis ganz nach oben gezogen", bemerkte Wentzel.

„Gut bemerkt. Habt Ihr es auch gesehen, Angelo?", fragte Berthelot.

Fra Angelo sagte gelangweilt. „Na und?"

Der fünfte Buchstabe des hebräischen Alphabets ist *He*: ה Er bedeutet Fenster. Der achte Buchstabe lautet *Chet* ח und bedeutet Zaun. Erklärung gefällig? Das fehlende Stück beim waagerechten Strich öffnet unser Haus, im anderen Fall sind wir abgeschottet durch eine Grenze wie durch einen Zaun."

„Großartig", entfuhr es Wentzel.

Genau, göttlich großartig, dachte Berthelot.

Mit neu erwachter Zuversicht besah er die hebräischen Buchstaben, von denen jeder einzelne leuchtete. Er setzte sie in unterschiedlicher Reihenfolge zusammen. Es war wie bei einem Mosaik, wo man die Steinchen zu einem Bild zusammenfügen musste. Es war ein kleines Geduldspiel, aber sein Kopf wurde dabei klar. Die Übung half, die Gedanken zu ordnen. Darum schloss er wieder die Augen und sah die Buchstaben *Jod – He – Waw …*

Wenn jetzt noch einmal der fünfte Buchstabe des hebräischen Alefbet, He, dort stünde, ergäbe das einen der heiligen Namen Gottes, dachte er, *Jod, He, Waw, He:*

יהוה

gesprochen: *Jahwe.*

Das war also die Brücke, über die er gehen musste. Der Name Gottvaters führte zum Namen des eingeborenen Sohnes. Endlich sah er die Buchstaben in der richtigen Reihenfolge vor sich.

יהושע

Berthelot hatte die korrekte Kombination herausgefunden: *Jod, He, Waw, Shin, Ajin.* Gesprochen: *Jeschua,* der hebräische Name für Jesus... Damit hatte er das geschafft, wonach der Mönch so verzweifelt und vergeblich gesucht hatte, die Entschlüsselung der Bannungsformel, die dazu diente, den herbeigerufenen Satan zurückzuweisen.

Danke, Erasmus für deinen Unterricht.

XXIII. Burg Reitzenstein, nachmittags um die vierte Stunde

Als die Kerkertür aufging, blinzelten die Gefangenen, überrascht vom plötzlichen Lichteinfall.

„Wo sind der Abt und Pater Marcus?“, fragte Agrippa.

Prelati führte ihn zu der Wand, wo die beiden nebeneinander angekettet kauerten, verdreckt und blutverschmiert.

„Überlasst sie mir“, sagte Agrippa. „Gewalt ist ein Mittel, aber erst das letzte. Du scheinst es als erstes anzuwenden, mein Lieber.“

Prelati nickte unwillig. Er hatte verstanden. Hass staute sich in ihm auf. Wenn ich deine Geheimnisse kenne, Agrippa, werde ich dich vernichten.

„Ihr habt sie übel zurichten lassen, Großmeister Thot. Vergesst nie, alles hat seine Zeit. Frieden hat seine Zeit und Krieg hat seine Zeit“, näselte der Großmeister.

Der Abt horchte auf. „Ihr seid doch nicht etwa noch ein Mann Gottes?"

„Fast, ich habe einen anderen Weg gewählt. Seit wir uns zuletzt begegnet sind, Abt Theodardus, ist ein bisschen Zeit vergangen."

„Agrippa?", fragte der Abt ungläubig.

„Namen sind Schall und Rauch, nicht wahr? Tut mir leid, dass wir uns auf diese Weise wiedersehen. Soweit ich die Sache bis hierher verfolgen konnte, fehlte es an Eurem Mitwirken. Ich bin gewillt, Euch zu entlassen. Es geht einzig und allein um den *Liber Secretus,* der unserer alten Bruderschaft zusteht."

Marcus atmete auf, sie hatten ihn also noch nicht gefunden.

„Selbst wenn die Satansbibel in Eure Hände fällt, werdet Ihr sie nicht benutzen können", sagte der Abt.

„Seid sicher, Abt Theodardus, ich bin geübt im Dechiffrieren der kniffligsten und finstersten Geheimzeichen."

Der Abt nickte. „Vielleicht. Doch Ihr wisst, dass Gott niemals sein Volk im Stich lässt, bis zum Tag des Jüngsten Gerichts."

„Unsere Bruderschaft will den Weg dahin nur etwas beschleunigen." Agrippa stieß ein Lachen durch die Nase aus, wobei seine Nüstern bebten. „Allerdings behalten wir uns vor, dass unser Gott, Luzifer, der wahre Lichtbringer, das Spiel gewinnt."

„Ihr habt schon früher in Euren Meinungen geirrt."

„Lasst es mich offen sagen, wir haben nur einen Feind: die römische Kirche. Wobei ich mit Freuden konstatiere, dass sie sich in einem jämmerlichen Zustand befindet. Man könnte meinen, unsere geheimen Agenten wären dafür verantwortlich – was zum Teil auch stimmen mag. Auch die Unterwanderung ist eine Königliche Kunst, die unsere Bruderschaft par excellence beherrscht. Ebenso trifft zu … lasst es mich so ausdrücken, wie die Menschen dieses burgundisch-rheinischen Landstriches es sagen: *Et jivt keen jröter Leid, als wat der Mensch sich selbs andeit.* Ich erbitte Pardon, Ihr seid gewiss der lateinischen Sprachkunst eher mächtig als der Plattdeutschen. Ich will nicht lange monologisieren, Abt Theodardus. Sagt uns einfach, wo sich das geheime Buch befindet."

„Vater Abt weiß es nicht", röchelte eine schwache Stimme.

Agrippa wandte sich ihm zu. „Ihr seid Pater Marcus, nehme ich an. Wir hatten bislang noch nicht das Vergnügen. Ich verspreche Euch aber, sobald wir den *Liber Secretus* gefunden haben, werdet Ihr freigelassen."

„Denkt Ihr, wir fürchten uns vor dem Tod?", schnaufte Pater Marcus.

„Gewiss nicht. Dazu hätte man geschickterweise versuchen müssen, Euch vorher zu korrumpieren. Allerdings habe ich noch eine unschlagbare Waffe, mit der es mir bisher immer gelungen ist, Menschen, die nicht sprechen wollen, zum Sprechen zu bringen."

Ein bitteres Lachen entsprang Marcus' Kehle.

„Dagegen kann sich niemand wehren", bekräftigte die nasale Stimme Agrippas. „Die Befragung im halben Schlafe."

XXIV. Kaldenkerkener Heide, ebenfalls um die vierte Stunde

Wenn man die Buchstaben richtig hintereinander brachte, kam der Name Jeschuah heraus. Die hebräische Aussprache von Jesus. Doch wer dieser Tote auch immer sein mochte, Pater Marcus war es nicht. Berthelot suchte nach einer Erklärung und entschied sich zunächst, die Gelegenheit zu nutzen, seinen undurchsichtigen Begleiter einem weiteren Verhör zu unterziehen.

„Fra Angelo, glaubt Ihr, der Mörder ist einer der Soldaten von Fürst Ludwig?"

Der Novize schüttelte seinen Kopf. „Welcher Soldat soll einen solch ekelerregenden Ritualmord begangen haben?"

Berthelot horchte auf. „Ihr sprecht von Ritualmord?"

„Habt Ihr eine andere Erklärung? Glaubt Ihr, ein Mörder, der aus Habgier oder Rachsucht tötet, würde eine Leiche derart verunstalten?"

Keine gute Ausrede.

Man sah die Unsicherheit in Angelos Gesicht. Vielleicht wusste er mehr, als er sagte, oder hatte Angst, sich zu verraten. Gemächlich beugte sich Berthelot zu Fra Angelo herab, als wollte er seinen Größenunterschied demonstrieren. „Ein Ritualmord würde allerdings voraussetzen, dass jemand genau an dieser Stelle ein Ritual durchgeführt hätte. Wer käme dafür infrage? Ich denke an Prelati. An wen würdet Ihr denken?"

Berthelot versuchte, sich die letzten Minuten des Mannes vorstellen. Von aller Welt verlassen, mit dem Wissen, dass sein Tod unmittelbar bevorstand, hatte er seinen Finger in die Wunde getaucht und eine seltsame Botschaft geschrieben. Warum würde jemand, der qualvoll in den letzten Atemzügen liegt, so etwas tun?

„Was wisst Ihr über die Schwarzen Messen?", fragte Berthelot mit schwerer Stimme.

„Nie was davon gehört. Im Leben nicht."

„Sehr gut. Das spricht für Euch." Berthelot machte eine Pause und fixierte den Novizen mit bohrendem Blick. „Kennt Ihr eigentlich alle Mönche des Klosters?"

Fra Angelo schaute ihn betroffen an. „Wie meint Ihr das?"

Berthelot strich mit seinem Daumen über die Lippen. „Ich meine schlicht und einfach", er machte eine Pause, „dass dieser Tote nicht Pater Marcus ist."

Berthelots Worte schienen bei Fra Angelo einen empfindlichen Nerv zu treffen. Er hatte die ganze Zeit beherrscht gewirkt, jetzt aber konnte Berthelot seine Fassade bröckeln sehen.

„Warum hast du es behauptet?"

„Ich weiß es nicht."

Berthelot hob seine Stimme an, um seinen Worten Nachdruck zu verleihen. „Aha, er weiß es nicht. Sieh einer an, er weiß es nicht. Eine bessere Ausrede fällt dir nicht ein?"

Der Novize stieß einen tiefen Seufzer aus, in dem etwas Düsteres, Abgründiges mitschwang.

„Ich will wissen, um wen es sich bei dem Ermordeten handelt und wo Pater Marcus ist", donnerte Berthelots Stimme.

„Ich weiß es wirklich nicht", sagte grinsend Fra Angelo.

„Du weißt es nicht?", polterte Berthelot in kaum verhohlener Wut.

Mit einer unglaublich schnellen Bewegung, als würde er vom Leibhaftigen befördert, sprang Fra Angelo auf und drohte mit seinem Schwert. Die harten Augen des Novizen funkelten Berthelot böse an. „Ich weiß nur, was die Zukunft bringt und das ist nichts als Mord und Totschlag." Er hatte ein Spiel gespielt. Eiskalt und berechnend. Jetzt hielt er die Waffe mit beiden Händen und zielte mit der Spitze auf Berthelots Brust. Bis hierher seid Ihr gekommen, Doktor Berthelot. Keinen Schritt weiter."

Von wilden Schwerthieben gesichert, ging er rückwärts hinaus, warf die Stalltüre zu. Verbarrikadierte sie mit einem Querbalken.

Zur Sicherheit noch einen.

Alles ging ganz schnell.

Fra Angelo steckte den Reisig an, den er zuvor rund um die Hütte ausgelegt hatte. Im Nu fing das trockene Holz Feuer. Der Plan schien aufzugehen, so wie er ihn mit Prelati und Ulbertin abgesprochen hatte. Binnen weniger Minuten schlugen hohe Flammen gegen die Hütte. „Ich bin sicher, Ihr werdet den Sieg Luzifers nicht verhindern."

Lachend sprang Fra Angelo auf sein Pferd.

XXV. Burg Reitzenstein, noch um die vierte Stunde

Nach frischer Luft schnappend verließen Agrippa und Prelati den Kerker. „Hast du gesehen, was die uralte Kunst der Hypnose vermag?", sagte Agrippa in stillem Triumph.

Prelati blieb nur die buckelnde Rolle des dummen Schülers, der die elementarsten Dinge vergessen hat, als wären sie lästige Lateinvokabeln. Alles was Agrippa sagte, verletzte seine hochgespannte Eigenliebe und Selbstüberschätzung. Dieser Agrippa provozierte geradezu die Verehrung seiner selbst. Aber ich bin derjenige, der eigentlich verehrt werden muss! Ich werde in die Weltgeschichte eingehen, deren Rad ich herumgeworfen habe! Von Burg Reitzenstein aus werde ich ein Netz spinnen zu allen großen Heerführern und Kaufleuten. Ich muss in die Bruderschaft der Zehn aufsteigen. Ich muss dort an Agrippas Stelle treten. Ich bin der größere Magier. Im Glanz meiner magischen Künste und übermenschlichen jugendlichen Schönheit werde ich siegen und die vereinte neue Welt errichten.

Prelati und Agrippa eilten durch die langen unterirdischen Gänge vom Verließ in den Schwarzen Tempel. In der jetzigen Situation war es wichtig, die Kraft zu konzentrieren und in finsteren Anrufungen die Macht des Bösen heraufzubeschwören. Dank seiner Kunst, Menschen in eine träumerische Starre zu versetzen, in der sie willenlos waren, hatte Agrippa es geschafft, aus dem Abt etwas herauszuholen. Auch wenn sich das vom Abt Gesagte im ersten Moment merkwürdig anhörte, stieg in Agrippa eine Ahnung auf, was er gemeint haben könnte.

„Das Buchsymbol vervollständigt ein Papyrus in Gold", hatte der Abt unter Hypnose gelallt.

Es musste zusätzlich zum *Liber Secretus* noch einen Papyrus geben. Einen Papyrus in Gold?

„Wo ist er?", hatte Agrippa gefragt und der Abt hatte geantwortet: „Metaphysik". Danach war er zusammengebrochen.

Agrippa verstand genug von Geheim- und Zeichensprachen, um zu wissen, dass es sich bei dem Papyrus um den fehlenden Teil des *Liber Secretus* handelte. Trotzdem war die Aussage des Abtes solange nichts wert, wie der echte *Liber Secretus* sich nicht in ihrem Besitz befand.

Noch nicht.

Agrippa verfiel in einen tranceähnlichen Gesang, um seine hellsichtigen Kräfte zu wecken.

„Aum guru deva ya ..."

Die wiederkehrenden volltönenden Echos schienen durch die unterirdischen Gänge getragen und verstärkt zu werden. Auch Prelati holte tief Luft, um sich in den Gesang seines Meisters einzuschwingen. Nach einer Weile erhob Agrippa seine Stimme: „O Göttin, Tochter der Nuit, Tochter des Geb, Geliebte des Osiris, Göttin der zehntausend Namen! Ich verehre dich, Herrin Isis! Gib Antwort. Isis, Astarte, Ischtar, verborgene Mondin, gieße dein Licht über uns."

Jedes Wort hallte als vielfaches Echo zurück, wilde, höhnende Stimmen wurden im trüben Licht zu Furien. Donnergrollen und Hagelschlag waren von draußen bis in den tiefen Keller zu hören. Doch nicht die Angerufene erschien, sondern Fra Angelo, der in der ganzen Burg nach Prelati gesucht hatte und wusste, wo er seinen Meister eigentlich immer finden konnte. Agrippa unterbrach die Anrufung. Kaum steigerte sich ihr finsterer Gesang zum Höhepunkt, hörten sie Fra Angelo von draußen rufen. „Großmeister Thot? Großmeister Thot, seid Ihr im Tempel?"

Agrippa zeichnete den griechischen Buchstaben „Tau", also das Balkenkreuz, in den Raum. „Schwebt über dem Kreis, bis ich euch wieder hineinrufe!" Sofort vergingen alle Geräusche wie Rauchwölkchen.

„Tritt ein, Unwürdiger", tönte der Bass Prelatis.

Fra Angelo schreckte kurz vor dem Anblick der beiden Schwarzmagier zurück. „Ehrwürdige und hochwürdige Großmeister", begann er außer Atem, „Berthelot und seine Gehilfen in der Schäferhütte sind verbrannt."

„Das ist immerhin eine wundervolle Nachricht", sagte Prelati.

„Unmöglich zu entkommen. Ich habe sie eingesperrt und den Reisig entflammt."

„Es ist gut", sagte Agrippa scharf. „Setz dich, mach, dass Es dich atmet und zentriere dich."

Fra Angelo dachte an das, was jeder Lehrling der S.O.L. lernte. Es waren Atemübungen in die Tiefe der Erde, um sich an die Lebenskraft allen Seins zu binden. Die meisten dieser okkulten Exerzitien begannen damit, sich zu konzentrieren, Dinge zu visualisieren, Brücken zwischen Dies- und Jenseits zu schlagen. „Kannst du aus deinem kleinen Leben ausbrechen?", hatte Prelati ihn damals gefragt und die Antwort gleich mitgeliefert. „Nein, du glaubst, wie die meisten Menschen, deine Gedanken und Taten wären für immer auf dieses Leben begrenzt. Wir dagegen lehren dich die Freiheit, alle Grenzen zu überschreiten. Da ist es nur logisch, dass man auch die Grenzen im Diesseits überschreiten muss. Deshalb muss unser Lehrling damit anfangen, zuerst Katzen – und dann Menschen zu opfern. Die Freiheit ist teuer, keine Frage. Aber der Preis ist nicht zu hoch. Du wirst zum rechtmäßigen Herrscher über die Elemente. Fürchte dich nicht vor dem Tier in dir, sondern vor den Herren, die dir ausreden wollen, du wärst ein Tier. Später, wenn du Meister bist, wirst du verstehen, warum du auch deine Tierseele beherrschen lernen musstest. Also vergeude nicht deine Zeit damit, dass du dich fürchtest. Die Überwindung der Furcht ist der Preis für deine Freiheit. Du bist ein wandernder Berg, bist Gras, Bäume, Früchte, Blumen, wilde Tiere, fliegende Tiere, Metalle, Edelsteine, Erde, Wasser, Feuer, Luft", hatte Prelati ihn gelehrt. „Du bist wichtig. Nur du selbst, dein Ich, nichts und niemand sonst.

Wir bewegen uns im ewigen Stirb und Werde." Prelati hatte ihm die Grundlage der Lehre der S.O.L. beschrieben. Sie bedeutete: Wir sind für immer an diese Welt gebunden. „Deshalb verläuft unser Sein im Rad der ewigen Wiedergeburt. Aus diesem Grund sagt der Meister bei deiner Aufnahme: Erkenne dich selbst. – Denn die Erkenntnis ist die Erlösung."

Es gehörte zu den Übungen, die Konzentration auf seine innere Mitte zu lenken, um das innere Selbst zum Klingen zu bringen.

Er schwang in der Musik der Sphären.

„I-A-O" – er stimmte in den Gesang der Großmeister ein.

Doch Agrippa war längst in eine andere Welt abgetaucht. Hellsichtig visualisierte er die Aussagen des Abtes. Bild für Bild ließ er entstehen, bis er in Gedanken durch die Abteibibliothek ging. Das Buchsymbol vervollständigt Papyrus in Gold, hatte der Abt gesagt. Wie jeder Magier hatte Agrippa auch das erlernt, was spätere Zeiten die „Prälinguistische Spurensuche" nannten. Das bedeutete, ein Wort so lange zu untersuchen, bis seine wahre Bedeutung gefunden war. Papyrus in Gold – Papyrus in Gold – Hülle – Umhüllung, Gehäuse – Überzug – Kapsel. Der Papyrus war so etwas wie ein Bild, verborgen in einer Art Kapsel, hatte der Abt unter Hypnose gelallt. Verborgen in einer Art Kapsel ... in einer Schatulle ... oder in einem Medaillon vielleicht ...

XXVI. Kaldenkerkener Heide, noch um die vierte Stunde

Viel Zeit blieb nicht. Dann hätten sie verloren. Während Berthelot nachdachte, ging ihm eine Vielzahl düsterer Worte und Bilder durch den Kopf. Der Tod ... die Macht der Satansbibel ... die Ausrufung eines neuen Zeitalters ... der Sieg des Bösen ... Ich bin ganz sicher, ihr werdet den Sieg Luzifers nicht verhindern, hatte Fra Angelo gesagt. Luzifer, das heißt übersetzt Lichtbringer. Doch Luzifer verfügt nicht über das echte Licht, das echte Licht hat nur Gott und es äußert sich in Jesus Christus. Eine unwiderlegbare Wahrheit, die Gnostiker ebenso leugneten wie die Katharer und die anderen Teufelsanbeter.

Das Böse darf nicht siegen, dachte Berthelot. Das Feuer knisterte. Rauch zog schon nach innen. Du weißt, dass Gott dich nie verlässt. Er hat dich schon aus brenzligeren Situationen herausgeholt. Komm herab, oh Heiliger Geist, der die finstere Nacht zerreißt. Gib mir eine Eingebung, Vater. Die lodernden Flammen überfluteten seinen Verstand. Als erstes versuchte er, Wentzel und den stummen Stallburschen zu beruhigen.

„Betet, habt keine Angst. Unser himmlischer Vater lässt uns nicht im Stich."

In dem er sich zwang, ruhig zu atmen, damit sich seine Lungen nicht zu schnell mit Rauch vollpumpten, gewann er an innerer Ruhe zurück. Sie konnten warten, bis das Holz angekokelt war und sie eine Wand durchbrechen konnten. Aber das dauerte zu lange. Und die Tür war von außen verriegelt. In immer dichteren Schwaden zog der Rauch herein. Immerhin frischte die Luft etwas auf, die dichten Ginsterbüsche und Heidesträucher raschelten im kühlen Gewitterwind. Das Donnern grummelte jetzt lauter. Nie zuvor hatte er sich über ein Gewitter so sehr gefreut.

Wentzel sagte mit todtraurigem Blick: „Ob wir ins Fegefeuer kommen?"

„Nur keine Angst, wir haben zwei geschickte Hände und den Schutz des Heiligen Geistes."

Es fing an zu nieseln. Zuerst leicht, doch der Regen wurde schnell stärker. Aber sie konnten nicht warten, bis er das Feuer löschte. Die Flammen züngelten schon durch das Dach. Vor Berthelots Augen sprangen die Funken wie purpurne Sterne. Er keuchte, Schwindel überkam ihn, er taumelte kurz umher. Bleib ruhig. Er begann das Jesusgebet zu murmeln: Herr Jesus Christus, erbarme dich unser. Die Flammen fraßen sich weiter nach innen. Das Dach! Einer muss durch das Dach entkommen, und die Tür von außen öffnen. Er maß mit seinen Augen die Höhe zwischen Boden und Dach ab. Räuberleiter! Mit neu erwachter Zuversicht sprang Berthelot auf – zu schnell. Er musste seine Kräfte schonen, um seinen Plan umzusetzen. Er stellte sich breitbeinig unter das Loch, aus dem die Flammen hereinschlugen.

„Wentzel, wenn du dich auf meine Schulter stellst und Ekkehard sich auf deine, kann er hinausklettern und von außen die Stalltür frei machen."

„Das schaffe ich nicht mehr …" Wentzel keuchte kurzatmig. „Ich kriege ihn nicht mal gehoben."

„Mensch, reiß dich zusammen! Es ist unsere letzte Chance."

Berthelot spürte, es war zwecklos. Er musste seine Nerven in Zaum halten. Aber es musste etwas geschehen. Reisig und Stroh vor ihren Füssen fingen schon Feuer. Noch mehr Qualm drang in ihre Augen. Ihr Keuchen verriet, dass sich der Rauch bereits bis tief in die Lungen vorgefressen hatte.

„Los, Wentzel, auf meine Schultern."

Wentzels Augen wurden glasig, sein Atem noch kürzer, noch schwächer. Er geriet ins Taumeln. Suchte Halt. Dann sank er entkräftet zu Boden.

„Ekkehard, wir müssen es allein versuchen."

Aber die Höhe?

Wieder nahmen seine Augen Maß.

„Du musst dich an dem Dachsparren festhalten und dich hochziehen. Auch wenn er schon glimmt."

Ekkehard nickte.

„Mehr als dir die Finger verbrennen kannst du nicht."

Ihm war schwindelig, als er seine Hände ineinander verzahnte und vor den Bauch legte. Ekkehard zog sich an seinen Schultern hoch. Doch Berthelot geriet ins Schwanken. Er bekam kaum noch Luft. Mühsam kletterte Ekkehard auf seine Schultern. Angsterfüllt starrte Berthelot nach oben.

„Greif zu", schnaubte er.

Ekkehard reckte sich höher. Seine Fingerspitzen erreichten den Dachsparren. Höher! Er stellte sich auf die Zehenspitzen. Seine Finger fassten in glühendes Holz. Er schaffte es, den Balken zu umklammern. Mit einem Ruck zog er sich hoch. Es krachte und in einem Regen aus Funken, Splittern und Rauch fiel er zu Boden. Ekkehard lag mit weit aufgerissenen Augen zwischen den glimmenden Balken und schnappte hektisch nach Luft.

„Langsam atmen", befahl Berthelot.

Keuchend stand Ekkehard auf. Er hatte kaum noch Luft in den Lungen. Der Wind nahm zu und trieb das Gewitter näher heran, aber ließ auch die Flammen immer höher schlagen. Auf den Regen konnten sie nicht warten. Das Knistern wurde lauter, ohne dass die Wände nachgaben. In den Ecken brannte es schon lichterloh.

„Wir müssen es noch einmal versuchen. Über der Tür ist ein Balken, der kaum brennt."

Am Rande der Bewusstlosigkeit stellte Berthelot sich wieder auf. Jetzt zwang er sich erst recht, ruhig zu atmen, damit seine Lungen nicht kollabierten. Doch seine Beine drohten nachzugeben. Ekkehard spuckte in seine Hände, um den Schmerz zu dämpfen, der von seinen Verbrennungen ausging. Er tastete sich an der Wand hoch, die noch nicht brannte. Vorsichtig umgriff er den Balken. Seine Hände taten weh, doch er zwang sich, fest zuzupacken. Hangelte sich hoch. Stützte die Ellenbogen auf. Zog seine Beine an, rutschte aufs Dach. Ein paar Meilen entfernt zerrissen grellweiße Zickzacklinien den tiefschwarzen Mittagshimmel. Dicke Hagelkörner prasselten geräuschvoll nieder, Blitze, die mit lautem Getöse in die weitläufigen Felder krachten. Aus einer solchen Höhe war er noch nie gesprungen. Es war besser, nicht darüber nachzudenken. Immerhin drängte der starke Regenguss die Flammen nieder. Ekkehard ließ sich ein Stück an der Wand herunter. Seine Hände schmerzten höllisch. Er sprang ab und konnte sich zwischen den Flammen abrollen. Er hatte das Gefühl, sein Schweiß würde die Kleider mehr durchnässen als der wie aus Kübeln herabfallende Regen. Durch die aufdunstenden Schwaden erschien der Geruch von kokelndem Holz stärker als zuvor. Die Tür war durch zwei Querbalken verriegelt, die ebenfalls schon Feuer gefangen hatten.

„Nimm mein Schwert", keuchte Berthelot von drinnen, „Hab's am Sattelknauf befestigt. Nimm's aus der Scheide. Kannst du damit umgehen?"

Ekkehard gab gurrende Laute von sich.

„Mein Schwert, hast du verstanden?", rief Berthelot mit letzter Kraft.

XXVII. Burg Reitzenstein, noch um die vierte Stunde

Fra Angelo merkte, wie sich durch den Gesang ein magischer Kreis um sie schloss. Sie tauchten ein in die Finsternis der schwarzen Sonne. Er stellte sich vor, wie sich die Kraft Satans über ihren Köpfen zu einer kohlenähnlichen Kugel zusammenballte. Obwohl seine Augen geschlossen waren, sah er, wie Agrippa ein Pentagramm in die Luft zeichnete, und es kam ihm vor, als würden sie hindurchgehen.

„Heil Euch, Ihr Wächter der Türme des Ostens, ihr Mächte der Luft. Zerstört mit dem Sturm den Atem unserer Feinde!“, rief Agrippa in monotonem Singsang. „Heil Euch, Ihr Wächter der Türme des Südens, Ihr Mächte des Feuers. Entflammt unsere Feinde, entflammt sie. Heil Euch, Ihr Wächter der Türme des Westens, Ihr Mächte des Wassers. Löscht nicht das Feuer, sondern ertränkt unsere Feinde. Heil Euch, Ihr Wächter der Türme des Nordens, Ihr Mächte der Erde, grabt unseren Feinden ein Grab in der Luft, in den Flammen, im Wasser, im Schoß der Mutter Erde. Du Göttin der Erde, Isis, Astarte, Ischtar.“

Er dachte an die Göttin der Fünfheit, die durch alle fünfblätterigen Pflanzen geheiligt wurde. Der Apfel war ihr Emblem, denn wer einen Apfel quer durchschnitt und das Gehäuse sah, entdeckte, dass das Kerngehäuse ein Fünfeck bildet, eben jenes Pentagramm, das Großmeister Leonardo in seiner Vitruvstudie als Mensch darstellte. Und im Apfel ist das Pentagramm… der Apfel… jetzt wusste man, weshalb Eva Adam den einen Apfel reichte. Aber es war der Apfel. Der Adamsapfel, der Satansapfel. Die Augen der Göttin waren Raben im Fluge und ihre Füße tanzender Schaum. Fra Angelo schwebte noch in tiefer, schwerer Trance, als er bemerkte, wie der Gnom den Schwarzen Tempel betrat.

Auch Alanus fiel durch den mondsüchtigen Singsang Agrippas in eine betäubte Wachheit. „Heil der Königin der Nacht, Nuit. Heil den Großmeistern der Bruderschaft. Mit meinem Blut rufe ich aus vollem Herzen zu Euch. Ihr seid zwischen den Welten, in allen Welten. Hier das Geschenk der Götter für die Herren der Welt.“

Wenn es gelingt, die Anrufungen zusammenzubringen, so wie der Fürst der Hölle sie selbst Nero diktiert hat, ist der Zeitpunkt gekommen, an dem die Geheime Bruderschaft die totale Macht über die Erde übernehmen wird, dachte Agrippa.

Zum erstenmal seit er hier war, glaubte der Großmeister nach all den Rückschlägen an einen Erfolg.

Aber wo war der Papyrus in der Goldhülle oder Kapsel, der zur Vollständigkeit des *Liber Secretus* beitrug? Das versetzte ihn in einen Zustand größter inneren Unruhe. Sein Gesicht nahm fratzenhafte Züge an, bis es aussah wie ein lebendiges Abbild Baphomets. Schaum trat vor seinen Mund. Mit der spitzen Stimme einer kreischenden Krähe rief er aus: „Wo, wo, wo?"

Metaphysik hatte der Abt gesagt.

„Metaphysik!", sagte er laut.

Agrippa deutete Aristoteles' Begriff Metaphysik so, daß jener die Schriften mit dem Geheimwissen *meta,* hinter seinen Physikschriften verborgen habe. Die Aussage des Abtes konnte nur bedeuten, dass sich der Papyrus in der Bibliothek hinter den Physikbüchern in einer Goldkapsel befand.

„Heureka!", schrie Agrippa. Ich hab's gefunden.

Er und damit des Teufels Brüder standen unmittelbar vor einem epochalen Sieg. So schnell wie sein Gesicht zur Fratze mutiert war, glätteten sich seine Gesichtszüge wieder.

„Alanus, Fra Angelo, ich habe einen neuen Befehl für euch", versetzte er. „Ihr geht zum Kloster Niersbachthal. Euer Weg muss sich spätestens nach der Wolfseiche trennen. Wer von euch als Erster ankommt, wird zu Ulbertin gehen und ihm mitteilen, dass sich in der Bibliothek hinter den Physikbüchern ein Goldkästchen oder eine Goldkapsel befindet, in der ein wichtiger Papyrus ist, den wir benötigen."

„Warum getrennte Wege?"

„Weil ich es will." Der Großmeister dachte nicht daran, weitere Erklärungen abzugeben. „Wer von euch als Erster den Papyrus bringt, wird morgen an Johanni zum Meister der S.O.L. erhoben." Agrippa machte eine gewichtige Pause. „Damit Ulbertin nicht an der Echtheit des Befehls zweifelt, sagt ihm das Passwort des Gesellengrades." Er sah sie mit durchdringenden Augen an. „Ihr kennt es doch – oder?"

„Paraschkol", antworteten Alanus und Angelo unisono.

„Geht jetzt! Unsere Zeit ist knapp."

Hinter den beiden Gehilfen fiel die schwere Eisentür ins Schloss. Diesmal befahl Agrippa, sie zu verriegeln. Von nun an durften sie nicht mehr gestört werden.

Agrippa nahm den Satansschädel in seine Hand. „Sei gesegnet, künstlich gebildetes Geschöpf. Künstlich bist du geformt, künstlich wirst du gewandelt. Nicht Stein noch Erz noch Gold bist du, sondern Fleisch und Blut. Ich nenne dich Baphomet. Du bist zwischen den Welten, in allen Welten. Öffne den Kreis."

Dann sprach Agrippa einen Höllenzwang aus, indem er drei Satansnamen unablässig wiederholte. Währenddessen zeichnete er ein von zwei Kreisen umgebenes Pentagramm auf den Boden, dessen Spitze nach unten zeigte. Zwischen die Kreise schrieb er die drei monoton niedergebeteten Satansnamen. Dann betrat er den Kreis. Kurze Zeit später folgte Prelati ihm. Von nun an mussten sie sich in finstere Anrufungen versenken, um Seele, Geist und Körper auf die Aufgaben der nächsten Stunden einzupendeln.

XXVIII. Kalkenkerkener Heide, nachmittags um die fünfte Stunde

Mit einem kräftigen Ruck zog Ekkehard das Schwert aus der Satteltasche. Mit der ihm verbliebenen Kraft hieb er auf die Balken ein.

„Setz die Klinge zwischen Balken und Tür", keuchte Berthelot.

Doch Ekkehard schlug mit voller Wucht zu, bis das Holz mit aufsprühenden Funken auseinanderbrach. Berthelot drückte das berstende Tor von innen auf, sprang durch die Flammen und umarmte Ekkehard. „Du bist ein Geschenk des Himmels." Dann bekreuzigte er sich. Danke für deine Gnade, Herr.

Sie schleiften den nach Luft schnappenden Wentzel heraus. Auf dem Teppich aus modrigen Blättern und nassem Unkraut kam er langsam wieder zu sich.

Die Sonne setzte sich gegen die Gewitterwolken durch und ließ die Feuchtigkeit des Bodens verdampfen. Berthelot hatte versucht, noch einmal die Leiche des Mönchs zu untersuchen. Durch den Brand war der Leichnam verkohlt.

„Ekkehard, bist ein tapferes Kerlchen. Stammte der Mönch aus der Abtei?“

Der stumme Stallbursch nickte.

„Ein Freund von Pater Marcus?“

„Jjii.“

Berthelot nahm das Medaillon aus der Tasche und besah es. Wieso zeigte der Finger des Toten auf den Schmuck, der von außen nichts Besonderes darstellte. Ein taubeneigroßes Medaillon, glatt, ohne irgendein Kennzeichen. Andererseits war es mehr als unüblich, dass ein Mönch ein solches Schmuckstück bei sich trug, das eher den Hals eines Potentaten hätte zieren müssen. Als Berthelots Fingerspitzen behutsam über den Rand glitten, ertastete er eine versteckt eingearbeitete Vertiefung. Das Medaillon ließ sich öffnen und legte ein Geheimnis frei: einen daumengroß zusammengefalteten Papyrus, der ausgebreitet die Größe einer Hand bekam und beidseitig mit magischen Zeichen und Formeln versehen war. Das muss ich mir näher ansehen. Berthelot setzte sich auf einen Stein. Sofort wurde ihm klar, dass sein Fund in einem Zusammenhang zum *Liber Secretus* stehen musste. Ihm würde kaum gelingen, die geheimnisvollen Symbole in aller Schnelle zu deuten. Von dem Papyrus ging eine unheimliche Kraft aus. Am liebsten hätte er ihn sofort von sich geschleudert. Aber er würde ihn noch brauchen. Da war er sich sicher. Alle Spurten führten zur Burg Reitzenstein, zu Fürst Ludwig und Prelati. Es lag auf der Hand, dass sie den Mönch hatten töten lassen, um an ein Geheimnis zu kommen. Eines, in dessen Besitz er nun ungewollt gelangt war. Um sich der Macht, die von dem Papyrus ausging, zu erwehren, besprengte er das Medaillon mit dem Weihwasser, dass er in einem Fläschchen immer bei sich trug und sprach einen Segen. Es gehörte nicht viel Phantasie dazu, sich vorzustellen, wie viele Generationen von Teufelsbrüdern nach diesem Kleinod gesucht hatten. Aber warum trug es ausgerechnet ein Mönch bei sich? Stimmte das, dass Marcus Mitglied der S.O.L. war? Dieser Mönch hier schien es jedenfalls gewesen zu sein, sonst hätte er nicht das Medaillon mit dem Papyrus bei sich getragen. Andererseits durfte er nicht den Gedanken außer Acht lassen, dass dieser Mönch den Papyrus vor seinen Häschern verstecken wollte, um das Ärgste zu verhindern.

Berthelot war klar, Marcus hatte mit seinen schlimmsten Befürchtungen Recht gehabt. Er fragte sich aber, ob er genug Kraft besaß, sich dieser Aufgabe zu stellen. Er schüttelte den Kopf, diese Frage stellte sich gar nicht mehr. Davonrennen konnte er nicht. Wollte er nicht! Er legte den Papyrus zurück, verschloss das Medaillon und steckte es in sein Wams.

Ekkehard machte durch lautes Gurren auf sich aufmerksam. Mit wilden Gesten bedeutete er, dass er ihnen etwas zeigen wollte und deutete mit der Hand entschieden eine Himmelsrichtung an.

„Wentzel, bist du schon wieder so weit zu Kräften gekommen, dass du die Kutsche führen kannst?"

Schwer atmend schaute Wenztel auf und nickte. Aber Ekkehard winkte ab. Mit Gesten machte er deutlich, dass es besser wäre, die Kutsche zurückzulassen. Während er Wentzels Pferd nähme, sollten Berthelot und Wentzel auf einem Pferd reiten.

XXIX. Burg Reitzenstein, ebenfalls um die fünfte Stunde

Im Hof von Burg Reitzenstein führten die Kutscher ihre Pferde langsam umher, damit sie sich, bevor sie zur Tränke geführt wurden, abkühlten. Fürsten verschiedener Territorien des Reiches und mächtige Kleriker waren eingetroffen. In der Nähe des runden Brunnens, über dem an einer Holzwinde ein Eimer im sanften Wind baumelte, breiteten zwei Zofen Tücher zum Trocknen aus. Der Fürst sah vom Fenster des Großen Saals aus zu. Gedankenverloren strich er über die Schöße seiner schwarzen, golddurchwirkten Brokatjacke, die er nur zu besonderen Anlässen trug. Sein Gefühl sagte ihm, dass irgendetwas nicht stimmte. Seit Agrippa auf Reitzenstein weilte, hatte sich Prelatis Stimmung verschlechtert. Seine optimistische Überheblichkeit war einem Beleidigtsein gewichen.

Eine weitere Kutsche fuhr in den Innenhof der Burg, es war die Friedrichs von Sachsen. Bald hörten sie Schritte auf dem Gang. Wenig später stand der Fürst von Sachsen im Großen Saal.

„Mein lieber Friedrich, seid willkommen." Agrippa führte ihn zu Ludwig. „Die Herrschaften kennen sich ja."

Friedrich hob arrogant seine Brauen. „Die Fürstenfamilie ist nicht so groß, als dass man sich immer aus dem Weg gehen könnte."

Ludwig wusste, was seine Aufgabe war. Agrippa hatte ihm deutlich zu verstehen gegeben, was er erwartete, denn Ludwig würde sein Ansinnen, Herrscher des Reiches zu werden, nicht aufgeben.

„Friedrich, es ist mir eine Freude, dich hier zu begrüßen", sagte Ludwig mit einem Hüsteln, das so künstlich wirkte wie sein Lächeln.

„Ich komme vom Kölnischen Kurfürsten, Alexander von Wied. Wie du weißt, suche ich gerade Verbündete für den Streit mit dem Papst."

„Du bist ein weiser Mann", entgegnete der Fürst mit falschzüngiger Galanterie.

„Luther geht es darum, aus der Abhängigkeit von Rom zu entkommen, mir auch. Sein Standpunkt ist religiös. Meiner politisch. Ich profitiere von seinem jugendlichen Ungestüm, er von meiner staatsmännischen Erfahrung. Idealisten hatten bei mir immer einen Stein im Brett, deshalb bin ich nicht nur Förderer, sondern auch Anhänger von ihm."

Ludwig nahm den Fürsten von Sachsen beiseite. „Lieber Friedrich, wir sollten unsere alte Feindschaft begraben. Wir verfolgen ein gemeinsames Ziel. Friedrich", sagte er mit treuherziger Miene, „wir sind unter Männern, ich reiche dir die Hand. Lass uns zusammenarbeiten. Schlag ein."

Friedrich ergriff, wenn auch zögerlich, die Hand Ludwigs. „Also … gut … begraben wir den alten Streit."

Ludwig nickte, ohne der Aussage Friedrichs wirklich Glauben zu schenken: „Ich danke dir. Wirklich, ich danke dir."

„Ich bin nicht als dein Feind gekommen", sagte Friedrich. „Um der Wahrheit die Ehre zu geben, hat mich Agrippas Angebot gelockt. In Adelskreisen lässt sich, wie du weißt, nichts geheim halten, deshalb weiß man, wer welchem Orden oder Bund angehört. Und von der S.O.L. hört man ja ganz ordentliche Sachen. Mehr interessieren würde mich dagegen die Bruderschaft der Zehn."

Agrippa, der an sie herangetreten war, sagte: „Sie ist nun wirklich so geheim, dass selbst ich sie kaum kenne geschweige denn wüßte, wer die Ehre besitzt, ihr anzugehören. Obwohl die beste Methode, etwas geheim zu halten, im Grunde ist, es öffentlich zu machen." Er klatschte in die Hände. „So, meine Freunde, ich muss euch jetzt trennen. Der ehrwürdige Fürst von Sachsen ist kein Mitglied unserer Bruderschaft und kann deshalb an der offiziellen Eröffnung unsers Konvents nicht teilnehmen. Mein lieber Friedrich, ich will aber in einer Sache eine Ausnahme machen und Euch in den Tempel führen lassen. Das wird Bruder Prelati übernehmen, der Euch auch über die Ziele und Zwecke unserer Bruderschaft aufklären wird."

Prelati, von Agrippa zuvor genauestens instruiert, begleitete Friedrich von Sachsen hinaus.

Unruhig wartete Agrippa, bis der Letzte den Großen Saal verlassen hatte, und nahm den Logenhammer der S.O.L. Ein feines, aus Ebenholz geschnitztes Stück. Er umklammerte ihn mit beiden Händen und versenkte sich in die Anrufung Pans. Die dunkle Königliche Kunst war eine Disziplin mit präzisen Formeln, die genau praktiziert werden musste und einer diffizilen Abstimmung unterworfen war. Agrippas Kunst war nicht die sensationsheischende Schwarze Magie der fahrenden Gesellen. Sie besaß das Potenzial, gewaltige Macht zu entfesseln. Prelati, der immerhin Einiges beherrschte, war ein Waisenknabe gegen ihn. Nur die hoch Eingeweihten waren die legitimen Herrscher der Elemente – doch weit über ihnen stand die Bruderschaft der Zehn.

Agrippa schlug sechsmal mit dem Hammer auf die Tafel.

Der Zeremonienmeister, ein alter, verkniffener Herzog aus Baden, kam mit dem verschnörkelten schwarzen Heroldsstab herein und machte eine tiefe Verbeugung. „Ehrwürdiger Meister."

Agrippa fixierte ihn. „Bruder Zeremonienmeister, führe die Brüder und Schwestern in geordnetem Zug ein und weise ihnen ihren Platz an der Tafel zu."

„Es soll auf Euer Geheiß geschehen, ehrwürdiger Meister."

Indem er bei jeder Wendung die Hacken zusammenschlug, verließ der Zeremonienmeister den Großen Saal, schlug draußen sechsmal mit seinem Stab auf und sagte mit erhobener Stimme:

„Ich bitte die ehrwürdigen Herrschaften, mir in geordnetem Zug zu folgen."

Wie ein Rattenschwanz folgten ihm die Anwesenden, versammelten sich neben der zweiflügeligen hohen Tür und warteten auf neue Befehle.

„Fürst Ludwig von Gelderland."

Der Zeremonienmeister wies ihm den Platz links von Agrippa an.

Dann verteilten sich auf die übrigen Plätze die anderen Schwestern und Brüder, allen voran Prior Ulbertin, dann Fürst Eberhard von Hannover, der anhaltinische Kurfürst Markus Kardinal von Manderscheid, die Fürstin von Sibiu, der süddeutsche Bischof Karlmann Lem und der Bischof von London, Sir Andrew Mason, Fürstin Cornelia zu Coburg. Es verging eine Weile, bis der Letzte seinen Platz eingenommen hatte.

Der Zeremonienmeister schlug sechsmal mit seinem Heroldstab auf, um feierlich zu verkünden: „Ehrwürdiger Meister, die Schwestern und Brüder haben ihre Plätze eingenommen."

Kurz darauf ertönte der Hammerschlag Agrippas. „Brüder und Schwestern im Geiste, wir haben uns zu diesem Konvent versammelt, um das Lithafest unseres ehrenwerten Bundes zu begehen. Links neben mir seht ihr unseren diesjährigen Gastgeber, Fürst Ludwig von Gelderland, dem wir herzlich für seine großzügige Gastfreundschaft danken. Wir begehen das Mittsommerfest und opfern dabei eine Jungfrau, so wie wir es bei vielen feierlichen Zeremonien unseres Bundes tun. Doch am Mittsommerfest pflegen wir die Jungfrau zu enthaupten, um das Haupt unserem Lichtbringer, Luzifer, zu opfern. Damit erinnern wir an die Enthauptung Johannes' des Täufers, der uns ebenso verhasst ist wie der Nazarener. Doch werden bei unserer diesjährigen Feier besondere Dinge geschehen. Vor allem will ich euch darauf verweisen, dass wir aufgrund des günstigen Standes der Gestirne den neuen Äon ausrufen werden. Ihr also seid dabei, wenn wir Weltgeschichte schreiben." Agrippa unterbrach sich, um sich zu schnäuzen, und japste für einen Moment nach Luft, ehe er näselnd weitersprach. „Die S.O.L. und die ihr übergeordneten Bünde haben die Erneuerung der Menschheit von langer Hand vorbereitet. Da wir wussten, dass von den Klöstern und Universitäten ein neues Denken ausgehen muss, brachten wir vor knapp einhundert Jahren jene Schrift in Umlauf, die auch Euch unter dem Namen *Corpus Hermeticum* bekannt ist. Wie erwartet wirkte dieses Geheimbuch wie ein Funke, der einen Brandherd entfachte. Für diejenigen unter Euch, die es nicht wissen: In dieser antiken Wissenssammlung geht es um die Verbindung des Oberen mit dem Unteren, wie sie Hermes Trismegistos, der dreimal mächtige Hermes, vollzogen hat. Doch wie die Geschicke verlaufen, entscheidet unsere Führer im Verborgenen." Agrippa blickte auf und fixierte Ulbertin. „So will ich an dieser Stelle auch den künftigen Abt der Abtei Niersbachthal, Ulbertin, begrüßen. Auch in unserem Mitbruder schlummert ein erfolgreicher Reformator." Agrippa erhob sich wie die Flamme einer Kerze und rief aus: „Geschwister in Luzifer, die Zeit des Antichristen hat begonnen." Er blieb eine Weile stehen, seinen Kopf in den Nacken gelegt und die Augen zu zwei schmalen Schlitzen zusammengekniffen, ehe er mit beiden Armen ausholte, wobei sich sein Gewand bauschte, als wäre ein geheimnisvoller Windzug durch den Saal gezogen. Agrippa setzte sich wieder. „Ich will unseren Konvent mit den Worten unseres Bundes eröffnen: *„Fay ce que vouldras* – Tu was du willst". Neuerlich schlug er sechsmal mit dem Hammer auf. „Hiermit, Schwestern und Brüder, erkläre ich das diesjährige Lithafest der S.O.L. für eröffnet." Von draußen waren Befehle zu hören. Die Landsknechte bereiteten dröhnend ihren barbarischen Überfall auf Gelderland vor. Der Boden erzitterte unter ihren stapfenden Stiefeltritten. In der Luft stand ihr Gegröle. Habgier. Hass. Blutdurst.

XXX. Heidweiher, ebenfalls um die fünfte Stunde

Mit seinem zaghaften Gurren machte der stumme Stallbursche auf den blutbesudelten Baumstumpf inmitten des Steinkreises aufmerksam. In das Holz war kunstvoll eine dickbäuchige nackte Frau geschnitzt und einige Runen, Sonnenräder und Hakenkreuze. Der Stumpf war völlig von getrocknetem Blut bedeckt. Berthelot dachte: Eine Kultstätte, wie die Germanen sie verwendet hatten, mit blutigen Opferungen, ähnlich wie in anderen heidnischen Kulten. Die altägyptische Isis- und Osiris-Verehrung, die eleusinischen Zeremonien oder die gnostischen Teufelsmessen, sie alle hatten mit Sexualmagie zu tun. Vor den Tempeln der Anhänger des Hephaistos oder des Pythagoras wurden Tempelhuren vergewaltigt und missbraucht. Manche opferten auch Kinder. Wie bei den eleusinischen Riten oder römischen Bacchanalien, die in Massenorgien endeten, wobei sich wildfremde Menschen wahllos miteinander paarten. Auch die Gnostiker führten entsetzliche Rituale aus, bei denen sie gewaltsam Frühgeburten einleiteten und die Leibesfrucht mit Honig, Pfeffer und anderen Gewürzen vermengten und verspeisten. Alle okkulten Rituale hatten diese tiefe Abartigkeit, auch wenn das Animalische im Kleid von Geisterbeschwörung daherkam. Die Gottesleugner bezeichneten es als heiligen Akt, wenn ihr Großmeister, der *hierodidaskalos,* mit einer ausgewählten Frau nackt auf dem Altar den Geschlechtsakt vollzog. Sie opferten Menschen, vor allem Frauen und Kinder, um ihren Göttern zu dienen. Wie oft habe ich, erinnerte sich der Leuvener Professor, meine Studenten davor gewarnt: „Welche Götter sind das, die Abartigkeiten und Menschenopfer fordern? Mit dem einen wahren liebenden Gott, wie dem der Christenheit, haben diese Götzen nichts zu tun."

Erst das Christentum, wusste er, hatte diesen finsteren Aberglauben beseitigt und die Würde der Frau gestärkt. Ebenso die der Sklaven. Mehr noch, Paulus setzte Herren und Sklaven gleich, weshalb Philosophen in ihrem Dünkel das Christentum eine Sklavenreligion nannten. Doch neben der Kirche bestand heidnischer Aberglaube fort, der sich in den letzten Jahrhunderten epidemisch vermehrte. Das Böse, das durch Jesus Christus verdrängt worden war, hielt wieder Einzug in die Welt. Es war traurig. Immer wenn im Laufe der Geschichte die Religion an Gewicht verlor, wegen Pest, Hungersnot oder Krieg, entwickelte sich der Aberglaube weiter. Seit dem 13. Jahrhundert nahm die Zauberliteratur beträchtlich zu. Um so wichtiger war, dass die Kirche die Heiligkeit bewahrte, und wo diese, selbst in den höchsten Kreisen abhanden gekommen war, wieder neu zu ihr fand. Jede Abweichung vom Gesetz Gottes, von den Aussagen der Heiligen Schrift, bedeuteten nicht nur eine Verleugnung des

Glaubens, sondern obendrein Verrat an der Kirche, die der Leib Christi ist. Warum lernten die Menschen nicht, dass es unsinnig war, wieder außerhalb der Lehre Christi ihr Heil zu suchen? – Offensichtlich wusste der Stallknecht mehr, doch er würde niemals mehr in seinem Leben darüber eine Aussage machen können und der Schriftsprache war er nicht mächtig. Berthelot versuchte die knappen Gesten des stummen Stallknechts zu deuten.

„Hier hat gestern eine Opferung stattgefunden, nicht wahr?"

Ekkehard hob einen Stock vom Boden und hieb damit auf den Baumstumpf ein.

„Ist der Mensch erschlagen worden?"

„Llll ...", machte Ekkehard kopfschüttelnd und zog mit dem Stock eine Linie von der Brust bis zum Nabel.

Wenn ich nur wüsste, was du sagen willst.

Mit hüpfenden Sprüngen umkreiste er den Baumstumpf, schlug in unregelmäßigen Abständen darauf und zog neuerlich die Linie über den Bauch.

„Der Mensch ist erstochen worden?"

Ekkehard winkte schnaufend ab: Wie soll ich es Euch erklären?

Schnaufend führte er seine beiden Hände gegen die Schläfen und streckte die Finger aus.

„Hörner?"

Ekkehard nickte, legte sich auf den Baumstumpf und hieb auf seinen Bauch ein, als wäre es ein Dolch.

„Hier ist ein Opferplatz ...", flüsterte Berthelot. „Dem Teufel werden Opfer gebracht ..."

Ekkehard nickte. Er sprang auf und suchte den Boden ab, bis er ein Stück Fell und ein abgeschlagenes Horn fand."

„Ein Widder ist geopfert worden."

„Nnnnn", kam es dumpf aus Ekkehards Kehle. Er malte mit dem Stock eine Krone in den Heidesand.

„Hier feiert Prelati Schwarze Messen?"

Ekkehard nickte traurig.

„... mit dem Fürsten und der Fürstin ..."

Ekkehard nickte einmal und zeigte auf die Feuerstelle, in der Asche lag ...

„Mein Gott", entfuhr es Berthelot.

… verkohlte Knochen …
„Du hast alles mitangesehen."
Tränen traten in Ekkehards Augen.
„… und um dich zum Schweigen zu bringen, haben sie dir die Zunge herausgerissen …"
Bittere Tränen rannen an Ekkehards Wangen herunter. Was für ein unglaublicher Schock. Berthelot erschauerte, er wusste, dass alles noch schlimmer werden konnte, als er es bislang befürchtete.
Plötzlich schoss ihm ein abscheulicher Gedanke durch den Kopf.
„Hatte Prelati ein Buch bei seiner Zeremonie?"
„Bbb …"
„Versuch es langsam zu sagen." Berthelot kniff die Augen zusammen, um die Lippenbewegungen Ekkehards genauer zu verfolgen.
„Brauchst nur zu nicken, ein schwarzes Buch?"
„Jjjiie …"
Berthelot schlug die Hand gegen die Stirn. *„Liber secretus …"* Er erinnerte sich, was Marcus ihm geschrieben hatte: „Die meisten halten diese Satansbibel für verschollen, aber Bruder Jeremias ist in ihrem Besitz … zu diesem Buch gibt es einen ebenso geheimen Papyrus, darauf stehen verschlüsselte Anweisungen, mit denen sich das Böse entfesseln lässt."
Der Tote in der Schäferhütte war Bruder Jeremias! Mit dem Saturnzeichen wies er auf die Satansbibel hin. Das Medaillon hatte er mit letzter Kraft absichtlich so gelegt, dass sein Finger darauf zeigte. Der Papyrus im Medaillon enthielt den Schlüssel. Es war Gottes Fügung, dass Fra Angelo nicht darauf aufmerksam geworden war …
Ich darf den Papyrus niemals hergeben …

Plötzlich schrie Wentzel auf: „Meister Berthelot." Zwischen dem Dickicht huschte ein zwergenhafter Mensch mit seinem schnellbeinigen Pferd. „Da ist er, der das Blutbad im Marienstift angerichtet hat!"
Der Gnom dirigierte sein Pferd mit ungeheuerer Geschicklichkeit durch das Unterholz. Jeder Fußbreit der Kaldenkerkener

Höhen war ihm vertraut. Ekkehard machte mit beiden Arme eine ausholende Bewegung und führte die Hände zusammen. Berthelot versuchte einen Sinn in den Gesten des Stallburschen zu erkennen. Ekkehard zeigte mit einer Hand auf das Gestrüpp, mit der anderen auf den Pferdeweg.

„Ich weiß, was du meinst." Berthelot hatte verstanden: „Wir müssen ihn in die Zange nehmen."

Ekkehard nickte. Doch in dem unwegbaren Gelände war es nicht leicht, die Verfolgung aufzunehmen.

„Du kennst dich besser hier aus. Du nimmst mein Pferd und verfolgst den Gnom durch das Buschwerk. Wentzel nimmt den breiten Pfad. Ich werde hier die Stellung halten, damit nicht noch Schlimmeres passiert."

Berthelot sah Wentzel und dem Stallburschen hinterher. Der Gnom würde sich als zu geschickt erweisen, befürchtete er.

„Glückauf, Satanas ...", schrie eine wütende Stimme hinter ihm. Fra Angelo ritt in vollem Galopp auf ihn zu. „Du Hundesohn bist dem Tod entkommen." Mit lauten Schreien wedelte er sein Schwert wie einen tödlichen Fächer durch die Luft. „Das wird dir kein zweites Mal gelingen."

Er sprang von seinem Pferd und hieb mit wütenden Attacken auf Berthelot ein. Auch Berthelots Schwert blitzte in der Luft, doch Fra Angelo entzog sich immer wieder durch geschickte Drehbewegungen. Er war ein besserer Schwertkämpfer als Prelati.

Schnell, wendig, mit harten, zielgenauen Schlägen. Berthelot stieß nach ihm, doch auch diese Schläge parierte Fra Angelo mit exzellent vorgetragenen Angriffen. Mit wilden Bewegungen stocherte Berthelot auf ihn ein. Fra Angelo schien seine Gedanken zu lesen.

„Soviel Glück", höhnte er. „Selbstverständlich wirst du sterben. Der Teufel ist immer ein gefährlicher Feind."

Berthelot sah es in den leeren schwarzen Augen des Fraters.

„Du kriegst mich niemals", sagte er herausfordernd. Durch den Anblick mordlüstern geworden, verlor er für einen Moment die Deckung. Berthelot zielte auf seinen Unterbauch. Sein Gegner sprang wieselflink zurück.

„Nicht ich!", Fra Angelo grinste, während er Berthelot immer weiter Richtung Heidweiher drängte.

Berthelot ahnte, was er vorhatte. Auch hierin war er geschickter als Prelati. Aus dem Dornengestrüpp hatte er sich beim Kampf heute Morgen befreien können. Aus dem versumpften Schlamm …

Fra Angelo grinste noch immer.

Berthelot schaute hinter sich, der Weiher war nur wenige Fuß entfernt.

Gütiger Gott!

Unter keinen Umständen durfte Fra Angelo in den Besitz des Medaillons kommen.

„Meister Prelati ist im Besitz des echten *Liber Secretus*. Der Abt und Pater Marcus haben alles verraten."

Fra Angelo genoss die Bestürzung seines Gegenübers. Für einen Moment drohten Berthelots Beine nachzugeben. Aber was für eine unglaublich arglistige Täuschung! Für Marcus würde er seine Hand ins Feuer legen und der Abt wäre viel zu geschickt, um der Folter nicht standzuhalten. Oder sind sie wirklich darin verwickelt? Sollte Ulbertin am Ende Recht behalten? Fra Angelo stieß plötzlich zu und schlug Berthelot das Schwert aus der Hand. Berthelot sprang vor den wilden Attacken seines Gegners zurück. Jeden Augenblick drohte er den Halt zu verlieren.

„Manche Dinge sind es gar nicht wert, dafür zu sterben. Unser Großmeister Prelati wird so oder so den neuen Äon ausrufen. Die wichtigsten Fürsten und Bischöfe aus Deutschland sind schon angereist."

Fürsten und Bischöfe? Erst jetzt begriff Berthelot das unglaubliche Ausmaß dieser Verschwörung. Wasser umspülte seine Füße. Langsam sank er im schlammigen Boden ein. Die Schwertspitze seines Kontrahenten zielte auf sein Brustbein. Berthelot wich noch weiter zurück. Wasser war für ihn kein fremdes Element. Schon als Kind hatte er in der Dyle, die sich durch Leuven schlängelte, geschwommen. Einmal hatte er sogar einem alten Mann der von der Uferböschung abgerutscht war, aus dem Fluss gerettet. Doch hier war nicht die Dyle, sondern das schlammige Wasser des Heidweihers – und diesmal ging es um sein eigenes Leben.

„Es wird mir mehr Spaß machen, dich mit meinen bloßen Händen zu erledigen", grinste Fra Angelo. Im Hochgefühl seiner Überlegenheit steckte er sein Schwert in die Scheide zurück und stürzte sich wie ein Berserker mit wildem Geschrei auf sein Opfer. Von der plötzlichen Wendung überrascht, sah Berthelot nur die bleckenden Zähne des Angreifers und spürte die kräftigen Arme, die ihn zu Boden warfen. Instinktiv rollte er sich zur Seite ab. Im nächsten Moment rappelte er sich wieder auf. Fra Angelo sprang auf ihn mit ausgestrecktem Bein zu. Der Tritt traf Berthelots Brust. Benommen sank er zu Boden. Wieselflink kniete sich der Angreifer auf ihn und drückte seinen Kopf unter Wasser in den schlammigen Grund. Schmutzwasser überspülte Berthelots Gesicht. Berthelots Lungen schienen zu zerreißen. Mit den letzten ihm verbliebenen Kräften bäumte er sich auf und stieß Fra Angelo nach oben. Doch der ließ sich nicht abschütteln. Er packte den Hals seines Opfers und tauchte es wieder unten. Keuchend musste Berthelot Wasser spucken. Die verzerrte Fratze des Mörders über ihm erstickte sein Entsetzen in einer Welle von Panik. Ich schaffe es nicht. Diesmal nicht. Er schickte ein letztes Stoßgebet zum Himmel. Der Schmerz nahm mit jedem schwindenden Atemzug zu. Plötzlich fing Berthelot wild an zu zucken. Seine Lungen brannten. Fra Angelo genoss den Anblick des Ertrinkenden. Voller Übermut sprang er auf, um sein Opfer mit dem Fuß nieder zu drücken. In diesem Augenblick traf ihn ein heftiger Schlag am Hinterkopf. Ein gespenstisches Knacken. Dann sackte Fra Angelo in sich zusammen.

XXXI. Burg Reitzenstein, noch um die fünfte Stunde

Der Schwarze Tempel war der sicherste Ort auf Burg Reitzenstein. Nirgendwo sonst ließ sich unbeobachtet ein vertrauliches Gespräch führen. Im Anblick von schwarzen Kerzen, Schädeln und Knochen und dem Baphomet-Kopf entstand eine Atmosphäre, die auf jeden unheimlich gewirkt hätte, doch der Kurfürst von Sachsen hatte im Krieg schon Vieles gesehen.

„Agrippa, Ihr habt mich in die Hölle führen lassen", sagte er tonlos. „Ich habe mich gewundert, wer alles zu Eurer Bruderschaft gehört."

Agrippa wiegelte ab. „Nicht alle, die Ihr gesehen habt, gehören zur S.O.L."

„Sei's drum, es geht mich nichts an und ich werde darüber Schweigen bewahren. Was mich anbelangt, rechnet nicht auf mich. Prelati hat mir die Grundzüge Eurer Lehre erklärt. Lasst es mich geradeheraus sagen, ich halten diesen ganzen Hokuspokus für Humbug."

„Kommen wir zur Sache." Agrippa setzte sich langsam hinter den Altar. „Unsere Bruderschaft ist im Besitz des *Liber Secretus*. Damit geht für uns ein jahrhundertealter Traum in Erfüllung. Nur nach unseren Maßstäben wird sich die Neue Weltordnung richten. Sie wird nicht von heute auf morgen entstehen, doch unsere alte Bruderschaft wird die Politik der nächsten Jahrhunderte beeinflussen."

„Worauf wollt Ihr hinaus?"

„Friedrich, begreift doch, wir werden ab jetzt die Geschicke der Welt bestimmen, und zwar totaler und radikaler, als es jemals zuvor eine Macht vermocht hat."

Friedrich von Sachsen winkte ab. „Eure Geschäfte, Agrippa, sind mir zu windig. Ich weiß, was ich an Luther habe. Wenn der Papst nicht einlenkt, was zu befürchten ist, werden wir unsere Reformation eben gegen die Sturköpfe in Rom durchführen. Das wird gewiss kein leichter Ritt durchs Gelände, doch an Entschlossenheit mangelt es uns nicht. Was Eure Sache anbelangt, Agrippa, Ihr wollt die Reformation doch nur als Sprossenleiter für Eure geheimbündlerischen Ziele missbrauchen."

Agrippa sah abschätzig über ihn hinweg, als ob er weit mehr Reiche beherrschte als der Fürst, und diese ungebührliche Geste erinnerte unwillkürlich an die, mit der man einem räudigen Hund abgewendeten Blicks einen Brocken zuwirft. „Ihr seid als weiser Mann mit der Philosophie dieser Welt vertraut, dazu zähle ich auch das Christentum. Doch wie es scheint, unterschätzt Ihr die Macht der Magie. Lasst uns darüber in Ruhe noch einmal konferieren. Ich werde nach dem Lithafest …", er blickte diesmal demonstrativ zum Fürsten hin, als würde er durch ihn hindurch sehen „... nach der Johannisnacht also, zu Euch nach Sachsen kommen. Ich kann Euch gewiss nützlich sein. Wir haben Leute in die Kirche Roms eingeschleust, die dafür sorgen, dass der Papst mit falschen Unterlagen unterrichtet wird." Agrippa machte eine Pause, weil er sich schnäuzen musste.

„Solche Schurkenstücke treibt ohne mich."

„Dann ermuntert Euren Mönch. Er soll nur richtig gegen den Papst toben."

„Luther steht unter meiner Obhut, hetzt Eure Hunde auf einen anderen", antwortete der Fürst von Sachsen entrüstet, doch zugleich auf eine bedenkliche Art hilflos, wie man es immer gegen abgebrühte Unverschämtheit ist.

„Nun, wir hätten gegen eine Bannbulle versus Doktor Luther nichts einzuwenden. Und Ihr habt die einmalige Gelegenheit, mit uns zusammenarbeiten. Unsere Bruderschaft verfügt über eine Macht, von der Ihr nicht einmal in Euren kühnsten Träumen etwas ahnt."

Friedrich erschrak über den herausfordernden Ton. Tatsächlich bot Agrippa in diesem Augenblick eher den Eindruck, als sei er der Teufel höchstpersönlich, der die Seele eines Menschenkindes einkassieren will, und nicht den eines Großmeisters, der einen der mächtigsten deutschen Fürsten auf seine Seite ziehen will. „Eure Macht interessiert mich so wenig, wie Euch meine kühnsten Träume zu interessieren haben", sagte Friedrich standfest. Und nach einer Pause:

„Werter Agrippa, seht es mir nach, wir beide verschwenden hier nur unsere Zeit. Ich bin ein Gegner des Papstes, aber ich bin nicht des Teufels. Vielleicht ist es sogar richtig, dass ich mehr nach Macht als nach Weisheit strebe. Aber meine Seele, Agrippa, gehört Gott und für keinen Reichtum der Welt bin ich bereit, sie zu verkaufen."

„Mit Verlaub, urteilt nicht zu vorschnell, lieber Fürst Friedrich, Ihr ahnt nicht, wie nah sich unsere Positionen sind. Eines Tages muss die Kirche verschwinden. Wir werden ihr eine gewisse Zeit geben, um sich anzupassen. Ist erst das Papsttum gebrochen, erreichen wir das Ziel, das auch Eures ist, die Kirche ihres übernatürlichen Charakters zu entkleiden, um eine Religion zu schaffen, in der alle Menschen übereinstimmen können."

Friedrich von Sachsen beugte sich vor, um eine Antwort zu geben. Auf einmal war Agrippas Gesicht ganz dicht vor ihm. Bevor der Fürst ein Wort herausbrachte, unterband Agrippa jede Widerrede mit einem Handstreich und sagte grinsend: „Gewährt mir, Euch zu beweisen, dass es mir und meiner Bruderschaft nur um das wahre Licht zur Befreiung der Menschheit geht."

Friedrich entgegnete: „Ihr könnt mich auf meiner Burg besuchen, mein lieber Agrippa, wir können gern über den christlichen Adel der deutschen Nation sprechen, meinetwegen auch über die Babylonische Gefangenschaft der Kirche und die Freiheit eines Christenmenschen, doch lasst mich mit dem Blendwerk des Teufels in Ruhe."

Agrippa zuckte mit keiner Wimper, starrte ihn nur weiter kalt lächelnd an. „Es wird mir eine Freude sein, Euch sehr bald in Sachsen zu treffen. Eins will ich Euch noch mit auf den Weg geben. Vielleicht haltet Ihr nicht viel von der Magie. Deshalb setze ich nicht voraus, dass Ihr auch nur den Hauch einer Ahnung von der Kabbala besitzt. Dort ist jedenfalls jedem Land ein Genius und ein Gegengenius zugeordnet. Der Gegengenius der Deutschen bewirkt Gottlosigkeit und Zersplitterung. Will sagen, dieser ist in deutschen Landen besonders tätig."

Der Fürst stand kopfschüttelnd auf. „Behaltet Euren Hokuspokus für Euch."

Auch Agrippa stand auf. „Ihr habt noch einen langen Weg vor Euch und mich erwarten meine Schwestern und Brüder."

„Ihr sagt es. Die Pferde meiner Eskorte sind gesattelt und meine Kutsche steht bereit."

Agrippa machte eine schmeichlerische Verbeugung. „Gehabt Euch wohl, mein Fürst."

„Gehabt Euch wohl, Agrippa." Mit festen Schritten stapfte Friedrich von Sachsen aus dem Tempel.

Hinter ihm fiel die schwere Eisentür ins Schloss. Die Kerzen flackerten für einige Momente unter dem Windstoß. Agrippa küsste den *Liber Secretus* und ballte die Faust zum Himmel: Der Mensch ist das Maß aller Dinge.

XXXII. Burg Reitzenstein, noch um die fünfte Stunde

Knisternde Unruhe kennzeichnete die Abendstimmung auf Burg Reitzenstein. Eine Wand aus Landsknechten und Reiterstaffeln hatte sich auf dem Burghof gebildet. Befehle hallten zwischen den weiten Mauern hin und her. Geübt im Kriegshandwerk rüsteten die Landsknechte ihre Pferde ein. Mit ihrem Treiben so beschäftigt, interessierte sie nicht, dass Friedrich von Sachsen und seine Gefolgsleute mit ihrer Leibwache im Schlepptau die Burg verließen. Fürst Friedrich hatte erfahren, was er wissen wollte, und sich entschieden, wie er weiter vorgehen würde. Agrippa, so viel war ihm allerdings schon am Vortag in Köln klar geworden, wäre für ihn kein wichtiger Partner, nur was er von der S.O.L. halten sollte, wusste er nicht, erst recht nicht, was es mit der Bruderschaft der Zehn auf sich hatte, mit der Agrippa so sehr kokettierte. Friedrich stand zu sehr mit beiden Beinen auf dem Boden, um etwas auf Okkultismus zu geben. Soll sich Agrippa für einen hohen Eingeweihten halten – sein Kopf, dachte Friedrich, ist von zu viel Aberglauben vernebelt. Mit seinem Luther konnte der Sachsenfürst die Dinge klar erörtern, mochte sich dabei auch nicht der Himmel öffnen, für die Geschäfte, die auf der Erde zu erledigen waren, wollte er sich auch zukünftig nicht von einer obskuren Loge dreinreden lassen. Andererseits konnte er nicht verhehlen, dass sich Dinge in Politik und Religion ereigneten, bei denen man vermuten musste, dass sie von langer Hand geplant waren, mehr noch vermuten musste, dass es eine Macht gab, die im Hintergrund die Fäden zog. Und er musste zugeben, in manchen Momenten war er sich nicht sicher, ob nicht sogar er selbst von sanfter Hand zu Entscheidungen gedrängt wurde. Doch den Gedanken, selbst nur eine Marionette zu sein, fand er absurd.

Seine Karosse fuhr über den breiten Weg, der entlang der Niers von der Burg aufs Land führte. Ein schlechter Weg, voller Schlaglöcher. Solche Wege gibt es in meinem Fürstentum nicht mal in den hinterwäldlerischsten Orten, dachte er, und hier ist es eine Hauptstraße. Wie er überhaupt das flache Land als Armenhaus des Reiches ansah, was er nicht zuletzt auf die missratene Politik des Gelderländers zurückführte. Eine Bestätigung dafür, wie klug es war, seine Wahl zum deutschen König verhindert zu haben; und ein Grund mehr, das Machtstreben der S.O.L. nicht ernst zu nehmen. Doch der weise Sachse sollte sich täuschen, auch in seinem Land würden bald die Flüsse und Seen in Blut getaucht sein.

Friedrich von Sachsen sah vom Fenster seiner Equipage aus, wie ein Fischreiher einen Hering in seinem Schnabel hielt, wie er seinen Kopf drehte, versuchte, die zappelnde Beute zu beherrschen, um schließlich, nach diesem kleinen Kampf, den Fisch zu verschlingen.

Während sich Friedrichs Kutsche entfernte, waren die Landsknechte, die der Fürst auf Anraten Prelatis angeheuert hatte, voller Tatendrang.

„Kompanie, Marsch!“, dröhnte die Stimme des Hauptmanns. Waffen klirrten. Lanzen wurden eingelegt. Stiefeltritte hallten über den Burghof. Ein weiterer Befehl und die Reiter zogen die Zügel ihrer Pferde an. Hufe klackten. Die Truppen Ludwigs zogen mit ihren Hellebarden und Schwertern, Morgensternen und Fackeln in ihren satanischen Kreuzzug. Massig und tödlich wie ein eiserner Drache.

Für die Soldaten waren Mord und Totschlag nichts als Handwerk. Ludwigs Heer bestand aus gedungenen Landsknechten. Sie waren gewohnt, allen Befehlen zu gehorchen, verrohte Mordbuben, die schon den verschiedensten Herren gedient hatten. Es gab keinen Widerspruch, keine Frage. Die Beute, beim Brandschatzen und Plündern zusammengetragen, behielten sie für sich. Das war immer noch mehr als das bittere Brot der Armut, das ansonsten auf sie gewartet hätte. Leichte Beute wartete auf sie, denn seit dem Februaraufstand waren die Menschen in Gelderland verängstigt.

Der Fürst saß bebend vor Zorn mit errötetem Gesicht am Fenster zum Burghof. „Wo bleibt Agrippa?“

Der Magier zuckte die Schultern. „Der Meister wird schon wissen, was er tut.“

Der Fürst sprang auf und schüttelte Prelati. „Das glaube ich auch. Er will seine verdammte Haut retten“, brüllte er. „Nun darf ich ausnahmsweise mal meine hellsichtigen Talente zum Besten geben. Ich könnte darauf wetten, Friedrich wird ihm gesagt haben, dass sie mich nicht zum deutschen Kaiser küren. Warum sonst hätte er abfahren sollen?"

„Wer ist schon ein Kurfürst von Sachsen gegen die Macht Luzifers? Friedrichs Pläne werden auf dem Weg zur Hölle verrotten", sagte Prelati abschätzig.

So leicht waren Ludwigs Zweifel nicht zu zerstreuen. Mit gerötetem Gesicht ging er zwischen Tafel und Fenster auf und ab wie ein Tiger im Käfig. „Die Weissagungen der Hexe waren nichts als fauler Zauber. Aus dem angeblichen Kelch von Nero kann ich meine Pferdeknechte Kloakenwasser saufen lassen."

„Du wirst doch nicht auf halbem Wege aufgeben wollen", beschwichtigte Prelati.

„Ich kenne Friedrich von Sachsen länger als du. Er ist ein Meister im Schmieden von Plänen und weiß seine Bataillone hinter sich zu bringen. Wie du siehst, fürchtet er weder Kaiser noch König, nicht einmal den Papst. Er würde selbst vor der Hölle nicht zurückweichen", sagte Fürst Ludwig. „Ich kann meine Truppen auch zurückpfeifen. Wozu unnötiges Blutvergießen? Offenbar will dein Luzifer meine Opfer nicht. Oder besitzt du gar nicht die Macht, ihn für meine Zwecke nutzbar zu machen? Bist du nur ein Scharlatan, ein billiger Gaukler? Habe ich mich in dir derart getäuscht, dass ich dich für goldwert hielt, du aber in Wahrheit weniger wert bist als der letzte Dreck?"

„Bislang sehe ich keinen Grund zur Sorge. Sollten sich der elende Sachse und seine Genossen tatsächlich gegen unsere Machtpläne sperren, wüssten wir nur allzu gut, was zu tun ist."

Der Fürst versuchte, sarkastisch zu wirken. „Ach ja? Dann weißt du mal wieder mehr als alle anderen."

„Keine Bange. In deinem Keller ist noch für viele Leichen Platz, Fürst."

„Schön, schön. Bloß was, wenn ich in eurem teuflischen Spiel nicht mehr gebraucht werde? Wenn dein Meister Agrippa beispielsweise zu der Ansicht gelangt ist, der sächsische Fürst ist für seine Zwecke nützlicher als der Gelderländer Ludwig? Haben dieser Hundesohn Friedrich und seine Kumpane nicht deutlich genug zu verstehen gegeben, dass sie ein in viele Fürstentümer zerteiltes Deutsches Reich wollen? Vielleicht ist ein solches Konstrukt besser für die Neue Weltordnung? Damit könnte man vielleicht sogar den römischen Papst ruhigstellen und ihr könntet eure Weltneuordnungspläne ruhig vorantreiben, denn dass sie sich nicht in einem Jahrhundert verwirklichen lassen, Prelati, du Lump, darüber sind wir beide uns doch wohl im Klaren. Kurz und gut, es könnte also sein, dass Agrippa aus Nützlichkeitserwägungen den ursprünglichen Plan der S.O.L. verworfen hat. Dass man nicht länger daran denkt, mich zum deutschem Kaiser krönen und Ulbertin zum Reformator zu machen, sondern Friedrich plötzlich zum Gewinner wird, ohne dass er wie ich seine Seele dafür verkaufen muss, sondern nur, weil die politische Gemengelage das ergibt. Und weil ohne Zweifel Martin Luther über weitaus bessere Fähigkeiten verfügt, das Volk zu beeinflussen. Denn man will doch wohl, dass die Leute Feuer und Flamme sind, voller Hoffnung auf einen besseren Himmel – und vor allem auf ein besseres Leben auf der Erde. Dann kann man auf den kleinen Gelderländer Fürsten doch wohl gut verzichten."

„Du siehst Gespenster." Prelatis Hand krallte sich in Ludwigs Gesicht. „Bleib nur ruhig. Du willst mich doch nicht enttäuschen …"

Trotzig schlug der Fürst Prelatis Pranke weg. „Vielleicht weißt du selber nicht einmal, was Agrippa wirklich plant. Oder kannst du mir einen Grund nennen, weshalb er so lange mit Friedrich geredet hat und weshalb Friedrich plötzlich abgereist ist?"

Tatsächlich, an der Vermutung konnte etwas dran sein. Und sie ist durchaus beunruhigend, dachte Prelati.

„Dein großer Plan muss nicht aufgehen, Pelagius Prelati. Nehmen wir an, dein hochverehrter Agrippa spielt ein doppeltes Spiel, weil er die Aussichtslosigkeit deines Vorhabens erkannt hat. Er ist der Mächtigere von euch beiden, selbst wenn du Großmeister der S.O.L. bist. Hast du nicht selbst gesagt, er stünde über dir?"

„Das habe ich, aber das beweist rein gar nichts", antwortete Prelati und versuchte seine Unsicherheit durch ein hysterisches Lachen zu übertünchen.

„Nehmen wir also an, sie lassen mich und dich ins Leere laufen, was dann?"

Warum sollte Agrippa nicht an dem meisterlichen Plan festhalten, den er selbst federführend mit entwickelt hat?, dachte Prelati.

Auch wenn es ihm schwerfiel, er musste warten. Lieber jetzt als gleich hätte er den ranghöchsten Magier beseitigt, aber er wusste nur zu genau um die Macht der Bruderschaft der Zehn, und damit war klar, dass keiner außer Agrippa den neuen Äon und damit den Beginn der Neuen Weltordnung ausrufen könnte. Einerseits drohte ihm die Degradierung durch Agrippa, andererseits durfte der Fürst nicht aus dem Ruder laufen. Prelati spürte, dass er Ludwig von Gelderland mit schönen Worten schmeicheln musste. „Niemand wird dir die Krone verwehren, wenn wir die Krönungsmesse Luzifers gefeiert haben. Du bist der wichtigste Mann in dieser ganzen Angelegenheit. Ich weiß, wie schwer es ist, durch die dunkle Nacht zu gehen. Aber du musst nur die Augen öffnen, um dich als strahlenden Sieger zu sehen. Niemand wird es mit dir aufnehmen. Du wirst einer der mächtigsten Potentaten der Welt. Kein anderer als du wird dem Papst die Neue Weltordnung diktieren. Deine Macht wird grenzenlos sein. Lass mich den Geist in dich rufen, Ludwig."

Prelati hielt seinen Siegelring gegen die Stirn des Fürsten, um eine Beschwörung vorzunehmen, eine Art Dämonisierung, um die Depression in Euphorie umzukehren.

Ludwigs Antwort war ein gurgelndes Röcheln. Seine Gedanken waren fremd und wirr, geboren aus einem Chaos von Hoffnung und Angst. Der Fürst öffnete seine Augen nicht. Er sah nicht Agrippas lächelndes Gesicht, der ihn aus der Distanz beobachtete. Es war, als schnürte sich in seiner Kehle die ganze Vergeblichkeit seines Leben zusammen. Dann entfuhr es ihm: „Ich hätte mich für nichts und wieder nichts an Gott versündigt und mein Volk gegen mich aufgebracht."

Nun klang Prelatis Lachen nicht mehr hysterisch, sondern zynisch wie gewohnt. „Allein die Tatsache, dass Agrippa heute den neuen Äon ausruft, ist Beweis genug dafür, dass er es ernst meint."

„Oder er ist ein noch größerer Blender als du."

Agrippa, der schon eine Weile in der Tür stand und das Gespräch unbemerkt mitbekommen hatte, eilte leichtfüßig auf den Fürsten zu. Fast sah es aus, als würde er schweben. „Ich konnte die Abreise Friedrichs nicht verhindern. Er hat sich schuldig gemacht an seiner eigenen Zukunft. Nachdem ich den neuen Äon ausgerufen habe, werden deine Truppen gegen die Allianz des Sachsen marschieren. Schon morgen werde ich nach Rom eilen, um den Papst auf unsere Seite zu bringen."

Der Fürst lachte bitter. „Deine Witze sind schlecht, Agrippa. Du taugst weder als Magier noch als Hofnarr."

Durch die Aufstellung der Soldaten im Hof hindurch wieselte der Gnom. Seine kurzen Beine hasteten die Stufen zum Großen Saal herauf, wobei sein ungeschlachter Körper hin und her wakkelte. „Meister Prelati!" Sein Ruf hallte vom Treppenhaus über die langen Gänge. „Meister Prelati!"

XXXIII. Heidweiher, abends um die sechste Stunde

Ein Fischreiher erhob sich mit flatterndem Flügelschlag über den Heidweiher, ein abgebrochenes Schildrohr quer im Schnabel, als wäre es ein erbeuteter Fisch. Berthelot stürzte zu Fra Angelo, ergriff seine Schultern und drehte ihn herum. Er war tot. Die Augen glasig ins Jenseits getaucht, ein kleines rotes Rinnsal lief an seinem Kinn herunter. Berthelot sprach den Segen über ihn, einerseits bekümmert über das verloschene Leben, andererseits erleichtert, dass Gott ihn vor dem Tod errettet hatte.

Wentzel ergriff seinen Arm. „Seid Ihr wohlauf?"

„Jaja", Berthelot betastete behutsam seinen Kopf. Ein Wunder, dass er die Attacke des Novizen überhaupt überstanden hatte. „Mir wäre lieber, der Heilige Geist würde den Fürsten und seine Kumpane leiten. Das würde uns einiges Leid ersparen", sagte Berthelot und klopfte seine verschlammten Klamotten aus. „Vorhin wusste ich eigentlich nicht, weshalb ich mir mein drittes Wams und meine Stiefel in die Satteltaschen gestopft habe. Aber man sieht die fürsorgliche Leitung durch den Herrn. Allerdings muss ich mich ab jetzt sauber halten, meine Freunde, ein viertes Wams habe ich nicht dabei. Denkt daran, haltet den Feind weit von mir weg. Also, während ihr die Pferde striegelt, nehme ich im Heidweiher ein kleines Bad und kleide mich um."

Wentzel und Ekkehard wandten sich ab, um dem launigen Befehl Berthelots zu folgen.

Das Wasser im Heidweiher war eine ziemlich trübe Suppe, nur an den Rändern leidlich klar. Es reichte für eine Katzenwäsche. Bei Gott, dachte Berthelot, jetzt bin ich dem Tod schon wieder von der Schippe gesprungen. Er trocknete sich mit seinem Hemd, das nur an den Rändern verschmutzt war, ab. Dann legte er seine neuen Kleider an und dankte Gott für seine Gnade. Er knüllte die schmutzigen Sachen zusammen, wobei ihm erneut das Schicksal gnädig war, denn das Medaillon fiel dabei zu Boden. Er verstaute es in seinem frischen Wams und pfiff durch die Zähne. „Meine Herren Wentzel und Ekkehard, neue Abenteuer warten auf uns. Auf in den Kampf!"

„Bei Gott, da sagt Ihr was", bestätigte Wentzel. Das Herz klopfte ihm bis zum Hals, denn plötzlich überkam ihn eine entsetzliche Angst. „Was wird aus Sophia?"

Wentzels Frage riss Berthelot aus seinen Gedanken.

„Sophia?"

„Habt Ihr sie etwa vergessen, Herr?", sagte Wentzel. Entschlossenheit und Schmerz spiegelten sich in seinem Gesicht.

Berthelot nickte. „Wir werden sie später befreien."

„Glaubt Ihr auch, sie ist auf der Burg?"

„Davon müssen wir ausgehen. Wir müssen uns vorsichtig verhalten." Berthelots Misstrauen stieg, ohne dass er sagen konnte, weshalb. „Die Dunkelheit fällt, wir können hier nichts mehr tun. Wir reiten zurück zur Abtei."

„Seht es mir nach, Meister Berthelot, aber das halte ich nicht für eine gute Idee", sagte Wentzel.

Berthelot beugte seine hohe Gestalt nach vorn und fuhr mit seinem Daumen über den Mund. „Stimmt."

Ekkehard legte seine Hände zusammen, lehnte sie gegen die Wange, als ob er schlafen würde. Dann zeigte er in Richtung Osten.

„Noch tiefer in den Wald?", fragte Berthelot.

Ekkehard nickte eifrig.

„Ich glaube, ich weiß, was du meinst. Früher gab es dort eine Einsiedelei. Bei meinem letzten Besuch hat Marcus mich zu einem alten Eremiten geführt."

XXXV. Burg Reitzenstein, abends um die siebte Stunde

Um kein Aufsehen zu erregen, kam Prelati dem krakeelenden Gnom auf dem dunklen Gang entgegen.

„Wie Großmeister Dei gesagt, in Bibliothek hinter F'sikbüche'n. Ich und Prior Ulbertin haben 'funden."

Stolz überreichte er seinem Meister ein flaches goldenes Kästchen. Ohne ihn weiter zu beachten, eilte Prelati zurück in den Großen Saal.

„Wir sind am Ziel", jubilierte Prelati, während er Agrippa das Kleinod überreichte.

Agrippa kniff seine Augen zusammen und begutachtete die vergoldete Schatulle. Der Deckel enthielt eine feinziselierte Goldschmiedearbeit, die eine Jagdszene zeigte. Sie war überaus kunstfertig ausgeführt. Vorsichtig tastete er nach dem Schloss. Da vernahm es ein schwaches Klicken. Es war bereits zuvor gewaltsam geöffnet worden.

„Hat Ulbertin es geöffnet?", fragte er Alanus.

Der Gnom zuckte die Schultern.

„Du?"

Der Gnom schüttelte den Kopf.

Agrippa starrte auf den Deckel. Die Jagdszene, die nackte Frau mit Pfeil und Bogen in Begleitung von Jagdhunden, das war Diana auf der Jagd. Ein Sinnbild, dass die Schwarzkünstler gern für ihre Sexualmagie gebrauchten. Zögerlich strich Agrippa darüber, als nähme er eine Beschwörung vor. Dann schloss er die Augen. Für einen Moment hatte es den Anschein, dass der Magier die Jagdszene auf dem Deckel lebendig werden ließ. Mit spitzen Fingern öffnete er das kleine goldene Schmuckstück. Moderiger Geruch schlug ihm entgegen. Langsam öffnete er seine Augen, lugte vorsichtig hinein. Papyri. Er nahm das oberste heraus, faltete es behutsam auseinander und betrachtete es eine Weile. Das Pergament enthielt in Miniaturschrift die gnostischen Evangelien, in denen behauptet wurde, Jesus sei nicht als Mensch gestorben, sondern habe mit Maria Magdalena Kinder gezeugt. Für ihn habe ein anderer den Kreuzestod erlitten. Das wurde von den Katharern verbreitet, um die Gottessohnschaft Christi abzustreiten und der Kirche die Macht zu rauben. Die geheime

Gegenkirche verfolgte stets dieses Ziel. Ihre Mitglieder, Frauen wie Männer, lebten in der Vorstellung, jeder könne selbst die Religion ausüben, die er annehmen will, denn alle Riten versinnbildlichten denselben Gott. Niemand schulde irgendjemandem Rechenschaft über seinen inneren Glauben. Kein Priester hat zu beurteilen, was nicht einmal der Papst versteht, sagte Agrippa zu sich. Er überflog sämtliche Sätze, verstand aber nicht, wieso dieses Papier in der Schatulle lag. Er sah wieder hinein, griff ein zerfetztes Schriftstück heraus, auf dem in Spiegelschrift der Satz stand: „Er lebt im Sohne." Nichts anderes als die Bestätigung der heidnischen Jesus-Sicht. Er legte den Papierfetzen beiseite. Vielleicht enthielt er noch eine Botschaft, die sich nicht so schnell ergründen ließ. Das nächste Dokument war ein zusammengefalteter Papyrus von der Größe einer Hand. Agrippa öffnete das brüchige Papier sorgsam.

Die Buchstaben. Das Pentagramm …

Sie waren ein spiegelverkehrtes Gegenstück zum *Liber Secretus*.

Danach hatte er nicht gesucht. Er legte das Pentagramm auf dem Papyrus mit dem Pentagramm in der Satansbibel übereinander. Die Linien passten nicht aufeinander. Die Symbole und Sigillen waren anderer Art. Selbst wenn Agrippa die Krönung Ludwigs noch gewollt hätte, nach dem jetzigen Wissensstand wäre die Krönungsmesse zu einer Farce verkommen.

„Stimmt etwas nicht?", fragte Prelati.

„Ich brauche Zeit, um alles zu erkunden. Jetzt geht es nur noch um eins, wir müssen den neuen Äon ausrufen, sonst versündigen wir uns an den nächsten Generationen aller Magier und Andersgläubigen." Als Erstes musste er Prelati loswerden. „Pelagius, du bereitest sofort mit Ulbertin die Schwarze Messe in der Burgkapelle vor. Beeil dich, säume nicht."

Prelati befolgte den Befehl mit einem säuerlichen Lächeln. Agrippa wartete, bis sich die Schritte entfernt hatten, dann nahm er sich den Gnom noch einmal vor.

„Hör zu, Alanus, du bist mein wichtigster Mann hier in Gelderland, alle anderen sind Versager …"

Der Gnom küsste die Hand des Großmagiers, der sie, unangenehm berührt von den feuchten, eitrigen Lippen unwillkürlich zurückzog.

„Erzähle mir alles noch einmal nach der Reihe. Zuerst will ich wissen, wo ist Fra Angelo?“

Alanus schnappte nach Luft. „Ham ihn getötet.“

„Wer?“

„’n Riese un’ zwei and’re.“

„Riese sagst du? Hatte er ein längliches Gesicht, dunkles Haar und trug einen feinen Wams?“

Alanus nickt: „Fürst oder so …“

„Berthelot“, fluchte Agrippa.

„Un’ Angelo dot …“, sagte der Gnom. In seinen Augen schimmerte eine dunkle Freude, obwohl er zu ihnen gehörte.

„Das weiß ich ja, Mensch. Lass uns zu den wichtigen Dingen kommen. Hat Ulbertin irgendetwas zu dem Kleinod, das ihr in der Abteibibliothek gefunden habt, gesagt?“

„Nix.“

„Hast du Ulbertin auch genau gesagt, wonach wir suchen?“

Alanus nickte eifrig.

„Hat er es begriffen? Es ist wichtig. Verdammt wichtig.“

„Hat begriffen.“

„Versuch dich genau zu erinnern, könnte es noch ein anderes goldenes Medaillon geben?“

„Ulbertin sagt, Pata trug gold’nes Meda’jon bei sich.“

„Welcher Pater?

„Den ich hab getötet. Hab’s gesehn. Gold’nes Meda’jon.“

Unruhig sprang Agrippa auf und umgriff die Schultern des Gnoms. „Ja und, rede weiter.“

„Dann hab ’ch gelauscht Gespräch zwischen Abt und Marcis ’m Kerker. Marcis sprach von Papp-ris …“

„Vom Papyrus, ja und …“

„Hab’s g’sagt Meister Prelati, wollt’ nix wissen davon.“

Agrippa schloss seine Augen. Na warte, dafür wirst du büßen, Prelati, dachte er. „Na los, was weißt du noch?“, ermunterte er den Gnom.

„Wenn richtig verstanden, is’ Papp-riss in Meda’jon von Mönch, den ich getötet hab.“ Er fuhr mit einer Hand entlang des Halses, um zu bedeuten, dass er Pater Jeremias umgebracht hatte.

„Wo ist der Leichnam?“, in Agrippas nasalen Ton mischte sich etwas ungewohnt Forderndes.

„Dot …“, antwortete der Gnom, vom Tonfall des Magiers erschrocken.
„Ja, ich weiß. Ist er noch da, wo du ihn getötet hast?“, sagte Agrippa ungehalten.
Alanus schüttelte den Kopf, wobei sich ein Verband löste und die Eiterbeulen seines Gesichtes freigab. „War da. Alles verbrannt. Leich' verkohlt. Hab' geseh'n Kettchen von Meda'jon. Aber Meda'jon weg.“
„Weg, sagst du? Hast du denn danach gesucht?“
„Haben, ja. Vom Erdboden …“
„Hast du auch alles genau abgesucht?“
Alanus nickte. „Ja, Großmeister Dei.“
„Kannst du dir vorstellen, wer das Medaillon haben könnte?“
Alanus schüttelte seinen Kopf.
„Berthelot vielleicht?“
Der Gnom zuckte seine Schultern.
Agrippa sah ihm tief in die Augen, um vielleicht etwas aus seinem Unterbewusstsein herauszuholen. „Denk genau nach …“, sagte er, wobei er seine nasale Stimme absenkte.
Ein vergeblicher Versuch. Jetzt blieb keine Zeit mehr, das magische Ritual würde gleich beginnen.

XXXIV. Kaldenkerkener Höhen, ebenfalls um die siebte Stunde

Hier, auf der höchsten Erhebung der Kaldenkerkener Höhen, lag also die Klause des Eremiten. Berthelot war mit Marcus schon einmal dort gewesen, aber ohne die Hilfe Ekkehards hätte er den Weg nicht gefunden. Von hier aus konnte man weit in das flache Land hinausblicken. In Kaldenkerken und den Dörfern ringsum wurden die Johannisfeuer entzündet. Trotz aller Drangsal schien das Volk das Fest freudig begehen zu wollen, um mit Feuerspringen und Scheibenschlagen die Last seines Lebens für einige Stunden zu verdrängen.
„Überall schienen die Menschen zu feiern“, sagte Wentzel. Ob sie es geschafft hatte zu entkommen? Im Geiste sah er sich mit

Sophie um das Feuer tanzen, eine Sekunde nur, dann sagte er: „Meint Ihr, Meister Berthelot, Sophia ist in Sicherheit?"

„Wenn nicht, werden wir versuchen, sie zu befreien. Jetzt beten wir für sie, Wentzel."

Sie beteten drei Ave Maria miteinander. Dann trat Berthelot in die Klause und bat Wentzel und Ekkehard, auf ihn zu warten.

Der Kerzenleuchter verströmte einen Glanz wächserner Heiligkeit, der das lebensgeprüfte Gesicht des Eremiten zum Schimmern brachte. Gregorius hielt seinen Kopf gesenkt, während Berthelot vorsichtig eintrat. Wie lange lebte er schon hier, um in Einsamkeit die Heiligkeit zu suchen und allen Jahreszeiten die Stirn zu bieten? Fasten, Denken, Beten. Als hätte er den Eindringling nicht bemerkt, betete er weiter seine Litanei, still murmelnd, sein Mund war eine leiernde Mühle. Seine Hände vor der Brust gefaltet, empfing er dabei die Gnade Gottes, wärmend wie einen Lichtstrahl, so erhellte sie sein Herz. Berthelot spürte die Heiligkeit des Moments und versenkte sich mit dem Eremiten in das stille Gebet. Es kam ihm vor, als beteten nicht nur sie, sondern die Heiligen des Himmels. Wo zwei oder drei sich in meinem Namen versammeln, werde ich mitten unter euch sein, hatte Jesus gesagt. Das Gebet klang nach wie eine Welle, die sich in die göttliche Unendlichkeit zog.

Der Eremit nickte. Noch immer traute sich Berthelot nicht zu sprechen. Er sah auf das alte Gesicht vor ihm, in dem sich viele Spuren durchwanderter Welten und tiefer Nachdenklichkeit fanden. Das halbblinde rechte Auge darin ließ seine Pupille unablässig wandern, um eine Form, einen Schatten zu ergreifen, während sein linkes, das blinde, richtungslose Auge, nur noch aus grauweißem Gallert bestand. Noch nie hatte Berthelot ein so gütiges und trotz aller Spuren offenes Gesicht gesehen, weil es kein Ich verbarg, sondern dem Glauben geöffnet war.

„Vielleicht erinnerst du dich, ich war zuletzt mit Pater Marcus bei dir. Es liegt schon einige Zeit zurück."

Der Eremit bedeckte mit seinem Zeigefinger den Mund. Nach einer Weile öffnete sich sein Gesicht noch weiter.

„Ich weiß, Cornelius Berthelot. Ich habe dich nicht vergessen, mein Sohn. Damals fragtest du, ob du in Leuven lehren solltest oder dem Ruf nach Rom folgen. Hast du meinen Ratschlag befolgt?"

Berthelot war völlig erstaunt über das Erinnerungsvermögen des alten Weisen. „Ich bin in Leuven geblieben, Bruder Gregorius."

„Das schien mir schon damals das Beste zu sein. Ein Mensch muss erst in Ruhe reifen, ehe er sich dem Kampf der Welt stellt, der selbst in der heiligen Stadt für einen heiligmäßigen Menschen schwer sein kann. Mancher zieht besser in die Einsamkeit."

Ein kurzes Lächeln huschte über seinen bartumrandeten Mund. Dann entstand ein langer Moment tiefster Stille. Selbst der Abendgesang der Waldvögel drang als ein Ausdruck der Stille in die Klause ein. Es war nicht die zufällige Vielfalt der Erscheinungswelt, die Stille hatte begonnen zu sprechen. Sinn und Wesen waren hier nicht mehr getrennt von allem, wie draußen in der Welt. Hier war alles in Gott und die Allmacht Gottes breitete sich in Sanftheit und Frieden aus. Regungslos stand Berthelot in der Klause und für viele Atemzüge wärmten sich hier wieder Herz und Geist. Er spürte seine Seele leicht werden und sich erheben wie ein Engel. Wie oft hatte er in den letzten Tagen die Schmerzen dieser Welt erfahren. Tief sog er den Atem ein und schloss die Augen, seine Hände wie eine Schale vor seine Brust gelegt, um den Frieden in sich zu sammeln.

„Was hast du auf dem Herzen, Cornelius Berthelot?"

Berthelot begann zuerst zögerlich zu reden. Dann umfing ihn ein hohes, helles Wachsein und er konnte sich öffnen. Um die Geschehnisse der letzten Tage wiederzugeben, brauchte er nur wenig Worte, weil er spürte, dass Gregorius nicht in Ungeduld wartete, sondern die Worte in sich einsog, ohne ein einziges zu verlieren. Keine Darlegung, keine Nachfrage, der Eremit war ganz Ohr, lauschte mit geöffnetem Herzen, ohne ein einziges Mal einen Laut von sich zu geben. Berthelot empfand ein tiefes Gefühl der Dankbarkeit, sich die Angst von der Seele geredet zu haben.

Dann schwiegen sie beide wieder für eine ganze Zeit. Er hörte das leise Strömen eines Baches, der neben der Klause verlief, hörte darauf, was er sagte, und begann zu verstehen, wie der heilige Franz empfunden haben musste.

„Amen, der Herr erbarme sich, damit das Böse nicht siegt", sagte der Eremit und fuhr nach einer Weile fort: „Satans Blutdurst ist unermesslich. Deshalb ist es so wichtig zu beten. Leider haben zu viele Menschen in unserer Zeit das Beten verlernt. Wider besseren Wissens suchen sie ihr Glück in der Welt und verkaufen ihre Seele für die billige Vergänglichkeit."

„Wie können wir verhindern, dass Prelati mit der Macht des Bösen ein neues Äon ausruft, eine Neue Weltordnung, in der Satan herrscht?"

„Alles, was wir tun, tun wir zur Ehre Gottes. Aber wenn wir glauben, die Welt zu retten, und dabei unsere Seele verlieren, ist nichts gewonnen, weil wir die Welt nicht retten können."

„Bruder Gregorius, ich kann nicht dabei zusehen, wie die Macht des Bösen alles erfasst und wie in einem Strudel alles in die Hölle zieht."

„Welchen Rat erwartest du?"

„Ich weiß es nicht, Bruder Gregorius."

„Jede Antwort liegt im Gebet." Der Eremit machte eine Pause. „Du hast das Gebet zur Bannung des Bösen schon richtig entziffert. Jesus ist unsere einzige Rettung."

„Ich bete, Bruder Gregorius."

Gregorius legte seinen Kopf in den Nacken. „Sie rufen den Teufel an. Sieh dich vor. Sie sind stark. Wir wissen es, Satan will Blutopfer."

Satan will Blutopfer, hallte es in Berthelot nach. Das hatte Marcus wortwörtlich geschrieben.

„Es gibt nur eine Kraft, die das Böse besiegt", sagte Gregorius, „Jesus Christus, unser gütiger Herr und Gott." Mühselig nestelte seine Hand einen bernsteinfarbenen Rosenkranz unter der Holzpritsche hervor. „Dieser Rosenkranz hat mich geschützt. Ein Leben lang. Ein langes Leben lang. Dieser Segen sei mit dir, mein Bruder Cornelius. Wir leben in einer untergehenden Welt. Deshalb brauchen wir Jesus mehr denn je. Den richtigen Jesus, nicht den, den die falschen Propheten aus ihm machen. Du musst den gerechten Kampf aller echten Christen gegen sie kämpfen. Doch sieh dich vor, die Dämonen des Teufels sind Legion." Er kniff ein Auge zu und es dauerte minutenlang, ehe er es wieder öffnete. Dann sagte er: „Ich bin damals aus der Welt geschieden, weil ich diesen Kampf nicht mehr zu kämpfen vermochte. Wäre ich in der Welt geblieben, hätte ich die Nähe zweier Menschen nicht ertragen. Der erste war Alexander VI., der sich selbst für Gott hielt und über den Katharina von Siena sagte: Der Papst ist von Gott eingesetzt, also muss man ihm gehorchen, selbst wenn er ein Teufel ist. – Auch wenn es schwer fällt zu glauben, der Heilige Geist hat selbst bei den unseligsten Päpsten noch Schlimmeres verhindert. Doch ich wollte diesem Papst nicht dienen. Also zog ich die Eremitage vor. Es gab noch einen Menschen, vor dem ich aus der Welt geflohen bin: Agrippa von Nettesheim. Ein Genie, ein Kopf, den ich selbst ausbildete, bis er vom Glauben abfiel. Vielleicht war ich nicht streng genug mit ihm. Man kann einen Menschen nur mit Liebe und Strenge erziehen. Er hätte eine grandiose kirchliche Laufbahn genommen, wäre er nicht im Satanismus versackt. Denk nur, welche Gnade in die Welt kam, als der Gott der Liebe seinen eigenen Sohn sandte, um der Welt ein Licht zu geben, das aus der finsteren Verdammnis herausführte. Doch wir sehen, Cornelius, dass der Kampf, den Gottes mystischer Leib, die heilige Kirche, kämpft, ein schwerer ist. Denk nicht, die Mitglieder der S.O.L. wären die Ausgestoßenen. Im Gegenteil, es sind nicht selten ihre Führer, die sich dem Bösen verschreiben und alle Macht und Herrlichkeit dieser Welt auskosten wollen. Vielleicht hatte ich auch nur weniger Mut als du, Cornelius, mich den von Satan verseuchten Menschen energisch entgegenzustellen. Jeder hat seinen Weg." Er machte eine Pause, als sähe er sein Leben und das von Berthelot an sich vorbeiziehen. „Ich will dir noch eins sagen. Was es auch immer mit den Templern auf sich gehabt haben mag, die S.O.L. sieht sich in ihrer Tradition. Und man sagt, dass sie den sogenannten Kopf der Templer besitzt. Wilhelm von Gisors soll 1307 vom Templerorden einen goldenen Kopf bekommen haben, dessen Bezeichnung *Caput LVIII,* was Skorpion bedeutet, lautete: der Kopf Baphomets", sagte der Eremit.

„Das heißt, sie brauchen den *Liber Secretus* gar nicht?"

„Satan arbeitet nicht nur auf dem Feld der Beschwörung, sondern auch auf dem der Politik. Ein neues Äon ausrufen werden sie mit Hilfe des Kopfes Baphomets. Den *Liber Secretus* brauchen sie als Schlüssel, um die Kirche Christi zu beherrschen."

„Meinst du, es gelingt ihnen?" Berthelot zog das Medaillon heraus. „Der Pater, den sie in der Schäferhütte umbrachten, trug ein Medaillon bei sich. Darin ist ein alter Papyrus mit geheimen Zeichen enthalten, unter anderem mit einem Pentagramm ..."

„... dem Zeichen Satans ... der Papyrus als Gegenstück zur Satansbibel. Er ist sozusagen der Schlüssel. Nur wenn beides in ihrem Besitz ist, wird ihre Macht vollendet sein. Doch ob sie das neue Äon heute ausrufen oder nicht, Satan wird immer alles tun, um seine Macht auf der Erde zu behalten. Dafür wird er, der Diabolos, der Durcheinanderbringer, die Köpfe der Menschen verwirren und Unheil anstiften." Der Eremit beugte sich vor. „Gib mir den Papyrus, Cornelius."

Berthelot legte das auseinandergefaltete Blatt in die geöffnete Hand des Eremiten, der es plötzlich, als hätte jemand ein brennendes Eisen in seine Hände gelegt, fallen ließ.

„Du musst es verbrennen, Cornelius, sofort. Du musst dabei dreimal ein Kreuzzeichen schlagen und Jesus Christus anrufen." Wie ein Blitz schoss das Zeichen, das Pater Jeremias in der Schäferhütte aufgemalt hatte, in Berthelots Hirn:

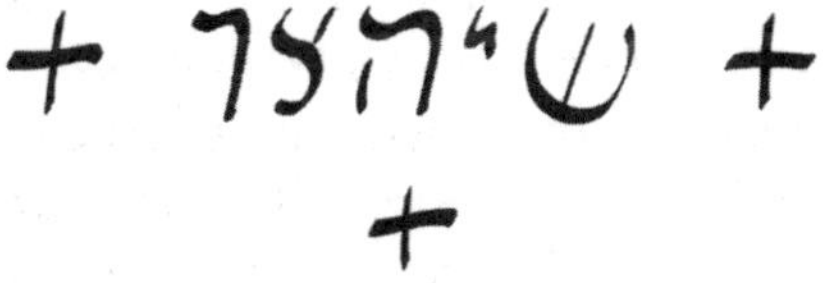

Diese Buchstaben hatte er in die richtige Reihenfolge gebracht:

Jeschua, der hebräische Name Jesu.

Jetzt wusste er, was die drei Kreuze um die hebräischen Buchstaben bedeuteten. Sie wiesen darauf hin, dass man dreimal den Namen Jesus anrief und sich dreimal dabei bekreuzigte.

Welch ein Mysterium doch unser Glaube ist, dachte er, Ein Mysterium, das in seinem stillen Leuchten einen geistigen Seherblick erfordert und in seiner Tiefe eine geistige Tiefe, die nicht mit der Weisheit der Welt angefüllt ist, sondern mit dem Heiligen Geist Gottes.

Als Berthelot nach draußen ging, fand er Ekkehard und seinen Knecht Wentzel schlafend vor. Der Tag war hart und lang für sie gewesen. Der Vollmond war größer als sonst, als wären die Gestirne in dieser geheimnisvollen Nacht auf ihre Art zusammengerückt, um auch ihrerseits zu bestätigen, dass ein neues Zeitalter heraufzog. Von den Kaldenkerkener Höhen aus hatte man einen freien Blick. Auf den Feldern vor den Städten und Dörfern brannten Johannisfeuer. Und auch die Musik, das Johlen und Lachen der feierfreudigen Rheinländer drang zu den Höhen hinauf.

Berthelot legte sich auf den harten Boden, um seine tägliche Rückschau zu halten.

Als ich die Schreckensherrschaft des Fürsten mit eigenen Augen sah, Vater, habe ich mich gefragt, warum so viel Elend auf dieser Welt ist. Wenn die Menschen nur nach deinen Geboten leben würden. Meine Augen haben das Schreckliche gesehen. Ich sprach mit Menschen, von denen ich nicht weiß, ob sie es ehrlich meinen oder Lügner sind. Leite du mich durch deinen Heiligen Geist, damit ich das richtige tue und nicht auf eine falsche Fährte gerate. Wieder hast du mir das Leben gerettet. Mein Schutzengel muss schon stöhnen, aber ich bitte dich, gib ihn mir auch morgen an die Seite, damit ich in deinem Namen mein Werk verrichten kann.

DRITTER TAG

24. Juni 1520

I. Kaldenkerkener Höhen, um Mitternacht

Mittsommernacht. Die Schreie der Bewohner Gelderlands hallten weit über die Kaldenkerkener Höhen hinaus. Berthelot schreckte aus dem Schlaf auf. Die Nacht war taghell. Als er von seinem hoch gelegenen Nachtlager ringsum ins flache Land sah, liefen ihm kalte Schauder über den Rücken. Was in dieser Nacht so hell brannte, waren keine Johannisfeuer. Häuser, Ställe, Scheunen und Kirchen Gelderlands brannten. Satan will Blutopfer, hatte Marcus geschrieben und auch der Eremit hatte es gesagt. Nun bewahrheitete sich ihre düstere Prophezeiung. Angeführt von skrupellosen Hauptmännern fielen die Landsknechte des Fürsten über das Land her wie apokalyptische Reiter. Gnadenlos schleiften sie Städte und Dörfer. Sie zogen eine fürchterliche Blutspur wie den Schweif eines bösen Kometen hinter sich her. In Kaldenkerken, wo es im Februar zum Aufstand gekommen war, loderten in dieser Nacht besonders hohe Flammen empor. Selbst aus der Ferne ließ sich erkennen, dass Sankt Blasius, die größte Kirche der Stadt, brannte.

Wer kann das Feuer der Hölle löschen?

Der Puls pochte gegen Berthelots Schläfen. „Bruder Gregorius!" Berthelot betrat mit schweren Schritten die Klause, in der eine einsame Kerze vor sich hin flackerte. „Bruder Gregorius, Gelderland brennt."

Der Eremit schien nicht geschlafen zu haben und sagte mit wacher Stimme: „Wir können nur beten." Plötzlich zuckte ein helles Leuchten über sein Gesicht. „Der Papyrus! Wir müssen ihn sofort verbrennen. Geh, hol Wasser aus dem Rinnsal neben der Klause! Ich will es weihen."

Berthelots Blick fiel auf das rieselnde Wasser, in dem sich der helle Widerschein des Vollmonds brach. Neben der Quelle ertastete er Moose, kleine Farne und ein paar Pilzstängel. Er füllte den irdenen Krug und brachte ihn in die Klause. Der Eremit weihte das Wasser und sagte mit fester Stimme: „Verbrenne den Papyrus weit draußen vor der Tür und sieh zu, dass der Qualm keinen Menschen berührt. Tauche deine Hände in das Weihwasser, bekreuzige dich dreimal. Bete unablässig zu Jesus Christus und wenn der Papyrus verbrannt ist, lösche die glimmenden Überreste mit Weihwasser."

Berthelot hatte verstanden. Auch jetzt es kam darauf an, sich ganz auf Gottes Gnade zu verlassen. Immer wenn die Menschen losgelöst von Gott handelten, war die Katastrophe vorprogrammiert. Mit großem Ernst und innerer Anspannung nahm er die Kerze und ging gemessenen Schrittes, damit die kleine Flamme nicht erlosch, auf den Findling neben der Quelle zu. Es war fast windstill, nur eine leichte Brise wehte aus Nordnordost. Berthelot hielt die Hand schützend vor den brennenden Docht. Dann segnete er sich. Doch kaum hatte er den Papyrus in die Flamme gehalten, schreckte er auf. Das Schriftstück entzündete sich explosionsartig, mit einer Stichflamme stieg pilzförmig schwarzer Qualm auf. Aus dem Rauchwölkchen kristallisierte sich eine funkelnde Figur heraus, die mit jedem Gebetshauch Berthelots mehr und mehr auseinandersprang und wie Asche zur Erde fiel.

Herr Jesus Christus, schau auf uns und schenke uns deinen Frieden!

Als Berthelot die glimmenden Reste mit Weihwasser besprengte, schrie eine Katze jämmerlich auf und eine ganze Schar Fledermäuse flatterte mit ihrem schnarrenden Flügelschlag dicht über Berthelots Kopf hinweg, als hätte sie sich zum Angriff formiert. Berthelot betete laut, um die Gefahr zu bannen. Er rief den Heiligen Geist an und bat die Gottesmutter um Beistand. Auf dem Weg zurück in die Hütte sprach er unablässig den Schmerzhaften Rosenkranz. Vorsichtig stieg er über die Schlingpflanzen und Zweige, die unter ihm brachen. Er wusste sich geführt, als er an seinen schlafenden Gehilfen vorüberging. Wentzel sprach im Schlaf, es ließ sich aber nicht verstehen.

Als er die Klause betrat, fand er auch Gregorius wieder schlafend, doch die Schritte des nächtlich Eintretenden hatten den Einsiedler geweckt. „Der Teufel wird dich hassen", sagte der Eremit, als habe er vor seinem geistigen Auge gesehen, was Berthelot eben widerfahren war, „aber Gott wird dich schützen."

Mit einem plötzlichen Windstoß ging die Kerze aus.

„Gott sendet Zeichen. Und wir haben Vernunft genug, sie zu verstehen." Der Eremit bedeutete, dass er sich wieder hinlegen wollte. „Während du fort warst, habe ich nachgedacht, was geschehen muss. Ich will dir die Frucht meiner Eingebung verraten: Das Volk Gottes muss sich erheben! Wenn der Herr ruft, müssen wir wach sein. Sonst ist das Böse nicht zu verhindern. Du musst ein Heer der Gottgläubigen um dich versammeln."

Berthelot stutzte. „Wie soll ich das schaffen, Pater Gregorius?"

„Der Heilige Geist wird dich leiten. Leg dich noch eine Weile hin. Du wirst viel Kraft brauchen."

Berthelot trat noch einmal vor die Klause. Wenn Christen das Hochfest Johannes des Täufers begingen, feierten die heidnischen Bünde die Sommersonnenwende, die Kelten, Germanen, Griechen, Ägypter, Sumerer … in den alten Kulten war es üblich, die Sonnenwendpunkte zu feiern, Frühling, Sommer, Herbst und Winter – oftmals als orgiastische Feste. Und nicht selten brachten sie dabei Menschenopfer. Er zuckte zusammen. Das war es, was sie planten, den alten Göttern wieder zu opfern: Thor, Marduk, Baal, Beelzebub, Saturn … Satan … Den Templern hatte man nachgesagt, sie seien nur ein Wiederaufleben des antiken Baalkultes gewesen. Dann strebten die Geheimbünde danach, das Christentum zu vereinnahmen, um es in ihrem Sinne zu verfälschen: *In nomine Satanas.* Einer Kultur des Todes galt ihr Ziel.

Finsternis legte sich über das flache Land, als sich Baphomet aus dem Feuer seiner Anbeter erhob, seine Fledermaussegel überbluteten das Land. Pesthauch. Pesthauch strömte aus seinem Ziegenmaul, hinwandernd unter der Herrschaft unheimlicher Gestirne. Berthelot wandte das Gesicht über die Schulter, schaute zurück. Niemand zu sehen. „Ich bin hier, auch wenn ihr mich nicht seht und hört“, sagte der Teufel.

II. Burg Reitzenstein, ebenfalls um Mitternacht

„... in nomine Sanctus Satanas“, sangen die Brüder und Schwester der S.O.L. *„Lucifer, dico, qui nescit occasum ...“* Ihre Stimmen schwollen an zu einem mächtigen Crescendo.

Geleitet von Pelagius Prelati, Prior Ulbertin und Fürst Ludwig von Gelderland betrat Agrippa von Nettesheim die Burgkapelle. Für ihre finsteren Rituale hatten die Satanisten auch die Burgkapelle entweiht. Die Kruzifixe hingen mit der Kopfseite nach unten. Der Corpus Christi war zerschlagen worden. Alle kirchlichen Symbole waren zerstört und durch heidnische ersetzt worden. Wo im Boden Heiligenbilder eingearbeitet waren, hatte man die Fliesen heraus gerissen.

Wenn ihr nun sehen werdet den Gräuel der Verwüstung (davon gesagt ist durch den Propheten Daniel), dass er steht an der heiligen Stätte ...

Prelati trug wie am Vortag seine Widdermaske, Ulbertin wie zum Spott eine Bischofsmütze, auf der das Kreuz verkehrt herum aufgenäht war. Auf dem Kopf des Fürsten saß ein Kranz aus verwelktem Eichenlaub, was den Zerfall der alten Ordnung symbolisieren sollte. Agrippas eckigen Kopf bedeckte eine scharlachrote Krone, aus der zwei Widderhörner aufragten. Sein Gesicht, blass und geisterhaft, blieb todernst. Hin und wieder streifte sein Blick die neugierigen Gesichter der Wartenden, die er allesamt für Narren hielt, unter ihnen Fürsten und Bischöfe, die sich von Gott abgewandt hatten. Über Agrippa, dem mächtigsten Großmeister seit Simon Magus, wölbte sich ein Baldachin aus Goldbrokat und seltenen, seidenen Stoffen, bestickt mit bizarren Szenerien, die all das zeigten, woran Sodom und Gomorrha zugrunde gegangen war. Vier Zeremonienmeister trugen den Baldachin bis zur Mitte, wo Agrippa zwischen vier

Säulen stehen blieb. Hinter jeder der Säulen befand sich ein kleiner Altar. Als Altar im Osten benutzten sie den Kirchenaltar. Sie setzten den Baldachin in die Halterungen an den Säulen. Ein Horn wurde geblasen. Ein kümmerlicher, einfältiger Ton. Dann erschallten Posaunen und Trompeten. Der Meister des Ostens zog sein Blutschwert und klopfte damit dreimal auf den Altar im Osten: „Dem Großen Architekten der Neuen Weltordnung zu Ehren."

Der Meister des Westens zog seinen Dolch und klopfte damit dreimal auf den Altar im Westen. „Der Großen Mutter, Ischtar, der Lebensspenderin der Neuen Weltordnung zu Ehren."

Der Meister des Südens zog seinen Pfeil und schlug damit dreimal auf den Altar im Süden. „Horus Apollon zu Ehren, der im Süden von der Sonnenbarke aus den Tag regiert."

Der Meister des Nordens zog seine Axt und klopfte dreimal damit auf seinen Altar, auf dem ein Totenschädel und ein leerer Kelch standen. „Der Meister der Kälte und der Einsamkeit regiert das Nichts."

Die Meister verneigten sich: „Wir, die legitimen Herrscher der vier Elemente, überreichen dir, hochwürdigster Großmeister Dei, *Demon Est Deus Inversus,* das Schwert Luzifers, mit dem er im Kampf dem Erzengel Michael eine seiner Flügelfedern abschlagen hat."

In der Mitte des Tempels stand ein schwarzer Ziegenbock festgebunden und zeigte seine Hörner. Agrippa verneigte sich in alle vier Himmelsrichtungen und spaltete mit seinem Schwert den Schädel des Opfertieres mitten entzwei. Mit dem Kelch vom Altar des Nordens fing er das Blut des Bockes auf. Dann drehte er sich den vier Meistern der Elemente zu, wobei er die Blutschale über seinen Kopf hielt. *„Nehes em hotep! Nehes em neferu! Nutjert en Ankh, Sat Nuit, Sat Geb, Ischtar, Hor Apollon, Elimas, Poseidon!"*, rief er mit einer kristallenen Stimme, die die Wortenden in einem quengelnden Singsang dehnte. Dann kam die Reihe an Ulbertin, der einige katholische Gebete rückwärts betete und gotteslästerliche Flüche anhängte – ein Gebet Satans, aus Geistesschwäche geboren und der Angst, vor den Augen der Welt als Verlierer dazustehen, obwohl alles längst verloren war.

Das Böse hatte Einzug gehalten in Gelderland.

Stattlich und feist setzte sich der Fürst auf einen Thron, der neben dem Altar im Osten stand. Der goldgelbe Samt seines Umhangs schimmerte in dem schwachen Licht, das die Hängeleuchter aus vergoldeter Bronze und rosigem Glas verbreiteten. Mit juwelengeschmückten Händen strich er über seine Oberschenkel.

Agrippa machte tiefe Verneigungen, wie sie das Ritual vorschrieb. Mit beschwörender Stimme sagte er: „Du Herr des Lotus! Dich rufe ich an. Siehe, ich bin der Lichtbringer, der den Menschen das Licht brachte. Siehe, es ist in mir und ich in ihm. Ich bin Horus und zugleich meine Mutter Isis, die Verschleierte", worauf die Meister der Elemente kniend lateinische Antwortgesänge ausstießen. Der Zeremonienmeister brachte vier kupferne Kohlenpfannen, aus denen übelriechende Rauchfahnen stiegen. „Bilsenkraut und Stechapfel, das sind Gerüche, die Satan angenehm sind", sagte Agrippa.

Doch es war auch der beißende Qualm von verbrennendem Aschensalz, Harz und kokelnden Kräutern, der sich in die Rauchfahnen mischte und den Anwesenden die Kehlen zuschnürte. Der Zeremonienmeister schritt zur Wand der Kapelle und zündete eine Reihe schwarzer Wachskerzen an, deren harziger Gestank sich mit den benebelnden Düften verband. Ein weiterer Zeremonienmeister, ausgemergelt vom Genuss von Fliegenpilzen und Alraune, hinkte zu jedem der Dreifüße, die vor den Altären standen, stocherte in der Glut und legte Harzstücke und Blätter nach.

Agrippa hob seine Stimme: „Nuit, Königin der Nacht, ich rufe dich an!"

Dieser Aufruf galt der Fürstin, die sich majestätisch erhob. Sie war eingehüllt in seidene Tücher, die in den Farben des Regenbogens glänzten. Auf dem Kopf trug sie ein Diadem, auf dem sich zwei Schlangen miteinander verbanden.

„Nuit!", riefen die heiseren Stimmen der vier Meister der Elemente.

„Auf, tanz!", rief Agrippa.

Prelati nickte und geleitete die Fürstin zu dem Platz, wo man die Marienstatue durch eine Figur der Göttin Isis ersetzt hatte. Er sah in ihr fieberhaft glühendes Gesicht und konnte die Tollheit in ihren Augen wahrnehmen, die von der Hexensalbe herrührte, mit der sie sich eingerieben hatte.

„Es geschehe also", sagte Prelati.

Daraufhin Agrippa gab das Zeichen zur Entschleierung. Monotones Trommeln setzte ein, begleitet von Äolsharfen und dem schwermütigen Klagen von Widderhörnern. Unter dem Gejohle der Anwesenden tanzte die Fürstin wie von Sinnen den Tanz der sieben Schleier, so wie sie es vor dem Fürsten manchmal getan, wie es die Tempelhuren im Isis-Kult getan hatten. Mit jedem Schleier, der sie weiter enthüllte, flirrte auch die rauchgeschwängerte Luft immer stärker. Plötzlich endeten die Trommeln und die Fürstin verharrte, verloren wie Eva nach dem Sündenfall. Mit ihrem blassen Körper sah sie aus wie das Ebenbild der marmornen Isis-Statue, vor der sie stand. Jählings verstummte die Menge, eine bleierne Stille senkte sich in den Raum. Selbst die Zeit schien in diesem Moment still zu stehen. Mehr noch, Zeit und Raum waren aufgehoben, als befände man sich außerhalb der Welt. Hundert Blicke trafen Sibyl wie glühende Nadeln, doch sie genoss diesen Schmerz. Die Kapelle qualmte im Nebel der Räucherbecken.

Der Fürst, aufs höchste erregt, wartete nun auf seine Krönung. Doch er wurde bitter enttäuscht, Agrippa schenkte ihm keine Beachtung. Das ganze Ritual lief an dem Fürsten vorbei, ohne dass er auch nur die geringste Rolle gespielt hätte. Agrippa hob feierlich sein Schwert und indem er die Spitze nach oben hielt, wurde die Klinge zu einem glühenden Eisen, als hätte der Blitz darin eingeschlagen. Er zeichnete ein flammendes Pentagramm, das in der Luft stehen blieb wie eine Lampe, aus der Flammen sprühen. Gebannt von dem Mirakel wichen die Anwesenden zurück. Doch ihr Schrecken sollte sich noch vergrößern, als sich der Baphometkopf auf dem Altar unter Agrippas Anrufungen erhob und einen Körper bekam, so dass plötzlich eine furchterregende Dämonengestalt mit schwarzen Flügeln lebendig auf dem Altar saß. Baphomets Ziegenkopf hatte ein Pentagramm auf der Stirn. Zwischen seinen Widderhörnern ragte eine brennende Fackel aus dem Schädel. Die Gestalt des Baphomet war erstmals in den Templerprozessen beschrieben worden. Der Bauch des Bockes war mit grünen Schuppen übersät. Er hatte weibliche Brüste, unter dem Nabel war der Hermes-Stab zu erkennen, mit dem alle Zauberbücher von den *Grimoires* der Antike bis zum *Corpus Hermeticum* erschlossen werden konnten.

Überschwänglich begrüßte Agrippa den Teufel: „Seht, Baphomet ist die Erkenntnis, die euch die Siegel der menschlichen Vorstellungen, die Elixiere der Dunkelheit enthüllt. Seid willkommen, bestialische Eminenz."

Die Bestie spie Feuer aus und ließ mit einem bösen Blick das vergessene Kruzifix über dem Kapellentor zerschmelzen, bevor sie mit einer ekelerregend wilden Stimme krakeelte: „Der Fürst der Finsternis hat euer Rufen erhört. Ich bin befugt, euch mitzuteilen, dass mit meiner Erscheinung der neue Äon im Zeichen des großen Tieres begonnen hat."

Die Stimmen überschlugen sich. Freude machte sich breit: Der neue Äon! Es beginnt der neue Äon. Ein Zeitalter des Gottesferne.

„Meine Dämonen werden irdische Gestalt annehmen, sie werden als Maschinen und Menschen auftreten. Die Menschen werden fliegen wie Engel, aber fortan ist ihnen der Himmel verbaut."

Prelati dachte an die Propellermaschinen da Vincis, die der okkulte Großmeister kurz vor seinem Tod entworfen hatte. Jetzt würde alles Wirklichkeit, so wie die S.O.L. es seit Jahrhunderten geplant hatte. Rauch stieg aus Baphomets brennender Kopffackel. „Satan will Blutopfer. Haltet euch nicht damit zurück! Auf Tausend gehen noch mal Tausend und viele Millionen löschen noch nicht seinen Durst."

Agrippa fiel vor dem Dämon nieder, wälzte sich mit Schaum vor dem Mund über dem Boden, zuckte und zitterte wie ein Besessener und stieß unverständliche Laute und Wortgebilde aus. Plötzlich sprang er auf, griff nach dem Schwert und ließ es durch die Luft wirbeln. Seine Augen traten weit aus den Höhlen, Speichel rann an seinem Kinn herunter. Blindlings jagte er die Klinge gegen die Hälse der Meister der vier Elemente.

„Aber wir sind Anbeter des Teufels!", riefen sie, bis ihre Köpfe gefallen waren. Vier Köpfe. Auf ihren erstarrten Zügen stand nur noch das Entsetzen. Münder, aufgerissen zu einem furchtbaren, stummen Schrei. Agrippa spießte sie der Reihe nach auf sein Schwert.

„Mehr, mehr!“, fauchte der lebendig gewordene Baphomet, dessen Gestalt mit jedem Blutstrahl zu einem immer gewaltigeren Riesen heran wuchs. Flammen schlugen aus seinen Augen und Ohren, aus dem Mund, aus den Hörnern und aus der Frau, die mit abgespreizten Armen und Beinen zwischen den beiden Hörnern stand. Flammen, die auf das Dachgestühl der Kapelle übergriffen, bis es wie eine Fackel loderte, mehr noch: wie ein Fanal.

„Auf zur Blutprozession!“, befahl Agrippa.

Der Zug des Bösen begann, geleitet von Baphomet, der ihnen in einer schwarzen Rauchwolke voranging. Der Fürst sah verunsichert und mit leise wachsendem Befremden dem Treiben zu. Waren seine Anschuldigungen, die er vorhin gegen Agrippa und Prelati gerichtet hatte, also doch nicht völlig aus der Luft gegriffen gewesen. Der Fürst, innerlich aufgewühlt, biss auf die Zähne, um nicht zu weinen. Noch wollte er sich die Niederlage nicht eingestehen. Sein Stolz sagte ihm: „Du musst dich irren. Agrippa wird dich schon noch krönen und dann wirst du der Weltenherrscher.“ Er dachte an Nuit, die schwarze Wahrsagerin in der Höhle. Ich werde zuerst zum König gekrönt und dann zum Kaiser. Doch doch, man würde Karl die Krone schon entreißen. Nuit hatte es ja geweissagt. Warum nannte Agrippa seine Frau jetzt Nuit? War Nuit nur ein Name für die schwarze Göttin, den jede Frau annehmen konnte, wenn ein Magier den Dämon der Königin der Nacht in sie einfahren ließ? „Du wirst König ...“, hatte die Nuit in der Höhle gesagt. Im selben Moment hörte Ludwig wieder seine innere Gegenstimme: Nichts ist geschehen. Es hat nichts stattgefunden als die Ausrufung eines neuen Äons. Baphomet ist erschienen, aber nicht der Höllenfürst Luzifer. Irgendetwas muss schiefgelaufen sein. Hat der Satan seinen Hohepriestern etwa eine andere Marschroute gegeben?

Sag dich los vom Bösen, sagte sein Gewissen mit schwacher Stimme. Sie war kaum vernehmbar. Aber er spürte sein Gewissen. Es regte sich noch.

Folge weiter deinem Weg, jeder Herrscher dieser Welt muss sich mit den Dämonen einlassen, um in dieser Welt herrschen zu können, schrie sein Stolz dagegen an.

Enttäuschung und Missgunst fraßen ihm am Herzen. Hatte er sich vergebens von Gott abgewendet und umsonst das Böse getan? War Satan nicht immer auch der Lügner, der selbst seine Knechte betrog?

Mühsam versuchte er sich zu beruhigen. Vielleicht würde die Krönung später geschehen. Unsinn, Prelati hat mich in den ganzen Wochen auf eine Krönung bei der Entweihung der Kapelle vorbereitet. Vielleicht erfolgt die Krönung im kleinen Kreis? Dann hätten wir den ganzen faulen Zauber, mit dem ich mich Gott und meinem Gelderlander Volk gegenüber schuldig gemacht habe, nicht gebraucht.

Zögernd folgte Ludwig dem grölenden Zug der satanischen Gemeinde. Die Teufelsbrüder gingen mit dumpf klingenden Pauken voran. Prelati hatte von Alanus die Jungfrau holen lassen und schob sie jetzt vor sich her, da sie an der Bluteiche geopfert werden sollte. Sophia. Betäubt durch Bilsenkraut ließ sie sich willfährig führen.

„Vivat Baphomet!", rief Agrippa, riefen Prelati und der Prior Ulbertin, riefen die Teufelsbrüder. Die ganze Nacht erschien taghell, nicht nur durch den tief stehenden, blutroten Vollmond und die lodernden Städte und Dörfer Gelderlands, sondern durch ein geheimnisvolles, fast finster wirkendes Licht. Die schwarze Sonne Satans.

III. Kaldenkerkener Höhen, kurz nach Mitternacht

Wer konnte schlafen in dieser schrecklichen Blutnacht?

Wentzel hatte einen fürchterlichen Albtraum: Sophia wurde von maskierten Männern an einen Baum gefesselt. Der Gehörnte gab den Befehl zum Tanz. Darauf erhob sich Gejohle und kriegerischer Gesang. *„Io evohe.* Sie ist das Opfer für die neue Zeit. *Io evohe.* Für die Zeit des Gehörnten und der Großen Mutter." Der Gesang wurde fortgetragen auf Wellen, vom Schreien der Katzen und Käuze, vom Rauschen des Windes. Eine eigentümliche Harmonie entstand und schwebte wie eine dunkle Wolke über die Tanzenden und verdunkelte den Blutmond, bis sie schließlich zur animalischen Ekstase führte. In Schweiß gebadet wachte er auf. Er befühlte sein Gesicht, seine Hände. Alles war so plastisch gewesen, als wäre es in Wirklichkeit geschehen. Aber er befand sich auf den Kaldenkerkener Höhen und lag auf dem moosweichen Boden neben der Klause des Eremiten. Er rieb den Schlaf aus seinen Augen. Doch dann packte ihn Entsetzen, als er sah, wie die Flammen im flachen Land loderten.

„Meister Berthelot." Der Knecht schüttelte seinen Herren. „Wacht auf. Es ist etwas Entsetzliches im Gange."

Berthelot stützte seine hohe Gestalt auf die Ellenbogen und lugte mit zusammengekniffenen Augen. „Wir müssen auf der Hut sein", murmelte er und fiel zurück in seinen Schlaf.

„Meister Berthelot, wir müssen Sophia befreien."

Schnaufend richtete sich Berthelot auf. „Was versuchst du die Welt zu retten, wenn du dich selbst nicht retten kannst", murmelte er.

Wentzel schüttelte ihn heftiger. „Wacht auf. Ganz Gelderland steht in Flammen."

Berthelot schüttelte sich, als wollte er die ganzen letzten Tage abschütteln wie einen schäbigen Traum. „Wir können die Welt nicht retten."

Wentzel verschränkte die Arme. „Meister Berthelot, betont Ihr selbst nicht immer wieder, dass wir uns täglich als Christen beweisen müssen? Dann müssen wir auch das Schlechte durch gute Taten verhindern."

Berthelot schüttelte sich noch einmal. „Wentzel, du weißt, dass ich die Klugheit des Menschen vor allem dann bewundere, wenn der Heilige Geist aus ihr spricht." Er fuhr mit seinem Daumen über den Mund. „Sind die Pferde noch gesattelt?"

Wentzel nickte und sprach: „Doch diesmal sollten wir anders vorgehen. Ekkehard reitet auf meinem Pferd mit. Ihr braucht für Euch Platz, denn Ihr seid der bessere Schwertkämpfer."

Berthelot verneigte sich. „Euer Hoheit, Eurem Befehl zu folgen ist mir eine Ehre."

Wentzel winkte verärgert ab. „Jetzt ist wohl nicht die Zeit für Eure Späße."

Berthelot besah den Nachthimmel. Eine seltene Konstellation, der Mars stand nahe der Erde wie selten, die Venus, der Morgenstern, den manche auch Luzifer nannten, schob sich immer näher an den Blutmond, so dass die drei Gestirne ein nach unten zeigendes Dreieck bildeten. Das war also der kosmische Stand, den des Teufels Brüder ausnutzen wollten, um ihren diabolischen Plan umzusetzen.

Wentzel holte ihn aus den Gedanken. „Wir beide sind bewaffnet, Meister, es wäre gut, wenn Ekkehard auch noch eine Waffe hätte."

„Neben der Klause lehnt eine verrostete Mistgabel." Berthelot zog seinen Daumen über den Mund.

„Damit sollte sich viel Böses zerstechen lassen", meinte Wentzel.

Berthelot betrat die Klause und unterrichtete den Eremiten von ihrem Vorhaben.

Gregorius nickte. „Es ist an der Zeit zu tun, was getan werden muss. Doch achte bei allem auf deine innere Stimme."

„Danke für den Rat, Pater."

„Ich werde wachen und beten. Gottes gütige Hand wird euch schützen. Seine Gerechtigkeit wird immer siegen", sagte Gregorius und segnete Berthelot mit dem Weihwasser.

„E pur si muove", sagte Berthelot.

„Ruf die anderen beiden herein, ich will auch sie segnen."

Aus seinem staubgrauen Gesicht sprach er zu ihnen, ein Großmächtiger, der an der Heiligkeit Gottes teilhatte, ein Weiser und Liebender, denn die Weisheit der Liebe entströmte ihm in perlender Klarheit. Gregorius segnende Hand verlieh ihnen großen Mut.

„Du hast uns sehr geholfen", sagte Berthelot. „Ich habe mir von deinem Weihwasser genommen." – „Gewiss", sagte der Eremit, „du wirst es brauchen.""

Berthelot wusste, sobald ihm das Böse begegnete, ließ es sich durch das geweihte Wasser bannen. Seine Augen wanderten zum Horizont, der aufgehellt durch den Vollmond und die überall lohenden Feuer ein gespenstisches Licht verströmte.

„Bete für uns, Gregorius."

Sein Abschiedgruß wurde von Wentzels Ungeduld abgeschnitten. „Wir sollten keine Zeit verlieren", drängte er.

IV. Heidweiher, eine Zeit nach Mitternacht

Der tiefe Mond stand über der Bluteiche, als wäre er ihr Kopf.

„Io evohe" sangen die Satansanbeter. Gotteslästerliche Gesänge schlossen sich an. In einer schwarzen Rauchwolke zog Baphomet vor der Blutprozession her, deren Weg über die Kaldenkerkener Höhen zum Heidweiher führte. Die Fürstin schubste jetzt Sophia vor sich her. Agrippa murmelte unentwegt finstere Anrufungen und hielt den *Liber secretus* hoch, eine Monstranz des Bösen. Prelati trug Agrippas Schwert mit den vier ausblutenden Köpfen wie eine Trophäe voran. Ihm folgte der Prior Ulbertin. Untermalt wurden die finsteren Gesänge von dumpfen Trommelschlägen, die den Boden unter ihren Füssen vibrieren ließen. Der Zug verlangsamte sich, je näher sie ans Ziel kamen. Doch trotz des verringerten Tempos hinkte der altersschwache Fürst von Nassau, auf seinen Ebenholzstock gestützt, mühsam hinterher. Kaum erreichten sie den Heidweiher, betraten die satanischen Majestäten den prähistorischen Steinkreis. Agrippa stellte sich auf den blutigen Baumstumpf und hob seine Arme. Mit seiner wehenden schwarzen Mähne gab er vor dem leuchtenden Vollmond eine grandiose Silhouette an. Vor ihm stand wie ein kleiner Ministrant der Zwerg und hielt mit beiden Armen den *Liber Secretus* in die Höhe, aus der Agrippa feierlich die Anrufung Pans vortrug. „Alles Christliche verlasse den Kreis, damit unsere Götter ihn betreten können, angeführt vom Herren der Finsternis, Luzifer. Geht oder seid verbannt in die äußere Finsternis des Weltalls. Wir haben die Macht von der Großen Mutter des Gehörnten."

Der Schwarze Sabbat strebte seinem Höhepunkt zu, als Agrippa der Fürstin einen Wink gab, Sophia zu holen. Sie riss das Mädchen an den Haaren und zerrte es zur Bluteiche. Mit einem teuflischen Grinsen nahm sie aus der Hand des dreiäugigen Gnoms Stricke entgegen, mit denen sie die Hände der Jungfrau hinter der Bluteiche zusammenband. Langsam erwachte Sophia aus ihrer Trance, in die gefallen war, nachdem Prelati ihr das Hexengift eingeflößt hatte. Sie begann zu begreifen, wohin sie geraten war und schrie voller Panik, was die blutrünstige Meute noch mehr aufstachelte.

Die Fürstin, inzwischen in einen Umhang aus Hermelin gehüllt, jammerte wie eine mondsüchtige Katze, die Zungenspitze hoch am Gaumen. Eine andere Frau, die Pupillen geweitet, warf ihren Kopf vor und zurück, wobei sie fürchterlich lachte. Der Fürst von Nassau zerkratzte sich stöhnend das Gesicht mit seinen Fingernägeln. Der von Anhalt lag auf dem Rücken ausgestreckt und schlug auf seinen nackten Wanst. Die Fürstin von Hannover wand sich unter scheußlichen Grimassen und bleckte ihre blutverschmierten Zähne. Ein Bischof aus dem Süden streckte seine weiße Zunge heraus, speiend, als könne er sie nicht wieder einziehen. Der Fürst von Nassau zerbiss seinen Ebenholzstock, während er zusah, wie sich seine Nachbarin das Gesicht mit ihren Fingernägeln zerkratzte.

Die Versammlung wirkte weder fröhlich noch wütend, sie wirkte wie vom Wahnsinn oder einer überschäumenden Hysterie erfasst, während große Pfannen weiter die Luft beräucherten. Wie ein Giftpilz quoll der Qualm. Den Steinkreis bedeckte ein Dach aus betäubendem Rauch. Nachdem ihr Jaulen immer unheimlicher geworden war, sprang plötzlich Fürstin Sybil auf und stürzte sich wie eine blutrünstige Bestie auf den greisen Fürsten von Nassau. Zuckend biss sie in den Hals des jammernden Greises, der bald blutend zu Boden stürzte. Die Fürstin lachte gespenstisch und warf sich auf ihn. Ihr Lachen wurde immer irrsinniger und wer in ihren bluttriefenden Mund blickte, entdeckte jetzt eine ganze Reihe von Fangzähnen. Diese schlug sie immer wieder in das Fleisch des zappelnden Greises, der ihr ohnehin körperlich unterlegen war, doch gegen diese entfesselte Furie nicht das Geringste auszurichten vermochte. Sybils anfängliches Katzengejammer steigerte sich zum Wolfsgeheul. Auch äußerlich vollzog sich an ihr eine erschreckende Veränderung. Ihre Augen wurden zu gelben Schlitzen, in denen blutrote Pupillen funkelten. Ihre blasse Haut verwuchs am ganzen Körper mit dem Hermelin, über dessen weißes Fell das Blut des Fürsten von Nassau lief. Ihre Hände wurden zu reißenden Krallen, die den Leib des alten Mannes zerfetzten, bis sein Herz zwischen ihren spitzen Zähnen zuckte. Eine Werwölfin mit Blutaugen, vom Veitstanz geschüttelt.

Auf den Befehl Agrippas stürzten sich jetzt die anderen Frauen auf das rohe Fleisch, zerrissen es und verschlangen die triefenden Fetzen. Die Fürstin schnellte auf, drehte sich um sich selbst, krümmte sich heulend, warf sich hechelnd nieder vor Sophia, die sich in Weinkrämpfen krümmte und schluchzend zu Gott betete. In einem wilden Tanz umkreiste sie die Bluteiche, an die das Mädchen gefesselt war. Dann stürzte sich das Wolfswesen wieder auf die zerfledderte Leiche, die einmal der Fürst von Nassau gewesen war. Mit jedem Biss wurde sie von einem neuen Dämonen besessen, bis sie ihren Verstand verlor. Plötzlich erstarb ihr Wolfsgeheul und sie raste davon in die Dunkelheit des Waldes. Der Fürst, der sich schreckensbleich und schwitzend zurückgehalten hatte, sah wie durch einen Nebel hindurch, dass Agrippa mit weißen Augen wie blind schäumte: „Das ist der neue Äon. Mit uns zieht die neue Zeit."

Agrippa schritt über Leiber hinweg, die in ein furchtbares Zittern verkrampft auf dem Boden lagen. Hinter ihnen materialisierte sich die schwarze Wolke erneut und Baphomet trat daraus hervor. Mit bebenden Nüstern sogen seine Verehrer den Rauch des Bösen ein. Agrippa empfing als Erster aus der sich materialisierenden Geisterhand Baphomets den Kelch Neros und trank daraus. Der Trunk belebte ihn sichtlich. Am Altar bot er den Kelch den anderen an. „Kommt zu mir! Trinkt!" Schwankend nahten sich einige Gestalten, die nach dem Schluck aus dem Kelch vitalisiert und enthemmt zugleich wirkten. Auch die Liegenden richteten sich auf und erblühten in dämonischer Lust, nachdem Agrippa ihnen den Becher gereicht hatte. Die satanische Verbrüderung nahm ihren orgiastischen Verlauf: ein teuflischer Tanz voll von Blut und allen Körpersäften, von barbarischer Wildheit und Rücksichtslosigkeit. Rotgesichtige Frauen und Männer mit wie zum Zerreißen gespannten Gesichtern sanken auf den moosigen Boden, wälzten sich, gekrümmt in Wahnsinn und Gier. Wenn sie überhaupt noch etwas am Leib trugen, dann eklig verschmierte Fetzen, die durch die Luft wirbelten, wenn sie sich wie Tiere anfauchten und ineinander verkeilten, überschattetet von der geflügelten, phosphoreszierenden Zwittergestalt Baphomets, der die orgiastisch Vereinten da unter ihm in ihrer berauschten Begierde vollends enthemmte, indem er aus flatternden Nüstern seinen rauchigen Atem über den Hexensabbat ausblies. Stimmen stiegen auf, düster und schrill stießen sie Laute aus, aber man konnte kein Wort verstehen. Überhitzt wälzten sich die Teufelsanbeter in animalischer Brunst. Ein Knäuel aus Besessenheit, im Überdruss immer neue Begierde gebärend. Hier und da zuckten Paare. Paare, die sich bald wie Tiere anfauchten und wegschleuderten, um immer wieder aufs Neue ihre Gier zu stillen. Selbst als die Orgie sich ins Wahnwitzige steigerte, nahm die Raserei kein Ende, schrie nach immer neuer Steigerung. Unersättlich. Monströs. Über Baphomet stand der Vollmond in kaltdunkler Röte, fast hätte man meinen können, er würde sich gar nicht mehr von der Stelle bewegen und infolge einer ungewöhnlichen Brechung des Lichtes die Hölle selbst widerspiegeln. Sogar die Sternbilder rings um ihn schienen still zu stehen, als ob die Zeit aufgehört hätte zu existieren und als ob nun, in irdischer Verkerkerung, nicht nur der neue Äon angebrochen wäre, sondern das Ende der Welt. Ein alter Mann, bullig ums Maul, warf sich zwischen die Hexen, die ihrerseits miteinander um einen Mann rangen, als kämpften sie um die Gunst von Adonis. Die coburgische Fürstin hüpfte umher, mit flügelgleichen Händen flatternd. Ihre vogelartigen Laute schrie sie den wild durcheinander Liegenden ins Ohr, bis sie endlich einer bei den Schultern griff und zu Boden warf: ein buckeliger Unhold mit völlig entgleisten Zügen, einer Visage, die mehr einer Affenmaske glich als einem menschlichen Antlitz, und der den Ausmaßen seiner Glieder nach eher Gorilla als Mensch war; eine Missgestalt, aus dem Rauch Satans entstanden. Kaum hatte er seine Zähne in den Hals der Coburgerin gejagt, wandte er sich einer knabenartigen Dirne zu, warf sie zu Boden, als wäre sie eine Tote, über die er sich dann um so freudiger beugte und deren daunenweiche Haut und geschmeidige Muskeln mit Asche bestrich. Dann setzte der Teufelsgorilla zum Meistergriff an und erhob die aschenfarbene Braut, in dem er Fuß an Fuß, Knie an Knie, Brust an Brust, Arm um die Schulter legte und in ihr Ohr flüsterte: „Wir üben Rache für Jacques de Molay.“ Der letzte Großmeister der Templer. Die Luft roch nach Ruß, Schweiß, Blut und Exkrementen und immer mehr nach Schwefel. Nur der Fürst stand unbeteiligt da. Er verspürte einen inneren Widerstand, der ihn davon abhielt, sich ebenfalls dem wahnwitzigen Treiben hinzugeben, wie er es bei der letzten Teufelsmesse mit wachsender Begeisterung getan hatte.

„Was ist, mein Fürst?“, raunzte Prelati den apathischen Ludwig an. „Hat dich der Mut verlassen? Freu dich, der neue Äon hat begonnen!“

„Wann werde ich gekrönt?“, bellte der Fürst zurück.

„Wenn der Mond steigt, wenn der Mond sinkt? Was weiß ich, du Narr. Gekrönt wird, wer eine Krone verdient.“

Agrippa schien das Unheil zu ahnen und warf sich zwischen Prelati und den Fürsten. „Bleib ruhig, beteilige dich an dem Spektakel. Du wirst schon noch Herrscher des Deutschen Reiches, Ludwig. Was Satan verspricht, hält er. Ich werde es dir morgen erklären. Wenn du jetzt nicht mitmachst, ist alles verloren. Bedenke, Ludwig, was für dich und uns alle auf dem Spiel steht!“

„Das glaube ich nicht. Ich fühle, du lügst.“

Aus Agrippas Augen sprühten Hassfunken. „Mach mit oder ich lasse dich auf der Stelle in die Hölle fahren.“

Prelati fasste den Fürsten am Arm. „Mensch, du weißt ja nicht, was du tust. Mach gefälligst mit oder willst du alles verlieren, du Esel?“

Alles verlieren?

Der Fürst spürte eine innere Glättung.

V. Kaldenkerkener Höhen, ebenfalls eine Zeit nach Mitternacht

Gedankenverloren sah Berthelot vor der Klause auf den Höhen hockend in das flache Land. Wie hatte der Eremit gesagt? – „Das Volk Gottes muss sich gegen die Hölle erheben.“ Berthelot bekam plötzlich eine Eingebung: Er musste zu den Menschen von Gelderland sprechen. Damit sich das Volk Gottes erhebe. Man musste gegen die Tyrannei des Fürsten vorgehen. Die Menschen hier hatten nichts mehr zu verlieren und ihre Wut konnte sich blindlings entladen.

Was ist der Mensch ohne Gott, dachte Berthelot. Eine Maschine, die sich selbst vernichtet.

Seit Jesus Christus war die Kirche die einzige erleuchtete Macht auf der die Erde. In den Herzen vieler Menschen war diese Wahrheit zur Gewissheit geworden. In dem er seinen Sohn auf Erde sandte, der durch seinen Kreuzestod alle Sünden auf sich nahm, hatte Gott seine grenzenlose Liebe erwiesen. Aber er hatte dem Menschen auch die Freiheit geschenkt, seinen Weg zu wählen. Doch die Verderbtheit saß tief. Man musste auf der Hut sein und das Gute suchen, um zum Guten zu werden.

Gott ist die Liebe, dachte Berthelot.

Man musste den Schleier des Bösen lüften, um den Menschen zu zeigen, dass die schrecklichen Ereignisse gegen den Willen Gottes waren. Durch Satans Plan, den Menschen zum Maßstab allen Seins zu machen, würde die Welt gänzlich blind werden. Doch Gott würde sein Volk nie verlassen. In der Tat, Gregorius hatte recht: Das Volk Gottes musste sich erheben. Jetzt galt es, das Schlimmste in dieser Nacht zu verhindern. Je stärker sich die Macht des Bösen ausbreiten konnte, desto schwieriger würde es werden, sie wieder einzudämmen.

Berthelot sah die lodernden Flammen am Heidweiher. Die Satanisten hatten sich also am altgermanischen Steinkreis versammelt. Berthelot gab seinem Pferd die Sporen. Sie durften keine Zeit verlieren. Innerlich bereitete er sich darauf vor, dass sie auf massiven Widerstand stoßen würden. Doch verfügte der Fürst überhaupt noch über Truppen, die ihn schützen konnten? Hatte er nicht alle Soldaten ausgeschickt, um sein eigenes Land zu verwüsten?

VI. Heidweiher, ebenfalls eine Zeit nach Mitternacht

Die erstickende Dunkelheit hatte die Welt ergriffen.

Sophia schrie, als sie ihr die Kleider vom Leib rissen. Scham und Angst übermannten sie und sie ließ ihren bitteren Tränen freien Lauf. „Was hilft es euch, wenn ihr mich quält?!“

Die Satansanbeter starrten Sophia wie durch einen Nebel an. Der Trunk aus Neros Kelch hatte sie zu willenlosen Werkzeugen des Bösen gemacht. Über ihnen wehte von einer Himmelsrichtung in die andere eine schwarze Wolke, in der sich der Baphomet verbarg. Nur Sophia war einigermaßen bei Sinnen, ebenso wie Agrippa und Prelati, der Gnom und der Fürst…

„Eines Tages werdet ihr bereuen. Wenn ihr vor Gott steht, wird euer Treiben gerichtet."

Es gab einige, die sich kichernd auf ihre Bäuche klatschten.

„Schämt ihr euch nicht? Niemandem helfen Menschenopfer."

„Doch, das wird helfen", sagte Prelati mit seiner tiefen, selbstbewussten Stimme. „Das Opfer der jungfräulichen Magd wird angenommen werden."

Sophia begann von Neuem zu schreien, in der Hoffnung, sie könne die dumpfe Raserei, in der sie sich befanden, durchdringen und das Ehrgefühl bei ihnen wecken.

„Jesus im Himmel, nein!", schrie Sophia.

So konnte nur eine Frau schreien, der soeben bewusst geworden war, dass sie hilflos einem grausigen Treiben ausgesetzt war, an dessen Ende ihr Tod stand. Keine Hoffnung. Keine Barmherzigkeit. Kein Ausweg.

Sophia versuchte, ihre Gedanken irgendwohin zu lenken, nur um sich von der Ausweglosigkeit ihrer Situation abzulenken. Gab es doch noch Hoffnung? Sie versuchte sich zu optimistischen Gedanken zu zwingen. Doch sie fand keine Ruhe. Immerhin konnte sie feststellen, dass sich die meisten in taumelnder Trunkenheit befanden. Eine Flucht vor diesen Leuten wäre nicht unmöglich. Ihre Handgelenke versuchten, die Fesseln irgendwie zu weiten.

Ich kann mich nicht bewegen.

„Eine Jungfrau hat Jesus geboren. Für das Königreich Satans wollen wir deshalb eine Jungfrau opfern", rief Prelati mit finsterer Stimme. Er hatte plötzlich eine unscharfe Zukunftsvision, die bei ihm eine für einen Moment einen wollüstigen Sinnenrausch hervorrief.

Sophia, das Opfer. Sophia. Ihre Keuschheit stand stellvertretend für die Unschuld, die sie zu vernichten trachteten. Sie war das Fleisch und Blut ihres diabolischen Sakramentes. Die schwarze Wolke drehte sich zu Boden wie ein Tornado, bis sich aus diesem rotierenden Sturm wieder die Gestalt des Baphomet herauskristallisierte. Wie ein übergroßer Mensch mit Bocksfüßen und behaart wie ein Bär spie er Flammen aus seinem Ziegenkopf.

Die Eingeweihten nannten ihn den „Bock von Mendes“. Mal vor ihr, mal neben ihr lachte die stinkende Fratze Baphomets. Sein schwefeliger Atem umnebelte sie.

„Krepier, du Luder!“, schrie Prelati und bleckte seine blutroten Zähne.

Agrippa hielt ihn zurück. „Langsam, Großmeister Thot. Die Schändung ist dem Fürsten vorbehalten.“

„Fürst, wo bleibst du!“, rief Prälati ihm zu.

Sophia schluchzte. Sie begriff kaum, was um sie geschah.

„Fürst, Hundsaas!“, schrie sie.

Ihr Schluchzen kam so stoßweise, dass es ihr selbst in den Ohren klang. In ihrem Hirn tobte ein Orkan, der jeden klaren Gedanken hinwegfegte. Schwarz, nur schwarz. Ruß des Verderbens. Angst. Ein großer schwarzer Vogel breitete seine schweren Schwingen über sie. Angst, nur Angst. Sophia schrie. Aber hörte sich nicht. Die schwarzen Schwingen zerstreuten den Schrei. Sie ergab sich dem Tod im Voraus. Starb für sich, um sich Schmerz zu ersparen. Eis überzog ihre Haut, ihr Herz, ihr Hirn. Der Schrei klirrte nun unter ihrer Haut und sie spürte trotzdem Schmerz, obwohl noch nichts an ihr geschah. Außer die Fesseln, die ihr ins Fleisch schnitten. Angst ins Fleisch schnitten, aber das Eis nicht durchbrachen und auch nicht die Schwärze, die immer tiefer wurde, als ob sie in sich selbst zurückfiele. Ihr Schrei vibrierte in der Wolfseiche. „Zeig uns dein Gesicht!“, hörte sie jemand sagen. Und sie antwortete: „Gegrüßt seist du, Niemand.“

Das Schwarz vor ihren Augen zersprang wie ihr Schrei. Sie wusste, sie würden es tun.

Schwerfällig schlurfte der Fürst heran, sein Widerwille war deutlich spürbar. Er sah das nackte Mädchen vor sich, eine zitternde und weinende junge Frau aus seinem Volk, die eine unendliche Traurigkeit ausstrahlte. Ludwig spürte, dass er mit ihr sein eigenes Volk entehren würde. Freilich, zur Stunde schändeten seine Soldaten Gelderland.

Und ich habe es befohlen!

Da schrie Prelati: „Willst du Kaiser oder Feigling sein? Dein ist das Recht der ersten Nacht.“ In Ludwig tobte ein innerer Kampf. Schließlich gab er seinen Machtgelüsten nach und seiner Angst, das Gesicht zu verlieren. „Nur zu, mein Fürst“, sagte Agrippa, während er den Fürsten zu Sophia schob. Aber der Fürst weinte wie das Mädchen, wenn auch lautlos.

Sophia spürte nur noch den schwarzen Schmerz und die schwarze Angst und alles zog sich um sie zusammen. Das war die Hand des Bösen. Und die schien sie rücksichtslos zu zerdrücken. Am Rande des Wahnsinns kämpfte sie mit jedem verbliebenen Funken Hoffnung gegen die beginnende Ohnmacht an. Sie musste einfach weiter so laut schreien, wie sie konnte. Vielleicht schreckten sie dann zurück. Hatte sie überhaupt schon mal geschrien? Alles vergessen. Da war einer, der weinte auch. Mein Leben, du mein Leben. Gott. Sophias Schreie drehten sich, einem Rad gleich. Ein Rad mit Schwertern, das wie verrückt rotierte. Sie sah Agrippa, Prelati und den Fürsten, deren Gesichter nicht mehr denen von Menschen ähnelten, sondern dem Ziegengesicht Baphomets. Es schien, als sei etwas Unvorstellbares Wirklichkeit geworden. Sophias Glieder wurden schwer wie Blei, vielleicht würden sie so schwer, dass sie im Boden versinken konnte. Ihr Bewusstsein schwand völlig. Einzig blieb Angst.

Bete!

Wie?

Fürst Ludwig kam bedrohlich nahe heran.

Agrippa hob gebieterisch den Arm. Vollzog majestätische Gesten. Begann mit der Anrufung des Hermes Trismegistos – die Anrufung des geflügelten Boten des Bösen. Sein Leib hob sich von der Erde ab. Endlich war ihm gelungen, was er jahrelang versucht hatte: Er konnte die Erdanziehungskraft aufheben und seinen Leib schweben lassen. Das lag am *Liber Secretus.* Was zum Teufel auch fehlen mochte. Im Buch steckte genug Kraft, um fliegen zu können. Nicht nur die Seele, sondern leibhaftig. Er stieß spitze Schreie aus, wie ein Adler. Sie verbanden sich mit den Schreien Sophias und echoten wie in einem Bergkessel. Echo? In Gelderland gab es keinen Bergkessel, keinen Höllenschlund, nur die Hölle selbst. Den Schreien folgte ein kurzes, schneidendes Lachen. Furchterregend diabolisch. Agrippa pries in rückwärtsgesprochenen Worten Simon Magus, den man den Erstgeborenen Satans nannte. Dieser Simon hatte den Kampf mit den Aposteln Christi aufgenommen und Agrippa hatte nun den neuen Äon ausgerufen, in dem die Kirche Christi vernichtet werden sollte.

„Ialdabaoth. Barbhe Eloha", rief Agrippa, wobei seine Stimme klang wie ein schneidender Wind. Obwohl die Nacht wolkenlos war, gab es einen Regenschauer. Der Schauer hatte eine Begleitmusik, einen langsamen, dumpfen Trommelschlag. Sternschnuppen fielen mit dem Regen. Auf einem endlosen unsichtbaren Seil, straff zwischen Zenit und Nadir gespannt, ritten die vier apokalyptischen Reiter auf die Erde zu.

Der neue Äon hatte begonnen.

VII. Heidweiher, etwa eine Stunde nach Mitternacht

Berthelot hätte es keinen Augenblick länger in der Klause gehalten. Er und seine beiden Begleiter Wentzel und Ekkehard waren losgeritten. Der helle Lichtschein der überall in Gelderland züngelnden Flammen und der Vollmond machte die Nacht fast taghell. Berthelot vertiefte sich ins Gebet, um für alles gewappnet zu sein. Plötzlich bäumten sich die Pferde auf wie vor einem Hindernis.

Ein Drache, groß und feuerrot, mit sieben Köpfen und zehn Hörnern und mit sieben Diademen auf seinen Köpfen. Der große Drache, die alte Schlange, die Teufel oder Satan heißt und die ganze Welt verführt, wurde auf die Erde geworfen.

Der Drache der Apokalypse. Die Apokalypse würde sich von nun an Wort für Wort bewahrheiten. Das Böse lauerte überall. Im Mondlicht sah Berthelot die Angst auf den Gesichtern seiner beiden Begleiter. Wentzel dachte beinahe, dass er sich noch immer in seinem Albtraum befände und bald wieder in Leuven aufwachen würde, in der Welt, die er kannte. Doch ein neuerlicher Schrei machte jeden Zweifel zunichte – das hier war kein Albtraum. Es war Sophia! Sie mussten den Heidweiher erreichen, bevor es zu spät war. Die Schreie markierten ihr Ziel. Außerdem erwies es sich als besonders glücklich, dass Ekkehard ortskundig war und sie mit seinen Hinweisen, wenn auch stumm, an allen Hindernissen vorbei lenkte. Ein neuer Schrei, grässlicher als der erste, durchfuhr sie. Panisch galoppierten die Pferde dahin, ließen nur schwer in Zaum halten.

„Ruhig, ruhig", Berthelot klopfte auf die Flanken seines Tieres.

„Der Schrei kam vom Steinkreis", rief Wentzel aufgeregt.

Berthelot nickte. „Sie sind bei ihrem Ritual."

„Vater im Himmel, rette Sophia, ich flehe dich an!", betete Wenztel inbrünstig.

Die Zeit schien zu rasen, schien sie trotz ihres irrsinnigen Galopps über die Kaldenkerkener Höhen zu überholen. Berthelot spürte, wie sich in ihm etwas zusammenzog. Er fühlte sich, als bewege er sich über regennasses Moos, auf ein Moor zu, in dem er zu versinken drohte. Auf Wentzels Gesicht zeigte sich ebenfalls eine dunkle Vorahnung. Auch Ekkehards Gesicht war umwölkt von Furcht. Sie mussten mitten in die Hölle reiten. Besser gesagt: auf die Hölle zu, um Sophias Seele zu befreien. Berthelot musste an eine Schrift von Thomas a Kempis denken, dem großen Theologen, der in Kempen, in Gelderland aufgewachsen war. Jeder Christ steht in der *Nachfolge Christi,* hatte Thomas gesagt. Berthelot merkte, wie der Satz in ihm zu wirken anfing. „In der Nachfolge Christi ..." Plötzlich schien der Weg leichter zu werden. Es gab nur ein Ziel. Es gab immer nur ein einziges Ziel.

Wieder ertönten die Schreie.

Sie kamen näher.

Näher heran.

VIII. Heidweiher, eine Stunde nach Mitternacht

Agrippas schwarzes Gewand wallte, als er sich im Tanz um die Bluteiche wie auf Flügeln bewegte und mit seinen krummen Fingern Zeichen in die Luft malte, die aufleuchteten und stehen blieben, als wären es Lampen. Fürst Ludwig war dicht an Sophia herangetreten, zögerte aber immer noch. Prelati geriet in Rage und schlug blindlings mit einer Peitsche auf den Rücken des Fürsten ein, dessen Widerstand mit jedem Hieb wuchs. Tränen schossen ihm die Augen.

Berthelot zog die Zügel an. „Schneller!"

Sie gaben ihren Pferden die Sporen und ritten mit heiligem Furor mitten hinein in die besessene Satansgemeinde. Hufe trafen auf zuckende Leiber, eine Welle des Entsetzens ergriff sie. Kreischende Frauen flüchteten sich in das Dunkel des Waldes, gepeitscht von den Zweigen der Sträucher. Füße stolperten über Wurzeln, Taumelnde rafften sich eilig wieder auf und irrten in die Nacht hinein. Agrippa wusste, dass er seine Herde nicht beisammen halten konnte, und war behände in die Bluteiche geklettert, von wo er Bannflüche auf die Angreifer schickte. Geistesgegenwärtig ergriff Prelati Agrippas Schwert, auf dem immer noch die Köpfe der Zeremonienmeister steckten. Er riss es mit beiden Händen in die Höhe und wirbelte es durch die Luft, bis die Köpfe in alle Himmelrichtungen davonflogen. Der Schädel des vierten Zeremonienmeisters zerschlug dem verdutzten Ulbertin das Nasenbein und riss ihn zu Boden. Aber womit keiner der Beteiligten und schon gar nicht Prelati rechnete, der ihr den Rücken zugewandt hatte, war Sophia. Sie nahm ihre ganze Kraft zusammen und trat ihren Peiniger mit einem ihrer freien Füße in die Nieren. Der Magier verlor für einen Moment den Halt und stolperte auf den blutverschmierten Baumstumpf, auf dem er tags zuvor den Jungen geopfert hatte. „Prelati!" Berthelot zog sein Schwert und sprang vom Pferd. Die blitzende Klinge zielte auf den Körper des Magiers, der blitzschnell aufsprang und mit seiner Waffe Berthelots Angriff parierte. Die Bannflüche aus der Bluteiche schienen ihm übernatürliche Kräfte zu verleihen. „Der neue Äon ist ausgerufen", schrie Agrippa seinen Feinden zu.

„Veni Satanas!", brüllte er.

Berthelot und Wentzel fochten noch mit Prelati, als vor ihnen Baphomet in seiner schwarzen Rauchwolke auftauchte und den Magier vollends verhüllte. Sie hörten ihn nur noch triumphierend aus dem schwarzen Rauch lachen. Voller Entsetzen wichen Berthelot und Wentzel zurück. Wentzel ließ das Schwert sinken und rannte von panischer Angst getrieben davon. Auch Berthelot erstarrte in einem Augenblick des Schreckens, bis er wieder zu sich fand und ein Stoßgebet zum Himmel schickte. Wir gehen hin unter Tränen und tragen den Samen zur Aussaat, dachte er.

Ich brauche mein Weihwasserfläschchen! Berthelot zog es aus seinem Wams und steckte das Schwert in die Erde. Indem er den Kleinen Exorzismus betete, besprengte er die unheimliche Figur mit dem gesegneten Wasser, bis sie sich in einen Rauch auflöste, der vom Wind über die brennenden Felder getrieben wurde.

Plötzlich schien der Wald leer. Die Hexen und Magier, Fürsten und Fürstinnen, die abgefallenen Hochwürden und Hexenmeister hatten den Befreiungsakt in ihrem rauschhaften Zustand wie ein Erwachen aus einem düsteren Traumgespinst erlebt.

Wentzel kam zurück, löste Sophias Fesseln und hüllte sie in eine Pferdedecke.

„Bring sie zum Eremiten. Er wird ihre Wunden versorgen. Er ist ein Heilkundiger“, sagte Berthelot leise. „Ich komme später nach.“

Einsam und völlig apathisch lehnte der Fürst an einem Baum. Es war zwecklos zu leugnen, dass ihn des Teufels Brüder an der Nase herumgeführt hatten. Doch noch immer verbot ihm sein Stolz, es sich in aller Klarheit einzugestehen. Musste er alle seine Träume aufgeben? „Was ist nur aus dir geworden, Ludwig von Gelderland?“ Berthelot musste sich zusammenreißen, um nicht vor ihm auszuspucken. Er atmete tief durch und bekreuzigte ihn und sich. „Oh mein Jesus, bewahre uns vor dem Feuer der Hölle, führe alle Seelen in den Himmel, besonders jene, die deiner Barmherzigkeit am meisten bedürfen.“

Da kroch der Gnom aus dem Erdloch, in dem er sich nach dem Ansturm versteckt hatte. Hatte sie die ganze Zeit nicht aus den Augen gelassen. Fürchtete, Berthelot würde den *Liber Secretus* an sich reißen. Um Schrecken zu erregen, hatte er seinen Gesichtsverband gelöst. Sein Gesicht war übersät mit eiternden Narben. Voll wütender Entschlossenheit kniff er die Augen zusammen, während er eine Armbrust aufhob und auf Berthelots Stirn zielte. „Hab’ gesehen, wie Ihr das Bauernmädchen gerettet habt. Heldentat. *Liber Secretus* werdet ihr niemals kriegen. Macht wird für immer bei der S.O.L. bleiben.“ Ein zynisches

Lachen entsprang seiner Kehle. „Jungfrau habt Ihr befreit, aber Euch… Ich… Euch Euer neunmalkluges Gelehrtenhirn aus dem Schädel schieße“, sagte er scharf.

Berthelot wartete mit erhobenem Kopf darauf, dass ihn der Pfeil durchbohrte und schickte ein Stoßgebet zum Himmel.

„Warum willst du unbedingt in der Hölle schmoren?“, fragte Berthelot mit ruhiger Stimme.

„Hölle? Keine Angst. Isses schon hier.“

„Vielleicht solltest du nicht dem Teufel dienen, sondern Gott.“ Irgendwie musste er Zeit gewinnen. „Was will denn dein dämlicher Teufel? Soll er erst selber was erschaffen. Aber das kann er nicht. Ebenso gut könnte er versuchen, die Sonne am Aufgehen zu hindern. Aber das kann er nicht, Versager, der er ist. Gott hat alles geschaffen. Niemand sonst, selbst wenn du mit drei Augen schielst.“

„Tu Gott weg. Der hört nix un is stumm wie ’n Fisch.“

Berthelots Augen versuchten sich auf ihn zu fokussieren. „Gott ist hier.“

„Hier un weg. Gleich is dein kluges Köpfchen futsch“, sagte die schrille Stimme. „Pflatsch un hui wie der Wind“. Doch der Gnom drückte nicht ab, obwohl sein Finger den Abzug spannte. Aus dem dreiäugigen Gesicht des Gnoms schälte sich die Fratze Satans höchstpersönlich. Oder war das nur Angst, die Berthelots Augen zucken ließen? Er fühlte sich für einen Moment vollkommen verloren.

„Der *Liber Secretus* ist wertlos, wenn man nicht einen Papyrus besitzt, der die Symbole vervollständigt.“

„Buch is Buch. Ich hab’s gefunden“, rief die spitze Stimme des Gnoms.

„Vergiss doch das jämmerliche Buch, Mann.“ Berthelot drängte die Erschöpfung zurück, die ihn plötzlich befiel wie ein gefährliches Fieber. Seine Gedanken rasten. Womit war der blutrünstige Rächer von seiner Tat abzuhalten? „Ich bin im Besitz dieses Papyrus.“

„Buch is Buch, ich hab’s gefunden. Glaub an Baphomet. Der is hier geschwebt. Der is lebendiger als dein Chrissi.“

„Am Ende wird Christus siegen.“

„Chriss, Chrissa… Wir hab’n die Satansbibel. Ich hab’s gefunden.“

„Komm auf die Seite Gottes. Weißt du nicht, dass nur bei Gott Rettung ist? Insgeheim weißt du es. Vielleicht ist Gott dir näher, als du denkst."

Der Gnom lachte.

Berthelot sah, wie Fledermäuse in großer Zahl mit schlappendem Flügelschlag heranschwirrten. Nachtvögel. Bestien. Kamen tiefer. Als wollten sie in den Boden tauchen. Berührten den Kopf des Gnoms. Tschrrrr. Durch den Luftzug verwirrt drehte er sich um, eine mögliche Gefahr witternd. Tschrrrr. Ztsch. Da löste sich der Pfeil aus der Armbrust, flitzte an Berthelots langem Körper vorbei und bohrte sich zitternd in den grindigen Stamm einer Trauerweide.

Berthelot presste seine schmalen Lippen zusammen. Die Gunst der Stunde! Los, pack dich. Auf leisen Sohlen. Solange er noch verwirrt guckt. Seine ausholenden Schritte erreichten seinen Gaul, noch bevor der Gnom einen neuen Pfeil eingelegt hatte. Ztschak.

„Vorwärts! Hü."

Auch der nächste Pfeil flog an ihm vorbei. Noch einer. Du bist zu klein, Freund. Deine Schritte sind zu kurz. Mich kriegst du nicht mehr. Ztschak...

Ritt vorbei an dampfenden Äckern. Die Sonne, zaghaft aus der erdrückenden Finsternis emporsteigend, noch nicht rot, nur ein Saum, ein indigofarbener Schatten über dem flachen Land, der sich hinzog vom Heidweiher entlang der vielen kleinen Tümpel und Sümpfe, die wie Kleckse ineinander verliefen. Der junge Tag schickte einen leichten Südwest, was die Luft etwas angenehmer machte, auch wenn er den brandigen Geruch nicht verscheuchte. Südwestwind, ein Omen? Jedenfalls schien der Tag hell und klar zu werden. Sankt Johanni. Irgendwo her Schafe, einem Gatter entkommen, blökten ihre Angst aus. Wo war ihr Hirte? Kühe mit versengter Haut, brüllend, fegten mit ihren Schwänzen über die klumpigen Kruppen. Es war Schlachttag gewesen, im Namen des Fürsten von Gelderland und des Fürsten der Hölle. Die letzte Schlacht war noch nicht geschlagen. Hoffnung stirbt zuletzt.

„Vorwärts. Hüüüüh", rief Berthelot. Er konnte es kaum erwarten, die Klause zu erreichen, um mit dem Eremiten zu beten. Er brauchte auch Zuspruch und Rat. Seid klug wie die Schlangen und ohne Falsch wie die Tauben. Beides war wichtig: die Kraft des Geistes und die Stärke der Muskeln. Wärmend und rot brachen die ersten Sonnenstrahlen in den aufstehenden Morgen.

An dem Ort, den Berthelot fluchtartig verlassen hatte, küsste jetzt der Gnom den *Liber Secretus*. Vor Übermut tänzelnd sprang er vom Baumstumpf weg auf den Fürsten zu. „Fürst, Fürrrrrrst. Krrrr, rrrr... Wo is 'n dein Weib? Wo is 'n dein Reich? Wo is dein Kron'? Loddel verreck." Ein kiekendes, dreckiges Gelächter. „Hab 's Buch, hab 's un was hast'u?"

Er packte den Fürsten an den Haaren. „Steh auf, Männchen. Hopp. Mach. Du Rattenfürst. Dir ham 's statt 'ner Kron' Hörner aufgesetzt. Ganz mächtig dein Reich gehäckselt ham's dir."

Der Fürst, ein Häufchen Elend, auf dem Boden kauernd, versuchte zu begreifen, was geschehen war. In seinem tyrannischen Willen, in seinem Stolz, Sieger und endlich König zu sein, hatte er geglaubt, sich über geheiligte Traditionen, über uralte Selbstverständlichkeiten hinwegsetzen zu können. Vor seinem geistigen Auge reihten sich die Erinnerungen auf, die seine letzten Monate geprägt hatten. Die blutigen Rituale mit Prelati. Die Ausschweifungen bis zum Exzess. Die Gier, die seine letzten Funken an Anstand und Moral hatte erlöschen lassen. Doch alles schien auf ein Ziel hinauszulaufen: ihn zum Herrscher dieser Welt zu machen. Hatte ihm nicht die Hexe in der Höhle gestern geweissagt: „Heil dir, Herrscher des Heiligen Römischen Reiches Deutscher Nation. Nicht König, Kaiser sollst du sein"?

Aber hatte sie nicht auch gekrächzt: „Fürchte den großen Mann, den du aus früheren Zeiten kennst. Er wird Unheil über dich bringen, großes Unheil. Lass ihn töten, bevor er dich bedroht. Wenn Feuer vom Himmel fällt, schließt sich ein tödlicher Kreis um dich. Dann wirst du fallen"?

Wer konnte sein Feind sein? Konnte ein anderer als Gott Feuer aus dem Himmel regnen lassen? War Gott nicht sein Feind? Seine alten Freunde waren ihm Feinde geworden. Pater Marcus...

„Den ich zum Krüppel gemacht habe", sagte er bitter lachend. Von ihm hatte er gewiss nichts zu fürchten.

Berthelot. Mein Gott, dieser fromme Denker. Asparagus. Wieso war er überhaupt hier? Ja, wieso war er hier? Oder habe ich das nur geträumt? Was ist eigentlich noch meine Wirklichkeit? Ist sie nicht nur noch ein Haufen widerwärtigster Dreck? Was ist mein Leben mehr wert als die Exkremente in der Gosse. Berthelot, du spargeldünnes Aas, warst du wirklich hier?

Kümmere dich doch nicht um den, sagte seine innere Stimme, mit dem großen Mann, den du aus früheren Zeiten kennst, kann nur Prelati gemeint sein.

„Prelati, du Hund, noch heute Morgen werde dich in Stücke schlagen", schrie er in die heller werdende Nacht. „Du Hundsfott!" Der Schrei vermählte sich wie eine große Anklage mit den Rauchschwaden der Gelderländer Städte. Seine Träume von Macht und Kaiserkrone hatten sich in Luft aufgelöst. Strohfeuer. Trugbilder. Schund. Irrsinn. Kappes. Dreck. Klägliche saumäßige, hundsmiserable Fantastereien. Agrippa und Prelati hatten ihn einfach übergangen. Wie einen Allerweltstrottel beiseite geschoben, um ihre Geschäfte zu machen. Ihre Geschäfte. Nicht meine …

„Hundesöhne!"

Sie hatten ihn für ihre Zwecke benutzt.

„Schweinebande!"

Aber hatte er sich nicht benutzen lassen, getrieben von blindem Ehrgeiz? Sein eigener Hochmut, spürte er, hatte ihn aufs Übelste niedergeschmettert.

„Heil dir, Schwächling", rief der Gnom und beobachtete, wie sich die dunklen Pupillenschlitze des Fürsten vor Hass verengten. Doch das Häufchen Elend schien zu kraftlos zu sein, um sich zur Wehr zu setzen.

Als wäre er noch bei der Rotte von Gauklern, die ihm auf Jahrmärkten herumgezeigt hatten, rief er:

„Heil dir, Euer Hohlheit, haben 'nen neuen Ä-äon,
doch wo ist, Euer Hohlheit, Eure Kaiserkron?"

Mit einem meckernden Gelächter sprang er um ihn herum, den *Liber Secretus* hoch über den Kopf haltend wie eine Trophäe, die er für die Bruderschaft gerettet hatte, nur er allein, der Gnom, der Liebling Prelatis. Bittere Tränen liefen über das erhitzte Gesicht des Fürsten.

„Lächerlicher Herrscher, flenn, flenn." Er sammelte Spucke auf seiner Unterlippe und spie dem Fürsten, der mit hängenden Schultern auf dem Boden hockte, ins Gesicht. „Dein gieriges Weib haben sie zur Wölfin gemacht. Lustig, lustig. Grrrr, grrrrr, völlig durchgedreht. ... habe Mitleid mit dir, kannst jetzt Prelatis Gepäck tragen, muss ich mich nicht mehr abkrüppeln, Lakai."

Unbändiger Zorn packte den Fürsten. „Prelati, ich werde dich töten. Und dich gleich mit, du Ausgeburt der Hölle. Du hast keinen Fatz Leben verdient." Er nahm einen Stock und sprang auf. „Ich schlag dich in Stücke."

Quirlig rannte der Gnom mit seinen kurzen Beinen davon. Den *Liber Secretus* vor die Brust gepresst, stieß er ein rasselndes Gelächter aus. Doch im Fürsten war der Wille zum Widerstand geweckt. Er würde sich nicht von einem Gnom erniedrigen lassen.

Ich werde es allen heimzahlen, dachte er und sah in Gedanken vor sich, wie er Prelati und Agrippa mit eigenen Händen in die Folterkammer werfen würde, und malte sich hasserfüllt die schmerzhaftesten Folterungen aus. Ihr gehört mir. Die Sonnenstrahlen fielen wie Goldmünzen durch das dichte Blattwerk. „Aber zuerst werde ich dich erledigen", rief er dem Gnom nach.

IX. Kaldenkerkener Höhen, in der Früh um die fünfte Stunde

Morgentau tropfte sanft von den Zweigen und verteilte sich über Wiesen und Moore. Der höchste Stand der Sonne sollte an diesem Tag erreicht werden. Sankt Johanni, Sommersonnenwende. Satte, erdige Kühle durchzog das weite Land. Doch es sollte ein heißer Tag werden. Für Berthelot war es wieder eine Nacht mit wenig Schlaf gewesen. Nachdem der Eremit Sophias Wunden versorgt hatte, gab er ihr, aber auch Wentzel und Ekkehard einen Beruhigungstrunk aus Baldrian und Johanniskraut. Als Berthelot kam, fand er die drei im Schlaf.

Der Eremit saß in sich gekehrt in der Klause und betete die Schmerzhaften Geheimnisse des Rosenkranzes. Lautlos murmelnd betete Berthelot mit.

„Jesus, der für uns das schwere Kreuz getragen hat."

Die Schreckensbilder gingen ihm nicht aus dem Sinn. Es bedurfte keiner großartigen Fantasie, um sich vorzustellen, wie Gelderland aussah. Allein die Vorstellung davon war fürchterlich. Das Unerträgliche focht den Glauben an die Gerechtigkeit Gottes an, der notfalls gegen das Schicksal verteidigt werden musste. In solchen Situationen flüchtet sich der Mensch leicht in Hass, hatte der Eremit gesagt. Um nicht in nackte Verzweiflung zu verfallen, blieb kaum etwas anderes übrig als der kindliche Glaube, dass sich das Gute über alles andere hinwegsetzte. Nach dem Rosenkranz beteten sie gemeinsam die Lauretanische Litanei. Danach ließen sie ihre Gebete in der Stille der Nacht verklingen.

„Cornelius, mein Bruder", begann der Eremit nach einer Weile. „Wir dürfen nicht am Leiden dieser Welt verzweifeln. Offenbar ist die Traurigkeit ein menschlicher Grundzug. Wobei wir fein unterscheiden müssen, was ist Trauer, was Selbstmitleid. Ich habe dir erzählt, wie schwer es mir als jungem Mann gefallen ist, das Unrecht hinzunehmen. Der Gerechte muss viel leiden, heißt es, das bedeutet allerdings nicht, dass wir in Schwermut und Untätigkeit verfallen sollen. Die Trägheit des Herzens wäre auch eine Sünde. Manchmal ist es nicht so leicht zu erkennen, wann Gott von uns erwartet, dass wir seine Liebe verteidigen – das heißt, seine Liebe auch mit dem Schwert verteidigen."

„Es ist in der Tat schwer zu verstehen, Bruder Gregorius. Jesus hat Petrus befohlen, das Schwert wegzustecken ..."

„... weil die Schrift in Erfüllung gehen musste. Aber Jesus hat selbst aufbegehrt, als er sah, wie das Heiligtum seines Vaters, der Tempel, durch den Mammon geschändet wurde."

„Es gleicht dem Gang auf einem Felsgrat ..."

„... ganz recht, und der Grat ist schmal", ergänzte Gregorius, dessen Gesicht Sanftmut und Ruhe ausstrahlte. „Gott will nicht, dass Menschen getötet werden, aber er erwartet auch von uns, dass wir die Mörder an ihrem Tun hindern."

„Ich ahne, was du mir sagen willst, Bruder."

Ein Lächeln flog über Gregorius Gesicht. „Und was will ich sagen?"

„Gestern waren deine Worte: Das Volk Gottes muss sich erheben."

Der Eremit nickte. „So ist es."

„Vielleicht frage ich ja den Falschen, aber weißt du, ob die Gelderländer Waffen tragen?"

„Nun, es werden nicht viele sein. Aber wie du weißt, kommt es nicht auf die Kraft, sondern auf die Klugheit an, denk nur an David, wie er den Goliath besiegte."

„Ich soll sie anführen, das denkst du, nicht wahr?"

Der Eremit machte eine Geste, die er bei Berthelot gesehen hatte, er zog seinen Daumen über die Lippen. „Oh, du bist gewiss kein großer Heerführer, aber der Herr wird dich leiten."

„Die Truppen des Fürsten verfügen über Schwerter, Lanzen, Morgensterne, Schleudern – und und und …"

„Früher besaßen viele Männer in Gelderland eine Armbrust oder einen Bogen. Daran wird sich bis heute nicht viel geändert haben. Es erfordert nicht viel Arbeit, Pfeile zu schnitzen."

Berthelot sagte kopfschüttelnd: „Darüber werden die fürstlichen Krieger lachen."

„Ich wiederhole: Denk an David und Goliath", sagte der Eremit. „Wenn man etwa Pfeile mit Pech und Schwefel bestreicht oder sie in Öl taucht und dann anzündet, wirken sie ganz anders. Denk nur, wenn Feuer vom Himmel fällt."

Berthelot strich mit seinem Daumen über die Lippen. „Gregorius, an dir ist ein Feldherr verloren gegangen."

Gregorius lachte. „Nicht doch, das ist zu viel der Ehre. Aber ich will nicht verschweigen, dass ich, bevor ich mich in den Dienst Gottes stellte, als Major im Dienst des Kaisers stand."

„Ich habe verstanden", bemerkte Berthelot. „Ich werde tun, was zu tun ist, und Gott vertrauen."

„Gott segne euch", sagte der Eremit.

Berthelot war es vorgekommen, als hätte ein Engel mit ihm geredet. Seine Gedanken waren jetzt ganz auf den Aufstand gerichtet.

X. Heidweiher, in der Früh um die sechste Stunde

Am anderen Ende des Heidweihers lag die Mühlrather Mühle. Seit Monaten stand sie leer, obwohl das Mühlrad sich nach wie vor bewegte, als würde es nicht von Wasser, sondern von Geisterhand betrieben. Der Gnom fing an zu laufen, doch seine kurzen, hektischen Schritte gewannen zu wenig Raum, um dem Fürsten zu entkommen. Er schaltete schnell, an der Mühle kannte er ein Versteck. Doch zu spät. Die Faust im Nacken. Als er sich umwandte, sah er die blitzende Klinge eines Schwertes vor sich.

„Gib mir den *Liber Secretus!*"

Der Fürst stand jetzt unmittelbar hinter ihm. Er holte mit dem Schwert weit aus.

„Darfst mich nicht töten", winselte der Gnom. Sein Geist arbeitete blitzschnell. Mit einem gekonnten Wurf katapultierte er die Satansbibel auf das Dach. Wie zu erwarten, schlug der Fürst mit dem Schwert zu, um sich des widerspenstigen Zwergs zu entledigen. Doch Alanus warf sich zu Boden, rollte sich zur Seite und kletterte, flink wie ein Eichhörnchen, auf die Mühle. Unterhalb des Daches, auf dem das Buch lag, fühlte er sich auf einer Balustrade vorläufig sicher und rief mit seiner Fistelstimme: „Darfst mich nicht töten, sagt die Bruderschaft. Wir sind Brüder!"

„Ich bin nicht mehr dein Bruder. Die Dreckschweine haben mich verraten."

Der Zwerg spürte, dass er anders vorgehen musste, um den lästigen Angreifer loszuwerden. „Eltern verkauften mich. Auf Jahrmärkten ausgestellt. Zwischen Wölfen und Falken. Selber Tier. Bestie. Begafften mich, lachten, spuckten. Wärter warf rohes Fleisch zwischen die Gitterstäbe. Biss ihm eine Hand ab. Er schlug mich fast zu Tode. Da hab ich ihn tot gehauen. Gefressen. War auch rohes Fleisch. Jäger wollten mich Bestie töten. Haute ab in die Höhle. Menschenhasser. Menschenfresser. Keine Sonne mehr. Prelati holte mich raus! Der Meister."

Die Worte des hässlichen Zwergs machten den Fürsten nachdenklich. Etwas wie Mitleid fraß am Herzen Ludwigs.

Der Gnom wurde genauso benutzt wie ich. Betrogene sind wir beide. Betrogene Hoffnungen.

Alanus spürte in all seiner Mitleidslosigkeit, dass er einen wunden Punkt im Fürsten berührt hatte. Intuitiv sagte er: „Schlag mich mitten entzwei, und du spaltest dein eigenes Herz!"

Der Fürst kämpfte mit sich. Um seiner Rührung Herr zu werden, sagte er hart: „Aber ich will das Buch."

Ungelenk begann er, die Balustrade zu erklimmen. Er hörte das Knarren des Mühlrades und das plätschernde Wasser. Mit Belustigung beobachtete der Gnom, wie Ludwig sich plagte, sich mühsam hochzog, vorsichtig mit beiden Händen abgestützt vorrückte, um ihn zu erreichen. Während er, die Bestie, mit der Sicherheit eines Seiltänzers vor und zurück balancierte, als wollte er zeigen, wie leicht es war.

„Was willst du? Nur Agrippa und Meister Prelati verstehen."

„Schon möglich." Aber wenn sie wissen, dass ich es besitze, werden sie mir aus der Hand fressen. Er fand, diese Genugtuung stand ihm zu.

„Der Teufel lässt nicht mit sich spaßen", zeterte der Zwerg.

Der Fürst keuchte: „Der Teufel vielleicht."

Behände balancierte der Gnom über die Balustrade. Mühsam rutschte der Fürst hinterher. Aber er kam näher. Der Zwerg hangelte sich an der Traufe hoch und ließ für eine Weile seinen kleinen Körper baumeln, wie ein Äffchen. Erst als Ludwig ihm näher kam, rollte er sich auf das nasse Moos des Daches. Flugs aufgerichtet, stemmte er die Hände in die Hüften. Schnaufend folgte der Fürst, kippte mal zu der einen, mal zu der anderen Seite. Er verkrampfte sich und kam noch langsamer voran. Nur der Wille, den *Liber Secretus* zu bekommen, rechtfertigte seine Mühen. Angstvoll blickte er hinunter in die Tiefe, wo das vom Mühlrad betriebene Wasser rauschte und das Knarzen des Holzes von der Gewalt der Drehungen kündete. Alanus genoss grinsend seinen Vorsprung. So wie er Pater Jeremias in der Hütte gequält hatte, würde er den Fürsten quälen. Er liebte diese tödlichen Spiele, wie die Katze das Spiel mit dem Vogel zwischen ihren Krallen. Prelati hatte Recht in seiner Menschenverachtung. Sie waren alle leicht auszurechnende Narren.

„Die Bruderschaft hat versprochen, wirst Kaiser. Glaubst nicht mehr dran? Bruderschaft befreit Welt. Im Namen Satans, und sein's Sohn's Antichrist und des teuflischen Geists. Amen, Manu,

Amun." Er stieß ein hohes Kichern aus. „Bist nur 'n kleines Licht, Fürst. Man hat dich veräppelt. Der Teufel veräppelt jeden, weißt nicht?"

Es verschlug Ludwig den Atem. „Niemals." Seine Stimme brach kaum merklich. „Ich werde König und Kaiser. Es sei denn, vom Himmel würde Feuer fallen."

„Veräppelt", wiederholte der Gnom kichernd.

„Nein", schrie der Fürst, als könnte er durch diesen Schrei alles Geschehene ungeschehen machen. Ihm war, als würde ihm jemand sein Herz in der Brust herumdrehen und es bis zum letzten Blutstropfen auspressen, so sehr schmerzte es ihn. „Vom Himmel fällt kein Feuer", wisperte er.

Wieder hatte der Gnom einen wunden Punkt erwischt. Für einen Moment schloss der Fürst die Augen, rang mit sich. Nein, die Diener des Herren der Lüge konnten nichts anderes als Lügner sein!

Alanus lockte ihn weiter, wobei er kurze, scharfe Schreie ausstieß. „Komm rauf!" Er hielt die Satansbibel über seinen Kopf, als wäre sie für den Fürsten ebenso unerreichbar wie die Kaiserkrone. Draufgängerisch klemmte er sie an einer Stelle, wo die Schindeln fehlten, zwischen die Sparren des steilen Walmdaches, damit sie nicht hinunterrutschte, während er leichtfüßig höherstieg, weil der Fürst inzwischen mühselig die Traufe erreicht hatte. Der Dreiäugige löste eine Holzschindel und warf sie nach dem Fürsten, der den Kopf einzog und sich abermals verkrampfte. Eine zweite Schindel traf Ludwig schmerzlich an der Schulter und er zuckte gequält zusammen, was dem Gnom ein gellendes Gelächter entlockte. Angst, Wut und Scham ballten sich im Fürsten zu einem ohnmächtigen Gefühl zusammen. Jetzt nicht aufgeben! Alanus verschränkte seine Arme. Um seine ganze Überlegenheit zu zeigen, stellte er sich auf die Zehenspitzen. „Nie kriegst du das Buch!", quietschte er triumphierend. In diesem Augenblick verlor er den Halt auf dem nassen Moos der Schindeln. „Teufel!" Kam ins Schleudern. Sein Rücken schlug auf. Er rutschte. „Verflucht." Rutschte. Seine Hände ruderten in der Luft, um den Fall zu stoppen. Fanden keinen Halt mehr. Der Rumpf glitt an der Traufe herunter. Ludwig, verwirrt, streckte seine Hand aus, doch geriet dabei selber ins Wanken und hielt sich krampfhaft an der

Balustrade fest. Der schreiende Kopf sauste an ihm vorbei. Die Augen vor Schreck aufgerissen. Das dritte Auge zum Himmel verdreht. Dann kiekste er nur noch: „Hilfe!" Die hohe Stimme des Gnoms bekam einen hohlen Klang. Schauder überliefen den Fürsten; ohne nachzudenken, setzte er kurz an zu beten – zum ersten Mal wieder seit langer Zeit.

Jede Hilfe wäre zu spät gekommen. Der Gnom prallte mit den Füßen voraus gegen das Mühlrad und wurde von den Speichen in die Senke geschleudert, wo er unter das Rad geriet. Seine zappelnden Bewegungen konnten ihn nicht mehr retten. Das letzte Geräusch war das scheußliche Knacken von Knochen.

XI. Abtei Niersbachthal, in der Früh um die siebte Stunde

Der Weg zur Abtei führte sie an einem Birkenwäldchen vorbei. Berthelot sah mit Schrecken, dass selbst dessen Bäume gebrannt hatten. Als Berthelot und seine beiden Begleiter mit ihren Pferden ans Wegkreuz kamen, schrak er zusammen. Der leblose, nackte Körper Ulbertins hing mit dem Kopf nach unten am Holz. Das wirklich Grässliche war der Kopf des Priors, der unter dem rotklaffenden Hals mit herausquellenden Augen violett aufgeschwemmt gegen das Wegkreuz baumelte. Berthelot bekreuzigte sich und umkreiste den Toten in stummem Entsetzen. Das Werk des Teufels, dachte er. Auf Ulbertins Leib hatte jemand ein Pentagramm gebrannt, dessen Spitze nach unten zeigte. Zwischen den verkohlten Sträuchern saß eine krummgebuckelte Alte und öffnete ihren zahnlosen Mund, um ein grässliches Lachen auszustoßen, was ihre verhärmten Züge noch stärker betonte.

„Die Landsknechte des Fürsten haben ihn nicht verschont. Mir haben sie beide Söhne genommen", krächzte sie bitter. „Aber dieser falsche Pfaffe hat bekommen, was er verdient. Die Kaldenkerkener haben immer schon gewusst, dass Ulbertin mit dem Fürsten und seinem Satansbeschwörer unter einer Decke steckt."

„Beruhige dich, geh nach Hause!", sagte Berthelot, ohne vom Pferd abzusteigen.

„Beruhigen, beruhigen? Zwei Söhne, Herr, und mein Haus besteht nur mehr aus kohlschwarzer Asche. Mir ist alles geraubt worden. Stellt Euch vor, Ulbertin ist gerannt, als wäre der Leibhaftige hinter ihm her. Die Landsknechte haben ihn gejagt." Ihre Stimme brach kurz weg, weil sie lachte. „Mich haben sie gar nicht gesehen. Kaum hatten sie den Prior in die Zange genommen, jammerte er: Lasst mich! Ich stehe doch auf der Seite des Fürsten! Die Landsknechte haben gelacht und gesagt: Wir haben Auftrag, jeden Pfaffen, der uns in die Quere kommt, zu töten. Er ist auf die Knie gefallen und hat gegreint wie ein Bettelweib: Ich gebe euch die Schätze der Abtei, aber lasst mir mein Leben. Niemals zuvor habe ich jemanden so flennen gesehen. Sie haben nicht lang' Federlesens gemacht. Zwei Landsknechte packten ihn bei den Füßen, hielten ihn fest, während der dritte ein Seil nahm und ihn kopfüber ans Holz band, da, wo er jetzt noch hängt."

„Es tut mir Leid, dass du das mit ansehen musstest."

„Ich hab mich dreimal bekreuzigt. Ich hätt' ihm nicht helfen können und hätt' auch den Teufel getan. Dem falschen Fuffziger. Dann hat man ihm die Gurgel durchgeschnitten, dass er ausgeblutet ist wie ein geschächtetes Viech."

„Was treibst du dich denn noch hier herum?"

„Weil ich doch meine beiden Söhne verloren hab, Herr, warte ich so lange, bis sich die Krähen an dem Lügenprior bedienen. Weil meine Jungen haben sie auch zerhackt."

„Glaubst du, das hilft ihnen, Frau?" Berthelot stieg vom Pferd und nahm den Rosenkranz, den der Eremit ihm gegeben hatte.

Er legte segnend die Hand auf ihren Kopf. In den Falten des verhärmten fahlen Gesichtes verrannen einzelne Tränen.

„Gott segne dich!", sagte Berthelot und half ihr beim Aufstehen. Nachdem er sie gesegnet hatte, drückte er ihr den Rosenkranz in die Hand. „Geh zur Abtei! Dort wird man dir zu essen geben."

Auch die Abtei hatten die Landsknechte des Fürsten nicht verschont. Die Stallungen und das Refektorium hatten sie geschleift, nur die Kirche hatten sie unversehrt gelassen. Viele Tote lagen auf dem Kiesweg. Es waren zu viele, um sie in der Kirche aufzubahren. Gottlob nicht alle. Und die, die übrig geblieben waren, suchten Trost im Gottesdienst. Handwerksburschen, Feldarbeiter … Die Turmglocke schlug Viertel nach sieben. Zu dieser Messe kamen Berthelot und seine Begleiter nicht zu spät. Deshalb zögerten sie nicht und betraten die Klosterkirche. Trümmer lagen umher, Bildnisse waren geschändet worden. Heller Staub hatte sich auf alles gelegt, auch auf die Spuren von Blut. Spuren von Hass und Tod, Gräuel der Verwüstung und Entweihung. Doch da war auch Musik: gregorianische Tonfolgen, die den Kehlen der Mönche entströmten. Der jahrhundertealte Klang der Mönchsgesänge breitete über der verwüsteten Kirche den Mantel Gottes aus. Jedes Wort, das sie sangen, war Anbetung des Höchsten, heiligen Schriften und alten Gebeten entnommen. Der ruhige Ernst, den der Choral verbreitete, war das vollkommene Gegenteil zur wütenden Blasphemie jener Nacht im Wald. Die Psalmen kannten die mächtige und würgende Macht des Bösen, doch wie der Gesang der Verwüstung spottete, so obsiegte die Macht Gottes in jenen uralten Liedern über all die Neider und Mörder, Spötter und Lästerer. Der einsame Beter konnte sich bergen in Gottes Hand. Berthelot bekreuzigte sich, ehe er im Westportal stehen blieb. Die Kirche stand im Weihrauchdunst, die riesigen Säulen ragten aus dem gepflasterten Boden herauf, die Sonne warf durch das Rundfenster an der Ostseite im Rauch tanzende Strahlen auf die Pieta. Der Chor stimmte das Agnus Dei an. Feierlich strömten die Töne in die Kuppel und von dort, so schien es, strebten sie weiter in den Himmel. Berthelot betete stumm das Agnus Dei mit und beschloss innerlich, nicht zur Kommunion zu gehen. Er wollte kein Aufsehen unter den Mitbrüdern erregen. Doch als der stumme Ekkehard mit feuchten Augen voranging, gefolgt von Wentzel, dem ein tiefer Dank ins Gesicht geschrieben war, spürte er ein inneres Aufbäumen, die Kraft des Guten, die ihn antrieb.

Mein Herz ist bereit, o Gott, mein Herz ist bereit. Mach, Vater mich zu deinem Mund, damit ich deiner Gerechtigkeit diene.

Mit gemessenen Schritten durchquerte er die Kirche, kniete, die Hände vor der Brust gefaltet, als Letzter nieder und öffnete seinen Mund, um den Leib Christi zu empfangen.

Nach dem Segen ging der Zelebrant auf sie zu und bat sie in die Sakristei: Pater Bartholomäus. Ein gedrungener Mann mit milden Gesichtszügen und einem schwarzen, langen Bart, der fast bis zum Nabel reichte. Pater Omphalos. Seine Kutte war nicht mehr weiß, sondern wies alle Schattierungen von Grau, Braun, Asche und Schmutz auf. Irgendein altes Stück, in der Nacht der Schändung übrig geblieben, die Kapuze kein Skapulier, sondern Überrest einer Jacke.

„Ich weiß, wer Ihr seid, Bruder Berthelot … Inzwischen weiß ich auch, welches finstere Spiel in Gelderland gespielt wird. Was den Vater Abt und Pater Marcus anbelangt, befürchte ich das Schlimmste."

„Wir dürfen die Hoffnung nicht verlieren, Bruder Bartholomäus." Berthelot überlegte für einen Moment, ob er dem Pater von dem Plan erzählen sollte, mit den Gelderländer Männern die Burg zu stürmen, hielt es aber für klüger, vorerst noch zu schweigen. „Auf dem Weg hier her sahen wir den Leichnam des Priors, der übel zugerichtet war. Ich nehme an, er hat sich mit Euch gegen die Schergen des Fürsten gestellt."

„Leider ist das Gegenteil der Fall, Bruder Berthelot", sagte der Pater heiser. „Er hat zugesehen, wie die Soldaten die Abtei verwüsteten. Dann hat er sich aus dem Staub gemacht, während die Mörder ihr blutiges Handwerk verrichteten. Was dann mit ihm geschah, entzieht sich meiner Kenntnis."

Berthelot spürte, dass es besser war, ihn einzuweihen. „Pater Bartholomäus, ich bitte Euch um Unterstützung, wir müssen gemeinsam das Unrecht bekämpfen. Ich will Männer sammeln, mit denen wir gegen den Fürsten zu Felde ziehen."

Bartholomäus zögerte nicht lange. „Wir haben Pferde. Wir haben mutige Burschen, solche wie unser Ekkehard, und wir haben genug Mönche, die gern ein Gebet für die Sache Gottes beten. Wenn Ihr wollt, Bruder Berthelot, werden wir Euch bei diesem Kreuzzug unterstützen."

XII. Kaldenkerken, in der Früh um die achte Stunde

Die Mönche und Novizen, die den Überfall der fürstlichen Landsknechte überlebt hatten, versammelten sich im Innenhof der Abtei. Die Stallburschen und Knechte gesellten sich hinzu. Pater Bartholomäus sprach ein Gebet. Dann zogen sie los. Berthelot und seine beiden Begleiter ritten als Eskorte voran. Ein Novize folgte ihnen, ein junger Mann mit einem hellen, strahlenden Gesicht und von hochgewachsener Gestalt, fast so groß wie Berthelot. Er trug das Kruzifix und betete vor: *„Pater noster qui es in caelis…“* Hinter dem Novizen ging Bartholomäus, der die Monstranz mit dem Allerheiligsten, dem Leib Christi trug.

Sie zogen an den zerstörten Gehöften vorbei und durch die niedergebrannten Dörfer. Viele schlossen sich ihnen an. Mütter, Kinder, Väter, Greise, ohne Stab, ohne Gepäck. Ein selbstvergessener Opferzug. Nach dieser Nacht hatte sich vieles verändert, auch in den Seelen der Menschen. Wer nicht verzweifelte, war dem Glauben näher gekommen. Von irgendwoher aus den armseligen Häusern klang Hahnengeschrei. In Kurven schlängelte sich die Niers dahin, von Gras gesäumt. Dann eine Reihe Pappeln, wie Zeigefinger zum Himmel. Nichts mehr würde so sein, wie es einmal war.

„Sanctificetur…“, betete der Novize, *„nomen tuum…“*

Kaum hatten sie das Kaldenkerkener Stadttor passiert, schlug ihnen der herbe Geruch von Rauch, Blut, Schweiß und Tränen entgegen. Sie zogen zwischen den doppelstöckigen Häusern mit auskragenden Gesimsen einher. Durch die vielen flüchtenden Füße hatte sich die Straße in moderigen Morast verwandelt. Wo gestern noch die Händler ihre Waren feilboten, lagen nun die Trümmer ihrer Stände. Ein Mann, der müde auf der Trittstufe seines abgebrannten Hauses saß, den Kopf in die Hände gestützt. Stille Tränen auf dem schwammigen Gesicht. Etwas abseits eine kleiner Knabe, mit der Haube auf dem Kopf verloren dastehend. Tod. Angst.

Die Leute von Kaldenkerken sahen ungläubig die singende Prozession in ihre geschleifte Stadt einziehen. Einige protestierten. „Wo war Gott gestern Nacht, als die Mörder kamen?“

„Was ist das für ein Gott, der so viel Leid mit ansieht?“

„Das ist der Gott der Reichen, die fressen und saufen und uns alles nehmen!"

„Warum lässt Gott, der Gerechte, das zu?"

„Weil es mit seiner Gerechtigkeit nicht so weit her ist oder hat er sich abgewendet?"

Stimmen, hart und verbittert, die sich mit ohnmächtiger Wut gegen sie erhoben. Ein paar hochgewachsene, blonde Jungs hoben drohend ihre Fäuste. Manche warfen mit Dreck nach ihnen. Doch der Novize mit dem strahlenden Gesicht ließ sich nicht irritieren, er hob das Kreuz noch höher, sang und betete weiter.

„Komm herab, oh Heiliger Geist...
In der Unrast schenkst du Ruh,
hauchst in Hitze Kühlung zu,
spendest Trost in Leid und Tod."

Berthelot drehte sich um. Tatsächlich geschah das Wunder, dass die meisten Murrenden und Verbitterten begannen, dem Zug zu folgen. Er sah, wie sich eine Menschentraube vor der Ruine von Sankt Blasius bildete. Einzelne Brandherde glommen noch, Rauch hing in der Luft, kleinere Flammen züngelten. Es war ein Wunder, dass das Feuer nicht auf die umliegenden Häuser und das Rathaus übergegriffen hatte. Über einem riesigen Scheiterhaufen, der auf dem Marktplatz am Rathaus aufgestellt war, drehte sich in einem mächtigen Eisengestell ein gewaltiger Spieß von achtzehn Fuß Länge. Doch statt des Ochsen, der zu Festivitäten dort aufgespießt wurde, hingen sechs verkohlte Leichen daran.

Wie lange hatten sie leiden müssen?

Wieder spürte Berthelot tiefe Wut in sich aufsteigen. Doch er zwang sich ruhigzubleiben. Auf dem Marktplatz hatten sich wütende Bürger versammelt. Berthelot sprang vom Pferd ab. Er atmete tief durch. Festen Schrittes stieg er auf die Trümmer der geschleiften Kirche.

„Brüder und Schwestern!", begann er, „Heute ist das Fest der Geburt des Täufers. Er ging Jesus voran. Er rief zur Buße. Er wurde geköpft, weil er dem Herrscher die Wahrheit sagte. Sankt Johanni ist der Tag unseres Erwachens. Wacht auf aus eurer Angst!"

Über der Kirche bildete sich eine herzförmige Wolke, umgeben von einer goldenen Aura. Berthelot spürte wieder, wie ihn ein warmer, heller Strom durchdrang, eine tiefe Liebe, die ihn furchtlos machte und mit Hoffnung erfüllte. Berthelots Gesicht leuchtete.

„Brüder und Schwestern!“, begann Berthelot wieder. „Wir dürfen uns nicht von Rache und Wut zerfressen lassen. Niemand außer dem Satan hätte seine Freude daran. Aber wir haben die Pflicht, den Kampf des Guten zu kämpfen. Also müssen wir die Tyrannei des Bösen brechen. Ich weiß, die Truppen des Fürsten sind bis an die Zähne bewaffnet. Trotzdem sind wir im Vorteil. Denn Gott ist auf unserer Seite. Wir haben nichts zu verlieren.“ Er erhob seine Stimme: *„Christus vincit – Christus regnat – Christus imperat!* Jesus Christus ist immer der Sieger! Die Macht des Bösen kann uns Leib und Leben nehmen, doch unsere Seele gehört dem Herren. Wollt ihr“, rief Berthelot der Menge zu, „noch länger die Tyrannei des Fürsten ertragen?“ Einzelne Stimmen erhoben sich:

„Nein!“

„Nimmermehr.“

„Zum Teufel mit ihm!“

Abermals hub Berthelot an: „Wollt ihr, dass eure Kinder euch einst Feiglinge nennen?“ Protest ging wie eine Welle durch das Volk. Berthelot zog sein Schwert. Ein Raunen ging durch die Menge. Noch einmal steigerte er seine Stimmgewalt und rief: „Wer zieht mit mir zur Burg?“ Sein letztes Wort ging schon im Beifallstosen des Volkes unter.

Berthelot schwang sich auf sein Ross und hielt sein Schwert in die Höhe. „Bewaffnet euch mit Messern und Dreschflegeln, mit Knüppeln und Schleudern. Jeder, der eine Armbrust hat, jeder, der Pfeil und Bogen hat, nehme sie mit. Baut Pfeile! Und nehmt Pech und Schwefel, Öl und Tücher mit! Gott zieht mit uns.“

Irgendwann musste sich die Sache verselbständigt haben. Die Landsknechte, offenbar in einem Blutrausch sondergleichen, schienen nicht mehr den Befehlen ihrer Hauptleute zu folgen, stattdessen handelten sie auf eigene Faust, plünderten hemmungslos. Sie schreckten nicht davor zurück, auch ihre Kameraden zu bestehlen und gerieten immer mehr in blutige Händel. Es war der Geist, den Agrippa und Prelati beschworen hatten: der Geist der Rücksichtslosigkeit und der Selbstsucht. Fast überall hatten sich die Johannisfeuer in ein flammendes Inferno verwandelt. Der Rauch Satans auf den Kaldenkerkener Höhen verbreitete sich in Windeseile über ganz Gelderland, zum Teil sogar darüber hinaus.

Wer das Ausmaß der Zerstörung sah, den verwunderte nicht, dass die Prozession das einzig Hoffnungsvolle an diesem Vormittag war. Nur wenige Dörfer oder Gehöfte waren nicht der entfesselten Gewalt zum Opfer gefallen. Doch auch, wo die rohen Landsknechte keine verbrannte Erde hinterlassen hatten, herrschte tiefer Kummer. Soldaten, die dem Wüten und Rauben ihrer Kameraden zum Opfer gefallen waren, saßen am Wegrand in zerschundenen Waffenröcken.

Inzwischen war der Zug auf weit über Tausend angewachsen. Noch immer führte sie der Novize betend und singend an. Noch immer trug Pater Bartholomäus die Monstranz. Wie eine göttliche Welle zogen die Gebete und Gesänge durch den warmen Mittsommermorgen. Neben der Prozession schlängelte sich die Niers, durch die vielen Regenschauer der letzten Tage zu einem breiten Strom angewachsen. Im Sonnenschein glitzerte das Wasser so klar, dass der weiße Grundsand flimmerte wie versteinerte Tränen. Keine Spur von dem Blut mehr, das in die Maas hinausgespült worden war und von dort in die Nordsee. Es schien, als erwecke der singende Zug die Gegend wieder zum Leben. Hundegebell ließ sich vernehmen, das Wiehern herrenloser Pferde. Ganze Vogelschwärme schwirrten aus den Mooren und Sümpfen auf, geflügelte Boten einer heilen Welt. Eine Mutter, Angst im Gesicht, ihr verwundetes Kind auf dem Arm, schloss sich den Betenden an. Ein Knecht mit klaffender Stirnwunde kroch aus dem Graben und hinkte ihnen hinterher. Zwischen Stallungen lief ein aufgeregter Bauer hervor, der seine Armbrust mitbrachte. Hinter Niersbeck wurde die Gegend wieder bewohnter. Hier schienen die Horden des Fürsten kaum gewütet zu haben. Die Niersbecker Bauern mit ihren Knechten und Mägden kamen hinzu, die Gladbacher und Brüggener ebenfalls. Inzwischen war eine wahre Volksmenge entstanden. Um die neunte Stunde erreichte der fromme Haufe die Felder vor der Burg. Berthelot merkte, wie manchen der Mut verließ.

„Gelderländer, wir sind nicht hier, um Rache zu nehmen, wir fordern Gerechtigkeit. Der Herr wird uns führen. Hundert der kräftigsten Burschen treten vor und nehmen die Bogen. Hundert weitere reichen ihnen die Pfeile. Hinter ihnen nehmen doppelt so viele Aufstellung, um die Pfeile in Öl zu tauchen, sie den Bogenschützen zu reichen und anzuzünden. Wenn ich Befehl gebe, schießen alle gleichzeitig die Pfeile ab. Gott ist auf unserer Seite."

Sie nahmen Aufstellung. Die Kette reichte vom Burgfried bis zum Burgtor.

Auf den Wehrgängen beobachteten die Soldaten der fürstlichen Leibgarde den Angriff. Selbst die Erfahrensten erstaunte die große Menge entschlossener Kämpfer, die ihnen gegenüber stand. Cees van Cleve, der gedrungen wirkende Hauptmann der Garde, auf dessen Schultern ein unverhältnismäßig großer kahler Kopf saß, schabte mit der Hand sein Kinn. In gespannter Haltung ging er die Zinnen entlang, seinen besorgten Blick auf die Angreifer gerichtet. Nicht die Bewaffnung ängstigte ihn, die Sensen, Dreschflegel, Äxte der Bauern, die wenigen Hellebarden und Morgensterne, dagegen würde seine Garde ankommen. Die Vielzahl der Bogenschützen stellten schon eine größere Bedrohung dar. Es mussten an die Hundert sein. Neben ihnen rauchten Fackeln, Eimer und Lumpen wurden bereitgehalten. Sie wollten mit Brandpfeilen angreifen. Der erfahrene Krieger in ihm sagte: Es würde Mühe kosten, um sie in alle Winde zu zerstreuen. Etwas ganz anderes rief seinen inneren Widerstand hervor. Seine scharfen Augen erkannten einzelne Männer. Ebenso wie er waren sie in Kaldenkerken geboren und ihr Leben lang getreue Gefolgsleute des Fürsten gewesen. Die Gelderländer waren kein aufrührerisches Volk, aber freiheitsliebend. In den letzten Monaten hatte der Fürst ihnen unmögliche Opfer abverlangt, hatte die Steuern erhöht und das Geld rücksichtslos von Landsknechten eintreiben lassen, bis es bei den Februaraufständen erstmals zu blutigen Unruhen kam. Der einstmals großzügige Fürst hatte sich unter dem Einfluss Prelatis zu einem Tyrannen entwickelt.

Wie oft habe ich ihn gewarnt und war jedesmal auf taube Ohren gestoßen, dachte van Cleeve.

Prelati war der heimliche Herrscher am Hof – und mit ihm Fürstin Sybil. Nicht wenige munkelten, der Fürst sei verrückt geworden, weil Sybil ein Verhältnis mit Prelati haben sollte. Nach den Februaraufständen heuerte der Fürst noch mehr Landsknechte an. Schon damals hatte sich gezeigt, dass sie brutaler vorgingen als die eigenen Leute des Fürsten. Die Gewaltorgie der letzten Nacht musste das Fass zum Überlaufen gebracht haben.

Der Hauptmann wirkte nachdenklich, während er den Geschützturm betrat und sich in alle vier Himmelsrichtungen umwandte. Immer mehr Volk kam. Ganz Gelderland schien auf den Beinen zu sein. Wollten sie den Kopf des Fürsten? Als erfahrener Haudegen wusste Cees van Cleve nur zu gut, dass selbst der barbarischste Herrscher nicht ewig gegen sein eigenes Volk regieren konnte. Der Hauptmann spielte in Gedanken durch, was geschehen würde, wenn er seinen Gardisten, die an den Schießscharten ihre Musketen bereithielten, den Schießbefehl erteilte. Eine Salve in die Meute hineinpfeffern, das würde die angrifflustige Horde nicht vollends vertreiben. Es waren gewiss mehrere Salven nötig, möglicherweise sogar ein Ausfall, der mit aller Härte durchgeführt werden müsste, um diese Masse zu zerstreuen. Das wäre ein erneutes Blutbad. Auf die Landsknechte konnte er dabei nicht zählen.

Er schüttelte seinen großen, kahlen Kopf. Unmöglich. Die wenigen, die von dem nächtlichen Raubzug zurückgekehrt waren, lagen volltrunken in den Stallungen, wo sie ihre Beute verstaut hatten. Es mochten vielleicht hundert Mann sein. Cees van Cleve war nicht einmal sicher, ob seine Gardisten nicht sogar den Befehl verweigert hätten. Wie er stammten die meisten aus Gelderland, hatten Verwandte und Freunde in den umliegenden Städten und Dörfern. Er musste eine Lösung finden. Nur welche? Es war nur noch eine Frage der Zeit, bis von den Bögen da unten die ersten Pfeile flogen. Der Blick des Hauptmanns fixierte den Anführer des Haufens. Ein großer, schlanker Mann, den er nicht kannte. Er war in feines Tuch gehüllt und sah nicht wie ein Soldat aus, sondern wie ein Adeliger oder wenigstens ein reicher Mann, vielleicht aus Flandern. Er erinnerte sich nicht, ihn jemals in Gelderland gesehen zu haben. Doch dieser geheimnisvolle Fremde hatte Macht über die Menschen gewonnen, sie gehorchten seinen Befehlen. Nutzte eine fremde Macht die Gunst der Stunde?

Berthelot merkte, dass ihn der Hauptmann mit brennenden Augen ansah. Er reckte seinen Kopf in den Nacken. Ihre Blicke begegneten sich, wenn auch in großer Entfernung. Berthelot spürte, dass er nicht länger warten durfte.

„Achtung“, schrie er und, nachdem die Bögen gespannt waren und die Pfeile brannten: „Feuer!“

Wie Feuerzungen schnellten die flammenden Pfeile zur Burg empor. Fünfzig. Hundert. Es sah aus, als regnete es Feuer vom Himmel.

XIV. In Burg Reitzenstein, ebenfalls um die achte Stunde

Wenn Feuer vom Himmel fällt, wirst du vernichtet, hatte die Wahrsagerin in der Höhle geweissagt. Nun geschah das, was Ludwig nie geglaubt hatte. Er befand sich jetzt im Zustand schmerzlicher Klarheit. Er hatte den *Liber Secretus* durchgeblättert, lauter magische Zeichen, die ihm nichts sagten. Wie unnötig war es gewesen, die Satansbibel dem Gnom abzujagen. Niemals wäre es ihm möglich, sich das Buch ohne Prelati oder Agrippa nutzbar zu machen. Doch die schienen ihn nicht zu brauchen.

Wenn Feuer vom Himmel fällt, wirst du vernichtet.

Wie häufig Menschen in höchster Gefahr spürte er instinktiv, dass es für ihn kein Entrinnen mehr gab. In diesem Augenblick übermannte ihn ein Gefühl der Lähmung, so als hätte Satan seinen Tribut gefordert und ihm die Seele entzogen. Übrig geblieben war sein Körper, eine lächerliche Larve, in das prunkvolle Kleid eines Herrschers gehüllt. Von Eitelkeit und Ehrgeiz verführt, war er Bruder des finsteren Ordens geworden. Jetzt stand er vor den Scherben seines Lebens, ein von Enttäuschung gebrochener Mann. „Kaiser Ludwig“, lallte er vor sich hin, „Herrscher über das Heilige Römische Reich Deutscher Nation.“

Die Rituale, die für die er bis gestern noch sein Leben gegeben hätte, waren ihm in dieser Nacht fremd geworden. Sie hatten nichts zu seinem Vorteil bewirkt. Gewiss, den neuen Äon hatte Agrippa ausgerufen, damit war das Ziel der Bruderschaft erreicht. „Und ich ...“, murmelte er bitter, während er mit den Fersen gegen den *Liber Secretus* trat, den er unter seinem Thron versteckt hatte. Wozu brauche ich dieses widerliche Buch? Es hat mir nur Unglück gebracht. Ich sollte es verbrennen. Weiche von mir, Satan!

In tiefster Verzweiflung versuchte er zu beten. Vergeblich. Durch die Rituale war sein Geist so beschmutzt, dass ihm, sobald er eine Gebetszeile dachte, nur gotteslästerliche Flüche in den Sinn kamen. Er dachte an seine Amme, die ihn die ersten Gebete gelehrt hatte. Aber es gab keine Amme mehr, er hatte sie ermorden lassen. Er sah seine Hände an. Blut klebte an ihnen. Von wem? Vom Gnom? Von der Amme? Es waren zu viele durch seine Hand krepiert.

Mit wehenden Rockschößen betrat Prelati den Großen Saal. Von der Grotte aus war er durch die geheimen unterirdischen Gänge zur Burgkapelle gelangt. Noch befand sich die aufgebrachte Menge vor dem Burgtor. Er musste sich beeilen. Im Burghof wäre er beinahe von einem brennenden Pfeil getroffen worden.

„Wo ist der *Liber Secretus?* Bruder Alanus sollte das Buch zur Grotte bringen. Man fand ihn tot unter der Mühlrather Mühle. Der Letzte, der den Steinkreis verlassen hat, musst du gewesen sein.“

Ludwig sah ihn an, als würde er ein Gespenst sehen. „Teufel“, sagte er tonlos.

Prelati erhob drohend die Stimme. „Wo ist das Buch?“

Der Fingerzeug des Fürsten deutete das Versteck an. „Hol’s dir.“

Mit arrogant hochgezogenen Brauen zerrte Prelati die Satansbibel unter dem Thron hervor. Seine Augen hatten wieder dieses dämonische Leuchten, während er das Buch in seinem Wams verbarg. Er hatte, was er wollte. Doch in seinem satanischen Übermut wollte er den Fürsten ein letztes Mal erniedrigen. „Ich und Agrippa werden uns für die nächste Zeit bei Friedrich von Sachsen niederlassen", grinste er.

Ludwig erstarrte, ausgerechnet bei seinem Intimfeind! „Ihr Verräter!"

„Friedrich ist eben ein Mann und kein Feigling wie du." Prelatis Kralle bohrte ihre Nägel in das entsetzte Gesicht. „Du bist eine Memme und kein Monarch. Als du mit der glühenden Zange Pater Marcus' Augen versengt hast, zitterten deine Finger. Und als du die Jungfrau schänden solltest, bist du eingeknickt wie ein Eunuch."

Doch was der Magier als Kränkung gemeint hatte, traf den Fürsten nicht mehr. Ihm Gegenteil, Prelatis Verachtung ließ in ihm das Gefühl aufkeimen, dass seine gute Seite nicht endgültig verschüttet worden war. Lag in seiner Weigerung, sich an dem Mädchen zu vergehen, nicht schon der Beginn seiner Umkehr?

Brandpfeile prallten an den Butzenscheiben ab, jedoch ohne sie zu zersplittern. Prelatis Kralle ließ vom Fürsten ab. „Die Wahrsagerin in der Höhle hat dir gesagt, wenn Feuer vom Himmel fällt, bist du verloren. Vielleicht tröstet dich ja dein holdes Weib."

„Das heulend wie eine Wölfin zwischen den Bäumen verschwand."

Prelati, der die Kunst der Herablassung perfekt verstand, sagte brüsk: „Sie war schon immer ein Tier. Du hast es nur nie bemerkt." Er verstärkte seinen Zynismus, in dem er genießerisch anfügte: „Mein kleiner Teufelsbraten. Meine Hand ist oft über ihre Haut getanzt und hat ihrer Kehle tiefste Seufzer entlockt." Im selben Moment reckte er sich zum Fürsten hinauf und spie ihm ein trillerndes Gelächter ins Ohr. Der Fürst sah mit hasserfülltem Blick zu ihm hinunter und fühlte sich Jahre zurückversetzt, in die paduanische Kneipe, wo Prelati im Kampf mit Berthelot seinen Daumen verlor. Doch er war zu müde, um sich zu wehren. Stattdessen zog der Magier sein Schwert und funkelte ihn an, als wäre er der Meister des Schicksals. „Du hast nicht einmal dagegen aufbegehrt, dass ich sie vor deinen Augen entehrt habe." Grinsen breitete sein Gesicht. „Jeder Jammerlappen bekommt, was er verdient. Wer fällt, den stürze!"

Selbst dadurch fühlte sich der Fürst nicht mehr gekränkt. Apathisch hockte er auf seinem Thron und sah durch Prelati hindurch, als wäre der ein Gespenst.

Prelati funkelte ihn an. „Wie möchtest du sterben? In dem ich dir das Herz herausschneide, dich über den Hüften zweiteile oder die Kehle durchtrenne?"

Der Fürst zuckte kurz zusammen. Das waren die drei Todesarten der Bruderschaft für Verräter. Gelte ich jetzt als Verräter? Doch auch das entlockte ihm nicht einmal ein Seufzen. „Gott wird mich richten", sagte er und lehnte sich in seinem Thron zurück. Ein erkennendes Lächeln flog über seine Lippen.

Prelati brachte diese Haltung nur noch mehr in Rage. Unversehens und kaltblütig holte er zu einem mächtigen Stich aus. Mit seiner ganzen Kraft warf er sich in den Stoß. Die scharfe Klinge seines Schwertes durchbohrte die Brust des Fürsten oberhalb des Herzens und steckte zwischen Achsel und Brustbein. Prelati ergriff jetzt mit beiden Händen den Knauf und stieß die Waffe durch Ludwigs Rücken bis in das Polster seines Thrones. Genießerisch langsam zog er das Schwert wieder heraus, mit ihm fiel der Fürst bäuchlings zu Boden. Grässlich schreiend wälzte er sich zur Seite und griff reflexhaft an seine Wunde. „Gefällt dir das?", stöhnte Prelati lustvoll. Beidhändig holte der Mörder über seinem Kopf aus, um sein Schwert durch den Oberschenkel des am Boden liegenden Opfers zu treiben. Dem Fürsten schnürten seine eigenen Schreie den Hals zu. Prelati beugte sich über ihn. Gier stand in seinen Teufelsaugen, als seine Kralle erneut in Ludwigs Gesicht griff. „Ich werde dich nicht töten. Es gefällt mir besser, wenn du langsam krepierst." Eilends verließ er den großen Saal, um in die Burgkapelle zu gelangen, wo ihn ein Geheimgang zur Grotte führen würde. Agrippa wartete auf ihn.

Ludwig lag schmerzverkrümmt am Boden. Endlich kam ihm ein Stoßgebet über die Lippen. Tränen der Erleichterung rannen an seinen glutheißen Wangen herunter. Er konnte wieder beten. Von diesem Moment an sah er alles in ein klares Licht getaucht. Als würde sein Schutzengel ihn führen, stand er auf, der Schmerz wich aus seinem Gesicht. Du musst beichten. Steh auf. Bitte um Vergebung. Ein Name kam ihm schmerzhaft über die Lippen: „Marcus". Sein Blick flog ein letztes Mal durch die Fenster des großen Saales über das flache Land. Jeder Schritt, den er mühsam voranhinkte, kostete ihn Kraft, doch Schmerzen spürte er nicht mehr. Du musst beichten. Bitte um Vergebung, wiederholte sein Engel und führte ihn auf dem kürzesten Weg in die finsteren Katakomben von Burg Reitzenstein.

XV. vor Burg Reitzenstein, in der Früh um die neunte Stunde

Aufgebrachte Gelderländer drängten zum Burgtor. Um keinen Tumult entstehen zu lassen, teilte Berthelot mit einem beherzten Ritt die Menge in zwei Lager. „Geht zurück!“ Sein Pferd bäumte sich vor der auseinanderstrebenden Menge auf. „Zurück, hört ihr nicht. Zurück!“

Cees van Cleves mächtiger Kopf erschien über der Brüstung des Burgturms. „Stellt das Feuer ein!“, forderte er mit seiner rasselnden Stimme.

Berthelot zog die Zügel an, um sein Pferd zu zäumen. „Wer seid ihr?“, rief er nach oben.

„Cees van Cleve, Hauptmann der fürstlichen Leibgarde.“

Berthelot nickte. „Mein Name ist Cornelius Berthelot. Ich fordere im Namen der Leute von Gelderland Recht. Recht auf Frieden. Recht auf Freiheit. Recht auf Wiedergutmachung.“

„Ihr fordert viel, Mijnher Berthelot.“

„Lasst mich mit dem Fürsten sprechen.“

„Unmöglich“, beschied die rasselnde Stimme von oben.

„Wir haben den längeren Atem“, antwortete Berthelot unbeeindruckt.

„Ihr seht nicht gerade aus wie ein erfahrener Soldat, Mijnher Berthelot“, versetzte van Cleve.

„Ihr habt ein gutes Auge. Doch wir haben noch viele Pfeile in unseren Köchern.“

„Wenn meine Soldaten den Ausfall machen, werden sie euch in Grund und Boden stampfen.“

„Reden wir von Mann zu Mann: Ihr könnt uns angreifen, unseren Widerstand brecht ihr nicht“, entgegnete Berthelot scharf.

„Die Leute von Gelderland fürchten Gott, die Truppen des Fürsten fürchten sie nicht mehr."

Der Hauptmann wiegte beeindruckt seinen großen Kopf hin und her und sagte anerkennend: „Ihr scheint ein mächtiger Mann zu sein, Mijnher Berthelot."

„Ich weiß Gott auf meiner Seite", sagte Berthelot. „Entscheidet Euch jetzt. Es ist sinnlos, weiteres Blut zu vergießen. Ich appelliere an Eure Ehre. Ihr seid doch Soldat und kein Schlächter."

Beeindruckt antwortete van Cleve: „Ihr könnt zum Fürsten, aber nur Ihr allein."

Berthelot dachte kurz nach. „Gewährt mir, zwei Gefährten mitzunehmen."

Der große Kopf über der Brüstung nickte. „Einverstanden."

„Wer garantiert mir, dass Ihr mich nicht gefangen nehmt?"

„Solange Eure Leute Waffenruhe halten, wird Euch nichts geschehen. Ihr habt das Wort eines Soldaten."

„Ihr habt das Wort eines Leuvener Gelehrten."

Den großen Kopf zierte ein breites Grinsen. „Für einen Gelehrten seid Ihr erstaunlich kriegerisch."

„Man darf sich nicht nur hinter Büchern verkriechen."

„Ihr bleibt keine Antwort schuldig, was?", versetzte der Hauptmann lächelnd.

Berthelot erwiderte das Lächeln, weil er spürte, dass die Sympathie gegenseitig war.

„Ich nehme Euch im Burghof in Empfang."

Mit diesen Worten verschwand der große Kopf hinter der Brüstung. Langsam knarzte die Zugbrücke herunter.

Berthelot fixierte die erwartungsvollen Männer, die sich kampfeslustig um ihn scharten. „Wartet, bis ich zurückkomme! Vorher unternehmt ihr nichts. Habt ihr verstanden?" Er zeigte auf einen jungen kräftigen Bauern mit lodernden Augen, der ihm als besonders eifriger Kämpfer aufgefallen war. „Du, wie heißt du?"

Verdutzt zeigte der Mann auf sich. „Ich?"

„Ja, du."

„Henk", antwortete er und fuhr verlegen mit einer Hand durch sein strohblondes Haar.

„Henk. Und der neben dir mit der blauen Kappe?"

„Klaas."

„Henk und Klaas, ihr seid mir verantwortlich, dass die Leute ruhig bleiben." Berthelot winkte Pater Bartholomäus herbei. „Mein Bruder, bete mit dem Volk." Er richtete eindringlich seinen Blick auf die unruhige Menge. „Habt ihr gehört? Bleibt ruhig! Betet und singt. Gott will euch fröhlich sehen."

Festen Schrittes betrat Berthelot in Begleitung von Wentzel und Ekkehard die Burg, wo der Hauptmann sie erwartete. Cees van Cleve war kleiner, als Berthelot erwartet hatte. Berthelot überragte ihn um fast zwei Köpfe.

Der Hauptmann nickte ihm zu. „Mijnher Berthelot."

Berthelot erwiderte den Gruß. „Ich wünschte, wir hätten uns unter angenehmeren Voraussetzungen kennen gelernt. Wo ist der Fürst?"

„Für gewöhnlich hält er sich im Großen Saal auf. Ich lasse meine Männer nach ihm schicken."

„Gestattet, dass meine Männer und ich uns an der Suche beteiligen."

„Dagegen ist nichts einzuwenden."

„Folgt mir."

Kaum hatten sie den Brunnen passiert, sah Berthelot eine schattenartige Gestalt in die Burgkapelle wieseln.

„Prelati", rief er.

„Ihr kennt ihn?", fragte van Cleve erstaunt.

„Ich habe mich mehrfach mit ihm geschlagen. Bei einem Duell verlor er seinen linken Daumen. Obwohl das eigentlich nicht mein Verdienst war. Ich wünschte, ich wäre ihm nie begegnet, diesem Lumpen."

„Da bin ich mit Euch einer Meinung, Mijnher Berthelot."

„Geht mit dem Hauptmann", befahl Berthelot seinen Begleitern. „Den Lumpen knöpfe ich mir vor."

Berthelot zückte sein Schwert, während er mit ausholenden Schritten den Burghof durchquerte. Mit Schwung riss er die Kapellentüre auf, die noch nicht ganz zugefallen war.

„Prelati!"

Keine Spur von ihm. Die Burgkapelle befand sich in einem erbärmlichen Zustand. Fliesen waren herausgerissen, Kreuze standen auf dem Kopf. Ein Korpus lag auf dem Boden. Auf dem Altar befanden sich Totenschädel und gekreuzte Knochen vor einer Isis-Statue. Faulende Früchte lagen auf dem Altarplatz und der Kadaver eines Ziegenbocks, dessen Schädel gespalten war. Fliegenschwärme taten sich gütlich daran.

Und bei den Flügeln werden stehen Greuel der Verwüstung, bis das Verderben, welches beschlossen ist, sich über die Verwüstung ergießen wird.

Hier haben sie also gestern ihre Schwarze Messe gefeiert, dachte Berthelot. Bevor er sein Schwert auf den Altar legte, fegte er den ganzen heidnischen Plunder herunter. Dann fügte er zwei Holzlatten zusammen und umwickelte sie mit dem blutigen Strick, der lose an dem Ziegenkopf hing. Er hielt das provisorische Kreuz in die Höhe und besprengte es mit Weihwasser. Da erstrahlte die Schnur plötzlich weiß, als wäre sie der Flügel eines Engels. Dann nahm er sein Fläschchen mit Weihwasser, um damit Kapelle und Kreuz zu segnen. Plötzlich erschallte ein Gelächter wie aus den Tiefen der Hölle gerissen.

„Berthelot, du Narr, wann begreifst du, dass dein Jesus immer wieder gekreuzigt wird? Es gibt nur einen wahren Gott: Luzifer. Der Lichtbringer."

Berthelot drehte sich nach allen Seiten um. „Selbst ein Spatzenhirn wie du sollte begreifen, Prelati, dass von Luzifer der falsche Schein ausgeht. Nur von Christus kommt das wahre Licht."

„Dein Gott, der sich kümmerlich wichtig tut. Der sich selbst als eifersüchtig bezeichnet. Meine Güte, wie schwach er ist. So schwach, dass er einen Satan braucht, um sich selbst heilig zu halten. Und du in deiner akademischen Einfalt hältst ihn für stärker als Horus und Ammon Ra. Ihr Christen lebt in Leibeigenschaft und Niedrigkeit und klammert auch an die Gebote des Wüstengottes, gemeißelt in die Sprache der Geächteten. Wie klein das ist, mein langer, dünner Doktor, dünnes Theologenblut fließt in deinen Adern." Plötzlich sprang hinter dem Altar die schattenhafte Gestalt des Magiers hervor. „Asparagus, noch immer dürr wie ein Spargel und das Gesicht einer Kirchenmaus." Rasch nahm Prelati Berthelots Schwert vom Altar. „Schönes Damaszenerschwert. Muss ein Vermögen gekostet haben. Viel zu schade für deine Weihwasserhände." Prelati genoss lachend den

Anblick seines unbewaffneten Gegners. Seine goldfarbene Haut verfärbte sich rötlich. „Ich selbst war ein gläubiger Christ, bis mir das Schicksal einen Streich nach dem anderen spielte. Ich erkannte, dass nur ich selbst mein Schicksal bestimmen kann. Niemand nahm mir die Last ab, als meine Eltern starben und meine Geschwister und ich, verarmt der Willkür ausgesetzt, Hunger litten und drei von ihnen starben. Nur mein Bruder und ich kamen davon und schlugen uns durch niedere Arbeit durch. Diese Arbeit gab uns ein reicher Bauer. Als aber mein Bruder bei einem Reitunfall ums Leben kam, jagte mich der Bauer davon. Ich hatte das Glück, als Knecht bei einem Herzog unterzukommen. Er machte mich seiner Frau zum Geschenk. Ein lohnendes Geschäft. Was meine einstige Herrin mich lehrte, war die Kunst der Liebe und der Schwarzen Magie. Mein bester Lehrer in der Königlichen Kunst war allerdings ein Priester, der Schwarze Messen las und später das Amt eines Kurienkardinals zieren sollte. Ich habe selten so viele Abtrünnige gesehen wie im gehobenen Klerus." Prelati betrachtete über die Klinge des Schwertes hinweg das erstaunte Gesicht seines früheren Kommilitonen. „In dieser Stimmung begann ich mein Studium. Schon damals in Padua hast du nicht verstanden, wie die Realität wirklich aussieht. Deine weichen Lippen hingen an Christus. Aber ich wusste, dass nur der Herr der Welt in diesem Leben zählt." Prelati Augen glitzerten dämonisch im Halbdunkel. „Oder sag mir, Asparagus, warum dein Gott es zulässt, dass die größten Falschmünzer zum Stellvertreter Christi auf Erden ernannt werden. Erkläre mir, warum er zusieht, wie diese Päpste sich alle irdischen Freuden gönnen und ihre Familie in Ämter bringen, um sich gnadenlos zu bereichern. Sage mir, weshalb derjenige, der auf dem Stuhl Petri sitzt, mit siebzig eine zwanzigjährige Geliebte hatte, die man in Roms Gassen als Braut Christi verspottete. Lege mir dar, weshalb du und deinesgleichen mit einem Gebet auf den Lippen die Macht der Erde anstreben, ganze Länder verwüsten und Völker niedermetzeln. Beweise mir, weshalb ich deinen Gott gut nennen soll, und ich falle sofort vor diesem Gott auf die Knie."

„Jeder wird am Jüngsten Tag mit dem Maßstab von Gottes Gerechtigkeit gemessen."

„Asparagus, du durchschaust die Dinge nicht“, sagte Prelati überlegen. Verachtung sprühte aus seinen Augen. „Unsere Organisation, die ihr Teufels Brüder nennt, verfolgt höhere Ziele. Mit allen Mitteln, mit denen sich die Kirche gerüstet hat, sind auch wir gerüstet. Es wird uns gelingen, den Mörtel der alten Mutter Kirche aufzulösen, Steine herauszubrechen, andere einzusetzen, das Haus zu teilen, sein Fundament zu zerstören.“ Prelati lächelte siegesgewiss und verstieg sich dazu, mehr zu verraten, als er durfte. Seine sonst sonore Stimme bekam einen klirrenden Unterton: „Wann immer ihr euch wundern werdet, warum alles ganz anders läuft, als es eure Propheten vom Reich Gottes prophezeit haben, seid gewiss: Wir sind am Werk. Es reicht uns, dass wir die Führer und Verführer des Volkes insgeheim steuern. Wir allein kennen den Endzweck unseres Plans.“ Prelatis Stimme überschlug sich. „Ich kenne keinen, der uns aufhalten kann.“

„Jesus Christus“, entgegnete Berthelot.

„Meister Berthelot!“, ließ sich Wentzels Stimme von draußen vernehmen. In großen Sprüngen kam er herbeigeeilt. In dem Moment, als er die Tür aufriss, verschwand Prelati mit einem Satz durch die Geheimtür und verriegelte sie von innen.

Der Lump hat mein Damaszenerschwert, dachte Berthelot.

„Beeilt Euch, Meister Berthelot, wir haben den Fürsten gefunden.“

XVI. in Burg Reitzenstein, in der Früh um die zehnte Stunde

Ludwigs klaffende Wunden bluteten. Er zog eine rote Spur hinter sich. Mit letzter Kraft bewältigte er die schmalen Stufen, die in die Hölle der Burg hinabführten. Mit einer Hand stützte er sich am feuchten Mauerwerk ab. Jeder verlorene Blutstropfen ließ seine Kräfte weiter schwinden. Ich muss um Vergebung bitten. Nur sein eiserner Wille trieb ihn voran.

„Wir müssen ihn stellen, bevor er noch größeres Unheil anrichtet“, zischte Wentzel.

Ekkehard nickte eifrig.

„Mein Gefühl sagt mir etwas anderes“, entgegnete Berthelot.

„Wenn Ihr Euch nur nicht täuscht.“

Berthelot winkte ab. Sie blieben in sicherer Entfernung stehen. Berthelot gab das Zeichen zum Schweigen.

Ludwig keuchte. Kurzatmig schleppte er sich an der Leiche des Abtes vorbei. „Marcus“, begann er.

Pater Marcus kauerte vor ihm auf dem Steinboden. Gelber Eiter verschloss die verbrannten Augen. Nichts als Dunkelheit und Schmerzen. Marcus spürte, wie der Atem des Fürsten sich ihm näherte.

„Marcus. Ich habe Schuld auf mich geladen. Unendliche Schuld“, stöhnte er und fuhr heiser fort: „Ich habe gegen alle Gebote Gottes verstoßen. Bald werde ich verblutet sein. Marcus, du bist geweihter Priester ...“

„Das bin ich“, brachte Marcus in mühsamen Krächzlauten hervor. „Was willst du?“

„Ich habe nur noch wenige Augenblicke.“ Der Fürst sank auf die Knie.

Berthelot näherte sich leise. Tränen traten in seine Augen.

Marcus. Das darf nicht wahr sein! Warum, Vater, um Himmels Willen?

Marcus, mit dem er nächtelang über die Summa theologiae des heiligen Thomas und die *Bekenntnisse* des heiligen Augustinus diskutiert hatte, mit dem er manchen Schoppen Wein geleert und über Gott und die Welt geredet, gestritten und gelacht hatte. Ein Wrack, für den Rest seiner Tage verkrüppelt wie ein Galeerensträfling.

„Ludwig, warum zum Teufel hast du das getan?“, entfuhr es ihm.

Der Fürst drehte sich unter Schmerzen um. „Berthelot, mein Leben geht zu Ende. Ich muss beichten. Ich muss ...“, sagte Ludwig mit ersterbender Stimme.

„Berthelot?“, sagte Marcus. Hoffnung glomm in ihm auf. Freude brachte sein Herz zum Flattern. „Asparagus.“

„Ja, Marcus, hier bin ich, Cornelius Berthelot, den man Asparagus nennt.“

Je näher er dem Häufchen Elend kam, desto mehr entsetzte ihn sein Anblick. Am meisten die Augen, zwei mit Blutkrusten verklebte Lidlappen.

„Mein Freund Berthelot. Wer hätte gedacht, dass wir uns wiedersehen, wenn ich aussehe wie ein verschimmelter Hirsebrei. Ich nehme jedenfalls an, so sehe ich aus.“ Seinen Galgenhumor hatte er noch nicht verloren.

Berthelot löste die Fesseln an Marcus’ Gelenken. Ein Seufzer der Erleichterung kam über die Lippen des alten Freundes.

„Du kommst spät, Asparagus. Pünktlichkeit war noch nie deine Stärke. Fast wäre ich ganz hinüber gewesen.“

Der Fürst verfiel in ein bitteres Schluchzen. „Ich habe dich foltern lassen. Ich selbst habe dir mit glühenden Eisen die Augen ausgebrannt“, sagte er mit gebrochener Stimme. „Ich bin tausendfach schuldig geworden.“

„Trage alles vor Gott“, flüsterte Marcus.

„Es ist unverzeihlich“, schluchzte der Fürst.

Berthelot lehnte sich gegen die Kerkermauern. Warum, Vater im Himmel, musste das alles geschehen? Er schloss die Augen und schrie: „Hör auf zu flennen, Ludwig!“

Stille. Schweigen.

„Dein Selbstmitleid schreit zum Himmel“, klagte Berthelot und donnerte mit seiner Faust gegen die klammen Kerkerwände. „Warum, um alles in der Welt, hast du das getan? Wir haben alle zusammen in Padua studiert. Wir haben gemeinsam gelacht … “

„Lass ihn“, sagte Marcus beschwichtigend. „Er befindet sich auf dem rechten Weg.“

„Ihr ahnt nicht, was in den Geheimbünden vor sich geht. Viele Herrscher gehören ihnen an. Damit sie die Geheimen Oberen über alle Brüder und Schwestern kontrollieren können, muss jeder bei der Aufnahme in den Grad des Geheimen Meisters jemanden töten. Man wird mit verbundenen Augen in den Tempel geführt und kniet nieder. Dann fordert der Ritenführer dazu auf, dass man seinen linken Arm durch einen Vorhang schiebt. Unwillkürlich berührt man dort ein Lebewesen, dessen klopfendes Herz man ertastet. Dann bekommt man einen Dolch in die Rechte und mit diesem Dolch muss man das Herz durchbohren. Dann wird einem die Augenbinde abgenommen und man sieht, dass man zum Mörder geworden ist. Darauf sagt der Ritenführer: Solltest du Verrat üben, so wird dir die Kehle durchschnitten, das Herz herausgerissen oder du wirst zweigeteilt und deine Eingeweide werden zwei Kabeltau Länge bei Ebbe verstreut…"

Berthelot schlug ein Kreuzzeichen und betete unablässig: Oh Herr, vergib mir, ich bin nicht würdig, dass du eingehst unter mein Dach, aber sprich nur ein Wort, so wird meine Seele gesund.

„Trage deine Sünden vor Gott, Ludwig. Nur er kann dir vergeben." Marcus schlug ein Kreuzzeichen.

Auch der Fürst bekreuzigte sich. „Ehre sei dem Vater und dem Sohn und dem Heiligen Geist."

Berthelot erhob sich. Tränen rannen über seine Wangen. Marcus hatte Ludwig vergeben. Aber er, Berthelot, hasste den Fürsten für alles, was er getan hatte. Herr, vergib ihm, betete Berthelot, auch wenn es ihm schwer fiel. Von draußen dröhnte Kampfgeschrei.

„Wentzel, du wartest an der Kellerpforte. Ich werde oben nach dem Rechten sehen."

Bevor sie den Keller verließen, drehte Berthelot sich noch einmal um. Ganz leise hörte Cornelius Berthelot seinen alten Freund sagen: „Ego te absolvo." Über dem Sünder und seinem Beichtvater flackerte ein schwaches Kerzenlicht. Ein kleines Licht, hell wie die Sonne der Gerechtigkeit.

XVII. in Burg Reitzenstein, in der Früh um die elfte Stunde

Hauptmann van Cleve kam Berthelot auf halbem Wege entgegen.

„Mijnher Berthelot, Eure Leute werden unruhig. Ich habe die Zugbrücke hochziehen lassen."

Berthelot wusste, dass er keine Zeit verlieren durfte. Er schickte seufzend ein Stoßgebet zum Himmel. „Ich werde zu den Leuten sprechen. Aber wir müssen das Tor öffnen."

„Das gibt Mord und Totschlag."

Berthelot zog seinen Daumen über den Mund. „Postiert Eure Soldaten am Tor und im Hof. Das wird den Leuten Respekt einflössen. Es ist unsere einzige Möglichkeit. Vertrauen wir auf Gott."

Der Hauptmann runzelte verdrießlich die Stirn. Einerseits passte es ihm nicht, sich von Berthelot Ratschläge geben zu lassen. Andererseits musste er sich eingestehen, das es wahrscheinlich wirklich keine andere Möglichkeit gab, wenn er kein Blutbad riskieren wollte. Es blieb nicht Zeit genug für eine Erörterung, deshalb willigte er schnaubend ein. „Also gut."

Berthelot schlug in die Hände. „Ich wusste, dass auf Euch Verlass ist."

Schwungvoll stürmte er die Stiegen zum Geschützturm hinauf. Es dauerte nicht lange und sein langer Körper baute sich hinter der Brüstung auf. „Brüder und Schwestern!", rief er. „Alles wendet sich zum Guten. Ihr werdet einen Teil eurer Habe zurück bekommen. Wir werden jetzt das Tor öffnen. Alle passen nicht in die Burg. Höchstens zweihundert Mann von uns, wenn sie ruhig bleiben. Die Soldaten sind auf eurer Seite. Aber sie werden keine Plünderungen zulassen."

„Die Soldaten haben uns ausgeplündert", rief einer von unten.

„Das waren die Landsknechte."

„Ich habe alles verloren."

„Ich auch."

„Ich ..."

Berthelot schlug ein Kreuzzeichen in die Luft und die Menge verstummte. „Brüder und Schwestern! Wir haben im Namen des Herrn gesiegt. Der Herr hat uns die Gnade geschenkt. Deshalb werden wir keine Rache üben. Bleibt ruhig, in Gottes Namen!" Dann rannte er hinunter und postierte sich bei den Soldaten am Tor.

Bartholomäus hob die Monstranz. „Vater unser ...", begann er, und aus tausend Kehlen drangen die Worte des Herrengebetes.

In majestätischer Langsamkeit senkte sich die Zugbrücke. Der Hauptmann hatte Wachen am Burgtor postiert, die darauf achteten, dass nicht mehr Volk hereinstürmte, als der Burghof fasste. Ihnen voran schritt Pater Bartholomäus. Er blieb neben Berthelot und dem Hauptmann an der Schnittstelle zwischen Zugbrücke und Feld stehen. Von hier aus konnte man die Menschenmenge vor der Burg und in den Innenhof sehen.

Geführt von Wentzel und Ekkehard betraten Ludwig von Gelderland und Pater Marcus hinkend das Portal im Burghof.

Als die Menge den Fürsten sah, drohte die gerade befriedete Stimmung wieder zu kippen. Das Murren der Bauern ballte sich wie ein Wirbelsturm zu einem lauten Protestschrei zusammen.

„Verrecke."

Die Wut der Menschen richtete sich jetzt auch gegen die ersten Landsknechte, die erwachend aus den Stallungen taumelten.

Ein Bauer erkannte einen an der Narbe auf seiner Wange. „Der Hundesohn hat meinen Sohn erstochen."

„Ich erkenne ihn auch, den Hund", rief sein Nachbar.

Zu zweit stürzten sie sich auf den Landsknecht, der, noch halb benebelt vom Schnaps, die Flucht in die Kapelle antrat.

„Ich reiß dich in Stücke", schrie der Bauer ihm hinterher.

Berthelot, der vom Burgtor aus alles gesehen hatte, rief: „Brüder und Schwestern, wahrt den Frieden der Kinder Gottes!"

Damit konnte er die Wut für den Augenblick beschwichtigen, doch der Burghof blieb ein Pulverfass. Ein alter Landsknecht, der sah, wie ausweglos ihre Situation war, und dem die Gräuel der Nacht schreckliche Alpträume beschert hatten, ging auf einen weinenden Knaben zu und strich ihm mit Tränen in den Augen über das Haar. Intuitiv begriff Bartholomäus, der immer noch die Monstranz in Händen hielt, den *kairos* dieser Stunde, erhob das goldene Schaugefäß des Leibes Christi und sang mit seinem volltönenden Bass: *„Ubi caritas et amor, ibi deus est."*

Wo die Liebe ist, da ist auch Gott.

Als sie sangen, sah man an ihren verklärten Blicken, wie gerührt sie waren. Es war eines der Lieder, das sie mit der Muttermilch aufgesogen hatten. Es rief in ihnen Erinnerungen wach an die Feste, die sie gefeiert hatten, Feste der Kirche zumeist, aber auch Feiern der Gemeinschaft des Dorfes oder der Stadtbewohner. Eine Mutter drückte ihr Kind an sich. Selbst von den Landsknechten sanken ein paar auf die Knie. Die Harmonien dieser alten Melodie hatten etwas Sphärisches, Überirdisches. Sie trug die Stimmen der Menschen wie auf Flügeln in den Äther.

Als sie aufgehört hatten, war es für Augenblicke vollkommen ruhig. Die Menschen hatten wieder ein Gefühl dafür bekommen, wie paradiesisch das Leben sein konnte. Eine Sehnsucht, die tief in jedem wurzelte und von der sie wussten: Mit Gottes Hilfe wird sie wahr. Und in der Tat: Wer von denen, die noch in der Nacht weinend und blutend vor den rauchenden Trümmern ihres Lebens saßen, hätte auch nur im entferntesten davon geträumt, dass er zur Mittagszeit als Sieger in der Burg stehen würde? So schöpften sie aus diesem unvergleichlichen Moment eine Hoffnung, die stärker war als alles, was sie zuvor erleben mussten.

Berthelot legte seine Hände wie einen Trichter vor seinen Mund. „Brüder und Schwestern!", rief er mit voller Stimme. „Hier seht ihr Pater Marcus. Ihr kennt ihn von den Aufständen. Ihr wisst, er hat immer auf eurer Seite gestanden. Mit euch hat er gegen die Unterdrücker gekämpft. Ihr seht ihn an der Seite des Fürsten."

Ein ungläubiges Raunen ging durch die Reihen.

„Brüder und Schwestern", krächzte Marcus mühsam. „Alles was wir tun, ist nur gut getan, wenn wir es im Namen Gottes tun. Ihr seid Brüder. Seid auch wie Brüder zueinander!"

Die Menge lauschte ergriffen den Worten des schrecklich zugerichteten Mönches.

„Seht mich an!" Er wandte sich dem Fürsten zu. „Er selbst hat mich zum Krüppel gemacht." Ein Stöhnen hallte im Burghof wider, das sich in Entsetzen brach. „Ich habe dem Fürsten vergeben." Tastend legte er die Hand auf die blutende Schulter seines einstigen Peinigers. „Er hat seine Sünden gebeichtet. Beten wir alle, dass Gott ihm vergibt!"

Mit letzter Kraft hob der Fürst an: „Herr, vergib mir! Auch euch bitte ich um Verzeihung." Ein geräuschvolles Murmeln erhob sich. Aus einer Ecke war ein ersterbendes Schluchzen zu hören. Aus einer anderen ein Ruf, den man nicht verstand und der sich im Burghof verlor.

Marcus, der ihn hielt, spürte, wie sich das Zittern des Fürsten verstärkte. Ludwig konnte sich kaum noch auf den Beinen halten. Er hatte sein Volk gesehen, wie es zerlumpt und zerschunden im Burghof stand. Das war sein Werk. Obwohl er Gott und sein Volk um Verzeihung gebeten hatte, war der Anblick dieser armen Menschen wie eine gewaltige Welle der Anklage, die ihn unter sich zu begraben drohte. Begraben unter den Wellen, vom Strom des Lebens vor Gottes Richterstuhl gespült – dieses Bild war selbst wie ein Sog, der Ludwig aus dem Leben zu reißen drohte. Fast kann man es eine Sehnsucht nennen, die Schwere der Last im Zerfließen des eigenen, erbärmlichen Lebens vor die Füße des barmherzigen Gottes zu legen …

Doch eines wollte, musste der Fürst noch tun: Er riss die Augen auf, doch sein Blick auf sein Volk verschwamm, er hatte nicht mehr die Kraft, ihn zu halten und die einzelnen Menschen zu fixieren. So glitt sein Blick ab und suchte Halt an den Zinnen. Er stammelte: „Meine Soldaten helfen beim Wiederaufbau. Ich habe Markus mein Testament gegeben." Aber auch sein verwundetes Bein konnte jetzt die Last seines Körpers und seiner Seele nicht länger ertragen. Ludwig brach zusammen. Mit der Hilfe Berthelots fing Marcus ihn auf. Er zuckte. Hustete Blut. Aber sein Gesicht gewann eine friedvolle Miene, als er hörte, wie die Gebete seiner alten Freunde sein Dahinscheiden begleiteten. Auf den Burghof hatte sich wieder Stille gesenkt – eine gespannte Stille.

Er sackte in die Knie. Der Tod zog ihn zur Erde.

Berthelot kniete sich kurz nieder und segnete ihn. „Lasst uns für ihn beten."

XVIII. Burg Reitzenstein, mittags

Als die Menschen den Burghof verließen, plagte viele von ihnen noch der Schmerz der vergangenen Nacht, doch sie hatten als Kämpfer für Liebe und Licht einen großartigen Sieg errungen. Gelderland konnte wieder frei atmen. Die Sonnenstrahlen wurden heller, wärmer und ein goldenes Leuchten hüllte das weite Land in Frieden. Es war zu überraschenden Verbrüderungsszenen gekommen. Eine Stimmung des Verzeihens hatte um sich gegriffen. Die Landsknechte ließ man ziehen. Sie mussten ihre Beute dem Volk überlassen. Die Städte und Dörfer würden neu erstehen, wie nach jeder Zerstörung. Aber der Friede war nur brüchig, wie jeder irdische Frieden brüchig ist und nur so lange hält, wie der Heilige Geist ihn trägt. Für viele Menschen war es immerhin ein kleiner Trost, denn Berthelot sah vom Geschützturm aus die Menschen in die Ortschaften ziehen, wo ihre Häuser nicht selten Ruinen waren. Auf einem Weg waren sie hierher gezogen, nun strömten sie sternförmig auseinander. Ihre Gesänge drangen wie ein Kanon an sein Ohr, bis sie wie die Singenden in der Ferne verschwanden. Wie ein heilendes Licht verschmolzen das weite Land und der Horizont in der Ferne. Wir sind als die Kinder Adams in seine Sünde gesät, dachte Berthelot. Hätte sich der Gott, der die Liebe ist, nicht erbarmt und seinen Sohn für unsere Sünden geopfert, wären wir qualvoll an das vergängliche Glück dieser Welt gekettet. Für einen Moment verharrte Berthelot in entspannter Stille, dann segnete er würdevoll die Burg, das umliegende Land und seine Städte und Dörfer, wobei seiner Kehle ein leises, dankendes Hallelujah entströmte.

„Meister Berthelot." Wentzel spähte mit seinen flinken Augen schräg zu ihm hinauf. „Was soll mit dem toten Fürsten geschehen?"

Berthelot hielt kurz noch seinen Blick ins Weite gerichtet. Ein leichter Wind strich über sein hageres, längliches Gesicht mit dem vorspringenden Kinn und fächelte sanft das kastanienbraune Haar in die Stirn.

„Hilf mir, ihn im Großen Saal aufzubahren."

„Schon geschehen, Meister. Der Hauptmann und ich haben das erledigt."

Berthelot schlug in die Hände. „Cees van Cleve ist ein feiner Kerl. Ob er wohl das Zeug zum Fürsten hat?" Doch gleich winkte er wieder ab, huschte mit seinen langen Beinen, zwei oder drei Stufen auf einmal nehmend, die Wendeltreppe hinunter in den Hof, wo Wentzel auf ihn wartete.

„Komm, wir gehen zu den Freunden Gottes. Wo sind sie, sagst du?"

Im Großen Saal, am Kopfende der Tafel, an der gestern noch ausschweifende Feierlichkeiten stattgefunden hatten, saß Marcus. Befangen näherte sich Berthelot seinem zerschundenen Freund und setzte sich wortlos neben ihn.

„Gott hat mir noch ein paar Tage in diesem Erdenleben geschenkt", sagte Marcus tapfer. „Immerhin, mein Geist funktioniert noch ganz tadellos. Aber meinen Bruder Esel haben sie wohl ziemlich zugerichtet."

Bruder Esel, so nannte der heilige Franziskus den Leib.

„Du hast überlebt", brachte Berthelot stammelnd hervor, wobei er leise sprach, um nicht in Tränen auszubrechen.

„Erinnerst du dich an das Tontäfelchen?", fragte Marcus rasch. „Ich trage es noch bei mir, im Saum der Kutte eingenäht. Leider ist es mir unmöglich, es ohne fremde Hilfe herausholen. Als wir es auseinander gebrochen haben, waren wir noch junge Studenten."

Ohne dass Berthelot ein Wort sagte, bückte sich Wentzel.

„Rechts, über dem rechten Fuß", sagte Marcus.

Mit einigen Handgriffen nestelte Wentzel es heraus: „Tatsächlich."

„Dann wollen wir mal sehen", sagte Berthelot und lachte. Er nahm das Gegenstück von Marcus' Tontäfelchen aus seinem Wams und hielt die beiden Stücke aneinander. „Tatsächlich ..."

Wentzel bemerkte die Freude auf dem Gesicht seines Herrn. Er musste die Gunst der Stunde nutzen. „Meister, braucht Ihr mich noch hier?", fragte er. „Ich könnte in der Zwischenzeit Sophia beim Eremiten abholen."

Berthelot sah in Wentzels Augenwinkeln etwas Schelmisches aufblitzen. „Du bist in sie verliebt, was?"

Wentzel winkte errötend ab. „Unsinn, Meister. Das steht einem Knecht nicht zu."

Berthelot winkte ab. „Oh, weißt du, wo die Liebe hinfällt, das sollten wir besser unserem lieben Gott überlassen." Er bedeutete mit einer wegwerfenden Handbewegung, dass Wentzel sich sputen sollte. „Also los, worauf wartest du noch?"

Ein vorsichtiges Lächeln huschte über Wentzels Gesicht. Damit Berthelot es nicht sah, drehte er sich gleich zum Gehen und verließ im Laufschritt den Großen Saal.

Kaum waren seine Schritte verhallt, legte Berthelot die Tontäfelchen auf den Tisch. Sie hatten ihre Aufgabe erfüllt. „Weißt du noch, welcher Professor in Padua über Symbole sprach?"

Ein Lächeln flog über Marcus' zerschundenes Gesicht. „Der große Erasmus, nicht wahr?"

„Stell dir vor, wir unterrichten zurzeit beide in Leuven ..." Berthelot redete nicht weiter, denn er spürte die Traurigkeit seines Freundes.

Tiefe Schatten hatte sich in Marcus' Gesicht gegraben. Nichts würde mehr so sein wie früher. Allem Anschein nach war es nicht so, als sei Marcus dem Tod von der Schippe gesprungen, sondern als habe sich nur das Tempo des Sterbens verlangsamt. Vielleicht lag darin die ganze sadistische Grausamkeit Prelatis. Sie offenbarte den Trieb zu töten, so wie die Katze den Vogel nicht sofort zerbeißt, sondern ihn in ihren Krallen hält, ihm die Flügel bricht, ihn in seiner vergeblichen Hoffnung immer wieder aufflattern lässt, instinktiv wissend, dass er nie mehr fliegen kann. Wer an Prelati und die Geheimbündler dachte, musste vor Abscheu erschaudern. Aber Berthelot wusste nur zu gut, dass Gott alles durchdrang. Das Gute würde immer absolut gut sein, aber das Böse nie absolut Böse. Jesus hatte der Hölle die Schlüssel entrissen. Nach einer langen Weile des Schweigens stand Berthelot auf und sagte mit tiefem Ernst: „Ich muss dich um einen Gefallen bitten, Marcus ..."

Marcus stöhnte bitter auf. Es war nicht schwer, seine Gedanken zu lesen: Welchen Gefallen kann ich dir noch tun?

„Ich meine, einen Gefallen als Freund", setzte Berthelot nach.

„Natürlich, was du willst."

Berthelot trug seine Bitte mit Nachdruck vor: „Du wirst mich nach Leuven begleiten."

„Unmöglich. Völlig unmöglich."

„Gerade noch hast du gesagt, du würdest mir jeden Gefallen tun."

Marcus schüttelte seinen Kopf, was ihm Schmerzen bereitete, wie Berthelot an Marcus Miene sah. „Sag selbst, was soll ich da tun?"

Berthelot schnaufte. „Also gut, sehen wir den Tatsachen ins Auge ..." Sogleich fiel ihm ein, wie unpassend diese Bemerkung war, und er sprach schnell weiter, um sie nicht im Raum stehen zu lassen. „Du bist Bibliothekar in der Benediktinerabtei Niersbachthal. Deine Arbeit wirst du dort nicht fortsetzen können."

„Wie auch immer, man wird mir einen Platz im Kloster geben."

Berthelot klatschte zur Ermunterung in die Hände. „Ich gebe dir einen Platz in Leuven."

„Das ist nett, Asparagus. Sehr nett sogar, Aber du weißt, dass ich mich nicht einfach so verdrücken kann. Ein Mönch ist an die *stabilitas loci* gebunden."

„Ich rede mit dem Generaloberen des Ordens.“ Wie ein Kind, das seine Eltern von seinem Herzenswunsch überzeugen will, sprach Berthelot ganz schnell: „Du kennst mein bescheidenes Domizil, unter den einundzwanzig Zimmern, die es beherbergt, werden wir eine Unterkunft für dich finden.“

Pater Marcus zierte sich. „Soll ich etwa den ganzen Tag nutzlos dort herumsitzen?“

„Ja, wo du es sagst. Wenn ich es mir recht überlege, einen wissenschaftlichen Ratgeber wie dich könnte unsere Universität gut gebrauchen.“ Berthelot spürte, dass Marcus Widerspruch einlegen wollte. Aber davon ließ er sich nicht beeindrucken. „Lass mal deine rechte Hand ansehen, bist du etwa auch da verletzt?“

Irritiert streckte Pater Marcus die Hand aus und wunderte sich, als Berthelot sie freudig ergriff und heftig schüttelte.

„Also, du gibst mir die Hand darauf, dass du in den nächsten Jahren mein Kollege an der Universität zu Leuven sein wirst. Ich danke dir.“

Pater Marcus stieß ein freudiges, klares Lachen aus. „Bist ein ganz schön raffinierter Kerl, Asparagus.“

Ein Lächeln legte Berthelots weiße, ebenmäßige Zähne frei: „Dann wollen wir mal sehen, dass wir uns langsam auf den Weg machen.“

Gemeinsam gingen sie die Stufen der Burg hinunter. Auch wenn Pater Marcus die Sonne nicht sehen konnte, spürte er doch ihre wärmende Kraft. In ihm wallte etwas Mächtiges auf, eine innere Bewegtheit, so tief und klar, wie er sie nie zuvor empfunden hatte.

Irgendwann auf dem Weg zur Abtei sah er wieder den Mann mit dem Doggengesicht. Er trug nicht mehr den Jutesack über seine Schultern, sondern ein Netz. Berthelot wendete seinen Blick von ihm ab.

XIX. Abtei Niersbachthal, nachmittags um die dritte Stunde

Berthelot war guter Dinge, als er sein Gepäck in die Kutsche lud. Die glückliche Wendung am Morgen hatte sein Herz wieder weit gemacht. In der Nacht hätte er nicht damit gerechnet, dass sich die Lage derart beruhigte. Hatte er nicht auch selbst gezweifelt? Er fühlte eine große Erleichterung, weil ihm Gott jedes Mal die richtigen Menschen zu Hilfe geschickt hatte. In der Nacht wäre er ohne den Eremiten Gregorius verloren gewesen.

Berthelot atmete durch und spürte eine innere Freude. Marcus und er würden von nun an wieder zusammen sein wie in ihren Kindheitstagen, die sie gemeinsam in Leuven verbrachten. Es hatte keiner großen Überredungskunst bedurft, um Pater Bartholomäus davon zu überzeugen, dass sich Marcus – zunächst für eine gewisse Zeit – in Leuven erholen sollte. Zwar galt für jeden Benediktiner die *stabilitas loci,* doch Niersbachthal konnte beim Wiederaufbau nicht den Krüppel versorgen, zu dem Marcus die Hände Satans gemacht hatten. Jeder wurde gebraucht und es waren bei Gott wenig genug Mönche übrig geblieben.

An noch etwas musste Berthelot immer wieder denken, an ihr gemeinsames Studium in Padua. Es war die unbeschwerteste Zeit ihres Lebens gewesen. Niemand von ihnen hätte damals geahnt, dass sie sich unter solchen Umständen wiedertreffen würden. Im Moment schien Marcus sich seiner ganzen Situation noch nicht bewusst, zu frisch und gewaltig lastete das Erlebte noch auf ihm. Er hatte sich in die Abteikirche bringen lassen, um dort zu meditieren. Marcus, der sein Augenlicht verloren hatte, aber nicht seinen Glauben. Auch was Ekkehard anbelangte, zeigte sich Bartholomäus entgegenkommend. Und Ekkehard selbst? Gewohnt, Leibeigener zu sein, durfte er sich auf die Freiheit in Berthelots großzügigem Patrizierhaus freuen. Alles schien sich zum Besten zu wenden. Die Kutsche, mit der Ekkehard und Marcus fahren sollten, hatten sie von der Burg mitgenommen. Ekkehard hatte sich bereits als guter Fuhrmann erwiesen.

Berthelot lehnte sich an den Kutschbock. Die Freude wich kurz einer Mattigkeit. So wenig hatte er selbst zur Studienzeit nicht geschlafen. Er hatte in den letzten Tagen Schreckliches erlebt. Doch dann beeilte er sich, neben seinen Satteltaschen Marcus' Gepäck in der Kutsche zu verstauen. Aus den Augenwinkeln sah er zwei Reiter auf einem Pferd herannahen.

„Wentzel, mein treuer Knecht, du hast ja lange gebraucht", rief er den Reitern entgegen.

„Es dauerte seine Zeit, bis ich dem Eremiten Bericht erstattet hatte", verteidigte sich Wentzel verlegen.

Berthelot wiegte seinen Kopf. „Vielleicht lag auf eurem Weg ein Hindernis?" Auch Sophia senkte ihren Blick.

„Oder habt ihr auf dem Weg etwas gefunden?"

Wentzel stotterte: „Was sollten wir den finden?"

„Euch", entgegnete Berthelot und wuchtete seine Satteltasche auf den Kutschbock.

Sophia blickte auf. Eine leichte Röte verteilte sich über ihr zartes Gesicht und ließ es noch durchscheinender wirken. Ihr waren die Schrecken der letzten Tage anzumerken, doch noch mehr die Erleichterung, dass sie aus den Klauen des Bösen befreit worden war. „Ihr habt von Eurer Schönheit nichts eingebüßt", bemerkte Berthelot.

Ihre strahlenden Augen senkten sich wieder schüchtern zu Boden.

„Ich muss noch meine Sachen packen", stammelte Wentzel.

Berthelot nickte. „Beeil dich, wir haben keine Zeit zu verlieren, Sankt Johanni ist zwar der längste Tag im Jahr, aber wenn wir noch vor Mitternacht in Leuven eintreffen wollen, müssen wir uns sputen."

„Einen Moment", sagte Sophia mit großer Eile. „Wir müssen Euch etwas gestehen …"

„Tatsächlich?" Er richtete seine lange Gestalt auf, die Sophia um fast zwei Köpfe überragte und zog seine Brauen in die hohe Stirn. „Was denn?" Sophia kam zögerlich mit der Antwort heraus. „Also … Ich habe mir geschworen, meinen Retter zu belohnen …", druckste Sophia herum, „ihn nämlich zu ehelichen …" Berthelot klatschte in die Hände. „Wentzel, was sagst du dazu?" Doch sein Bursche rührte sich nicht. „Ihm hat es wohl die Sprache verschlagen …" „Also, Wentzel wäre schon einverstanden …", sagte Sophia mit ihrem feinen Lächeln.

Nachdem nun das gesagt war, was sie die meiste Überwindung gekostet hatte, fand Sophia zurück in ihr Selbstvertrauen als Tochter eines Großbauern: „Pater Berthelot, würdet Ihr Euren Knecht zum Zwecke des Eheschlusses freigeben?"

„Wie es aussieht, werde ich mir dann wohl einen neuen Burschen besorgen müssen."

Wentzel schaute unsicher zu Boden. Konnte wirklich stimmen, was gerade mit ihm geschah? Noch in der Nacht hatte er geglaubt, der Albtraum würde niemals enden.

„Zeig deine Hände!", forderte Sophia.

Wentzel streckte sie ihr entgegen. „Wieso?" War das nur ein Spiel von ihr?

„Mein Vater hat gesagt, wer auf dem Land arbeiten will, muss auch Hände zum Arbeiten haben", sagte Sophia.

„Moment mal, der Blumenzüchter in Maaslieb hat gesagt, er hätte keine Tochter", entgegnete Wentzel.

„Weil er dachte, du wärst ein Spitzel des Fürsten."

Wentzel schüttelte ungläubig den Kopf.

Doch Berthelot schlug ihm lachend auf die Schulter: „Pass gut auf ihn auf, Sophia, er ist zwar tüchtig, nur manchmal ein wenig grob. Mir ist es leider nicht gelungen, ihn zu erziehen. Aber dir ist es durchaus zuzutrauen."

„Darauf könnt Ihr Euch verlassen", sagte Sophia übermütig.

„Na, Wentzel, dann tu mir noch einen letzten Gefallen und hole Marcus und Ekkehard herbei."

Wentzel beeilte sich dienstbeflissen. Noch immer wusste er nicht, wie ihm geschah.

„Und Pater Bartholomäus …", rief Berthelot ihm hinterher. „Bring ihn gleich mit, damit ich mich bei ihm bedanken kann."

Es war um die dritte Stunde des Nachmittags, als die drei die Abtei Niersbachthal verließen. Ekkehard und Pater Marcus, die auf dem Kutschbock saßen, und Cornelius Berthelot, der ihnen voranritt. Aus der Abtei drang der Gesang der verbliebenen Mönche. In der vielfarbigen Rosette des Westfensters verwirbelte die Abendsonne die Glasmosaike zu ineinander fallenden Feuerkreisen.

Epilog

Berthelot hatte die Kutsche mit Pater Marcus und Ekkehard vorausgeschickt. Mit seinem Pferd brauchte er ohnehin nur die halbe Zeit für die Strecke. Vom höchsten Punkt der Kaldenkerkener Höhen sah er in das weite, flache Land wie von einem Feldherrnhügel aus. Die Abtei, die Burg, Städte und Dörfer waren immer noch schwarz von den ersten Bränden der neuen Zeit. Einige Fuhrwerke schafften verkohlte Holzbohlen aus den Stadtmauern heraus. Einzelne Bauern durchkämmten die Gegend, um wenigstens einen Teil der Tiere wieder zusammenzutreiben, die während der nächtlichen Drangsal geflohen waren. Fürs Erste schien wieder alles friedlich zu sein. Gelderland glänzte im majestätischen Purpur der Abendsonne. In ihrem Licht verschmolzen in der endlosen Weite des flachen Landes Himmel und Erde zu einer unzertrennlichen Einheit. Vogelgezwitscher verströmte sich mit einem leisen Südwind. Mauersegler durchschnellten in hohem Flug die Luft, was auf besseres Wetter hindeutete. Der satte Duft berstenden Getreides verscheuchte bisweilen den Brandgeruch, ohne ihn ganz zu vertreiben.

Berthelot wusste nur zu genau, dass nur eine Schlacht gewonnen war, nicht aber der Krieg. Die Macht des Bösen hatte begonnen, wie eine Giftspinne ihr Netz um die ganze Welt zu legen. S.O.L., das war nur *ein* Name für *einen* Geheimbund, der den Großen Plan verfolgte. Der geordnete Kosmos des Mittelalters mit Gott im Mittelpunkt hatte aufgehört zu existieren. Der Mensch sollte von nun an selbst im Mittelpunkt stehen. Als Berthelot seinen Blick weiter über das Land auf den Horizont dieses Abends richtete, schaute er den Aufgang der neuen Zeit: Bahnbrechende Erfindungen, die bereits vorausgedacht wurden – ihm fielen Leonardo da Vinci und Francis Bacon ein –, würden die Möglichkeiten des Menschen erweitern und seiner neuen Rolle schmeicheln. Berthelot sah die alten Stände und Ränge mehr und mehr der Freiheit, Gleichheit und Brüderlichkeit aller zum Opfer fallen. Ein Paradies auf Erden? Im alten Paradies, dem der Bibel, wusste der Dominikaner, war es der Trick der Schlange gewesen, den Menschen vorzugaukeln, sie würden durch die Mündigkeit von Gott selbst zu Göttern. Doch der erste Schritt dieses neuen Menschen war, dass Kain den Abel erschlug. Der Reiter, der von den Kaldenkerkener Höhen blickte, sah grauenvolle Bilder am Horizont: Ein gewaltiger Krieg riss das Abendland in einen Abgrund der Grausamkeit, dem noch tiefere Abgründe folgen sollten. Berthelot schloss die Augen vor diesen Bildern entsetzlicher Klarheit. 1500 Jahre, dachte er, sind wir unseren Weg mit Gott gegangen. Beileibe nicht jeder und schon gar nicht ohne Sünde und Verirrung. Viele Anfechtungen des Glaubens und der Wahrheit hatte es gegeben. Aber jetzt haben wir eine neue Stufe erreicht. Hinab. *Abyssus.* Jeder neue Schritt unter der Fahne der neuen Zeit führt uns immer neuen und größeren Kriegen entgegen. In einer inneren Schau sah der Leuvener Dozent entwurzelte und heimatlose Menschen, die des Glaubens und der Sitten, der Scham und der Vernunft beraubt, zu blinden Sklaven neuer Herren wurden. Wie willig sie sich in ihren Dienst stellten und welch kindliche Träume und böse Räusche sie glücklich scheinen ließen … Doch ihre Herzen waren zu Stein geworden und ihr Denken kannte keinen Gott mehr. War das das Ende der Welt? Die apokalyptischen Reiter … Ein Pferd wieherte. Berthelot schrak zusammen und riss die Augen auf. Sein Rappe schüttelte den Kopf und schnaubte. Er streichelte beruhigend seine Mähne und blickte um sich. Die Heimsuchung Gelderlands war der erste Schritt in dieses Durcheinander gewesen, das Cornelius Berthelot zittern und frösteln ließ. Chaos, dachte er. Genau den Zustand, den die Geheimbündler wollten, was sich in ihrem Leitspruch *„Ordo ab chao“* ausdrückte. Dieses Chaos hatten sie nun angefangen, bewusst herbeizuführen, um Gottes Ordnung zu zerstören und an ihre Stelle die satanische zu setzen. Alle Geheimbünde dienten nur einem Herrn. Es blieb immer der Kampf zwischen Licht und Finsternis. Doch in diesem Jahr 1520 war die Welt in eine neue

Epoche getreten und es lag auf der Hand, dass nichts so bleiben würde, wie es war. Fürst Ludwig von Gelderland war ein Opfer der Schwarzen Magie geworden. Kaiser hatte er werden wollen und sich im undurchdringlichen Netz von Lug und Trug verfangen. Vor nichts war er zurückgeschreckt. Menschenopfer hatten zu seinem Tagwerk gehört wie die bösartige Unterdrückung seines Volkes. Was war geblieben von seiner Macht außer der Asche und der Anklage der Toten? Durch krankhaften Ehrgeiz verlor er Fürstentum und Ehre. Hatte nicht Nuit, die satanische Seherin, sein Ende prophezeit? Er hatte nur nicht genau hinhören wollen, sondern sich in seiner Selbstverliebtheit den Schmeicheleien eines Scharlatans hingegeben. Erst kurz vor dem Tod fand er die Kraft zur Umkehr. Jener wirklichen Umkehr, die der Täufer forderte. Sein irdisches Leben hatte der Fürst verloren – und nicht zuletzt seine Frau.

Was war aus ihr geworden? Sybil, die hochmütige Schöne, eine Werwölfin. Abseits von Burg Reitzenstein fristete sie ihr nächtliches Dasein zwischen Teufelsgrotte und der entweihten Sankt Gertrudis Kapelle. Durch ihre Verwandlung so geschlagen wie der Gnom, dessen zerstückelter Leichnam von der Mühlrather Mühle in die Niers gespült worden war. Die Fürstin, an Geschmeide und samtene Kleider gewöhnt, war herabgesunken auf die Stufe einer blutdurstigen Bestie. Nur nach Sonnenuntergang konnte sie ihre Behausung verlassen. Dann machte sie sich auf die Jagd. Nächtlich verirrte Wanderer waren ihre Opfer. Schon ihr Anblick versetzte die Menschen in Angst und Schrecken, das brüllende Wolfsmaul mit den Reißzähnen und der hechelnden Zunge, die Augen, gelb leuchtend mit roten Pupillen. Grausam fiel sie über die vor Schreck erstarrten Menschen her und zerfleischte sie. In Nächten, in denen sich keine Menschenseele auf den Kaldenkerkener Höhen verlor, riss sie das Vieh auf den Feldern. Doch Tierherzen zerbiss sie nie. Menschenherzen schleppte sie in ihre Höhle, dorthin, wo früher der *Liber Secretus* versteckt gewesen war. Selbsthass und Ekel keimten in ihr, was sie zu einer noch bestialischeren Jägerin machte. Würde sie jemals ihre einstige Schönheit zurückbekommen? Ihr Wolfsfell war besudelt vom Blut Unschuldiger, ihre Seele von Dämonen besessen. Eine Kreatur ohne Hoffnung.

Unweit der Kaldenkerkener Höhen entfernte sich eine Kutsche im Eiltempo aus Gelderland. In ihr saßen Prelati und sein Meister Agrippa. Prelati war nach seiner Begegnung mit Berthelot in der Burgkapelle verschwunden. Für den Magier war es das lehrreichste Stück seines Lebens gewesen. Doch als Sieger konnte er sich nicht fühlen. Von den scheinbar so rosigen Aussichten mit Ludwig als Kaiser der Deutschen war ebenso wenig geblieben wie von den ausschweifenden Spielen mit der Fürstin. In der Nacht des neuen Äons hatte Agrippa ihm unmissverständlich gezeigt, wie unterlegen der Schüler dem Meister war. Kleinmeister Prelati. Wo war seine selbstsichere Kälte, seine dröhnende Selbstsicherheit? Wem sagten diese Teufelsaugen, die so unheimlich blitzen konnten, etwas davon, wie jener Junge sich gefühlt hatte, den er im Wald geopfert hatte? Er bereute nichts. Sein mörderisches Handwerk würde er weiter betreiben. Er war sich nur noch nicht sicher, wohin er gehen sollte. Auf ewig zu Agrippa aufzuschauen, verletzte ebenso seinen Stolz wie jede weitere Mühe, die dann durch höhere Anweisung zunichte gemacht wurde. Andererseits war er wirklich überzeugt von den Machenschaften der S.O.L., so sehr, dass er sich ein anderes Leben als ein Teufelsbruder nicht vorstellen konnte. Und wer konnte schon wissen, ob er nicht doch eines Tages seinen Meister übertrumpften, sich selbst zum höchsten Führer der Okkultisten aufschwingen konnte? Prelati würde immer zu stolz sein, sich eine Niederlage einzugestehen. Irgendwo im Reich würde man wieder seine Stimme hören, eine Stimme, die beeindruckte, die so sprach, als wüsste sie um die Wahrheit. Und die dann doch wieder erschreckte, denn kalt wie Eis ließ sie die Herzen der Menschen gefrieren.

Noch spielte Prelati seinem Meister Demut vor. Zu begierig war er darauf, dabei zu sein, wenn Agrippa an den Hof Friedrichs von Sachsen kam. Vorausgesetzt, der Fürst würde den König der Magier überhaupt empfangen. Doch sie waren im Besitz des *Liber Secretus*. Damit verfügten sie über die Macht, besser als je zuvor, den luziferischen Plan zu erfüllen. Doch wenn Agrippa einer der Meister der höchsten Bruderschaft war, der Bruderschaft der Zehn, dann würde er alles daran setzen, ihm den Rang streitig zu machen. Für Prelati gab es nur ein Ziel, selbst zu den geheimen Oberen zu gehören.

Berthelot stieg in den Sattel. Er wusste, dass sich ihre Wege nochmals kreuzen würden, die des Schwarzmagiers Prelati und der seine. Ob in Leuven, Padua, Gelderland oder anderswo. Der Teufel war inmitten der Welt und mit ihm seine Brüder. Teufels Brüder.

Die Sonne war fast schon untergegangen, doch der Mond kam an der gegenüberliegenden Himmelsseite auf, so voll wie eine Sonne und fast so rot. In diesem Augenblick sah Berthelot zum Himmel. Er erkannte im wärmenden Licht der Abendsonne die herzförmige Wolke, die ihn seit seiner Kindheit begleitete. Nun versenkte er sich ins Gebet und indem er sein Herz geöffnet hatte, ergriff ihn etwas Gewaltiges, Machtvolles. Tief und beruhigend senkte es sich in seine Seele und hob sie über alles irdische Maß hinaus. Ein Gefühl der Gnade durchströmte ihn: Glaube, Hoffnung, Liebe. Aber die Liebe ist die Größte von allen.

„Verzeih ihnen, Vater“, sagte Berthelot, „denn sie wissen nicht, was sie tun. Und verzeih mir, wenn ich meine Ungeduld nicht zügeln konnte und Dir meine Fehler zum Vorwurf machte.“

Leise raschelten die Blätter, rieselten die Gewässer. Sehr leise flüsterte es in ihm, in seinem Herzen, seinem Atem. Er hielt inne, die Stille genießend.

Gott ist die Liebe.